U0522365

国家社会科学基金项目"《广义修辞学视域中的〈人民文学〉(1949—1999)话语研究》"(15CZW045)

广义修辞学视域中的《人民文学》话语研究

董瑞兰 著

中国社会科学出版社

图书在版编目(CIP)数据

广义修辞学视域中的《人民文学》话语研究/董瑞兰著．—北京：中国社会科学出版社，2023.9
ISBN 978-7-5227-1623-7

Ⅰ.①广… Ⅱ.①董… Ⅲ.①中国文学—当代文学—文学语言—研究 Ⅳ.①I206

中国国家版本馆CIP数据核字(2023)第048965号

出 版 人	赵剑英
责任编辑	陈肖静
责任校对	王 龙
责任印制	戴 宽

出 版	中国社会科学出版社
社 址	北京鼓楼西大街甲158号
邮 编	100720
网 址	http://www.csspw.cn
发 行 部	010-84083685
门 市 部	010-84029450
经 销	新华书店及其他书店
印 刷	北京明恒达印务有限公司
装 订	廊坊市广阳区广增装订厂
版 次	2023年9月第1版
印 次	2023年9月第1次印刷
开 本	710×1000 1/16
印 张	23.75
插 页	2
字 数	332千字
定 价	129.00元

凡购买中国社会科学出版社图书，如有质量问题请与本社营销中心联系调换
电话：010-84083683
版权所有 侵权必究

目　录

序言　期刊研究"接着说"的修辞空间 …………… 谭学纯（1）

导论 ………………………………………………………（1）
第一节　缘起:选取《人民文学》50年的理由 ……………（2）
第二节　《人民文学》（1986—2023）研究综述 …………（9）
第三节　广义修辞学:理论体系与阐释路径 ……………（22）
第四节　《人民文学》广义修辞学研究思路和框架 ……（29）

第一章　《人民文学》创作话语的广义修辞学分析 ………（33）
第一节　公共话题→个体话语:"纪念鲁迅"的修辞建构 ……（36）
一　"鲁迅是谁":话语主体的修辞范式与认知语境 ……（37）
二　"我心中的鲁迅":话语主体的身份符号与叙述空间 ……（44）
三　"为鲁迅立传":话语主体的创作结构和精神呈现 ……（54）
第二节　表层结构→文本语义:"儿童文学"的修辞策略 ……（68）
一　"好孩子":义素分析与修辞共同体建构 ……………（70）
二　"蜕变事件":角色符号与文本时空修辞结构 ………（72）
三　"受伤事件":故事序列与儿童主体性的修辞显现 ……（78）
本章小结 ……………………………………………………（82）

· 1 ·

第二章 《人民文学》评论话语的广义修辞学分析 ……………(84)
第一节 "百花时代"短论:语词、语句与语篇 ……………(86)
　　一 从"香花"到"毒草":词典语义与文本指向 …………(88)
　　二 "识毒草→找病根→开药方":语句修辞策略 ………(92)
　　三 思维在场与形象批判:话语主体的精神世界 ………(104)
第二节 创作谈:关键词、文本修辞与主体价值 …………(119)
　　一 "生活"与"创作":关键词的修辞指向 ………………(120)
　　二 "谈法"与"写法":修辞文本、文体、文风 ……………(131)
　　三 "内诚"与"巧言":主体真实、真诚、忠诚 …………(139)
本章小结 ………………………………………………………(153)

第三章 《人民文学》"编者的话"的广义修辞学分析 ………(155)
第一节 "短篇短章/新人新作":作为修辞行为的编者
　　　　　　推荐话语 …………………………………………(158)
　　一 既"短"又"精":提倡短篇短章的推荐话语表征 ……(159)
　　二 "青春"与"革新":推出新人新作的推荐话语呈现 …(168)
第二节 "检讨/道歉/更正":作为修辞行为的编者
　　　　　　道歉话语 …………………………………………(180)
　　一 "检讨":关键语词、话语形式及修辞意图 …………(180)
　　二 "道歉":话语模块、修辞方式及语用功能 …………(185)
　　三 "更正":话语内容、语用策略及主体精神 …………(190)
本章小结 ………………………………………………………(199)

第四章 《人民文学》"读者来信"的广义修辞学分析 ………(200)
第一节 读者身份认证、符号修辞与话语权力 ……………(203)
　　一 "自我认证→编者认证":读者身份的修辞认证 ……(203)
　　二 "不自在"读者:身份符号的修辞表述 ………………(209)
　　三 "权威型/谦卑型":读者地位与话语权力 …………(218)

第二节 "读后感"与"建议书":读者来信的文本建构 …………… (230)
　　一　读后感:评价标准、焦点话题与话语模式 …………… (231)
　　二　建议书:用词语气、话语逻辑与表述方式 …………… (237)
第三节　作为修辞的"读者来信":叙事策略与主体精神 …… (242)
　　一　"弥合差距→重建认同":情感倾向与礼貌原则 ……… (243)
　　二　"真相"叙事:署名方式、摘录摘登、来信综述 ……… (248)
　　三　在文学理想与生存现实之间:话语主体的精神世界 … (258)
本章小结 ……………………………………………………………… (268)

第五章　《人民文学》图像话语的广义修辞学分析 ………………… (269)
第一节　"女 X"与"X 女":女性图像的修辞表征 …………… (273)
　　一　"女工/女社员/女兵":女性图像的艺术表达 ……… (274)
　　二　"女 X"→"X 女":女性图像的修辞位移 …………… (281)
第二节　"X 地":图像的空间分类与语义系统 ………………… (287)
　　一　"工地/田地/阵地":人物图像的空间分类 ………… (288)
　　二　"公共空间"与"空间时间化":时空叙述的
　　　　语义系统 …………………………………………………… (293)
第三节　"民族共同体":人物图像的主体精神建构 …………… (300)
　　一　传统/现代:从"吸旧"转向"纳新" ………………… (303)
　　二　理想/现实:从"写意"趋向"写实" ………………… (306)
　　三　普及/提高:从"精英"走向"大众" ………………… (307)
本章小结 ……………………………………………………………… (310)

结语 ……………………………………………………………………… (312)
　　一　主要观点:《人民文学》广义修辞学研究的
　　　　探索性思考 ………………………………………………… (312)
　　二　可能的创新点:研究视角、理论运用、研究思路 ……… (314)

三 待提升的空间：来自对象丰富性与主体
　　局限性的反思 …………………………………………（316）

附录一 《人民文学》研究成果目录（1986—2023）……………（318）

附录二 广义修辞学视域中的文学研究主要
　　　　　成果目录（2001—2023）…………………………（335）

主要参考书目 ………………………………………………（350）

后记 …………………………………………………………（358）

序言　期刊研究"接着说"的修辞空间

谭学纯

一

在学术视野部分地从话语产品转向话语传播载体的背景下，期刊研究激发了不同的学术敏感。但是，如何从期刊话语兴奋与沉寂的消长和话语转型投射的文化秩序透视期刊的角色功能及组织参与？期刊如何形塑了话语生产，如何引导了话语消费？被形塑的话语生产和被引导的话语消费如何参与建构期刊形象？背后的思想资源如何渗融于期刊内外？则是同类研究较少涉足、待阐释话题比较丰富的领域，也是广义修辞学分析区别于同类研究的可能性空间。

运用广义修辞学理论资源研究期刊话语的探索中，[①] 董瑞兰执着行走，"定向生产"。从收获博士学位的次年开始，她连续主持了教育部人文社科规划青年项目"广义修辞学视野中的当代文学期刊话语分

[①] 本书导论有专节评介广义修辞学理论资源及其用于期刊研究的路径与方法。笔者曾在《湖南科技大学学报》主持"期刊文献的广义修辞研究"专栏，专栏文章及主持人话语，部分地呈现了广义修辞学理论用于期刊研究的学术空间。关联性研究另见钟晓文《西方认知中的"中国形象"：〈教务杂志〉关键词之广义修辞学阐释》，复旦大学出版社 2022 年版。谭学纯序言见《东方丛刊》2022 年第 1 期。

析——《文艺学习》(1954—1957) 研究"(14YJC751007)、国家社科基金青年项目"广义修辞学视域中的《人民文学》(1949—1999) 话语研究"(15CZW045)、教育部人文社科规划青年项目"广义修辞学视域中的《人民文学》(2000—2020) 话语研究"(21YJC751006)。南京大学2018年版《〈文艺学习〉的广义修辞学研究》是她在博士学位论文基础上完成的教育部项目结项成果,本书是她在同一理论站位研究《人民文学》的上半场。

文献搜索显示,中国知网以"《人民文学》"为关键词的研究成果超400项(除去资讯和重复信息),①丰富的文献资源,既是可资参考的学术智慧,也是避免重复性研究的无声警示。本书立足"表达—接受"的修辞互动过程,考察"话语权和话语策略""解释权和解释策略",这是《广义修辞学》"互动论"的基础——"表达论"和"接受论"的内容,也是董瑞兰从广义修辞学视角考察《人民文学》话语"生产—消费"的主体篇章,研究框架的学术逻辑是:刊物编者参与作者的话语生产,推助作者的话语产品进入文学传播,这一过程既可能凝结编者和作者的友情,也可能引发编者和作者的矛盾。编者对作者话语产品的修辞加工,可能滋生正负倾向的话外含义和话后行为。由于编者的修辞加工隐于作者话语背后,读者的阅读对象,是混杂了作者话语和经过编者修辞加工的作者话语。读者消费话语产品,与作者对话并参与话语再生产,既可能走近作者,也可能误读或在自己的认知框架中想象作者;读者批评,既指向作者,也指向编者。在有些情况下,编者甚至比作者承受更大的压力。② 编者致歉作者/读者的话语妥协,可能隐藏着某种暧昧信息或修辞韬晦。据此分析《人民文学》"读者·作者·编者"栏目设置及作者/编者/读者的情感结构和

---

① 搜索时间:2023年6月27日。
② 典型学案如秦兆阳修改王蒙《组织部新来的青年人》,作者不满,不知情的读者批评指向作者,知情的读者批评包括来自国家最高权力的干预。参见李频《〈组织部新来的青年人〉的编辑学案分析》,《清华大学学报》2012年第4期。

话语出场，连同与此构成语图互文性的插图，以及显隐其中的修辞技巧、修辞诗学和修辞哲学意蕴，①共同支撑本书的叙述结构。

二

1949年10月《人民文学》创刊，启动了中国当代文学以期刊为传播媒介的国家叙事。以构建"人民文学"为国家使命的中国新时代第一文学期刊，创刊号推出"鲁迅先生逝世十三周年纪念"专栏，不仅仅展示了这一话语板块在当期的高显示度，更在于释放一个信号：鲁迅作为中国现代文学史上有特别意义的文化符号，进入共和国话语生态。在本书研究的时间长度内，从1949年至1999年，《人民文学》除去停刊时间，先后发表茅盾、冯雪峰、郑振铎、巴金、胡风、曹靖华、萧军、川岛、草明、周建人、许钦文等人的鲁迅记忆，也发表过王蒙、李书磊、阎晶明等人的鲁迅想象，刊载过100多处鲁迅资料，包括评论、创作谈、阅读笔记、电影文学剧本、歌词，以及画像、照片、手迹和书讯等，共同建构了《人民文学》纪念鲁迅的话语场。本书对这个话语场的观察与阐释，是纪念鲁迅的公共话题如何在《人民文学》的组织策划中转化为个人话语？纪念鲁迅的个人话语如何契合主流话语，体现不同的修辞策略。频繁出镜《人民文学》的鲁迅，是体现国家意志的话语平台修辞建构的"文学鲁迅"和"思想鲁迅"，以及有论者所述被建构的"政治鲁迅"。②《人民文学》组织并汇集的鲁迅记忆和鲁迅想象，从不同视点参与了对"鲁迅"的修辞建构。

---

① "修辞技巧—修辞诗学—修辞哲学"是广义修辞学"三个层面"的理论框架，《广义修辞学》尊重狭义修辞观及研究成果，但区别于狭义修辞学的理论架构和概念系统或许是较多地用作跨界知识生产理论参照的原因之一。参见冯全功《广义修辞学视域下的〈红楼梦〉英译研究》，上海外语教育出版社2016年版，第43—57页；高群《广义修辞学视角下的夸张研究》，中国社会科学出版社2020年版，第1—29页。

② 董炳月：《1933年：杂文的政治与修辞——论〈鲁迅杂感选集〉及其周边》，《文艺研究》2018年第9期。

毛泽东应《人民文学》首任主编茅盾之请，为创刊号题词"希望有更多好作品出世"，应是"国刊"的创作自觉。"国家文学"可以理解为《人民文学》的修辞表达，^①但作为"国家文学"的《人民文学》，应当发表什么样的"好作品"？价值认证和价值标准，在新秩序构建的初始阶段，有新的时代要求。比较停刊前和复刊后的《人民文学》，也许可以观察到：新生的刊物对于新的文学生态的适应不一定很快就能把握分寸，不一定能在形势变化中找准刊物的位置。不排除编者和作者的思想方式没有跟上文化转型的节奏；也不排除艺术的丰富性遭遇概念化的政治误读产生始料未及的后果。萧也牧《我们夫妇之间》、刘宾雁《在桥梁工地上》、王蒙《组织部新来的青年人》、路翎《洼地上的"战役"》、陆文夫《小巷深处》、宗璞《红豆》等，先后触发了文学话语向政治话语的位移。曾在《人民文学》分6期连载的长篇小说《山乡巨变》被过度解读，作者周立波被划入政治光谱中"文艺黑线"的干将，接受5年"监护审查"。但《人民文学》始终是作者心中的文学朝圣之所。李国文回忆自己在《人民文学》发表并因之获罪的小说《改选》"不足万字，却为它付出二十二年的代价。差不多每一个字，我要以一天的苦难来赎罪"^②。即便如此，从《人民文学》起跑的情感悸动，仍是作者内心的艺术收藏。经历了停刊的话语空白和复刊之初的过渡，重新出发的《人民文学》发表的作品，很多是新时期文学有标志性意义的话语产品，这种标志性不仅是不同文学思潮的先声或强音，也体现不同文学思潮的话语面貌，以及文学话语研究的早期反应和后续进场。

与《人民文学》创作话语相生相随的评论话语，是本书分析的另一板块，包括政论、时评、理论与批评。主流话语的政治音量时或遮

---

① 参见吴俊、郭战涛《国家文学的想象和实践：以〈人民文学〉为中心的考察》，上海古籍出版社2007年版。

② 李国文：《失去的蒙太奇》，《人民文学》1984年第9期"我与《人民文学》"专栏。

盖了文学的声音，文学评论一些关键词如"香花/毒草"，成为一个时代对文学做政治分类的修辞标签。"毒草"的语义识别，依据评论主体的政治想象，话语产品与"毒草"语义成分的符合度依据主观认定，由此衍生出"识毒草→找病根→开药方"的话语生产线。话语生产流程中的"人民文学"政治保卫战，有时也成为评论主体运用话语权而偏离文学的政治表态。这里既有特定历史条件下文学警惕政治红线的修辞策略，也有政治以非文学的话语方式对文学的修辞干预。

本书分析《人民文学》作者、编者、读者话语系统，既考察作者创作和评论话语，也考察《人民文学》副文本，后者分别选取编者和读者话语，以及刊物插图。

从《人民文学》"编后""编后记""编者按""编者的话""编委信箱"，到真实身份可能很复杂的"读者"，[①] 以及"读者"成为被时代赋权的评论家所体现的文化责任和政治敏感，如何在"同志/人民/群众"的"读者"身份和读者话语中获得合法性论证与权威性叙述？编者话语在何种条件下助推了文学经典的诞生？读者话语在何种背景下刺激了文学/非文学后果？文学书写是个人化的精神创造，但是从刘心武的写作是个人化的知识生产，到林白的写作是一个人的战争，这种表达的合理成分更多地是在文学生产端相对于集体写作而言的；在文学消费端，作者自嗨的空间有限。而在读者被赋予文艺政治监督员责任的文学生态中，则可能是灾难性的。不仅作者很难坚守一个人的知识生产，刊物作为文学生产—消费的中介，也需要对读者反应做出回应，于是就有了编者在作者遭遇读者政治批判语境中的话语管理。敏感于文学事件的编者如何在刊物、作者和读者之间协调出可能的话语空间？文学伦理和政治方位如何谨慎平衡？可以言传、难以言传、不可言传的修辞处理，都可以启迪期刊话语研究的理论方向和逻辑进路。

本书研究对象是作为话语集合的《人民文学》，"话语"在语言学

---

① 洪子诚：《中国当代文学史》，北京大学出版社1999年版，第26页。

界和文艺学界有不同的研究范式。巴赫金理论权重占比很大的"话语",主要在"超语言学"的意义上立论,将"超语言学"定义为"超出语言学范围的内容"。我更倾向于"超语言学"的学术目标不是旨在解决纯语言学问题,① 这可以解释为什么本书的话语分析有专章论述 1949—1966 年间《人民文学》女性工农兵图像,图像中的服装作为修辞符号如何完成人物形象"雌雄有别—同体双性""现实真实—艺术真实""自我认同—社会认同"的转换?"工地/田地/阵地"的图像空间如何完成"在场"空间的再度时间化?据此描述工农兵形象从"个人"到"集体"、从"普通人"到"神"的修辞建构路径。作为《人民文学》副文本的插图,体现的是与正文本构成某种互文性的语图秩序。语图秩序可以词与物互相证明,也可以互相证伪。后者的经典例证,是美术史上著名的马格利特烟斗画和思想史上福柯的精彩阐释《这不是一只烟斗》。《文艺研究》2009 年第 3 期耿幼状《语言与视觉建构——以罗兰·巴尔特的"词与物"为例》、2015 年第 4 期汪民安《"再现"的解体模式:福柯论绘画》、2018 年第 4 期马元龙《再现的崩溃:重审福柯的绘画主张》、2018 年第 7 期董树宝《漂浮的烟斗:早期福柯论拟像》、2018 年第 7 期安捷《福柯如何看电影》,各有所重地论述了烟斗画及福柯阐发的语图关系,我也略有修辞分析。②《人民文学》女性工农兵图像语图互相证明的修辞意图有没有部分地消解于语图互相证伪的修辞效果呢?也许是一个很有意思的话题。

　　《人民文学》话语生产和消费,是文学场域内外文化资本和符号资本的调度与加工,场域内向场域外的话语渗透所产生的辐射力,如何反过来激活或干扰场域内的话语?本书提供了视角新颖、观察细致、解释路径独到的探索个案。既有宏观勘察,也不乏微观细读,更有细

---

① 郑竹群:《巴赫金话语理论:以广义修辞学为阐释视角》,社会科学文献出版社 2022 年版。谭学纯序见《学术评论》2022 年第 2 期。

② 谭学纯:《〈文艺研究〉和我的跨界学术读写》,金宁主编《〈文艺研究〉和我的学术写作》(《文艺研究》创刊 40 周年纪念文集),文化艺术出版社 2019 年版,第 234—241 页。

读中的发现，打开了期刊研究"接着说"的学术空间，也在"大文学"的意义上提供了聚焦期刊话语的解释理据与实践。作为配套研究成果的作者、编者、读者心中的《人民文学》文献汇编，分三辑编排，是原生态的"作者—编者—读者"情感结构中"我与《人民文学》"的话语汇集，其间可分析成分极丰富。一些原先处于隐匿状态的《人民文学》副文本话语，也可能触发对《人民文学》正文本某些老话题的新观察与新解释。

三

换一个思考角度，从《人民文学》话语切入中国当代文学史叙述，能否成为重写文学史的可能性选项之一？观察与解释文学事件以《人民文学》为话语集散中心在更大范围发酵，既可能是《人民文学》的不同打开方式，也可能是当代文学史的不同打开方式。《人民文学》创刊以来的头条作品，以及封面头条和目录头条的分合，能否成为浏览当代文学史的一个独特窗口？李陀设想如果编一部《八十年代文学编辑史》，一定比"那些干巴巴的高校教材好看多了，也实在得多了"，[①] 而80年代，正是《人民文学》的黄金档期。不管《人民文学》创刊及停刊前的话语感召力应归入什么样的文学遗产；不管《人民文学》复刊与文学复活后的走向如何体现风格变化和编者修辞意图，由此反映的文学伦理、文学传播、文化市场的公共信任资本互相交织的复杂关系，都值得多方位挖掘与阐释。在这方面，本书处理得比较谨慎。也许这是作者预留的空间，那么进入此项研究的下半场——在研教育部项目"广义修辞学视域中的《人民文学》（2000—2020）话语研究"，能否投射出以文学史、思想史为坐标的昨日风景和今日面向？

以文学史、思想史为坐标，审视《人民文学》话语，难度系数很

---

① 李陀：《另一个八十年代》，《读书》2006年第10期。

高,技术处理需要智慧。能否描述一个轮廓:与共和国同龄的《人民文学》,引导、参与、推动文学生产—消费所建构的文化秩序,如何在文学生态和话语权力的几次大变化中,体现中国最高层次文学期刊的责任与担当,如何叠现中国当代文学史的发展轨迹和思想震荡的节奏?《人民文学》话语如何回应这种思想震荡,又如何作为这种思想震荡的一部分内容,自觉不自觉地带动了思想震荡的节奏?

中国文学史的叙述结构,主流形式是在时间流程中穿插重要人物和重要事件,兼采编年体与纪传体,这也涉及《人民文学》话语研究的材料组织。

如果以《人民文学》创刊为时间界标,看话语讲述的文学时代,阐释从新民歌运动,到"语言转向",再到"修辞转向"① 的《人民文学》话语形象,同时回眸白话文运动和大众语运动延续到当代的思想脉络,回溯中国当代文学的现代发生与演进,观察当代文学的话语主体从"旧我"到"新我"的蜕变,分析"旧我/新我"在"我们/他们"之间那个真实的"我"的话语变化及其自我诉求和社会要求,审视话语重塑如何参与话语主体的精神重塑?其修辞哲学意涵大于修辞技巧的可分析空间。一段时间内,《人民文学》兼采原创文本和转载文本,转载不限于文学作品,《人民日报》社论、姚文元《评"三家村"》等都曾被《人民文学》转载,转载选文谁选和选谁?从《人民文学》的转载政治,似可推断当时的文学生态。世纪之交是《人民文学》另一个重要的时间节点,也是本项研究上半场和下半场的时间界标,对于《人民文学》话语形象和刊物形象双向重塑的研究来说,是否也召唤连贯而有变化的风景观看方式?

如果以关涉《人民文学》的重要人物和重要事件为观察点,能不

---

① 国内文学话语研究"语言转向"和"修辞转向"的学术背景和学术共同体的介入方式有联系也有区别。参见肖翠云《中国语言学批评的发生与演进》,人民出版社2016年版,第277—314页;谭学纯《再思考:语言转向背景下的中国文学语言研究》,《文艺研究》2006年第5期;《新世纪文学理论与批评:广义修辞学转向及其能量与屏障》,《文艺研究》2015年第5期。

能在中国现当代文学架构中考察同一话语主体的话语方式及其背后的话语逻辑？分析巴金50年代在《人民文学》发表的《谈〈洼地上的战役〉的反动性》，能不能听见青年巴金和晚年巴金的"复调"？分析50年代何其芳在《人民文学》发表的《胡适文学史观点批判》，能不能同时解析他的《诗三首》，尤其是其中引起强烈批评的《回答》？50年代因《小巷深处》遭遇政治批判的陆文夫80年代在《人民文学》发表《围墙》，话语主体的精神世界如何在他的话语方式中显影？与《人民文学》有70年文字之缘的李瑛，仅从异国抒怀来看，50年代《华沙夜歌》、60年代《寄战斗的古巴》、70年代《滔滔涅瓦河》、80年代《美国之旅》、90年代《尼罗河之波》，诗歌话语组构了怎样的"时间及其他"？映射了怎样的"窗外的世界"？① 《人民文学》复刊后，徐迟连续发表的报告文学《地质之光》《哥德巴赫猜想》《在湍流的涡旋中》如何传递了文学重返文学性的话语信号？当时文坛注意力还没有来得及转向文学话语问题，对很多经历过文学话语审美缺失的读者来说，传阅《哥德巴赫猜想》至今仍是鲜活的记忆。《人民文学》既是背景，也组织和参与了文学话语的审美修复。我比较倾向：从文学生产—消费合而观之，70年代末80年代初，不在同一话语频道的朦胧诗和诗人徐迟的报告文学，后者也许更能重新聚集文学人气。从中国当代文学史上特殊的地下书写转入公开言说的朦胧诗，② 保持着朦胧的话语风格，朦胧的诗美特质，需要发现美的精英眼光和提炼新崛起的美学原则的理论敏感。③ 相比之下，历史惯性下艰难起步的徐迟报告文学，在审美断裂带对文学话语审美修复的召唤意义似乎更容

---

① 信息来源依据梁豪：《在生命最高处——李瑛与〈人民文学〉七十年》，《南方文坛》2019年第5期。文本显示作者工作单位为《人民文学》杂志社，文末附有1950—2019年间李瑛发表于《人民文学》的诗作目录。本文将李瑛诗篇名借用为叙述话语的《时间及其他》《窗外的世界》，分别发表于《人民文学》2004年第9期、2018年第3期。

② 转入公开言说的朦胧诗其实也部分地保留了某种"地下"状态，发表于短暂存在的油印刊物《今天》。

③ 孙绍振：《新的美学原则在崛起》，《诗刊》1981年第3期。

易被感受到。

在文学史流变过程中考察《人民文学》话语，有一类风景可能是分析难点：因发表《现实主义——广阔的道路》招致批判的秦兆阳担任《人民文学》执行主编期间，① 推动发表王蒙《组织部新来的青年人》，如何成为《人民文学》创刊以来最重要的文学事件？② 1956年以"温和"的"火药味"批判秦兆阳的张光年，③ 1977年推动刘心武《班主任》发表，如何使《人民文学》成为伤痕/反思文学的思想先导？《班主任》的思想冲击波大于秦兆阳遭受漫长批判的《现实主义——广阔的道路》，可是刘心武受到的非学术批评远远少于秦兆阳。《班主任》议论话语抢镜叙述话语的倾向，部分地成为小说话语不太成功的修辞，毕竟议论不一定直接兑现反思。但是对照刘心武将小说由"假语村言"的虚构叙述重建为追踪社会热点的纪实叙述（例如1985年在《人民文学》发表的《公共汽车咏叹调》《5.19长镜头》），理论需要给出解释：议论介入小说叙述，没有纪实对小说虚构叙述的文体冲击大。议论是小说家的话语权，受质疑的只是小说中的过度议论；但纪实不是小说自带的话语权，而是小说与新闻的话语边界。然而文坛接受了后者，不仅接受了虚构艺术中植入的纪实元素，更接受了纪实小说作为虚构艺术的变异品种，并引发了纪实小说在《人民文学》的后续跟进，也引发了更多的刊物相继推出纪实小说或口述实录小说。其间的小说语言观念在什么认知背景下发生了变化？联系"85艺术新潮"中的文学、电影、美术、音乐以及不同艺术门类期刊的集体反应，联系刘心武后来出任《人民文学》主编延续的刊物创新意识，有没有值得分析的艺术逻辑？同样置身"85艺术新潮"和文学语言观念变异的思

---

① 1955年12月—1957年11月，严文井和秦兆阳分别为《人民文学》主编、副主编，秦兆阳主持刊物运作。

② 参见崔建飞《毛泽东五谈王蒙〈组织部新来的青年人〉》，《长城》2006年第2期；李洁非《典型文案》，人民文学出版社2010年版，第224—225页；李频《〈组织部新来的青年人〉的编辑学案分析》，《清华大学学报》2012年第4期。

③ 洪子诚：《秦兆阳在1956》，《中国当代文学研究》2021年第6期。

想背景,王蒙推动发表刘索拉《你别无选择》,也是《人民文学》介入其中的重要文学事件,此后徐星《无主题变奏》、残雪《山上的小屋》、马原《喜马拉雅古歌》、莫言《爆炸》《红高粱》、洪峰《生命之流》等一批先锋色彩亮丽的文本,在《人民文学》相继"爆炸",使《人民文学》成为先锋文学的话语实验场?①《人民文学》也因为提供了先锋文学的话语实验场并介入先锋文学话语生产过程而重塑了刊物形象。② 与此同时,不同风格、不同文体类型的话语产品同在《人民文学》亮相,联系王蒙本人始于80年代初的文体实验和解放评论文体的呼喊;联系当时的"星星画展"产生的审美刺激;联系王蒙就任《人民文学》主编后亲自起草的"不仅仅是为了文学——告读者",以及《人民文学》在王蒙主编任期的"编后记""编者的话",其间有没有值得重视的思想线索?曾任《人民文学》主编的茅盾、邵荃麟、严文井、张天翼、张光年、王蒙,都曾是国家文化机构高官,分析《人民文学》话语,能不能从文化机构及其运作机制考察身处高位的话语主体的话语能量?严文井、张天翼接力前后任主编,二人儿童文学创作经历和影响力,是否成为推动《人民文学》儿童文学生产隐形的话语权力?王蒙、刘心武都经历过《人民文学》读者、作者、主编身份转换,能否成为审视《人民文学》"读者·作者·编者"栏目设置、分析作者/编者/读者情感结构的特别视角?以及同一话语主体的身份转换和角色话语?

---

① 张伯存:《王蒙主编〈人民文学〉始末》,《当代作家评论》2022年第1期。按:国内提高先锋文学显示度的刊物另有《上海文学》《北京文学》《收获》及地处边缘的《西藏文学》《山花》等,先锋群落中的格非、孙甘露、苏童、余华、北村等,有的以先锋形象出场的时间稍晚,主要话语平台不在《人民文学》。先锋文学的"先锋"形象,最突出的是话语形象,代表性作品的话语形象与《人民文学》刊物形象重塑互为镜像,原因是多方面的,其中两点很重要:一是刊物的特殊地位和影响力容易成为"头部"关注对象;二是王蒙调任文化部部长前期兼任或挂名《人民文学》主编,一定程度上推高了经《人民文学》传播的先锋话语产品的显示度。

② 《你别无选择》发稿前,王蒙的签发意见认为这是一篇横空出世的作品,发表将改变《人民文学》形象。参见朱伟《亲历先锋小说潮涨潮退》,新京报编《追寻80年代》,中信出版社2006年版,第56页。

广义修辞学链接书房内外、从语言学框架溢出到相关知识场域的学术空间，能不能更充分地打开？能不能在更开放的叙述结构中展示：《人民文学》话语如何记录了历时意义上中国文学的当代转型和新时期、新世纪的再出发；如何讲述了共时意义上世界文学格局中的中国故事——我不知道是否可以期待如此面相的基于广义修辞观的期刊话语研究，但值得期待。

导　论

　　《人民文学》是一份由中国作家协会创办、以发表文学创作为主的全国性文学月刊。1949年10月25日创刊，1966年5、6月间停刊，1976年1月20日复刊，1999年有较大改版，出版至今。

　　《人民文学》承担着构建"人民文学"的民族使命，在中国当代文学发展流变中得风气之先，领风骚于前，成为文艺思潮的先导。它的风貌展现了中国人的生命方式，也揭示了当代人丰富的审美经验和精神世界。

　　《人民文学》今年74周岁了，对它的研究也有37年了。它的生命永远新鲜灵动，光彩照人。对它的阅读和研究常谈常新，韵味喜人。我们认识到它的有限性与无限性、对它产生了亲切感与陌生感，内心升腾起更多的崇高感和使命感。

　　如何阅读和研究《人民文学》？《人民文学》，"人民"的文学，它汇聚了不同阶段不同文类不同风格的文学作品，反映了中国当代作家追寻精神世界过程中的困惑与欲求，在文学史和期刊史上保留了富有民族性和人民性的集体记忆。

　　钱理群在谈及中国现代文学的研究价值时说，建议读者紧紧抓住文学的三大要素："心灵""语言（形式）""审美感悟与经验"，可这样逐步推进：

阅读就是打破时空界限，与作者"对话"：首先要把自己"烧进去"，取得精神的共鸣；又要"跳出来"，作出独立的判断与思考，并在这样的过程中，逐步养成对文学的兴趣甚至迷恋，提升自己对语言、形式的敏感力、审美力，创造力，成为"文学中人"：文学的阅读、学习与研究，最终要落实为人（自身）的精神境界和生命质量的提升。①

研究《人民文学》，就要与《人民文学》对话。研究者把自己"烧进去"与"跳出来"的过程，也是自身文学境界和幸福感提升的过程。

导论部分将对本书研究范围、研究动态、理论资源和研究思路予以阐明。

第一节　缘起：选取《人民文学》50年的理由

本书研究 1949—1999 年间的《人民文学》②。之所以选取它创刊至改版的 50 年为观察区间，主要出于期刊发展的"天命之时"、学术研究的"封闭意识"、主体保持与对象的"安全距离"等多重因素的考量。具体阐述如下：

（一）"五十知天命"：《人民文学》50 周岁的生命体验

1998 年 1 月 22 日上午 9 时，"《人民文学》改革与发展研讨会"在北京老舍茶馆举行。《人民文学》编辑、作家、记者和读者 100 多人齐聚一堂。会议报道中回顾并评价了《人民文学》50 年的风雨历程：

---

① 钱理群：《〈钱理群新编中国现代文学史——以作家、作品为中心〉前言、后记》，《中国现代文学研究丛刊》2022 年第 1 期。

② 按中国当代文学史研究惯例，这 50 年再细分为三个阶段："1949—1966（学界称之为'十七年'，下文亦统一用这个指称）""1980 年代""1990 年代"。

这本刊物与祖国和人民同呼吸共命运，坚定不移地贯彻"二为"方向和"双百"方针，走过了近半个世纪的风雨历程，发表了一系列脍炙人口、永留文学史册的优秀文学作品，其中多篇被转载、选辑、翻译、评奖，被广播、改编成电影、电视剧，搬上银幕、荧屏。著名作家李国文将《人民文学》50年的风雨历程概括为八个字"名家荟萃，新人辈出"。①

1999年9月，编者在《节日的检阅》中感慨："50年的路程走过，才会懂得路途的漫长、艰辛与珍贵。"② 当期发表柯灵、卞之琳、宗璞、黄宗英、何为、李瑛、郑敏、牛汉、蔡其矫、屠岸、廖公弦等年过九十、七八十岁的老作家新作，发表张承志、史铁生、贾平凹、残雪、王安忆和池莉等中年作家的最新力作，发表苏童、毕飞宇和西川等新人新作。这是对创刊50周年的隆重庆祝。

"本刊编辑部"《丝路花雨　岁月流金——〈人民文学〉五十周年》宣称：

斗转星移，半个世纪，《人民文学》跟新中国一起，同经风雨，共沐春光，走过了五十年光辉又曲折的里程。而今，欢庆新中国五十年华诞，《人民文学》以其四百八十一束花环，连同本期华章，权当别致的贺礼，参与节日的检阅。……近五百期《人民文学》，也可以看作是新中国的编年史、中国人的心灵史、中华民族的风俗史。……五十年来，正是这样，披沙炼金，集腋成裘，《人民文学》不辱使命。她推出了一系列作家的处女作、成名作、获奖作，她提供了各式各样多角度、多层次、多色彩的艺

---

① 《迎接创刊50周年〈人民文学〉举办改革与发展研讨会——'99新版〈人民文学〉将在今年7月推出》，《人民文学》1998年第3期。
② 编者：《节日的检阅》，《人民文学》1999年第10期。

术精品，从而受到文学界以及有关各界的关注，受到了亿万读者和千百作者的欢迎。……当此普天同庆新中国五十华诞之际，在为祖国与文学的兴旺表达祝福的同时，我们豪情满怀，信心倍增，将更加美好的希望寄托于辉煌的来日。为了祖国与文学的黄金时代早日到来，我们愿尽其所能付出一切。这就是我们奉献于国庆的深情祝福，这也就是我们对自家刊庆最好的纪念。①

盛大的《人民文学》50周年纪念全线铺开。编辑部出版《人民文学》五十年精品文丛（刘白羽、程树臻总主编，新世纪出版社1999年）。依照体裁划分，精装本6卷9册，平装本6卷14册。各卷题名如下：

  《岁月流金 短篇小说卷》汇集各时期曾引起较大社会反响的短篇小说

  《雪月风花 中篇小说卷》可谓引人入胜又启人思索的中篇小说之大成

  《光的赞歌 诗歌卷》更是万紫千红花团锦簇 荟萃各样诗的华章

  《汗与泪痕 散文卷》犹如各种风格各种流派散文精品连缀的花环

  《中国报告 报告文学卷》文如其名，报告新中国重大事件的内幕真情

  《紫薇童子 儿童文学卷》是各种体裁儿童文学创作高规格的集中展示

---

① 本刊编辑部：《丝路花雨 岁月流金——〈人民文学〉五十周年》，《人民文学》1999年第10期。

《人民文学》50年，有文脉传承与革新，也有肩负民族和人民希望的历史使命；有办刊的成功与喜悦，也有无法言说的遗憾，艰辛又荣耀。

孔子曰："五十而知天命"（《论语·为政》）。年岁经验也是生命经验，年岁界定也是"自我/他人""过去/未来"之间的分际与汇通。① 从存在心理学角度看，孔子知天命是一种"超越的生命精神境界的体验"②。这种内圣外王的智慧体现了中国"天人合一"的理念，成为建构人类命运共同体的基石。

2000年，新世纪开幕，《人民文学》踏上新征程③。期刊改版虽是家常便饭，但这次"被圈内人士称为一次革命性之举"④。笔者目前在研课题——《广义修辞学视域中的〈人民文学〉话语研究（2000—2020）》，聚焦变革后的《人民文学》，将呈现它21世纪以来令人耳目一新的话语面貌。

（二）"封闭域"：《人民文学》50年间的封闭话语场

《人民文学》出生与共和国诞生同步，"十七年"时期文艺界大部分重要作家作品都与《人民文学》发生关联，"《人民文学》呈现了'十七年文学'的全部复杂性"⑤。1980年代伤痕、反思、改革、寻根和先锋等重要思潮登场亮相，大多发端于《人民文学》。1990年代，文学远离"轰动效应"，遭遇市场经济的急剧变革，《人民文学》尝试革新，努力创造"无愧于人民"的文学精品大作。

50年来，每期《人民文学》发表的名家力作和新人新作，与

---

① 柯小刚：《"五十而知天命"的时间现象学阐释》，《同济大学学报》（社会科学版）2009年第4期。

② 惠兆阳：《知命与超越：存在心理学视域下的孔子天命观》，《哈尔滨工业大学学报》（社会科学版）2022年第3期。

③ 从刊物面貌看，《人民文学》全面改版始于2000年第10期。该期封三上打出订阅广告，宣传口号是"新封面 新版式 新内容 新的开始 新的形象 新的感觉"，广告词是："2001，精彩阅读始于《人民文学》"。

④ 编者：《留言》，《人民文学》2000年第12期。

⑤ 王尧：《〈人民文学〉的"当代性"》，《美文》（上半月刊）2006年第2期封二。

"编者的话""读者来信"作家作品之间犹如山水映照,"这边风景独好"。

从研究遴选范围看,《人民文学》50年正处于时间上"已完成"状态。从资料获取看,笔者在图书馆检索纸质版或在"中国知网"检索电子版,相关论述对象可穷尽性占有,语料自洽,排除客观条件变异,确保研究对象的稳定状态。

中国当代文学期刊研究有多种打开方式,黄发有在讨论中国当代文学期刊研究的关键问题时指出,要深入研究当代文学期刊,必须练三个方面基本功:

> 其一,广泛搜集原始的期刊史料,对掌握的材料进行充分的整理和细致的分析;其二,通过走访代表性的作家、编辑、批评家和文艺官员等当事人,采用口述历史的方法搜集第一手资料,并且结合原始的书面材料,对一些可疑史料进行甄别与证伪工作;其三,将史料挖掘和逻辑建构有机地结合起来,进行充满对话精神和批判意识的反思和解读,进行客观的历史描述和独立的价值评判。①

由此,可概要归纳三种研究方式:

A. 开掘原始/稀见史料→整理分析
B. 采用口述方式收集第一手史料/背景材料→描述证实/证伪
C. 史料挖掘和逻辑建构→描述反思解读评判

笔者采取的方式是:利用A和B的成果,遵循C的路径,即尽

---

① 黄发有:《中国当代文学期刊研究的四个关键问题》,《广州大学学报》(社会科学版)2022年第3期。

可能对原始文献进行整理、阅读、描述和分析。在此基础上，与作者、编者、读者进行隔空对话，进行批判性反思和有理有据的论证。其前提条件是尽可能确保文献"封闭性"，从而拥有对资料的可控力。

语料封闭，并不意味着研究的自我设限。《人民文学》具有未完成性，主体的认知无极限，研究也无极限。

钱理群认为，研究需要在过去和现在中切换，在"此""彼"之间顺逆转换，这就是不设限的观察视野。另外，研究者既要"设身处地"又要"正视后果""既能入乎其内，表露出对古今相通的人情人性的精微体验和深切理解，有一种感情的投入；又要出乎其外，表现出保持一定历史距离的冷静与客观"。①

（三）"审美距离"：研究主体与对象之间的适度断裂

对《人民文学》50年进行学理评价时，为了产生新认知，就需要在"我"与"它"之间造成一种情感、观念和经验上的适度断裂。

英国文艺理论家伊格尔顿在谈论政治、宗教、伦理、意识形态和文学问题时提到文学批评的"较远的距离"：

> 很明显，已经有相当长一段时间，文学批评缺乏思想，缺乏"长远观点"，处境十分困迫，既看不到新的理论，也看不到它自己的含意。……如果我们教授和研究的不是什么"文学作品"而是"文学的系统"——我们确定和解释文学作品首先依赖的规则、风格和传统习俗的整个系统——那么我们似乎就发现了一个更实在的研究对象。文学批评可以变成一种批评中的批评：它的任务主要不是进行解释或评价说明，而是从一个较远的距离考察这种说明的逻辑，分析我们能做些什么，我们做的时候运用哪些

---

① 钱理群：《返观与重构：文学史的研究与写作》，上海教育出版社2000年版，第125、169页。

规则和模式。①

伊格尔顿所言"长远观点""较远的距离"是理论现状和理论预设之间的距离，是文学作品和文学系统之间的距离，是文学评价和评价规则模式之间的距离。

这种距离可视作伊格尔顿对某些观点的理论回应，如法国文艺理论家蒂博代认为"任何一本书都意味着一部分有意的疏漏"②；英国美学家布洛提出"心理距离"，即"把对象置于实践的目的与需要的联系之外"③；德国哲学家本雅明提出"审美距离"，它是"一种一定距离之外的独一无二的现象"④。

综上，本书选择《人民文学》50年作为研究的"审美距离"，既有时空方面的考量，也是一种不断调整的尺度、一种自我期许：希望能有更充分的感性冷却、理性沉淀与批评反省——"反躬自省对我们就像宇宙空间弯曲或像海浪有曲线一样自然"⑤。最终成果只是从某一棱角去接近《人民文学》，仅属于一种拟真性或然性论述，正如英国科学哲学家波珀那种对待知识和真理的态度："我们不知道，我们只能猜测。"⑥《人民文学》的广义修辞研究是一个不断接近研究对象却又无法完全复原话语真相的过程，更是一个追寻新知的探险过程。

---

① [英]伊格尔顿：《现象学、阐释学、接受理论——当代西方文艺理论》，王逢振译，江苏教育出版社2006年版，第120页。
② [法]阿尔贝·蒂博代：《六说文学批评》，赵坚译，郭宏安校，生活·读书·新知三联书店1989年版，第33—70页。
③ [英]布洛：《"心理距离"——艺术与审美原理中的一个因素》，《西方美学史资料选编（下卷）》，马奇主编，上海人民出版社1987年版，第1031页。
④ [德]本雅明：《技术复制时代的艺术作品》，胡不适译，音洁图文编纂，浙江文艺出版社2005年版，第95页。
⑤ [英]伊格尔顿：《理论之后》，商正译，商务印书馆2009年版，第59页。
⑥ [英]波珀：《科学发现的逻辑》，查汝强、邱仁宗译，科学出版社1986年版，第240—246页。

第二节 《人民文学》(1986—2023)研究综述

据笔者在"中国知网""读秀学术搜索""当当网"等电子资源和网络书店（最近检索时间：2023年5月25日）所搜集的资料发现：《人民文学》研究从1986年开始，成果集中在2000年之后。笔者进行"地毯式"搜索，力求穷尽性呈现已有文献，见本书"附录一《人民文学》研究成果目录（1986—2023）"。

这些成果根据文献载体不同，可分两大类：著作和论文。

著作：《人民文学》研究专著；以专章、专节或专文方式评论《人民文学》的著作。

论文：以"《人民文学》"为篇名的期刊论文、学位论文和报纸评论。

成果总计220部/篇，统计如下：

表0-1　《人民文学》研究成果分类统计（1986—2023）

类别	著作（18部）		论文（202篇）		
	专著	专章/专节/专文	期刊论文	学位论文	报纸评论
数量	5	13	132	51	19

下面对这两大类五小类进行综述：

（一）著作：专著、专章/专节/专文

学术界已出版《人民文学》研究专著5部，分别是：

1. 吴俊、郭战涛：《国家文学的想象和实践：以〈人民文学〉为中心的考察》，上海古籍出版社2007年版。

这是第一部专门研究《人民文学》的著作。吴俊在《自序》中从政治角度提出"国家文学"，即由国家权力全面支配的文学。《人民文学》是"国家文学"的标本，《人民文学》文学制度的运作与实践正是国家文学的形成、想象与实践的过程。这一理念是书名的由来，也是主要论题（文艺运动、文学组稿、政治改造、身体叙述、政治博弈）的立论起点。

这是对中国当代文学的一种大胆的宏观建构、理论设想和实践探索。尤其在界定核心概念、阐释文学权力博弈、注重田野调查和口述史料，为我们触摸历史真相提供了新的思路与方法。

2. 李红强：《〈人民文学〉十七年》，当代中国出版社2009年版。

这是一部专门以"十七年"（1949—1966）为论说语境的《人民文学》研究专著。李红强从《人民文学》"生而权威"出发，抽丝剥茧式深入历史现场，揭示其内部生产机制，包括编辑群体三次"大换血"、审稿机制的六次微变、新生力量的主流化、文学"异端"的四条脉络、"人民文学改进计划"的三个文本等。

该书封底列出李敬泽、陈晓明、白烨、安波舜和胡平的"一句话书评"，其中李敬泽（时任《人民文学》主编）评价说："《〈人民文学〉十七年》在文学的组织、生产、传播、文学与政治的关系、文学内部的话语竞争等方面，都提供了确切的知识和洞见；研究者通世事、达人情，对人的选择和行动有同情的理解，他的理论是有温度的，他的分析有时剥皮见骨，直指人心。"

3. 郑纳新：《新时期〈人民文学〉与"人民文学"》，东方出版中心2011年版。

这是一部专门以"新时期"（1976—1989）为论说语境的《人民文学》研究专著。该书从《人民文学》复刊与"人民文学"恢复谈起，梳理了伤痕—反思文学、改革文学、乡土市井文学、探索文学、寻根文学和先锋文学等文学思潮在刊物上的体现，揭示新时期"人民文学"的发展，进而阐述新时期文学与文艺政策、文学空间、文学会议、文学评奖和文学传媒之间的内在关联。尤其值得称道的是，郑纳新在《人民文学》个案研究中观察到中国当代知识分子的各种心态。

4. 袁向东：《民族文学的建构：以〈人民文学〉（1949—1966）为例》，暨南大学出版社2011年版。

这是一部以"十七年"为论说语境并从"民族文学"角度展开

《人民文学》研究的专著。设定"学术探究与现实关怀相统一"目标，运用历史学、美学和民族学等相关理论，考察《人民文学》的民族话语、蒙藏叙述和民族图像，分析民族文学文本的美学因素，思考民族想象、新民启蒙和视觉表现等重要论题，揭示《人民文学》与民族国家、民族文学的互动关系，以及在互动中所体现的新中国文学版图的描绘。该书为《人民文学》研究提供了新的理论观照与观察视角。

5. 欧娟：《〈人民文学〉杂志与中国当代文学》，中南大学出版社 2019 年版。

这是一部对《人民文学》进行全景式（1949—2019）研究的专著。该书从文以载道、实用主义、文化启蒙和理想主义等角度，分析《人民文学》编者理念、作家创作观、作品风格和读者阅读反应之间的互动关系，探寻中国当代文学叙事、审美与功能，阐释中国当代文学精神气质、审美取向和世纪转型，体现了《人民文学》研究的历史价值与现实意义。

除此之外，有些著作中以专章、专节或专文的方式研究《人民文学》。内容大致分三类：

  A.《人民文学》的生产传播机制与中国当代文学的关系
  B.《人民文学》相关的史料，如编辑、作家、画家的逸闻趣事
  C.《人民文学》发表作品的思想艺术，及对作家成长所产生的重大影响

较早研究"十七年"文学期刊生产机制的是洪子诚。他在《1956：百花时代》第四部分"《人民文学》和《文艺报》""1956 年文学期刊"中着重论述"《人民文学》的革新"意义。[①]

21 世纪以来，相关成果越来越多。王本朝在《中国当代文学制度研

[①] 洪子诚：《1956：百花时代》，山东教育出版社 1998 年版，第 131—154 页。

究（1949—1976）》第四章"文学传播与中国当代文学"第二部分"《人民文学》与当代文学"，论述《人民文学》与当代文学的关系。①

王秀涛《中国当代文学生产与传播制度研究》第四章"文学传播与文学政治"第三节"《人民文学》复刊与文坛复兴"，论及《人民文学》的权力更迭、短篇小说创作和拨乱反正的政治语境等。②

胡友峰《媒介生态与当代文学》第十二章"《人民文学》与'人民的文学'"，分三节论述《人民文学》复刊、"人民文学"复兴和"人民文学"制度建构。③

童忠全《新中国期刊：1949—1955》介绍《人民文学》时，以"《人民文学》的'丝绸之路'"为题，介绍新中国第一家文学期刊的创刊停刊复刊过程。④

《人民文学》史料方面，代表性成果是涂光群《五十年文坛亲历记（1949—1999）》。该书100余处涉及《人民文学》。作者在《人民文学》编辑部工作近30年，亲历了中国文学从初晴乍雨、乍暖还寒、风雨如晦到雨过天晴的艰难岁月，经历了中华人民共和国成立以来文坛的许多事，熟识许多作家。这部著作共60万字，分为"文坛沧桑篇""佳作出世记""作家逸闻集"三个部分，广泛涉及中国作家协会50年间影响较大的人与事。以《人民文学》为题的有三篇：《张天翼和〈人民文学〉》《〈人民文学〉美术顾问——漫画家华君武的人格魅力》《我与〈人民文学〉》，分别记述了张天翼的编辑思想与文学观念、华君武的人品画风以及自己的"编辑情结"。⑤

---

① 王本朝：《中国当代文学制度研究（1949—1976）》，新星出版社2007年版，第119—135页。
② 王秀涛：《中国当代文学生产与传播制度研究》，文化艺术出版社2013年版，第157—166页。
③ 胡友峰：《媒介生态与当代文学》，武汉大学出版社2016年版，第275—294页。
④ 童忠全：《新中国期刊：1949—1955》，上海远东出版社2016年版，第8—11页。
⑤ 涂光群：《五十年文坛亲历记（1949—1999）》（上、下），辽宁教育出版社2005年版，第324—329、669—681、682—699页。

在蒋子龙工业小说研究、莫言研究、80后创作研究、城乡迁移小说研究、王蒙研究等领域,《人民文学》提供了文学发生的"第一现场"。

靳大成主编《生机:新时期著名人文期刊素描》收入了崔道怡《早春的记忆——复刊时期的〈人民文学〉》,内容涉及蒋子龙《机电局长的一天》、刘心武《班主任》和首届短篇小说评奖的"背景"。①

张书群《莫言创作的经典化问题研究》第一章第三节以"《人民文学》发稿的重要性"为题,论述《人民文学》"编者的话"、约稿等行为对莫言作品的发表和传播产生了重要影响。②

李斌编著《郭敬明韩寒等80后创作问题批判》第七部分"文学圣殿的修远之路"收录师力斌的论文《80后的文学取向及其启示——〈人民文学〉2009年第8期〈新锐作品专号〉读后》。③

徐德明《乡下人进城:城市化浪潮中的城乡迁移主题小说研究》以"新世纪《人民文学》的城乡叙述"为题,依次探讨城乡叙述策略、城乡想象、经纬交织的城乡叙述和两个非虚构城乡叙述典型文本。④

温奉桥等编《一部小说与一个时代:〈组织部来了个年轻人〉》重发了《人民文学》编辑部整理《〈人民文学〉编辑部对〈组织部新来的青年人〉原稿的修改情况》,调研了王蒙小说发表之前的"幕后"情形。⑤

(二)论文:期刊论文、硕博论文、报纸论文

期刊上发表的《人民文学》研究论文,较早出现于1986年。据此,把相关研究成果按时间划分三个阶段:1986—2000年、2001—2010年、

---

① 靳大成主编:《生机:新时期著名人文期刊素描》,中国文联出版社2003年版,第3—18页。
② 张书群:《莫言创作的经典化问题研究》,山东大学出版社2014年版,第41—46页。
③ 李斌编著:《郭敬明韩寒等80后创作问题批判》,湖南大学出版社2015年版,第271—275页。
④ 徐德明:《乡下人进城:城市化浪潮中的城乡迁移主题小说研究》,河北教育出版社2016年版,第265—326页。
⑤ 温奉桥、张波涛编:《一部小说与一个时代:〈组织部来了个年轻人〉》,中国海洋大学出版社2016年版,第62—67页。

2011—2023 年，数量分别是 6 篇、72 篇、54 篇。各阶段的研究概况如下：

第一阶段 1986—2000 王干、费振钟发表在《读书》1986 年第 4 期的《一九八五：〈人民文学〉》以《人民文学》为个案，以 A－B 对话体形式，探讨文学期刊研究的重要性和可行性、《人民文学》审美内涵与文学格局等，① 该文堪称中国当代文学期刊研究的"报春花"。②

第二阶段 2001—2010 成果主要来自《中文自学指导》《文艺争鸣》设立的专栏和特辑。

《中文自学指导》2004 年第 3 期开始设立"当代文学原创期刊最新作品点评论坛"。③ 以《看〈人民文学〉》为题发表魏冬峰、刘勇、王颖、赵晖、解芳、陈新榜等人的点评，共计 23 篇。他们对当时新出版的《人民文学》进行整体扫描和文本细读，并列出具体推荐篇目，为读者提供阅读参考。

2009 年 10 月，《文艺争鸣》设立"纪念国庆 60 周年特辑：一本刊物和她的 60 年"，发表李敬泽《答〈文艺争鸣〉问》、黄发有《活力在于发现——〈人民文学〉（1949—2009）侧影》、吴俊《〈人民文学〉的政治性格和"文学政治"策略》、施战军《〈人民文学〉：编者的文心和史识》、李红强《〈人民文学〉（1949—1966 年）的头题小说》，又在"当代纪事"中发表阎纲《从〈人民文学〉的争夺到〈文艺报〉的复刊》。这些文章从不同角度谈论《人民文学》发掘新生力量、实施文学政治、紧急组稿、推出主旋律作品等重要话题。

这一阶段期刊上发表的其他成果，主要围绕意识形态、主流叙事、

---

① 王干、费振钟：《一九八五：〈人民文学〉》，《读书》1986 年第 4 期。
② 这一时期其他代表性成果有：林大中《交谈与倾听的艺术——关于〈人民文学〉的散文专号》（《读书》1989 年第 7/8 合刊）、张德明《并未终了的年度报表——评〈人民文学〉1994 年几部中篇》（《当代作家评论》1995 年第 3 期）、李琳《茅盾主编〈人民文学〉的编辑思想》（《编辑之友》1997 年第 5 期）、刘锡诚《文艺界真理标准大讨论——忆〈人民文学〉〈诗刊〉和〈文艺报〉编委会联席会议》（《南方文坛》1999 年第 1 期）。
③ 《中文自学指导》，现名《现代中文学刊》。该论坛由北京大学中文系曹文轩发起、邵燕君主持，中国当代文学专业研究生参与，对《人民文学》《收获》《花城》等文学期刊发表的新作品进行学院式批评。

编辑策略、历史书写、文学制度和文坛复兴等内容展开。如：徐阿兵考察了2007—2008年间《人民文学》捉襟见肘的文体兼顾策略①；傅红运用互文性方法分析了《人民文学》文本中的非主流话语的显式与隐式呈现②；王秀涛阐述了"十七年"《人民文学》"读者来信"背后的媒介策略③；陈思、季亚娅从海外华人的视角关注《人民文学》2009年第12期"新海外华人专号"④等。

第三阶段2011—2023　成果主要来自《解放军艺术学院学报》专栏、吴俊在《扬子江评论》《当代作家评论》上发表的"姐妹篇"。

《解放军艺术学院学报》2014年第1期设立"军旅文艺·军旅文学"专栏，针对《人民文学》2014年第8期"军事文学专号"进行作品研讨，包括：蔡静平《贯彻文艺工作座谈会精神　整合军事文学创作力量——〈人民文学〉2014年第8期"军事文学专号"作品研讨会综述》、张志忠《醉里挑灯看剑　梦回吹角连营——〈人民文学〉2014年第8期"军事文学专号"简评》和殷实《军旅文学如何应对开放的现代世界？——〈人民文学〉2014年第8期"军事文学专号"评析》。这三篇评述分别探讨了《人民文学》对军事文学的扶持与引领、军队生活题材小说的"虚构"与"纪实"和军旅作家的童子军腔调和老兵心态。

2016年，吴俊发表了三篇文章，分别是《扬子江评论》2016年第1期的《施燕平〈人民文学〉复刊和编辑日记》劄记（一）——解放军文艺社学习毛主席关于〈创业〉批示的情况纪要（1975年）》、同刊第2期《施燕平〈《人民文学》复刊和编辑日记〉劄记（二）——文化部的

---

① 徐阿兵：《十字路口的徘徊——近期〈人民文学〉的调整和去向问题》，《扬子江评论》2008年第2期。

② 傅红：《商品化情势下的"价值游离"话语——1990—1999年〈人民文学〉小说非主流话语形式分析》，《当代文坛》2009年第3期。

③ 王秀涛：《读者背后与来信之后——对〈人民文学〉（1949—1966）"读者来信"的考察》，《扬子江评论》2009年第3期。

④ 陈思、季亚娅：《涉渡与回返——评〈人民文学〉"新海外华人专号"》，《文艺争鸣》2010年第3期。

两次会议：创作评论座谈会（1975年）、创作会议（1976年）》，以及《当代作家评论》2016年第3期《施燕平〈《人民文学》复刊和编辑日记〉劄记（三）——批邓、反击右倾翻案风潮流中的文学动向（1975年冬—1976年冬）》。这三篇以施燕平（曾任《人民文学》副主编）日记为支撑材料，观察《人民文学》复刊之前1975—1976年间文学与政治权力的博弈。

除此之外，这一阶段期刊发表的《人民文学》成果主要围绕非虚构写作、文学风尚、底层叙事、复刊研究、散文研究、作家编辑研究和刊物封面等话题展开。代表性成果有：张文东《"非虚构"写作：新的文学可能性？——从〈人民文学〉的"非虚构"说起》[1]、黄发有《文学风尚与时代文体——〈人民文学〉（1949—1966）头条的统计分析》[2]、杨会《〈人民文学〉与底层叙事潮流》[3]、张自春《1972年〈人民文学〉的复刊尝试与〈理想之歌〉的生成》[4]、王兆胜《好散文的境界——以2018年〈人民文学〉为中心》[5]、梁豪《在生命最高处——李瑛与〈人民文学〉七十年》[6]、邱婧《中国当代少数民族文学发表机制转型研究——以〈人民文学〉（1949—1966）与〈民族文学〉（1982—1999）为例》[7]、董瑞兰等人《〈人民文学〉（1949—1966）人物图像的广义修辞学分析》[8]、张伯存《王蒙主编〈人民文

---

[1] 张文东：《"非虚构"写作：新的文学可能性？——从〈人民文学〉的"非虚构"说起》，《文艺争鸣》2011年第3期。
[2] 黄发有：《文学风尚与时代文体——〈人民文学〉（1949—1966）头条的统计分析》，《文学评论》2012年第6期。
[3] 杨会：《〈人民文学〉与底层叙事潮流》，《当代文坛》2017年第4期。
[4] 张自春：《1972年〈人民文学〉的复刊尝试与〈理想之歌〉的生成》，《中国现代文学研究丛刊》2017年第11期。
[5] 王兆胜：《好散文的境界——以2018年〈人民文学〉为中心》，《中国当代文学研究》2019年第1期。
[6] 梁豪：《在生命最高处——李瑛与〈人民文学〉七十年》，《南方文坛》2019年第5期。
[7] 邱婧、梁驰：《中国当代少数民族文学发表机制转型研究——以〈人民文学〉（1949—1966）与〈民族文学〉（1982—1999）为例》，《阿来研究》2019年第2期。
[8] 董瑞兰、毛浩然：《〈人民文学〉（1949—1966）人物图像的广义修辞学分析》，《湖南科技大学学报》（社会科学版）2021年第1期。

学〉始末》①、成艳军《试论中国当代非虚构文学的创作特色——以〈人民文学〉和网络新媒体平台非虚构文学作品为主要考察对象》等②。

以《人民文学》为"篇名"的硕博论文,"中国知网"收录了51篇(部分论文因设置保密而未上传)。其中两篇为博士论文,均已出版,即上文提到的郑纳新、欧娟的专著;其余49篇为硕士论文。收录最早的是李军《1958年的〈人民文学〉——中国主流文学象征年代个案研究》(2000),之后每一二年均有《人民文学》相关论文,2017—2018年每年各有6篇,其次是2006年和2020年各5篇。作者的专业大多数是中国现当代文学,也有新闻传播学、比较文学与世界文学、写作学专业等。数量惊人,在期刊个案研究中属于少有的现象。

从研究内容看,主要集中在两个方面:一是《人民文学》"十七年"研究,共13篇,作者选取某一年、某几年或整个"十七年",观察这个时期文学的形态特征、主流叙事、苏联形象、与"人民文学"的关系,尤其是2000—2006年间"十七年"成果较多,2007年以来新时期成果较多,论文关键词有:三农小说、情爱书写、纪实小说、审美诉求、文化市场、文艺争鸣、评奖机制、文学会议、文学组织、文学实验和跨文体写作等;二是《人民文学》2010年开始推出"非虚构"专栏,这一文学现象成为新时期《人民文学》研究的热点之一。2014—2019年出现12篇硕士学位论文,研究这个专栏的叙事主题、伦理、视角、策略、话语、文体、意义与局限。虽然研究生们尝试从自己的专业和角度去分析这一现象,但从选题立意、材料选取、主要观点和论证立场上有着雷同之处。

---

① 张伯存:《王蒙主编〈人民文学〉始末》,《当代作家评论》2022年第1期。
② 成艳军:《试论中国当代非虚构文学的创作特色——以〈人民文学〉和网络新媒体平台非虚构文学作品为主要考察对象》,《中州大学学报》2022年第2期。

2000年以来，报纸上《人民文学》研究①成果主要有：李文《〈人民文学〉史已成学术热点》、咸江南《〈人民文学〉史：研究当代文学晴雨表》②、韩浩月《〈人民文学〉英文版不能成为"烂掉的苹果"》③、赵依《〈人民文学〉：文学维度与生长焦虑》④、梁豪《宗璞与〈人民文学〉的两个三十年》⑤、施战军《〈人民文学〉：始终保持文坛领先地位》⑥、许旸《近十年七次登上〈人民文学〉头条，重大主题创作如何"出圈"》⑦等。

值得一提的是，《文艺报》于2019年10月23日集中发表一组纪念文章，隆重庆祝《人民文学》创刊70周年：《春华秋实七十载 砥砺前行谱新篇——作家寄语祝贺〈人民文学〉创刊70周年》《脚踏人民大地 抒写时代华章——热烈祝贺〈人民文学〉创刊70周年》、王军《1949年创刊的〈人民文学〉》、黄发有《新中国文学的领潮者和发现者》、葛水平《〈人民文学〉文字的重量》、田耳《〈人民文学〉：奇迹发生的地方》和庞羽《很幸运，我遇见了〈人民文学〉》。这组文章为《人民文学》的广义修辞学研究提供了从作家、

---

① 报纸上关于《人民文学》更多的是活动报道，包括设奖评奖揭奖颁奖、专项课题研究、周年庆典酒会、成立培训基地、编辑发稿动态、启动写作计划、零售市场开发和《人民文学》在日本读者群中的反响等，本书暂不列入。

② 2003年华东师范大学吴俊牵头启动《人民文学》专项研究，《人民日报》（海外版）和《中华读书报》进行了报道并撰文指出"《人民文学》史正在成为中国当代文学史研究的热点"，该项研究"对《人民文学》史的研究将给当代文学史研究甚至整个文学史观带来无数新鲜的启示"。请参见李文《〈人民文学〉史已成学术热点》（《人民日报》海外版2003年11月25日"文艺副刊"）和咸江南《〈人民文学〉史：研究当代文学晴雨表》（《中华读书报》2003年11月26日）。

③ 韩浩月：《〈人民文学〉英文版不能成为"烂掉的苹果"》，《中国青年报》2011年12月13日第10版。2011年《人民文学》推出英文版，名字为 *Pathlight*（《路灯》），寓意为"中西文化交流路上的灯"。目前《人民文学》已出版法文版、意大利文版、德文版、日文版、俄文版、西班牙文版、阿拉伯文版、韩文版等。

④ 赵依：《〈人民文学〉：文学维度与生长焦虑》，《文艺报》2016年1月27日第7版。

⑤ 梁豪：《宗璞与〈人民文学〉的两个三十年》，《中华读书报》2017年11月29日第14版。

⑥ 施战军：《〈人民文学〉：始终保持文坛领先地位》，《中国新闻出版广电报》2019年9月3日第8版。

⑦ 许旸：《近十年七次登上〈人民文学〉头条 重大主题创作如何"出圈"》，《文汇报》2022年3月6日。

评论家、读者等多角度看问题的视野。

以上是对《人民文学》研究状况的评述，以下呈现研究概况：

成果数量 在"中国知网"中对题名为"《人民文学》"进行跨库检索，并对总体趋势进行可视化分析，如图0-1所示：

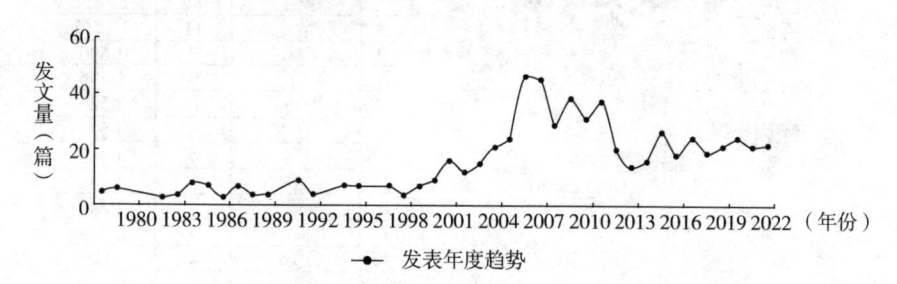

图0-1 "中国知网"题名为"《人民文学》"成果的总体趋势分析

由图可见：《人民文学》研究从1980年代开始，至今从未间断，其中2001—2006年出现小高潮。近十年来，研究后劲稍显不足。这里有情况需要说明：笔者统计216篇，不包括"中国知网"中收录的创作类成果；为此，笔者将研究开始年份界定为1983年，不从本图中1978年发表相关创作开始。

主题分布 在"图悦"中对相关成果"题名"关键词、词频和权重进行"分析出图"，见下页左图。篇幅所限，仅展示"题名"中词频≥4、权重≥1.1156的关键词信息，如图0-2所示：

由可视化图和词频统计可见：《人民文学》相关研究的主题集中在"（非）虚构"，其中占比例比较大的是硕士学位论文；"小说""作品""专栏""另类（写作）"是关注的重点之一；"新世纪""新时期""十七年"均有鲜明的研究区间；"复刊""创刊"以及《人民文学》"主编"（如王蒙）"编者""读者"均纳入研究者的视野；研究视角主要从文学"叙事""传播"等方向展开。

总体来说，《人民文学》现有成果提供了"巨人的肩膀"，在关涉《人民文学》重要论题上研究是比较充分的。对笔者来说，有"影响

	A	B	C
1	关键词	词频	权重
2	人民文学	212	3.6997
3	非虚构	36	2.5029
4	小说	20	2.1103
5	作品	18	2.0409
6	叙事	13	1.8293
7	专栏	11	1.7224
8	新世纪	11	1.7224
9	新时期	9	1.596
10	写作	9	1.596
11	复刊	8	1.523
12	十七年	8	1.523
13	创刊	5	1.242
14	主编	5	1.242
15	传播	5	1.242
16	编者	4	1.1156
17	另类	4	1.1156
18	读者	4	1.1156
19	王蒙	4	1.1156

图 0-2　"图悦"题名为"《人民文学》"成果的关键词分析

的焦虑",也有"不走寻常路的渴望"。如何围绕同一研究对象走出一条新路、在众声喧哗中发出"我的声音",如何展现研究的学理依据和论证逻辑,如何保持着研究的客观立场和人文情怀的融合?这都是本书亟待解决的问题。

笔者认为《人民文学》现有研究仍存在着可拓展的空间:

(一)研究视角的转换

在中国当代文学史框架中,《人民文学》是中国文学的"标本"/"晴雨表",更是独立的"研究对象",有其自身的观察维度和研究路径。陈平原在《大众传媒与现代文学》中明确指出:"将报刊作为文学或诗学研究的'资料库',或借以'触摸历史',与将报刊及出版本身作为文学史或文化史(新闻出版史)的研究对象,还是有很大的区别的。"① 这里表述了三种报刊探究方式:"资料库"研究;"以史证论"研究;"报刊个案"研究。

---

① 陈平原、山口守:《大众传媒与现代文学》,新世界出版社2003年版,第3页。

本书借鉴已有研究关注当代文学制度等丰富成果，视角逐渐转向作为个性话语存在的"这一个"《人民文学》，试图"挑战和回答那些更有辐射性与穿透力的问题"。① 以创作话语、评论话语、"编者的话""读者来信"和图像话语为考察中心，从"语词→语句→语篇"的层面关注《人民文学》独特的表达方式、价值诉求和接受效应，探索文学期刊话语研究的新视角。

（二）理论方向的转向

已有研究成果突出了《人民文学》作为中国当代文学发生的"现场/物证"的史料价值，论证其提供文学史信息的历史价值。无论在"量"上还是"质"上，似乎没有哪个文学期刊可以与《人民文学》成果相媲美。学术推进需要经验累积（外显为数量叠加），更需要智慧投入（内聚为质量提升）。

当前《人民文学》研究亟待需要理论引导。文学期刊研究是"历史与现实无休止的对话和交流，而对话、交流却要由理论来指导"②。英国哲学家波普尔也说，科学并不是一个水桶，只要辛勤采集并积累经验，理论之水就自然而然地流注而满；相反，理论性假设犹如一架"探照灯"③，它能烛照未来的研究方向。

基于以上缘由，本书运用广义修辞学的理论框架与逻辑设计，将《人民文学》话语分析纳入"修辞功能三层面"（修辞作为话语建构方式、修辞作为文本建构方式、修辞参与人的精神建构）和"修辞活动两主体"（话语的表达者和接受者）的思维平台，立体式观照这份文学期刊的"话语建构→文本建构→人的精神建构"，兼顾文本内部与外围语境，吸纳文学、语言学、叙事学和语用学等

---

① 黄发有：《论中国当代文学期刊研究的进展与路径》，《中国现代文学研究丛刊》2019年第8期。
② 刘增杰：《中国现代文学期刊研究的综合考察》，《河北学刊》2011年第6期。
③ ［英］波普尔：《客观的知识：一个进化论的研究》，舒炜光等译，中国美术学院出版社2003年版，第336—357页。

多学科资源，呈现《人民文学》话语世界、文本世界和人的精神世界。

第三节　广义修辞学：理论体系与阐释路径

本书的理论资源是广义修辞学①，以下探讨两个问题：广义修辞学的理论体系、广义修辞学介入中国文学（期刊）研究的方法与路径。

（一）"三层面"与"两主体"：广义修辞学的理论体系

广义修辞学，是以理论著作《广义修辞学》（谭学纯、朱玲著，2001、2008）为标志，以《修辞：审美与文化》（2002）、《文学和语言：广义修辞学的学术空间》（2008）、《广义修辞学演讲录：人是语言的动物，更是修辞的动物》（2012）、《问题驱动的广义修辞论》（2016）、《中国古代小说修辞诗学论稿》（2016）、《意象·主题·文体：原型的修辞诗学考察》（2017）、《广义修辞学研究：理论视野和学术面貌》（2018）、《思想和话语：广义修辞学副文本》（2022）为系列论著建构起的系统性思想体系。

与广义修辞观"广义"相对的概念是"狭义"，指中国传统修辞学的狭义修辞观。关于两种修辞观的区别，见表0-2：

---

① 关于"广义修辞学"，需要做如下区分：学术界最早出现"广义修辞学"概念的是郝荣斋《广义修辞学和狭义修辞学》（《修辞学习》2000年第1期），文中提出"广义修辞学是以广义修辞现象为研究对象的语言学科"，修辞学研究之"广义"与"狭义"区别在于研究范围的大小。郑颐寿在《修辞之"广义""狭义"相对论》（《南平师专学报》2006年第3期）中提出作者本人从20世纪60年代开始研究的辞章学，称之为"大修辞学"，亦即"广义修辞学"。聂焱《广义同义修辞学》（中国社会科学出版社2009年版）从语言意义角度倡导建立一个古今汉语兼顾、理论与实用兼顾、具有较大覆盖率和较强解释力的广义同义修辞学体系。黎明《修辞学：作为一种言谈智慧——简论维柯的广义修辞学思想》（《当代修辞学》2011年第5期）认为意大利哲学家维柯的理论跳出学科分门别类的窠臼，在建立文学、政治、法学诸多人文领域结合的广角视野中，显示出广义修辞学的角度和立场。这些成果是从广义修辞层面上探讨修辞问题，与本书所运用的作为理论体系的广义修辞学不同。

表0-2　　　　　　　狭义修辞观与广义修辞观的比较①

	狭义修辞观	广义修辞观
研究视角	偏重言语表达 （偏重信息单向传递）	修辞表达↔修辞接受 （注重修辞信息双向互动）
阐释路径	语言→语言 （语词空间、语义空间、语用空间）	语言→世界 （话语空间、文本空间、人的精神空间）
功能定位	以修辞格为中心的言语表达技巧和修辞的效果	修辞技巧→修辞诗学→修辞哲学

中国修辞学从魏晋南北朝时期刘勰《文心雕龙》的"自然发生"转换为"自觉探索"②，自南宋陈骙《文则》开始走向系统研究，20世纪初唐钺《辞格论》被誉为"科学的修辞论的先声"，1932年陈望道《修辞学发凡》堪称"中国现代修辞学开山之作"，1963年张弓《现代汉语修辞学》在修辞学史上具有丰碑意义。这是一条重视以修辞格为中心的言语表达之路，重视言语表达的态度、方法和效果。止于修辞现象的言语技巧的阐释路径，是从语言到语言，阐释空间定位于语词空间、语义空间和语用空间。

西方修辞学在古希腊亚里士多德《修辞学》《诗学》时期已形成较为清晰的学科框架。当代西方修辞学走的是交叉学科之路，表现为广义意义上的修辞思想，它涉及语言学、心理学、认知科学、哲学和人类学等诸多学科。在西方修辞学看来，狭义修辞学与广义修辞学的根本区别"在于它是否以修辞哲学为基础"，也许这一点"也是造成中国现代修辞学缺乏深厚理论基础的一个重要原因"。③

---

① 该表借鉴了谭学纯《社会婚恋心态话语分析——兼谈广义修辞观》，《广义修辞学演讲录——人是语言的动物，更是修辞的动物》，上海三联书店2012年版，第3—28页。

② 罗渊：《中国修辞学研究转型论纲》，中国社会科学出版社2008年版，第11—12页。

③ 温科学：《中西比较修辞论：全球化视野下的思考》，中国社会科学出版社2009年版，第115—116页。另外，关于我国的西方修辞学译著或研究，请参见［美］大卫·宁《当代西方修辞学：批评模式与方法》（常昌富编译，中国社会科学出版社1998年版）、刘亚猛《追求象征的力量：关于西方修辞思想的思考》（生活·读书·新知三联书店2004年版）、胡曙中《西方修辞学概论》（湘潭大学出版社2009年版）等。

从狭义修辞学向广义修辞学延伸，也许是中国修辞学发展的可能性趋向。

中国修辞学研究的一次"转换思路"的变革事件是1992年出版《接受修辞学》（谭学纯、唐跃、朱玲）。[①] 该著作认为：

> 修辞活动是表达和接受互为对象的双向活动。
> 修辞信息＝语义信息＋审美信息
> 作为双向交流的修辞活动，活动表达和接受在角色关系中展开。

基于以上认识，该书综合运用接受美学、符号美学、审美心理学、现代修辞学和文化学等相关理论，对言语活动中的修辞接受进行系统深入分析。

该著作出版后获得学界的肯定和认同。获首届"安徽文学奖"（1993），该奖项中唯一的理论著作，"修辞学著作获此殊荣，在安徽省和全国均属罕见"[②]。"《接受修辞学》是国内第一本变换研究思路，专门从信息接受环节系统地研究修辞活动的著作，从而具有某种拓荒性质""《接受修辞学》的成功，在于它变阻隔为融通，在语言学和文艺美学的交叉地带构建了一个令人耳目一新的理论体系"[③] 陈志国等人《筚路蓝缕　自铸新范——读增订本〈接受修辞学〉》指出该著作"鲜明地提出了建构'中国化的接受修辞学'的思想""从审美和文化的高度来审视修辞接受问题""显示出作者宏阔的理论视野和敏锐的学术眼光"[④]。

---

① 谭学纯、唐跃、朱玲：《接受修辞学》，上海教育出版社1992年初版。该书增订本于2000年由安徽大学出版社出版。
② 华文：《〈接受修辞学〉获"安徽文学奖"》，《修辞学习》1994年第4期。
③ 许晓林：《理论建构和学术操作——评〈接受修辞学〉和〈小说语言美学〉》，《东方丛刊》1997年第3期。
④ 陈志国、尚永亮：《筚路蓝缕　自铸新范——读增订本〈接受修辞学〉》，《江淮论坛》2002年第2期。

在《接受修辞学》的理论建构和分析实践中，2001年《广义修辞学》[①]面世了。这部著作逐步完善了修辞信息"表达↔接受"双向互动的视角，并将广义修辞学的理论构架和逻辑思路聚焦于"修辞功能三个层面""修辞活动两个主体"：

  层面1：修辞作为话语建构方式：修辞技巧
  层面2：修辞作为文本建构方式：修辞诗学
  层面3：修辞参与人的精神建构：修辞哲学
  主体1：修辞活动中的表达者：话语权和表达策略
  主体2：修辞活动中的接受者：解释权和接受策略

"三个层面"，着重探讨修辞以何种方式参与话语建构、文本建构和主体建构，据此将修辞分析纳入"话语方式→文本方式→人的存在方式"的层级构架。这是广义修辞学基于交叉学科性质和跨学科视野、正视多学科构建的大生态、面向多学科共享的学术空间的一种框架设计，竭力实现修辞学研究在不同层级的学术共同体之间的交流与互补。

"两个主体"，旨在拓展接受修辞学的研究视野，以"表达↔接受"为观察点，建立表达论（话语权和表达策略）、接受论（解释权和接受策略）和互动论（双向交流的认知前提、双向互动的宏观微观建构）的系统开放格局。

"两个主体"贯穿于"三个层面"，支持基于话语行为发生与理解的修辞学研究，并与之形成立体开放性体系。

谭学纯在《问题驱动的广义修辞论》中指出：

  广义修辞学理论体系的开放性建构，在接受学科限定又超越

[①] 谭学纯、朱玲：《广义修辞学》，安徽教育出版社2001年初版，2008年修订版。该书初版和修订版先后重印十多次。

限定的动态平衡中寻找新的生长点,既不至于封闭在自我设定的模槽中,也避免迷失在他人建构的认知框架中。强调通过不同学科经验的挪移和互渗,包括通过不同学科经验方式自我表述系统的整合,拓展研究空间,像皮亚杰竭力主张的那样,实现"学科的跨越",实现修辞学在不同层级的学术共同体之间的交流和互补。①

广义修辞学之"广义",意在以开放性的心态,关注学科生态,促进自己的学术调整、思维拓展和研究深化;同时关注大生态中刺激自我质疑、自我否定的他性参照,尤其是其他学科经验的参照,实现跨学科的对话与互动。

(二)"语言→文本→人的精神世界":广义修辞学的逻辑路径

谭学纯作为文学修辞研究的倡导者与实践者,从 2003 年以来担任《福建师范大学学报》(哲学社会科学版)教育部高校哲学社会科学名栏"修辞学大视野"主持人,开辟"文学修辞和意识形态""修辞阅读:文学文本和学术文本""文学修辞研究""中国文化传统与修辞研究""语句修辞和叙事修辞""修辞学批评""文学传播修辞""文学修辞研究"等专栏,集束发表文学修辞类学术成果。

广义修辞学视域中的文学研究②,或整体运用广义修辞学"三个层面""两个主体"解释研究对象的系统;或局部借鉴"修辞技巧""修辞诗学""修辞哲学"等相关理论资源;或使用广义修辞学"身份符号"③

---

① 谭学纯:《问题驱动的广义修辞论》,人民出版社 2016 年版,第 23 页。
② 广义修辞学理论系列著作、广义修辞学视域中的文学研究成果,请参见本书附录二"广义修辞学视域中的文学研究主要成果目录(2001—2023)"。
③ 在广义修辞学概念系统中,"身份符号"是作为一个修辞元素提出来的。谭学纯在《身份符号:修辞元素及其文本建构功能——李准〈李双双小传〉叙述结构和修辞策略》(《文艺研究》2008 年第 5 期)中具体阐释为:"身份符号的概念内涵大于称谓,它包括称谓、称呼、姓名,也包括具有身份指称功能的字母(如卡夫卡小说《城堡》中的 K)、数字(如美国雷蒙德·本森)所著詹姆斯·邦德惊险小说系列中指称英国超级特工的 007)。"

"修辞语象"① 等核心概念分析具体文本，或介入文学理论（如巴赫金小说修辞观、米兰·昆德拉文学语言观、布斯的小说修辞观）与文学文本（如巴金《小狗包弟》、李准《李双双小传》、余秋雨《废墟》、微型小说《提升报告》、中国古代话本小说、"三言二拍"）的修辞阐释上。

关于如何进行文学修辞研究，谭学纯在《中国文学修辞研究：学术观察、思考与开发》中提取三种模式：

模式1：语言学界偏重修辞技巧的文学修辞研究
模式2：文学界偏重修辞诗学的文学修辞研究
模式3：学科渗融框架中的语言学—文学的文学修辞研究

该文倡导模式3，其学术目标是——从文学文本的语言表象，解释文学的语言性问题和语言的文学性问题；技术路线是——语言世界→文本世界→人的精神世界；学术面貌和成果流向指向——语言学面貌和文学面貌并重，同时关注语言学科和文学学科的学术反应。

至于具体操作步骤，谭学纯提出：积章句而成篇，理由如下：

> 一个最小的叙述单位在句子中完成，是句子自身的封闭。在更大的篇章结构中，局部封闭的句子向周围开放着。这个开放的空间需要其他句段来填空。篇章语义的饱和，依赖于连贯性叙述中句段语义的不断生成。句段语义链条如何延伸，制约着篇章语义链条的完整。故事及故事走向、情节及情节推进、人物及人物

---

① "语象"与"物象""意象""幻象"这一组概念的区分，详见谭学纯、朱玲《物象·意象·语象：学术记忆和当下情景》（《修辞研究：走出技巧论》，安徽大学出版社2004年版，第215—225页）、谭学纯《修辞幻象及一组跨学科相关术语辨》[《安徽师范大学学报》（人文社会科学版）2005年第4期]。

关系，都作为相关参数，形成动态的结构模型。①

21世纪以来，文学理论与批评的广义修辞学转向，开拓了文学研究和修辞学研究的多元格局，吸引了文学学科和修辞学科的共同参与。谭学纯指出："文学理论与批评的广义修辞学转向，需要文学学科和语言学（主要是修辞学科）共同开发，不同的学科群体各有优长和弱项"，"从阐释中心到阐释路径，不同于'纯文学'研究，也不同于'纯语言学'研究"，②这些都指向理论建构和实际双层操作的跨学科探讨。

关于广义修辞学视域中的文学期刊研究，谭学纯在《湖南科技大学学报》（社会科学版）2019年第2期主持"期刊文献的广义修辞研究"专栏③时，对修辞视野中的期刊研究的"问题意识"这样阐述：

> 修辞介入期刊变迁的过程，同时又是期刊文献话语变迁表征。期刊的关注度和影响力、期刊的历史使命和现实担当、期刊传递的国家意志、政治运作，以及与此相应的文化资本的博弈如何体现为话语的权力？如何渗融于期刊的内外空间？如何由言内之意和言外之意推助言后行为——产生可预期或不可预期的社会学后果。本期一组文章探讨此类问题，希望能够提供一种独特的观察与解释。④

---

① 谭学纯：《中国文学修辞研究：学术观察、思考与开发》，《文艺研究》2009年第12期。
② 谭学纯：《新世纪文学理论与批评：广义修辞学转向及其能量与屏障》，《文艺研究》2015年第5期。
③ 专栏论文包括谭学纯《期刊文献话语背后——以〈《文艺学习》的广义修辞学研究〉为观察对象》、谭善明《〈文艺研究〉〈文艺理论研究〉的广义修辞学考察》和郑竹群《基于牛津系列期刊巴赫金怪诞身体修辞研究》。
④ 谭学纯：《期刊文献话语背后——以〈《文艺学习》的广义修辞学研究〉为观察对象》，《湖南科技大学学报》（社会科学版）2019年第2期。

本书结合《人民文学》话语尝试对以上"三个如何"做出初步的学术回应。

第四节 《人民文学》广义修辞学研究思路和框架

21世纪以来,文学期刊的修辞研究受到学界关注,但成果不多。相关成果如张玲荣研究《儿童文学》典藏系列(1963—2005)的"成长"的修辞话语流变①、姚达兑研究晚清《新小说》杂志上小说的人物修辞②、杨学民分析台湾《现代文学》小说的反讽修辞③、钟晓文重视《教务杂志》中跨文化传播修辞④等。这些学术智慧促使笔者既要"抬头看看"别人在研究什么和怎么研究,又要"埋头想想"自己的研究对象的独特性,研究路线如何设计。

《人民文学》广义修辞学研究,以《人民文学》(1949—1999)为研究对象,立足"修辞功能三层面"(修辞技巧→修辞诗学→修辞哲学)和"修辞活动两主体"(本书将之细分为"三主体",即编者、作者、读者),呈现各类文本的"语词→语句→语篇"层级性话语面貌。

正文各章均以"《人民文学》X的广义修辞学分析"为题,观察对象分别是《人民文学》创作、评论、"编者的话""读者来信"和图像的修辞话语。

《人民文学》创作话语的广义修辞学分析:阐述两个重要的话语事件,第一节"纪念鲁迅"话语,分析公共话题"纪念鲁迅"转换为"我心目中的鲁迅"的修辞动因,包括三类文本(评论、散文和传记)

---

① 张玲荣:《"成长"的修辞之维——论〈儿童文学〉典藏系列(1963—2005)的话语流变》,硕士学位论文,华中师范大学,2008年。
② 姚达兑:《晚清小说的奇理斯玛修辞——以〈新小说〉杂志所载小说为中心》,《河北科技大学学报》(社会科学版)2010年第2期。
③ 杨学民:《论台湾〈现代文学〉杂志小说的反讽修辞》,《华文文学》2012年第1期。
④ 钟晓文:《广义修辞学视域下的近代西方跨文化传播——以〈教务杂志〉(1867—1941)为例》,《东南学术》2016年第6期。

的修辞语境和论证逻辑,剖析公共话语与个体话语、公共认知与个体认知的精神内核。第二节"儿童文学"叙事话语,分析"好孩子""蜕变的顽童""受伤的孩子"的人物类型和故事修辞,"蜕变事件"和"受伤事件"的故事表层序列背后的深层语义。

《人民文学》评论话语的广义修辞学分析:"短论"和"创作谈"是《人民文学》评论的两张"名片"。第一节分析"百花时代"的短论中的关键词"香花"和"毒草",文本中"锄毒草"经历了"识毒草→找病根→开药方"的修辞路径,呈现了话语主体的形象思维和批判精神。第二节分析创作谈语用频率较高的两个关键词"生活"和"创作"。创作谈的"谈法"与"写法"呈现为叙事、抒情和说理等话语文体文风,"巧言"背后隐藏着主体"内诚"(真实、真诚与忠诚)。

《人民文学》"编者的话"的广义修辞学分析:选取编者的推荐话语和道歉话语进行修辞分析,第一节作为修辞行为的推荐话语,指向推崇短篇短章和持续推出新人新作,显示出编者推动青春力量和锐意革新的精神。第二节作为修辞行为的道歉话语,指编者向读者和作者进行检讨、道歉和更正。道歉行为的信息框架主要包括道歉方的公开主动性和道歉辅助策略的使用,并发挥了表意、情感与修复等语用功能,致歉语与致谢语连用的策略降低了交际双方的面子威胁。

《人民文学》"读者来信"的广义修辞学分析:分别从读者话语权的认证("自我认证"和"编者认证"两种身份认证方式、"读者"共享"同志""人民""群众"的政治资源以及"权威型""谦卑型"读者的话语策略)、来信的文本建构("读后感"和"建议书"两种来信类型的话语模式与表述逻辑)和编者编排来信的主体精神(寻求国族认同的情感倾向、来信"真相"叙事和编者在理想与现实之间的精神困境)三个层面进行具体阐释,分别对应于本章的三节内容。

《人民文学》图像话语的广义修辞学分析:聚焦于修辞技巧(图像呈现了什么)→修辞诗学(图像为什么这样呈现)→修辞哲学(图像主体的精神建构)的逻辑推导,分三节分别分析女性书写、空间叙述和主体想象建构起的人民当家作主的话语体系。女性图像总体表现出向革命者靠拢的趋向，完成从"自我认同"到"社会认同"的修辞转换。人物图像通过从"个人"到"集体"的修辞编码，完成人物"在场"空间再度时间化的叙事转型。图像创作主体自觉选择从"吸旧"到"纳新"、从"写意"到"写实"、从"精英"到"大众"等建构路径，以唤醒人民群众国富民强的集体愿望。

每章标题页，引用与内容相关的语料或评论，以副文本形式与正文阐释对象之间形成互文性文本。

基于以上思路，本书的分析框架如图0-3所示：

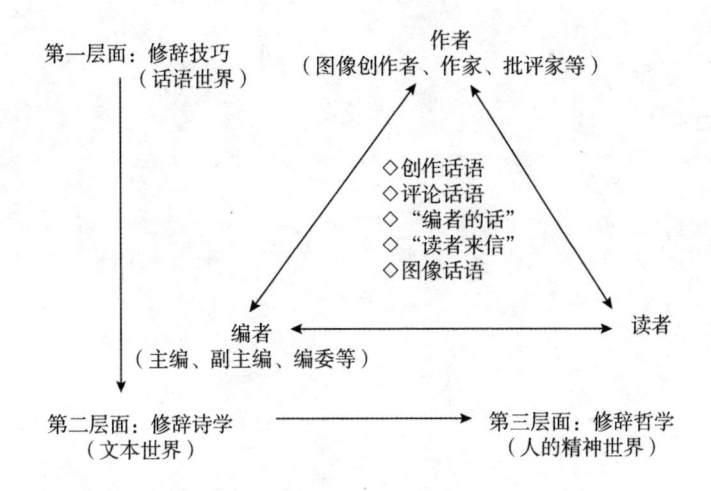

```
第一层面：修辞技巧              作者
      （话语世界）     （图像创作者、作家、批评家等）

                      ◇创作话语
                      ◇评论话语
                      ◇"编者的话"
                      ◇"读者来信"
                      ◇图像话语

              编者 ←——————→ 读者
      （主编、副主编、编委等）

第二层面：修辞诗学 ——————→ 第三层面：修辞哲学
      （文本世界）                （人的精神世界）
```

图0-3 《人民文学》的广义修辞学研究框架图

附录一"《人民文学》研究成果目录（1986—2023）"，收录1986年以来《人民文学》研究著作和论文共220部/篇，旨在展现相关研究的历史、现状与未来可开发的空间。

附录二"广义修辞学视域中的文学研究主要成果目录（2001—2023）"，收录2001年《广义修辞学》初版以来广义修辞学介入文学领域的著作和论文163部/篇，旨在表达广义修辞学融入文学期刊研究的可行性与解释力。

本书纵向梳理《人民文学》研究成果，横向参照文学修辞研究与期刊研究的最新动态，着眼微观探测与宏观评述，综合史料描述与学理探究，兼顾期刊话语世界、文本世界和人的精神世界，把握文学与语言学交叉领域的理论前沿，探索从修辞学视角观察中国当代文学期刊研究的新思路。

第一章 《人民文学》创作话语的广义修辞学分析

● 《人民文学》的志向从来就不仅是单纯办一本刊物,发很多作品,而是要引领潮流,推动中国文学在思想上和创作上的变化发展。

——李敬泽《答〈文艺争鸣〉问》

● 当创作的多元化伊始,《人民文学》得风气之先,领风骚于前,所发作品在素质的提高、探索的锐进上,多能出类拔萃,使人刮目相看,曾令诸多读者和作者在审美与创美的取向上,唯此期刊马首是瞻。

——崔道怡《我与〈人民文学〉》

● 我国文坛上当今大批中年作家骨干就几乎都是五十年代从《人民文学》冒出,他们在新时期各自特异的创新和发展,其实也多从五十年代便已开始探索。

从微观上我并不认为《人民文学》无瑕疵之处,甚至个别的也不无影响方向的情况;但从宏观上我却衷心感到四十年间刊物是无愧于"人民的社会主义的文学"这一光荣标志的。

——康濯《日上中天》

《人民文学》"创刊词"提出创作的任务要求:"创造富有思想内容和艺术价值、为人民大众所喜闻乐见的人民文学,以发挥其教育人民的伟大效能。"① 复刊号刊登小说、儿童文学、报告文学、散文、诗歌、文艺短论等文学作品。1980年代"欢迎的是那些与千千万万的人民命运休戚相关、血肉相连、肝胆相照的作品"。② 1989年第1期发表主编刘心武《时代·开拓·交流》③,对1980年代创作进行总结。1990年代办刊理念体现在《人民文学》要"坚定不移地贯彻'二为'方向和'双百方针',弘扬主旋律,提倡多样化,把最好的精神食粮贡献给读者,'以优秀的作品鼓舞人'"。④

　　创刊50年来,《人民文学》奉献了各式各样的创作"餐品"。数以万计的名篇佳作,组成文学宇宙中的闪耀群星,成为中国当代文学发展历程的见证。曾任主编的韩作荣说:"诸多作家与文学新人,以不竭的创造力、胆识与智慧,撑起了这座文学殿堂,推动并引导了文学新的潮流,以筚路蓝缕的勇气和坚毅的探寻,为中国当代文学开拓出新的疆域与广阔的精神空间。"⑤

　　在文体形式上,《人民文学》坚守中短篇小说、诗歌、散文和报告是创作基本"四大件",兼顾杂文、评论、童话、寓言、剧本和相声等多品种;在思想内容和艺术风格上,从反映不同阶级的现实生活、为人民大众所喜闻乐见的人民文学到"弘扬主旋律,提倡多样化";在文学的社会功能上,由"发挥教育人民的伟大效能"到"以优秀的作品鼓舞人"的转变。复刊以来特别是1990年代至今逐渐形成纯文学

---

① 《创刊词》,《人民文学》1949年创刊号。
② 编辑部:《不仅仅是为了文学——告读者》,《人民文学》1983年第8期。这篇文章在功能上相当于"本刊稿约",文中这样表达编者对创作的期待:"我们特别热切地呼唤那些忧国忧民、利国利民的作品,那些勇敢地直面人生、直面社会矛盾而又执着地追求共产主义的理想和信念的作品。"
③ 刘心武:《时代·开拓·交流》,《人民文学》1989年第1期。
④ 编者:《新年寄语》,《人民文学》1998年第1期。
⑤ 韩作荣:《答龙源期刊网记者问》,《人民文学》2005年第10期。

风格，努力保持文学的庄重和典雅。无论从文体、思想艺术和文学功能，还是从《人民文学》名家的代表作、文学新人的成名作、实力作家的获奖作来说，《人民文学》研究都绕不开这些创作实绩。学术界关于《人民文学》创作的研究成果非常丰富，本书导论部分对此做过较为详细的梳理，此处不赘述。

区别于学术界以文学史线索勾勒《人民文学》创作脉络的研究思路，区别于对《人民文学》相关文体文本、文学事件的研究视野，本书关注两类有重要的修辞意味而学术界尚未论及的创作话语现象：

《人民文学》创刊号即设置"鲁迅先生逝世十三周年纪念专题"，发表冯雪峰、郑振铎的评论，巴金、胡风的回忆散文，刊登"鲁迅先生故居"照片、手迹和遗墨等。50年间，共刊载过鲁迅相关资料近百处。在同一种文学期刊上"鲁迅"出镜频率与总量创下最高，此乃古今中外任何作家都不曾享有的殊荣。对《人民文学》来说，纪念鲁迅意味着什么？对鲁迅研究史而言，《人民文学》的鲁迅纪念又有什么样的价值？

《人民文学》创刊伊始就极力倡导儿童文学，将发展和繁荣儿童文学视为一件战略性大事。50年间共发表了诗歌类（包括童话诗、童谣、儿歌）、儿童小说（包括苏译）、童话故事类（包括寓言、民间故事、生活故事）、散文类（包括特写、速写、传记、报告文学、科学小品）、剧本类（包括儿童喜剧、歌剧）、评论类（包括创作谈、作品推荐）创作近500篇。在中国当代儿童文学发展史上，《人民文学》扮演怎样的角色？在《人民文学》发展史上，儿童文学创作又发挥怎样的修辞功能？

为此本章聚焦《人民文学》"纪念鲁迅"和发表"儿童文学"创作文本，展开具体的修辞分析。

第一节　公共话题→个体话语:"纪念鲁迅"的修辞建构

"纪念鲁迅"是鲁迅研究的公共话题。当前,学界的代表性成果有:吴小龙认为,周海婴《鲁迅与我七十年》以平静超越的态度直率写出了真实的鲁迅[①];张大海借用拉康的镜像理论提出,20世纪鲁迅的形象变迁可看作是中国人思想变迁的折射[②];程振兴指出,20世纪五六十年代许广平的鲁迅纪念是一种假私济公的回忆[③];丁文强调,历史语境是影响周作人的鲁迅思想书写的关键因素[④];梅琳论证了1938年《新华日报》《中央日报》在纪念鲁迅活动中呈现不同的价值取向[⑤];张静怡等人谈及王统照佚文《感化力》与《生活星期刊》的鲁迅纪念,讨论了抗战时期王统照纪念鲁迅文字的整理问题[⑥]。毋庸置疑,"鲁迅纪念研究"是鲁迅学术史上的一个宏大的学术命题[⑦]。

《人民文学》创刊号设立"鲁迅先生逝世十三周年纪念专题",50年间陆续设置"鲁迅先生逝世十五周年纪念专题""纪念鲁迅　学习鲁迅——纪念鲁迅诞生九十五周年专题""纪念鲁迅诞生一百周年"。发表了陈涌、冯雪峰、郑振铎、周扬和李长之等人纪念鲁迅的文章,茅盾、巴金、胡风、萧军和王蒙等作家回忆鲁迅的散文,还有陈白尘主笔、唐弢创作的两部鲁迅传记。这些创作在中国当代文学史上特别

---

① 吴小龙:《平静的回忆和回忆的平静——读周海婴〈鲁迅与我七十年〉》,《博览群书》2002年第7期。
② 张大海:《鲁迅的镜像——通过回忆鲁迅的文章谈鲁迅形象的变迁》,《文艺争鸣》2006年第3期。
③ 程振兴:《假"私"济"公"的回忆——论许广平的鲁迅纪念》,《鲁迅研究月刊》2014年第8期。
④ 丁文:《个人话语与历史语境:论周作人的鲁迅"回忆文"》,《关东学刊》2020年第4期。
⑤ 梅琳:《旗帜与训诫:1938—1940年〈新华日报〉〈中央日报〉纪念鲁迅活动考察》,《文艺理论与批评》2017年第6期。
⑥ 张静怡、凌孟华:《王统照佚文〈感化力〉与〈生活星期刊〉的鲁迅纪念——兼及抗战时期王统照纪念鲁迅文字的整理问题》,《鲁迅研究月刊》2021年第8期。
⑦ 程振兴:《鲁迅纪念研究1936—1949》,中国社会科学出版社2011年版,第2页。

是鲁迅研究史上具有重要的文本价值。

《人民文学》"纪念鲁迅"是一个令人瞩目的修辞事件。《人民文学》提供了讨论公共话题"纪念鲁迅"的特定场域，每个作家个体展示了各自的话语表述和纪念方式。公共话题转换为话语，"有两种方向性选择：公共话语/个体话语"。① 公共话题通过公共话语进入大众传播，召唤集体意识；公共话题以个体方式表达，行使话语自由权。将公共话题"纪念鲁迅"转换为个体话语"我心中的鲁迅"，《人民文学》的创作者（以下统称为"话语主体"）的思想和情感转换为物态的关键词、句子和文本。公共性适度消解，个体性或隐或显，公共话语与个体话语之间存在张力，不同个体之间存在主体间性。这些选择反映了话语主体的修辞技巧和策略。

本节选取其中有代表性的三类文本（详见本节附录），即数量较多的评论、散文和社会影响较大的传记，分析这些文本的修辞建构，依次探究：

  鲁迅形象在真实的鲁迅身份与想象的语言符号之间如何呈现？每一篇纪念鲁迅的文本在开放的公共空间或私密的个体空间如何以叙述的方式表述？话语主体对鲁迅的认知如何体现为文学话语的公共认知与个体认知？

以下论述聚焦语词→语句→语篇，立足修辞技巧→修辞诗学→修辞哲学，为《人民文学》纪念鲁迅话语提供广义修辞学视角。

一 "鲁迅是谁"：话语主体的修辞范式与认知语境

发表文学评论是《人民文学》"纪念鲁迅"的基本形式，共计23

---

① 谭学纯：《公共话题转换为个人话语：修辞化及其限度》，《福建师范大学学报》（哲学社会科学版）2012年第2期。

篇。其中陈涌发表鲁迅评论最多，冯雪峰的鲁迅评论较有代表性，另外还有郑振铎、周扬和李长之等人的文章。

公共话题转化为个体话语，不同的话语主体选择不同的表述方式，他们在语词、语句、语篇、逻辑和语境等要素的选择上，选择了"自己的方式"，同时顺应了时代"共同的方式"。具体表现如下：

（一）陈涌的鲁迅评论的修辞范式

陈涌在《人民文学》上发表鲁迅评论计5篇，分别是：

《一个伟大的知识分子的道路》（1950年第11期）

《鲁迅文艺思想的几个重要方面》（1951年第10期）

《论鲁迅小说的现实主义——〈呐喊〉〈彷徨〉研究之一》（1954年第11期）

《为文学艺术的现实主义而斗争的鲁迅》（1956年第10期）

《鲁迅与现实主义和浪漫主义问题》（1981年第10期）

20世纪50—80年代可称为鲁迅研究的"陈涌时代"[①]，这些评论奠定了陈涌在鲁迅研究史上的地位。第三篇被称为"新中国第一篇运用马克思主义文艺理论的观点阐释鲁迅小说的现实主义创作思想的论文"[②]。第四篇以"理论的概括性、研究的整合性与论述的深广、细微、透辟称绝"，在中国鲁迅学史上"树起了一个很难企及的高峰"[③]。

在陈涌笔下，鲁迅是谁？鲁迅是"把革命精神与朴素的实事求是精神结合在一起的思想家与革命家"，是"坚决不懈的思想战士""共产主义者""小资产阶级的革命民主主义者""朴素的唯物论者""接受工人阶级思想的知识分子""现代中国革命民主主义和马克思主义

---

① 李云雷：《陈涌：一个马克思主义学者的追求与人格》，《文艺报》2015年10月19日。
② 郝庆军：《试论陈涌对鲁迅研究的理论贡献及其当代启示》，《文艺理论与批评》2011年第2期。
③ 张梦阳：《作为鲁迅研究家的陈涌》，《文学评论》2004年第4期。

的文艺思想的真正奠基者"。

这五篇评论开启了陈涌的鲁迅研究的范式。它们不仅体积庞大，每篇都是数万字宏论，而且注重史料真实，注释除了马列经典文论外，主要来自鲁迅的小说、散文、杂文、序跋和书信原文。

更值得深入探讨的是，它们在语言（语词、语句、语篇）和论证（立场、结构、目的）等层面呈现出特定意识形态框架下的修辞面貌。

表述用词：惯用"第一个""最""彻底"（中国现代文学上第一个深刻提出农民和其他被压迫群众状况和他们的出路问题的作家/近代中国第一个最深刻最彻底的革命民主主义和现实主义的作家）、"完全"（作家的思想感情要和革命实际斗争完全融合）、"全部"（真正从"下面"、从被压迫人民的角度提出反封建问题，决定鲁迅小说《呐喊》《彷徨》的全部面貌）、"根本"（鲁迅接触到并初步解决了中国文艺斗争的许多带根本性的重大问题），将鲁迅及作品推至中国文学发展的历史高地。

常用句式：A（鲁迅/鲁迅思想/鲁迅作品）"反映了""表现了""决定了""解决了""提出了"B（现实重要问题/重大问题）。如《阿Q正传》"内容具有革新性、独创性和深刻的悲剧性""阿Q的悲剧多少反映了辛亥革命的悲剧""表现了阶级和民族压迫对于农民严重的精神戕害""表现了黑暗的中国给予知识分子的失望与创痛"。

语篇逻辑：评论中不乏这样的"等式思维"（鲁迅小说的现实主义＝鲁迅思想的现实主义＝社会主义现实主义）和"因果联系"（因为：农民问题是中国革命的基本问题，所以：农民问题成了鲁迅注意的中心，关于农民问题的作品在鲁迅的小说里占着特殊显著的地位）。

论证立场：以"现实主义/革命现实主义/社会主义现实主义"真实论为主线，统摄"中国革命""中国人民""中国发展"的意义系统，试图呈现鲁迅"不断地探求中国向前发展的道路、寻找真理的努力"，证实"鲁迅改造中国""中国需要鲁迅"的依存关系。

论证结构：善于从不同角度反复论证一个中心论点，形成"总—

分—总""理论分析→历史分析→艺术分析"大型循环系统。

论述目的：旨在传播文艺反映论（"文艺是直接描写生活的""重视普及文艺，反对脱离群众的倾向""文学自觉服从政治、服从中国革命斗争"），更注重在当时语境中鲁迅文艺思想的实用价值和教育意义（"鲁迅文艺思想是中国革命和马克思主义的文学理论遗产中的重要部分""鲁迅关于浪漫主义的观点对我们今天也很有启发意义"）。

这种范式是鲁迅研究无法绕开的节点。陈涌后来反思道："我的论文里不少'为革命政治服务''服从革命政治斗争的要求'一类的字样，和今天的提法并不一致，但这在当时是一种历史现象""如何评价这种历史现象，也还值得研究。"① 无论采用怎样的研究视角和认知逻辑，都呈现了他在鲁迅思想发掘上用力之苦、之深、之勤。对此，张梦阳说："陈涌是用自己的骨头，蘸着血，写作鲁迅研究论文的！"② 如何评判这一代鲁迅研究价值，"怎样研究""怀着怎样的态度和热情"比"研究出什么"，更显得弥足珍贵。

（二）冯雪峰的鲁迅评论的认知语境

冯雪峰在《人民文学》上仅发表两篇鲁迅评论：《鲁迅创作的独立特色和他受俄罗斯文学的影响》（1949年第1期）和《论〈阿Q正传〉》（1951年第10期），但分量不轻，奠定了他在鲁迅研究史上无可替代的地位。

这两篇评论"充满深层思考和理性高度"，做出了"深邃到位而又富有理论分量和历史性质的概括"③，是"新中国成立后最早研究鲁迅与外国文学关系的人"，"代表了相关研究的最高水平"。④

---

① 陈涌：《论鲁迅·后记》，人民文学出版社1984年版。
② 张梦阳：《中国鲁迅学通史·宏观反思卷：20世纪中国一种精神文化现象的宏观描述与理性反思》，广东教育出版社2001年版，第466页。
③ 孙玉石：《鲁迅文学创作与精神气质之诗性特征：冯雪峰对鲁迅理解阐释的一个侧面之浅议》，《上海鲁迅研究》2013年第3期。
④ 乐黛云、王向远：《比较文学研究》，福建人民出版社2006年版，第177—178页。

冯雪峰承继"鲁迅主义"① 脉络，在第一篇评论中，从世界文学的格局中考察鲁迅创作的域外渊源及独立特色，并阐述鲁迅文学精神与个人的气质天赋之间的深层关联，提出"鲁迅是中国最早的一个彻底的资产阶级民主革命者，他的见解比当时的任何一个革命领袖或思想界权威都来得彻底和深邃"，"鲁迅的爱国主义的特色，和他文学上的抒情诗的特征分不开，鲁迅的抒情诗的气质之厚和天份之高，自然是毋庸置疑的"。另一篇评论则认为，《阿Q正传》有着"火热的战斗和批判"，蕴涵"政论家的鲁迅"和"战斗的启蒙主义者的鲁迅"思想，"简直是一篇深广而很现实的政论"；作为典型形象阿Q"并不完全是中国雇农的典型或流浪的雇农的典型"，而是"阿Q主义和阿Q精神的寄植者"，"是鲁迅自己在前期所说的'国民劣根性'的体现者"等。

由于历史局限，这两篇评论充斥着"毫无疑问""完全正确""无论如何"等斩钉截铁的修辞话语，存在着论点较为绝对、论据较为主观和论证的政治化色彩等缺憾。

语言活动是一种认知活动。语言的表达与理解，需要参照特定的语境。对冯雪峰评论文本意义的探究，除了言内语境外，还要认清它所处的言外语境。也许，文本之外的认知语境更值得关注。至少可从以下四个要点观察：

评论作者的身份符号　冯雪峰作为鲁迅的亲近者兼研究者，拥有阐释鲁迅的优越条件。更难得的是，他自己是诗人、杂文家兼理论家，其评论文本在理论建构和理性阐释方面颇有深度，尤其实现了鲁迅"民族魂"精神内核与意识形态表达的有机融合。

上下文语篇关联　《鲁迅创作的独立特色和他受俄罗斯文学的影响》发表于《人民文学》创刊号（1949年10月25日），即新中国成立后24天。该篇是《人民文学》创刊号"纪念鲁迅逝世十三周年纪

---

① 冯雪峰：《鲁迅与中国民族及文学上的鲁迅主义》，《文艺阵地》1940年第5卷第2期。

念专题"的第一篇①。《论〈阿Q正传〉》是该刊"鲁迅先生逝世十五周年纪念专题"的第一篇②。《人民文学》对冯雪峰论文此种优待,百年一遇。

文本生产与传播过程 冯雪峰《鲁迅创作的独立特色和他受俄罗斯文学的影响》是当时《人民文学》主编茅盾的约稿③。《论〈阿Q正传〉》发表之后,引起文艺界的强烈反响,如耿庸《〈阿Q正传〉研究》对之进行了批评。④ 冯雪峰"觉得论得太空泛,并且有的论点在解释上是有错误的"⑤,又写了《阿Q正传》。两篇堪称姊妹篇,具有文本互文性。

文本表达与接受的互动 冯雪峰以个人的知识结构,表达了当时中国人的集体道德观和价值观——作为中华民族战斗者之魂的鲁迅,对以阿Q为代表的民族劣根性作了深刻解剖,从而创造了国民性改造的经典文本。

读者有着与作者较为一致的理解系统和思维方式,不假思索接受了鲁迅的信息系统,甚至反过来影响并参与文本的表达策略。共享价值观是社会整合的"黏合剂"⑥。这种同质性构成了集体意识的基础,

---

① 《人民文学》创刊号刊发"鲁迅先生逝世十三周年纪念专题",发表了冯雪峰《鲁迅创作的独立特色和他受俄罗斯文学的影响》和郑振铎《中国小说史家的鲁迅》的研究论文,还有巴金《忆鲁迅先生》和胡风《鲁迅还在活着》两篇散文,刊发鲁迅故居照片两帧"庭院一角""工作室",另有鲁迅遗墨(1926年4月9日致章廷谦信)。

② 《人民文学》1951年第10期特设"鲁迅先生逝世十五周年纪念专题",发表冯雪峰《论〈阿Q正传〉》和陈涌《鲁迅文艺思想的几个重要方面》两篇评论、钦文《读〈药〉新感》和郑谦《两个时代的农村婚姻——读鲁迅的〈离婚〉和康濯〈我的两家房东〉》两篇读书笔记,以及孙伏园《鲁迅先生开列的中国文学入门书十二部》,封二有人民文学出版社经售的鲁迅著作书讯,插页中有《自题小像》全诗的遗墨。

③ 冯雪峰在这篇论文"附记"中记载当时的具体情形:"今年鲁迅先生逝世十三周年纪念,本刊出特辑,茅盾先生要我也写一点,我在仓卒之间写不出来;恰在这时候,我收到上海出版的《小说》第三卷第一期,内有一篇我写的研究鲁迅和俄罗斯文学关系的论文,我自己重读了一遍,发觉有几个印错了的字,是颇有关系的,因此就摘出几段来,改正错字,在这里重登一下。"

④ 耿庸:《〈阿Q正传〉研究》,泥土社1953年版。

⑤ 冯雪峰:《阿Q正传》,作者附记,《文艺学习》1955年第5期。

⑥ [美]戴维·波谱诺:《社会学》,刘云德、王戈译,辽宁人民出版社1987年版,第71页。

规范了新中国的文化秩序,也为民族团结提供了可靠依据。

《人民文学》还发表了郑振铎《中国小说史家的鲁迅》、周扬《发扬"五四"文学革命的战斗传统》、李长之《文学史家的鲁迅》、邵荃麟《关于"五四"文学的历史评价问题》、周建人《锲而不舍 战斗不息——纪念鲁迅诞生九十五周年》、孙犁《关于中篇小说——读〈阿Q正传〉》、李希凡《渗透着诗情的氛围、色调和意境——漫谈〈呐喊〉〈彷徨〉的创作艺术》和臧克家《有的人死了,他还活着——纪念鲁迅诞生一百周年》等纪念鲁迅的评论。

这些文本赋予鲁迅以"文学史家""革命志士""知识分子"等身份符号;阐释鲁迅思想接受"苏俄文学""现实主义""现实斗争"影响的基因渊源;立足宏观俯瞰视角,将鲁迅小说的意识形态功能置于"前排",而对其作品审美价值的解读作为话语"背景";论及鲁迅个体,频繁出现"坚决""勇敢""忠诚"等正面语词,难以呈现性格复杂多面的"真人"面目也难以体现话语主体的个性异质。

这种同声同气的话语修辞,主要源于共同的修辞语境、先验框架、论证逻辑和理论参照系。然而,文学批评应当坚持独立纯粹的批评精神,正如鲁迅所说:"批评必须坏处说坏,好处说好,才于作者有益。"①

《人民文学》发表"纪念鲁迅"的评论文本,基本采用与主流话语兼容的修辞策略,这主要因为《人民文学》作为与新中国共生的"国家最高"文学刊物②,其权威地位由特定的历史条件孕育生成。

纪念鲁迅,实际上是献给鲁迅的"礼物",《人民文学》编者在《卷首语》中这样说明——"鲁迅先生确实是一棵独立支持的大树,他不仅为我们创造宝贵的文学财富,同时也为我们民族留下伟大的精

---

① 鲁迅:《我怎么做起小说来》,《鲁迅全集》(第4卷),人民文学出版社1982年版,第514页。

② 吴俊、郭战涛:《国家文学的想象和实践——以〈人民文学〉为中心的考察》,上海古籍出版社2007年版,第1页。

神遗产"①。透过鲁迅评论文本世界的内外风景,我们感受着评论话语主体对鲁迅个体的满腔崇敬,感受着文学传播媒体对鲁迅精神的高扬。

二 "我心中的鲁迅":话语主体的身份符号与叙述空间

《人民文学》发表以"纪念鲁迅"为公共话题的散文17篇。把公共话题转换为文本话语,有两种可能性选择:公共话语/个体话语。这些文本建构了怎样的鲁迅形象?将鲁迅置于怎样的回忆空间?主体在鲁迅的追忆中又呈现怎样的心理情绪?这些问题涉及文本的修辞路径。

(一)身份符号:鲁迅形象的公共性与个体性

身份符号影响主体的身份建构。赵毅衡也提出,"只要有意义表达,就必须有文本身份""文化的表意与解释活动需要文本身份"。②一般来说,鲁迅以A/B两组身份符号进入文本,如:

A组:英勇的战士、巨人、普照一切的太阳、永不陨落的巨星、大树、一面旗

B组:瘦小的老人、严师、诤友、同志、勤俭的劳动人民、亲切的长者

在文本结构中,鲁迅身份符号"是什么"是语言描绘的事实,而"怎么样""为什么"则是文本叙述的修辞策略。以这两组身份符号为观察点,分析《人民文学》"纪念鲁迅"散文的叙述结构和修辞策略,可以抽取四条基本规则:

规则1:抒情性和形象性参与构建鲁迅的公共性身份符号

《人民文学》创刊号即发表巴金《忆鲁迅先生》和胡风《鲁迅还

---

① 编者:《卷首语》,《人民文学》2001年第10期。
② 赵毅衡:《身份与文本身份,自我与符号自我》,《外国文学评论》2010年第2期。

在活着》。这两篇散文都把鲁迅比作具体可感的光辉形象：在青年巴金心中，鲁迅是"巨人""有着伟大心灵的瘦小的老人""像一个普照一切的太阳""像一颗永不陨落的巨星""一棵大树，就像眼前的树木一样……"①。胡风回忆说，"他是我们底严师、诤友、血肉的同志""神圣的存在"②。作为鲁迅学生辈，巴金和胡风用修辞化语言书写了鲁迅伟大的公共形象。

规则2：公共性身份符号相对固化是鲁迅形象建构中的修辞弱项

为纪念鲁迅诞辰95周年，《人民文学》1976年复刊时发表了茅盾的《鲁迅说："轻伤不下火线"》。"我"追忆了1935年到鲁迅家邀请他去苏联游历疗养的事情，在"我说……鲁迅就笑道……我就问……鲁迅又说……我说……鲁迅沉吟了一会儿，然后摇头道……我换了一个话题，又说……他沉吟了一会儿……"一系列话轮转换后，"我就告别了"。虽然隔了六七天"我又到鲁迅家"，但"鲁迅的战斗精神那样坚决，使我也不好再多嘴了"③。鲁迅"英勇的战士"公共形象，在茅盾的文章中一以贯之。

规则3：修辞语境是影响公共话语或个体话语的充要条件

作为公共形象的鲁迅多出现在"十七年"散文文本中，到了新时期，话语主体对鲁迅形象的描述更为多样化，但这并不意味着鲁迅的形象在"十七年"散文中没有踪影。1961年《人民文学》纪念鲁迅先生逝世25周年，发表了多篇回忆鲁迅的散文。其中川岛从许广平曾评价鲁迅日常生活习惯"彻头彻尾从内至外都是农民化的"起笔，回忆和鲁迅交往中的点点滴滴。从拜访鲁迅北京西三条住处时他对客人的迎来送往的细节，到鲁迅先生在厦门大学时邀"我"去吃晚饭后棉袍被香烟烧破的旧事，川岛娓娓道来。在他心中，"鲁迅先生不辞劳

---

① 巴金：《忆鲁迅先生》，《人民文学》1949年第1期。
② 胡风：《鲁迅还在活着》，《人民文学》1949年第1期。
③ 茅盾：《鲁迅说："轻伤不下火线"》，《人民文学》1976年第6期。

瘁的工作以及一生的战斗业绩，和平日的自奉俭约、慷慨济人的一些生活作风，是劳动人民所独有的"①。如此看来，克勤克俭的劳动人民形象在川岛的笔端活灵活现起来。新时期，这些散文较多关注鲁迅个体形象描画，公共形象淡化了。

规则4：话语主体和鲁迅的亲密程度与鲁迅身份符号的修辞建构并非呈正相关

在某些需要呈现公共形象的场域，话语主体往往向"大方向"渐进，"我"对鲁迅的真挚情感亦显而易见。生活中与鲁迅交往密切的主体，具有"近水楼台先得月"的叙述便利，但有的主体仍然选择公共形象的鲁迅。周建人在《绍兴光复前鲁迅的一小段事情》中较为详细地记述了武昌起义之后鲁迅在绍兴组织武装讲演的"大事"②，作为鲁迅三弟的周建人叙写的着眼点在于"走出家"后参加学生革命游行的情景鲁迅作为革命战士的形象。从读者的期待视野来看，读者更想看看鲁迅"在家"的日常活动和精神面貌。

没有见过鲁迅或很少见过鲁迅的青年仍能在文本中表达"我心中的鲁迅形象"。金帆回忆自己年轻时收到鲁迅寄来淡黄色的信封时，"心情激动""万分感激"③。谢德铣《鲁迅母家农村散记》④ 和李书磊《一九三五年一月的鲁迅》⑤ 也在公共话题中描述鲁迅作为普通人的日常生活的情形。

话语主体以在场方式建构着文本深层结构。作为民族精神的"巨人"鲁迅、"思想革命家"⑥ 鲁迅，作为"质朴的农民""亲切的长者"的鲁迅，在语言的表述中得到形象外化。21世纪之后，鲁迅形象

---

① 川岛：《鲁迅先生生活琐记》，《人民文学》1961年第7/8期。
② 周建人：《绍兴光复前鲁迅的一小段事情》，《人民文学》1961年第7/8期。
③ 金帆：《鲁迅先生的一封即复信》，《人民文学》1985年第1期。
④ 谢德铣：《鲁迅母家农村散记》，《人民文学》1981年第9期。
⑤ 李书磊：《一九三五年一月的鲁迅》，《人民文学》2001年第1期。
⑥ 邱焕星：《有限革命的张力："国民革命鲁迅"形象的建构与解构》，《西南民族大学学报》（人文社会科学版）2022年第2期。

更倾向于"去革命性"①,话语主体试图把鲁迅改写成爱国主义者、启蒙主义者等新形象。语言是一种精神存在,如法国思想家德里达提出的"符号的精神性"②,鲁迅形象的背后体现话语主体的精神世界。

(二) 文本修辞:叙述的公共空间与个体空间

《人民文学》发表"纪念鲁迅"散文叙述有两种空间类型:公共空间指包括"我"和鲁迅在内有他人在场的公共场所,如北京大学课堂上;个体空间指"我"和鲁迅之间较为私密的场所,如鲁迅家、与鲁迅的书信往来。

从修辞权力的维度观察散文中的空间选择,它就不再是叙述进程中的修饰物,而是浸润着话语主体的修辞指向,具有透视特定文本深层结构的语篇功能。文学话语中的空间从地理概念转化为空间象征模式。从这个角度看,《人民文学》刊发的"纪念鲁迅"散文的话语空间类型和话语信息如表1-1所示:

表1-1 《人民文学》"纪念鲁迅"散文话语的空间类型与话语信息

空间类型	话语类型	话语模式	修辞信息
公共空间	公共话语	可复制性高	已知信息≥未知信息
	个体话语	可复制性低	已知信息≤未知信息
个体空间	公共话语	可复制性高	已知信息≥未知信息
	个体话语	可复制性低	已知信息≤未知信息

公共话题转换为公共话语还是个体话语,话语主体将鲁迅置于怎样的叙述空间,受到客观条件制约;是潜意识的也是有意识的,是一种修辞选择。选择公共空间叙述,较大可能呈现公共话语,也有可能呈现具有私人印记的个体话语("空间私用");选择个体空间叙述,较大可能呈现私密性的个体话语,也有可能呈现公共话语的合法性

---

① 孙霞、陈国恩:《聚焦于"现代性"与"人文关怀"的阐释——近年新加坡中学华文教材对鲁迅的接受》,《鲁迅研究月刊》2022年第4期。
② [法]雅克·德里达:《声音与现象:胡塞尔现象学中的符号问题导论》,杜小真译,商务印书馆1999年版,第3页。

（"空间权力"）。

以这两种类型和四种可能性为观察点，分析《人民文学》"纪念鲁迅"散文的修辞策略，可提取四种文本叙述方式：

方式1：以公共空间为中心→叙述呈现公共话语

许钦文在《人民文学》发表《鲁迅先生和陶元庆》《鲁迅在"五四"时期》，均选择在公共空间中记叙鲁迅。前一篇着重叙述了"我们仨"（许钦文、鲁迅和陶元庆）在北京西客站、帝王庙展览会等公共场合的活动。① 后一篇中回忆了自己在北京大学听鲁迅讲《中国小说史》，"使我感动新颖和惊异"，文末作出如下论断："鲁迅先生，在轰轰烈烈的'五四运动'中，是强有力的领导人之一""我们应该怀念中国文化革命的主将鲁迅先生。"② 在特定修辞语境中，许钦文主动选择在公共空间中使用公共话语含量比较高的话语，验证了较多的已知信息，以此来凸显鲁迅作为"主将"的精神价值。

方式2：以公共空间为中心→叙述呈现个体话语

1933年草明在上海见过鲁迅，他笔下的鲁迅是爱护青年的导师。他在《我吃过他的"奶"》中记叙"我"和鲁迅的几件事，叙述空间虽多在公共场合，但"我"的叙述语言是个性化的。鲁迅"灰色的袍子""幽默的不屈的胡子""顽强坚贞的性格"③，描绘得非常生动。这种个性化语言也较为有限，为读者提供的未知信息较为稀薄，话语基调依然把鲁迅作为"中国新文化的巨匠""伟大的作家"来进行"博大的心灵"的叙说和呈现。

方式3：以个体空间为中心→叙述呈现公共话语

曹靖华在《望断南来雁——纪念鲁迅逝世二十七周年》中记述了自己在家中接到鲁迅去世消息和第二天接到鲁迅来信的情形，这种私

---

① 许钦文：《鲁迅先生和陶元庆》，《人民文学》1961年第7/8期。
② 许钦文：《鲁迅在"五四"时期》，《人民文学》1979年第5期。
③ 草明：《我吃过他的"奶"》，《人民文学》1981年第9期。

密空间引发了私密情感，表达了私人话语，几乎无可复制。在具有较大自由度的私人空间里，曹靖华充满激情地宣告了鲁迅公共形象，赞美了他"敢于直面惨淡的人生，敢于正视淋漓的鲜血"①。这些信息包含较多已知内容，可复制性较高，公共话语含量较高。

方式4：以个体空间为中心→叙述呈现个体话语

现实中，川岛与鲁迅交往较多。川岛的回忆文章多以鲁迅个体生活空间为轴心，呈现关于鲁迅的个体话语表达。在《忆鲁迅先生一九二八年杭州之游》中，川岛详细回忆了鲁迅与许广平从1928年7月12日晚从上海乘火车到杭州，住在西湖边清泰第二旅馆，7月17日一早离杭返沪的往事。川岛还详细记述了鲁迅在旅馆绘声绘色地描述火车上两个穿黄色服装的士兵盘查行李的场景，鲁迅在西湖楼外楼吃午饭时对菜肴中"虾子烧鞭笋"尤为赞许，鲁迅在西泠印社买罗汉像石刻影印本，鲁迅和景宋夫人及友人在功德林素菜馆用晚餐时对"清炖笋干尖"颇为称道等。川岛把这次经历当作鲁迅和许广平"小型蜜月旅行"②的见证。这些回忆几乎只发生在几个人的私密性空间里。文本为读者提供的未知信息量很大，很大程度上满足了读者窥探鲁迅私人生活的好奇。

《人民文学》"纪念鲁迅"散文的叙述空间是一种关于鲁迅影像的他者想象性建构。鲁迅所处的社会文化空间和回忆鲁迅所选择的文学空间，是不同的空间类型，这也是鲁迅研究中"别致的空间意识"③。法国思想家亨利·列斐伏尔在《空间与政治》中提出，空间本身是特定文本的语境，建筑师或话语人按照自己方式对空间进行分割和编码，"所有的编码中，都包含着某种赌注和某种意义的生产"④。叙述空间作

---

① 曹靖华：《望断南来雁——纪念鲁迅逝世二十七周年》，《人民文学》1963年第10期。
② 川岛：《忆鲁迅先生一九二八年杭州之游》，《人民文学》1956年第9期。
③ 王路：《新世纪鲁迅研究中的空间意识——以朱崇科〈鲁迅的广州转换〉为中心》，《绍兴文理学院学报》（人文社会科学）2022年第2期。
④ ［法］亨利·列斐伏尔：《空间与政治》，李春译，上海人民出版社2015年版，第9页。

为"结构性要素"①，是一种叙述修辞，也是某种"出位之思"②，在空间的描摹和切换中衍生了文本内语境意义，产生了文本外公共传播的意识形态效能。

(三) 情感动员：主体的公共认知与个体认知

广义修辞学探讨修辞以何种方式参与话语建构、文本建构和主体建构。前文着重分析了鲁迅身份符号的修辞话语和散文文本的修辞方式，接下来要阐释的是：话语主体以什么样的话语出场折射出自我的"说法/写法"和"活法"。

话语参与主体的精神建构，有正负效应：正面效应体现"出彩的个体话语"，即表达者重视与接受者的良性互动，自觉"以我的方式表达我的存在"，维护自我话语形象；负面效应体现为"话语不作为"，即表达者已被话语克隆体控制，"制造话语疲劳，弱化话语主体的亲和力"③。

《人民文学》"纪念鲁迅"散文文本是主体借由与鲁迅相关的某人、某物或某事对读者进行情感动员的话语材料。它映射着主体的情感结构，包括才情、情商、气度和修养等。公共话题转换为文学话语中，读者对鲁迅的公共认知被屏蔽或被放大，个体认知凸显或萎缩，源于主体对原始材料与表达方式的认知方式。不同认知之间的置换，经过了下面的修辞处理：

个体认知→公共认知：公共话语汇聚、个体话语隐藏、主体间情感被稀释

鲁迅曾说过，自己不肯做"纸糊的假冠""还我自由"④。"我"在纪念鲁迅时，回忆作为"公物"鲁迅还是作为"人物"鲁迅，某种程度上完成着话语主体的精神世界建构。在茅盾、巴金、许钦文和曹

---

① 龙迪勇：《叙述空间与中国小说叙事传统》，《中国文学批评》2021年第4期。
② 龙迪勇：《"出位之思"与跨媒介叙事》，《文艺理论研究》2019年第3期。
③ 谭学纯：《广义修辞学三层面：主体间关系及相关问题》，《当代修辞学》2016年第1期。
④ 鲁迅：《厦门通信（三）》，《鲁迅全集：第3卷》，人民文学出版社1956年版，第234页。

靖华等人的回忆中，鲁迅被誉为"巨人""太阳""主将"。从凝聚集体意识角度看，这种公共认知极力营造了发扬鲁迅战斗精神的社会氛围；从文学修辞角度看，这种氛围充斥着可复制的公共话语，散文中的"我—鲁迅"之间的情感浓度被稀释；从读者阅读角度看，公共话语很难激起读者的认知欲望，容易造成审美疲劳。

在《人民文学》之外，"十七年"时期许广平的《欣慰的纪念》《关于鲁迅的生活》浓墨重彩地塑造了作为"革命战士"的"大鲁迅"形象。这些回忆鲁迅的文本引发学界的注意，其中程振兴谈到：许广平的鲁迅纪念实际上是最有条件书写鲁迅私密史，然而，话语主体自觉"公共话语稀释其演说的个体性与私密性"①。这种"景云深处已无家"的情愫不只是许广平的无奈言说，读者在文本表述中也体会到她在特殊条件下承受的委屈与反抗，"如果置身于另一种环境中，她也许就不会这样写了"②。

公共认知→个体认知：个体话语彰显、公共话语暂停、主体间情感浓度升高

萧军《我们第一次应邀参加了鲁迅先生的宴会》，回忆"我"和萧红曾感受到鲁迅给予他们的"意外而来的伟大的温情"③。萧军与鲁迅的交往属于读者的公共认知。当萧军把这种情谊转换为文字时，他沉浸在"我—鲁迅"私人私语氛围中，以个体认知书写了内心挚爱与悲怆交织成网的丰富情感。

王蒙面对"纪念鲁迅"这个公共话题时，有意绕开对鲁迅的公共认知，以自己独有的方式抒发对鲁迅及作品的个体认知，引起了读者的情感共鸣。他一方面化用鲁迅小说散文中的意象、语词或句子，另一方面关注鲁迅创作的美学层面，如《好的故事》中那种"美丽"

---

① 程振兴：《假"私"济"公"的回忆——论许广平的鲁迅纪念》，《鲁迅研究月刊》2014年第8期。
② 陈漱渝：《我读许广平〈鲁迅回忆录〉手稿本》，《中国现代文学研究丛刊》2011年第8期。
③ 萧军：《我们第一次应邀参加了鲁迅先生的宴会》，《人民文学》1979年第5期。

"幽雅""有趣""分明"①的味道。由此可见,王蒙对鲁迅的回忆"贡献出了个体独到见解"②,主观情感更加浓郁。

需要补充的是,2000 年之后,阎晶明《鲁迅:"起然烟卷觉新凉"》《"把酒论当世 先生小酒人"——鲁迅与酒》《一次"闪访"引发的舆论风暴——鲁迅与萧伯纳》《"病还不肯离开我"——鲁迅的疾病史》③,视角独特,笔致细腻,还给读者一个活生生的"食人间烟火"的真实鲁迅。它们叙说鲁迅的寂寞和烦恼,较多地呈现了"我"对作为普通的"人"的鲁迅的独特认知,屏蔽了鲁迅"神"性话语,"努力贴近原鲁迅"④,从而建构了"我—鲁迅"相互映照的精神空间,在某种程度上是"对中国的'鲁迅接受'再次进行翻转"⑤。

"我"以怎样的话语纪念鲁迅,需要主体自觉调整公共认知与个体认知的含量,而这背后隐藏着多重复杂原因,主要影响因素有:

时空条件 《人民文学》"纪念鲁迅"历经中国当代不同的历史阶段,不同语境为主体提供了不同的话语空间。在"十七年"意识形态一体化的背景下,"我"的表达是谨慎的,对鲁迅的评价隐含着被允许、被赋予的条件限定。新时期以来,"我"的表达渐渐摆脱话语场的制约,对鲁迅的叙述呈现低复制率的面貌。

身份角色 特定的文本显示特定的话语角色。作为鲁迅的家人、朋友、学生,"我"如何看待"我—鲁迅"的真实身份/文本身份,如何释放散文抒发的情感意义,这些影响着话语主体的表达内容。建构鲁迅的公共形象还是还原鲁迅的本真生活,每个话语主体有权选择公共话语和个体话语的不同频道。

---

① 王蒙:《我愿多写点好的故事》,《人民文学》1981 年第 9 期。
② 白草:《王蒙与鲁迅》,《当代作家评论》2019 年第 3 期。
③ 这四篇散文分别发表在《人民文学》2009 年第 1 期、2016 年第 3 期、2016 年第 9 期和 2017 年第 3 期,后结集出版《鲁迅还在》(江苏凤凰文艺出版社 2017 年版)。
④ 张梦阳:《新世纪中国鲁迅学的进展与特点》,《山东师范大学学报》(人文社会科学版) 2019 年第 2 期。
⑤ 郜元宝:《"鲁迅接受"的再次翻转》,《书城》2018 年第 6 期。

目标受众 广义修辞学强调话语行为是"表达↔接受"双向互动。围绕"纪念鲁迅"公共话题，个体认知倾向于选择"我—鲁迅"心灵碰触，以鲁迅本人或他的作品为中介，与鲁迅进行知识与经验的交流，发挥了话语交际的最佳状态；公共认知则倾向于选择大众读者为接受对象，目的是宣传鲁迅的公共经验，唤起民众对鲁迅精神的发扬。

传播效能 纪念鲁迅的文字一发表在《人民文学》上，这些文本即发挥着巨大的传播效能。强势媒体传播"权威"或"代表"性质的话语，迅速集结关于鲁迅精神的核心价值观，形成社会公众对鲁迅形象的共识。而个体认知选择在强势氛围中选择"我"性方式，实现了话语主体的思想空间和认知向度的修辞化突围，成为唯一的"这一个"文本。

从某种意义上说，那些鲁迅回忆录中的"永不凋谢的花圈"[①]，大多来自于话语不可重复的文本。巴赫金指出："我以唯一而不可重复的方式参与存在，我在唯一的存在中占据着唯一的、不可重复的、不可替代的、他人无法进入的位置。"[②] 这些回忆散文包孕着某种真实，也蕴含着修辞化建构。

《人民文学》对鲁迅形象有意识地建构确立了国家层面上鲁迅民族魂的精神塑造。这里讨论"纪念鲁迅"散文的个体性修辞呈现的行为，并没有否定鲁迅"作为中华民族新文化方向"的历史地位。反之，鲁迅思想的精神指向是研究中国百年文学的动力，"鲁迅思想的超前和深刻作为中国文化发展的一种精神资源"[③]，值得我们倍加珍惜，让鲁迅思想"活在当下"，衍生智慧，福泽后世。

[①] 林敏洁：《鲁迅与萧红交往考察——兼论〈回忆鲁迅先生〉，〈民族魂鲁迅〉》，《新文学史料》2001年第3期。

[②] 巴赫金：《论行为哲学》，《巴赫金全集：1卷》，贾泽林译，河北教育出版社1998年版，第41页。

[③] 张福贵：《"五四"新文化方向与鲁迅思想的精神指向》，《当代文坛》2022年第2期。

三 "为鲁迅立传":话语主体的创作结构和精神呈现

现实中鲁迅是一个活生生的人,文学叙述中的鲁迅是一个个表现符号。如果现实中鲁迅为"鲁迅0",那么文学叙述中的鲁迅则为"鲁迅1……N",后者是对真实鲁迅的艺术创造。哪怕是鲁迅的自传,诉说个人经历,也不可避免进行修辞呈现。更别说为鲁迅立传,完全排斥虚构只是一种审美表象,至多承认它更接近真值。鲁迅从"人间"换成"符号",传记拥有文体的便利。

《人民文学》发表两部鲁迅传记:一部是电影文学剧本《鲁迅传》(上集),刊于1961年第1/2合期,由陈白尘(《人民文学》副主编)执笔,叶以群、唐弢、柯灵、杜宣、陈鲤庭集体创作,共四章四十四节;另一部是唐弢个人遗作《在激荡的风云中——〈鲁迅传〉一、二章》,刊于1992年第11期,只有两章内容。

这两部传记均为鲁迅传记中的"断臂维纳斯",均按照中国传统编年体记人记事,均从外部视角切入叙述作为"中国革命战士"的鲁迅符号,逻辑路径均遵循从鲁迅"这一个"反映"这个时代"的变迁。下面从关键语词、语句叙述和读者接受等修辞层面对这两部传记做进一步评述。

(一)鲁迅传记文本的关键词

关键词,是透视文本语义的便捷工具。它推动叙述,开拓了阐释空间。在话语层面,哪些关键词支持了这两部传记的叙述路线?

"革命"可作为电影文学剧本《鲁迅传》(上集)的关键词。据精确统计,该词在文中出现50次。"X革命"或"革命X"成为文本流动的明线。剧本第一章第一节首句直接亮出鲁迅的革命身份:

> 鲁迅先生的雕像。中国伟大的文学家、思想家和革命家,中国新文化的巨人,空前的民族英雄鲁迅先生,姓周,名树人,字

豫才;"鲁迅"是他的笔名。

"革命"与"民主""文学""辛亥""胜利""中国"等语词构成语义网络,共同构筑鲁迅的革命传奇大半生(剧本上集只写到1927年10月)。

这个建构过程有着鲜明的修辞指向:

革命1——革命是鲁迅形象的标志性符号,是鲁迅传记的底色;
革命2——鲁迅从"里"到"外"都是"革命"的,他不仅把革命投射在文学创作中,而且出现在各个革命活动现场;
革命3——革命成败与鲁迅文学成败互相映射:革命成功激发鲁迅战斗热情;革命失败加剧鲁迅苦闷;鲁迅的文学创作参与并加速中国革命过程。

"激荡"是唐弢《在激荡的风云中——〈鲁迅传〉一、二章》的关键词,它不仅担当文本标题关键词,而且作为叙述杠杆,全方位调度话语的情感浓度。

唐弢以"激荡"为轴心,以时代变迁与家庭变故为半径,启动对鲁迅童年生活的话语重述。文本叙述内部包含以下修辞信息:

激荡1——"激荡"是鲁迅孩提生活的底色,甚至在鲁迅未出生时就预设了伟大人物的诞生,鲁迅出生后是时代激荡造就了他。
激荡2——"激荡"是能指符号,它的所指从自然景观(钱塘江的怒潮激荡)、国情(中国接受近代文明的冲击)和家情(逐渐没落的家庭、正在败落的家庭)三重语义空间中流溢出来。
激荡3——"激荡"是主体和客体交互的中间物:主体在动荡的客体世界顽强生存(承受、反拨),客体因主体存在而成为历史见证(历经沧桑)。

(二) 鲁迅传记文本的语句修辞

电影文学剧本《鲁迅传》(上集)的革命色彩不言而喻。我们的关注点不在于它多大程度上充斥着意识形态话语，而在于它的话语蕴涵是如何呈现出来的。也许修辞方式比修辞话语本身，更具隐喻意味。

这个剧本在语句层面的修辞方式有：以文学笔法界定鲁迅的革命身份；大段的语言能指，被宏深理论所填充，甚至"鲁迅的台词＝《鲁迅全集》中的话""鲁迅小说中的人＝鲁迅生活中的人""鲁迅的语言＝演讲式长篇大论"，扫除了文学与革命生活的屏障；非语言形式以人物动作、神态、心理等方式营造了电影剧本的意识形态氛围，为文本革命语义注入了叙述能量；内容上省却了鲁迅与周作人家庭关系纠葛，对鲁迅和许广平的爱情描述止于"相视一笑"，鲁迅形象被提纯。

剧本的革命含量突出表现在对鲁迅和李大钊五次直接交往的叙述上。抽掉两人初次见面的谈话内容，可截取两人的非语言叙述，呈现如下线性排列：

> 鲁迅靠窗而坐，专注地阅读李大钊的文章——李大钊兴奋地走上前——鲁迅脸上现出无比的喜悦，迎上前说——鲁迅和李大钊谈得正欢畅——鲁迅弹去烟卷上的灰，说——李大钊点头说——鲁迅愤然继续着说——李大钊欣然说——鲁迅苦恼地说——李大钊点头说——李大钊读着《狂人日记》的原稿，兴奋地站起来，对郭小朋说

两人的会面均被置于公共空间，即使在鲁迅家里也都有旁人在场。但从剧本字里行间可感受到两人的默契：一个"兴奋地走上前"，一个"喜悦地迎上前"；一个"说"，另一个"点头"；一个"愤然"，一个"苦恼"；一个"欣然"，一个"兴奋地站起来"。李大钊主动拜

访，鲁迅积极回应。李大钊称鲁迅为"唯一坚持五四新文化传统的知识分子"，鲁迅则望着李大钊的身影，发出"真的猛士敢于面对惨淡的人生和淋漓的鲜血"的呐喊。

电影剧本《鲁迅传》（上集）之所以是革命文本，还有其他因素：如创作的缘起（建党40周年献礼片）、强大阵容（顾问团＋创作组＋拍摄组）、创作基调（中央亲自抓、以官方评价为纲）、语言风格（以事实为蓝本＋可以虚构＋避开私人生活）、文艺界领导直接介入（夏衍周扬等提出修改意见、举办座谈会）等。① 葛涛对此进行过较为全面且具有开拓性的考察，并认为这部巨片"没有能创作出一个能比较真实地反映出鲁迅银幕形象的优秀剧本"②。

时隔三十年，唐弢《在激荡的风云中——〈鲁迅传〉一、二章》启动了学术性鲁迅传记的写作。从语句修辞层面看，引证是其一大亮点。全文共约1.5万字，却有60处注释。作为副文本的注释"本身就具有与正文相类似的传情达意的功能，而且还常常能补正文之不足，它和正文本一起共同构筑着特定的文学世界"。③ 唐弢《在激荡的风云中——〈鲁迅传〉一、二章》的注释就不仅仅是鲁迅传记附属性存在，它对文本意义生产有着重要的修辞意味。

这篇传记的注释来源和类别主要有四类：

---

① 电影剧本《鲁迅传》（上集）是鲁迅研究史上的特殊事件，对之进行史料挖掘与文学阐释的代表性论文有李新宇《1961：周扬与难产的电影〈鲁迅传〉》（《东岳论丛》2009年第3期），以及葛涛系列论文，如《许广平与电影〈鲁迅传〉的创作——兼谈许广平的三则佚文》（《新文学史料》2009年第4期）、《塑造鲁迅银幕形象背后的权利政治——以〈鲁迅传〉座谈会记录为中心》（《新文学史料》2010年第1期）、《巴金谈电影剧本〈鲁迅传〉佚文考释》（《博览群书》2010年第7期）、《1961年3月6日北京〈鲁迅传〉座谈会记录》（《现代中文学刊》2011年第4期）、《茅盾谈电影剧本〈鲁迅传〉的两则佚文考》（《中国现代文学研究丛刊》2012年第4期）、《二十世纪六十年代塑造鲁迅银幕形象失败的启示——以夏衍的集外佚作电影剧本〈鲁迅传〉第四稿手稿为中心》（《东岳论丛》2012年第12期）等。

② 葛涛：《塑造鲁迅银幕形象背后的权利政治——以〈鲁迅传〉座谈会记录为中心》，《新文学史料》2010年第1期。

③ 金宏宇：《文本周边——中国现代文学副文本研究》，武汉大学出版社2014年版，第204页。

《鲁迅全集》：所选篇目多选自《且介亭杂文》《朝花夕拾》《华盖集》《集外集》等，反映鲁迅的童年生活；

回忆鲁迅的文章：所选篇目出自许广平、周启明、周遐寿、萧红等熟知鲁迅的回忆文字；

中国古代典籍：唐弢从《史记》《孽海花》《清稗类钞》《清名家词》中汲取营养，展示鲁迅所受的地域文化和家庭氛围的熏染；

博物馆藏件：唐弢引用了四则史实，展示北京鲁迅博物馆、北京图书馆、绍兴鲁迅纪念馆所藏真迹。

唐弢在叙述鲁迅童年生活经历时，史实爬梳细致，全方位展示鲁迅的早年成长经历。"请"鲁迅自己站出来"讲述"，让鲁迅身边的人站出来"见证"，用各处馆藏原件（照相件）翻出来"确认"。基于真实性的学术传记是唐弢创作的初衷，"真实性是传记写作的基本要求"。[①]

作为深受中国传统治学风格和俄苏文艺理论影响的唐弢，他的认知模式、论述逻辑和行文思路上代表了那一代知识分子的学术品格。"《鲁迅传》力求一定的学术性，要对已有研究成果有新的突破"[②]。孙郁认为他"充分注重史实，从史料以及鲁迅作品、日记、书信提供的线索出发，究原竟委，殊多考订之笔"，其"考据、钩沉、议论、状物的水乳交融"，并做出这样中肯的评价：

> 唐弢在《鲁迅传》中，竭力想使自己的思路摆脱俄苏的模式，看他对罗素哲学与存在主义哲学的思考，我感到是下了大力气的，有的地方确有灼识。但由于在根本的层次上，他的思路尚未跳出旧的模式，使传记未能达到新的高度，这是十分可惜的。

---

① 陈漱渝：《本色的鲁迅 真实的传记——我如何写〈搏击暗夜——鲁迅传〉（下）》，《名作欣赏》2016年第22期。

② 唐弢：《在激荡的风云中——〈鲁迅传〉一、二章》"蓝棣之附记"，《人民文学》1992年第11期。

在局部上、细节上，在对鲁迅史料的整理上，《鲁迅传》几乎无可挑剔，可在结构上，在宏观的视界里，他少了一种穿透力，少了一种大手笔的气魄。①

（三）鲁迅传记文本的语篇修辞

鲁迅传记是鲁迅研究的"主场"。"历史人物的传记写作有许多需重新挖掘的富矿，对历史人物的再写是有意义的。"② 每一部传记如厚重的感情库存，里面凝结着传记作者的生命感悟。"话语世界不是抽象概念和抽象语义构筑的世界，而是文本世界和人的精神世界定义了的此时此地的话语世界。"③ 主体创造了修辞文本，修辞话语和文本影响着主体的"说法"和"活法"。

在传记写作的主客体系统中，文本是客体，起中介作用，传主、传记作者和读者构成主体"金三角"，如图1-1所示：

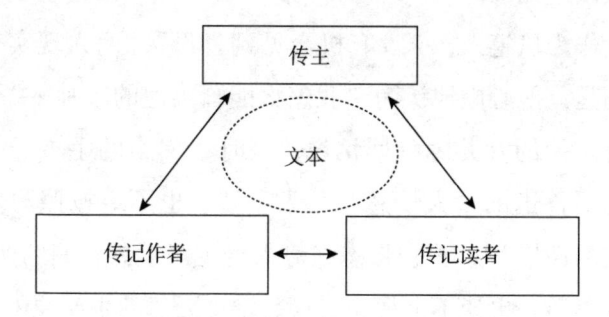

图1-1 传记三个主体关系图

三个主体按产生顺序对应三种关系，其互动方式可描述为：

1. 传记作者与传主：灵魂搏斗

钱理群认为，传记写作过程是一种"灵魂的搏斗"，是"传记写

---

① 孙郁：《未完成的雕像——评唐弢的〈鲁迅传〉》，《读书》1993年第4期。
② 郝雨、程旦丹：《从龚自珍到鲁迅：串起一部中国近代思想史——评陈漱渝〈搏击暗夜：鲁迅传〉及陈歆耕〈剑魂箫韵：龚自珍传〉》，《鲁迅研究月刊》2017年第1期。
③ 谭学纯：《期刊文献话语背后——以〈文艺学习〉的广义修辞学研究为观察对象》，《湖南科技大学学报》（社会科学版）2019年第2期。

作者与传主生命相生相克的过程"。① 它本质上是一种生命写作。排除外在条件（与传主是否有过亲密关系、客观因素的制约），主观搏斗程度越强，越能产出高质量的传记文本。如何进行灵魂搏斗，可参照如下公式：

灵魂搏斗＝动机纯正＋觉察敏锐＋事实而非虚构的主料＋叙述不偏不倚

电影文学剧本《鲁迅传》（上集），意在创造革命符号鲁迅，动机纯度较低。集体创作方式本身削弱了创作的主观搏斗强度，况且还受到特定历史语境对集体意识框定。剧本对历史细枝末节的选择，采用有意回避、着意突出或公然改造等策略。叙述话语上过于依赖革命与道德，导致叙述偏离。

陈白尘作为执笔人，"没有机会见到鲁迅"，两人现实交往缺失。更为关键的是，他心虚地认为"我怎么能画出他的眼神来"②，两人精神搏斗弱化。他的女儿陈虹回忆说，当时"父亲的手被众人牵制着，他不敢去描写鲁迅的常人情感与凡人生活，也不敢按照写戏的规律，赋予他一定的性格"③。意识形态强势入侵主观世界，制约两个主体之间无法展开对话，更谈不上搏斗，这是剧本贬值的主要原因。

唐弢创作《鲁迅传》，虽是接受组织（中国社会科学院）的任务，但他表示要努力以赴，并强调：写鲁迅传记，"通过鲁迅这个人，反映中国近代社会发展的面貌"④，"写人"动机较纯正。

唐弢和鲁迅及亲友有过直接交往，这为两人的精神对话提供了便

---

① 钱理群：《不敢写传记》，《中华读书报》2005年3月30日。
② 陈白尘：《对人世的告别》，生活·读书·新知三联书店1997年版，第790—791页。
③ 陈虹：《父亲的故事》，陈白尘《对人世的告别》，生活·读书·新知三联书店1997年版，第11页。
④ 唐弢：《倾心撰写鲁迅传》，《语文学习》1989年第5期。

利条件。在传记的主料选择上,唐弢注重原始资料,对鲁迅日常琐事进行适度展示。以事实而非虚构作为叙述结构,呈现出相对客观的叙述风格。唐弢以近80岁高龄,不顾惜个人生命健康,打算离京写作,专程前往东京和仙台追踪鲁迅足迹,坚持与鲁迅灵魂搏斗到最后一刻,此番精神令人感佩。

2. 传记读者与传主:认知欲望

传记的写作与作者有关,传记的传播与读者有关。读者,以隐身的方式在场,往往成为传记文学研究被遗忘的主体。读者与传主之间的精神交流可描述为:传主的天才和美德,处于赤露状态,是被展览的博物馆,引发读者认知欲望;读者通过阅读传记文本,欲望得以满足,接受考古发现式的心灵刺激。在多大程度上满足读者期待,成为衡量传记文本水准的指标之一。

电影文学剧本《鲁迅传》(上集)在《人民文学》一发表,"人们以无比感奋的心情读了这个剧本,热烈地称赞它所取得的可喜的成就,并且期望着根据它拍摄的影片达到更大的成功"①。遗憾的是,这种读者效应是狂欢化的,读者体验是公共性的,读者情感是集体式的。传主被赋予符号化象征,真正的读者以在场的方式隐身,文本传播中的认知差消除。

30年后,读者从唐弢《鲁迅传》中读出了鲁迅的某种气质和精神世界。透过文本叙述,读者看到鲁迅从世俗伟大功业中走来,感受在文化背景下思想者的深厚内涵,思考鲁迅之所以是"巨人"的深刻性与独特性。可惜的是,这部传记对读者认知欲望的满足是有限的,传主的私人寓所和生活细节被遮蔽,传主灵魂深处的密码尚未完全解开。

新近出版的鲁迅传记,如陈漱渝《搏击暗夜 鲁迅传》(作家出版社2016年版)、张梦阳《鲁迅全传·苦魂三部曲之会稽耻/野草梦/怀霜夜》(华文出版社2016年版)、吴中杰《荒野中的呼喊者 鲁迅

---

① 贾霁:《鲁迅传(上集)读后》,《电影艺术》1961年第2期。

图传》（复旦大学出版社 2018 年版）、丸尾常喜《明暗之间：鲁迅传》（2021）等，在某种程度上暴露了鲁迅在"暗夜"中"搏击"、在"荒野"中"呼喊"的"苦魂"、将"过渡性中间物视为自身命运"，逼近天才鲁迅的赤露状态，在很大程度上满足读者的认知期待。

3. 传记作者与读者：娱乐+教育

文本意义的诞生是作者（表达者）和读者（接受者）共谋的结果。作者提供"什么人发生了什么事情"，读者很想窥知"到底发生了什么事情"。对读者来说，传记的吸引力直接来源于人的好奇心和了解真相的兴趣，"它们覆盖的道德光谱幅度很宽而且很复杂"，是"勇于追求真理先生"（Mr. Valiant-for-Truth）还是"下流的偷看着"（Peeping Tom）①，这个很难区分。

读者若能在传记文本中窥探传主私生活的细节，关注传主的家庭日常琐事，品味传主的德行人品，解开不为人知的秘密，是一件多么难以言表的惬意呵。这体现为传记的娱乐功能。作者在传记中撇开读者的成见、偏见和定见，呈现关于传主的新见、创见和独见，提供真实的原始材料，给读者以启迪和引导。这体现为传记的教育功能。

电影文学剧本《鲁迅传》（上集）在满足读者好奇心上心有余而力不足，其革命教育功能发挥得淋漓尽致。读者孙郁从唐弢《鲁迅传》"精约严谨的结构和某些略带思辨性的文字里"，感受到了传记的"学究味"甚至带有"匠气"，感受到了唐弢的精神世界——"很不轻松的工作""静心而认真的写作""惬意""灼识""焦躁""心灵的骚动""走得最长、用力最苦的一段精神跋涉"，并为作者"耐得寒窗之苦"的精神所感动："这与其说是为鲁迅写传，不如说是为自己乃至为自己这一代人的精神史写传。创见与局限、真知与偏见、自信与惶

---

① ［美］艾伦·谢尔斯顿：《传记》，李永辉、尚伟译，昆仑出版社 1993 年版，第 4 页。

感,在这里形象地外化出来。"① 唐弢创造了《鲁迅传》学术价值,《鲁迅传》的语义空间映照着唐弢晚年书写鲁迅的底气与缺憾。

总之,在公共话题"纪念鲁迅"转换为文学话语("鲁迅是谁""我心中的鲁迅""鲁迅传记")过程中,公共修辞通过公共认知和公共空间表达获得读者的公共认同,个体修辞通过个体认知和个体空间表达获得读者的个性体验。"公共性"与"个体性"作为读者阅读体验的一个维度,体现了话语主体对素材、情感和表述的修辞选择。我们尊重文学的多元表达,但也有自己的评论立场。

世界以图像方式存在,主体以经验和生命体验在场。"以我的方式"叙述"鲁迅",既受到客观语境的规约,又受制于自身身份和言说空间的限制;既有各种文体自身规范的影响,也与语用环境和传播媒介有关,而其中较为重要的因素是话语主体在回忆"我—鲁迅"情感关联时表现出来的智商、情商和语商。

《人民文学》"纪念鲁迅"话语主体用不同修辞方式描摹出不同的"鲁迅镜像":"神圣的存在"/"人之存在"、"鲁迅之形"/"鲁迅之像"、"鲁迅言说"/"言说鲁迅"、"我性解释"/"他者阐释"。文学叙述中的"鲁迅们"是被建构起的修辞世界,不完全等同于真实的历史现场和真实的鲁迅本人。

从广义修辞学角度切入鲁迅纪念研究,是一种跨学科的尝试。《人民文学》纪念鲁迅,不是一张历史的存单,而是一场流动的盛宴。存单上的文本,颇具修辞意味的还有:鲁迅创作谈、阅读鲁迅的笔记、纪念鲁迅而创作的诗歌和歌词、杂文;副文本,包括鲁迅画像、照片、手迹、雕塑、插画和书讯等,共同见证鲁迅研究的蛛丝马迹。笔者对《人民文学》上发表"纪念鲁迅"部分创作的细读与解读,同样表达了我们对鲁迅先生的敬仰及对鲁迅精神的发扬。

---

① 孙郁:《未完成的雕像——评唐弢的〈鲁迅传〉》,《读书》1993年第4期。

附录　　《人民文学》刊登鲁迅资料目录（1949—1999）

序号	期数	作者、题目	类别	备注
1	1949（1）创刊号	冯雪峰《鲁迅创作的独立特色和他受俄罗斯文学的影响》	评论	鲁迅先生逝世十三周年纪念专题
2		郑振铎《中国小说史家的鲁迅》	评论	
3		巴金《忆鲁迅先生》	散文	
4		胡风《鲁迅还在活着》	散文	
5		鲁迅先生故居（"庭院一角""工作室"）	照片两帧	
6		1926年4月9日致章廷谦信全文	遗墨	
7	1950（11）	陈涌《一个伟大的知识分子的道路》	评论	
8		钦文《进一步研究鲁迅先生底遗作》	评论	
9		王朝闻：鲁迅像	雕塑	画页
10	1951（8）	许广平《欣慰的纪念》，人民文学出版社出版	书讯	封二
11	1951（9）	许广平《欣慰的纪念》，人民文学出版社出版	书讯	封底·初版新书
12	1951（10）	冯雪峰《论〈阿Q正传〉》	评论	鲁迅先生逝世十五周年纪念专题
13		陈涌《鲁迅文艺思想的几个重要方面》	评论	
14		孙伏园《鲁迅先生开列的中国文学入门书十二部》	介绍	
15		钦文《读〈药〉新感》	读书笔记	
16		郑谦《两个时代的农村婚姻——读鲁迅的〈离婚〉和康濯的〈我的两家房东〉》	读书笔记	
17		封二：鲁迅先生的著作（人民文学出版社经售）	书讯	
18		《自题小像》全诗	遗墨	
19	1952（10）	冯雪峰《鲁迅小说集》《回忆鲁迅》，人民文学出版社出版	书讯	封底
20		钦文《读〈非攻〉》	读书笔记	
21	1952（11）	鲁迅先生著译《呐喊》《彷徨》《故事新编》《十月》《毁灭》《死魂灵》等，人民文学出版社出版	书讯	封底

续表

序号	期数	作者、题目	类别	备注
22	1953（11）	李宗津：鲁迅像	油画	画页
23	1954（2）	鲁迅先生著作《呐喊》《彷徨》《故事新编》等，人民文学出版社出版	书讯	封底
24	1954（4）	鲁迅小说《祝福》插图三幅	水墨画	
25	1954（5）	周扬《发扬"五四"文学革命的战斗传统》	评论	
26	1954（11）	陈涌《论鲁迅小说的现实主义——〈呐喊〉〈彷徨〉研究之一》	评论	
27		古达：鲁迅像	雕塑	画页
28	1955（4）	沛翔《在接受民族遗产问题上胡风怎样歪曲了鲁迅先生》	评论	
29	1955（11）	王若望《鲁迅对少年儿童文艺的热情关怀》	评论	
30	1956（7）	冯雪峰《鲁迅的文学道路——英文译本〈鲁迅全集〉序》	序言	
31	1956（9）	川岛《忆鲁迅先生一九二八年杭州之游》	散文	
32	1956（10）	陈涌《为文学艺术的现实主义而斗争的鲁迅》	评论	
33		俞苾：鲁迅像	雕塑	
34		邵克萍《月夜看社戏——鲁迅童年组画之一》	套色木刻	
35		《自嘲》诗全文	手迹	
36		《鲁迅全集》出版	书讯	封底；校勘说明
37	1956（11）	李长之《文学史家的鲁迅》	评论	
38		李希凡《对关于〈阿Q正传〉一文的辩解》	来函照登	
39	1956（12）	高瞻《试谈〈伤逝〉》	创作谈	
40		朱绛 洪迪《眼睛和头发》	创作谈	
41		罗还《加工和修改》	创作谈	
42		沙林《闰土的孙子及其他》	创作谈	
43		张怀江：鲁迅像	木刻	画页

续表

序号	期数	作者、题目	类别	备注
44	1957（3）	朱彤《鲁迅的语言艺术》创作谈		
45		吴戈《论〈铸剑〉中的两个人物》	创作谈	
46	1957（5、6）	川岛《当鲁迅先生写〈阿Q正传〉的时候》	散文	
47	1957（10）	阿英《从对党的关系上揭发反党分子丁玲、冯雪峰的丑恶——并论冯雪峰对鲁迅和党的关系的侮蔑》	评论	
48		何家槐《发扬鲁迅的战斗精神，粉碎文艺界的反党集团》	评论	
49	1959（5）	邵荃麟《关于"五四"文学的历史评价问题》	评论	
50	1959（8）	唐弢《人物描写上的焦点》	创作谈	
51	1959（10）	李霁野《漫谈〈朝花夕拾〉》	创作谈	
52		魏金枝《漫谈鲁迅小说中的创作手法》	创作谈	
53	1961（1、2）	陈白尘（执笔），叶以群、唐弢、柯灵、杜宣、陈鲤庭《鲁迅传·上集》	电影文学剧本	
54		赵延年《离家去南京》	木刻	有关鲁迅及其作品的插画选（六幅）
55		司徒乔《鲁迅与闰土》		
56		司徒乔《李大钊和鲁迅》	水墨画	
57		蒋兆和《阿Q像》		
58		蒋兆和《鲁迅回忆刘和珍（左）和杨德群（右）》		
59		韦启美《在中山大学紧急校务会上》	油画	
60	1961（7、8）	周建人《绍兴光复前鲁迅的一小段事情》	散文	
61		钦文《鲁迅先生和陶元庆》	散文	
62		川岛《鲁迅先生生活琐记》	散文	
63		《鲁迅全集》《鲁迅日记》《鲁迅译文集》《鲁迅选集》《鲁迅论文学》等，人民文学出版社，作家出版社出版	书讯	封底
64	1963（10）	曹靖华《望断南来雁——纪念鲁迅逝世二十七周年》	散文	

续表

序号	期数	作者、题目	类别	备注
65	1976（4）	金学迅《鲁迅小说——反复辟的生动教材》	学习鲁迅札记	
66	1976（5）	倪墨炎《战地黄花分外香——读〈朝花夕拾〉》	学习鲁迅札记	
67	1976（6）	周建人《锲而不舍 战斗不息——纪念鲁迅诞生九十五周年》	评论	纪念鲁迅 学习鲁迅——纪念鲁迅诞生九十五周年专题
68		茅盾《鲁迅说："轻伤不下火线"》	散文	
69		黎帆《永远进击 继续革命——纪念鲁迅诞生九十五周年》	评论	
70		樊发稼《鲁迅的笔》	诗	
71		苏伟光《鲁迅颂》	歌词	
72		黄新波《"怒向刀丛觅小诗"》	版画	
73		郑毓敏等《痛斥"四条汉子"》	水粉画	
74	1977（2）	文敏《新注本〈呐喊〉〈彷徨〉出版》	书讯	
75	1977（3）	罗荪《"棍子"何损于鲁迅——清算姚文元恶毒诽谤鲁迅的罪行》	评论	
76	1977（8）	唐弢《尺素书——有关鲁迅先生几件事情的通信》	书信	
77	1977（12）	孙犁《关于中篇小说——读〈阿Q正传〉》	评论	
78	1978（2）	《高尔基 鲁迅论题材》	语录	
79	1978（3）	程慎《鲁迅的经验》	创作谈	
80	1979（5）	许钦文《鲁迅在"五四"时期》	散文	
81		萧军《我们第一次应邀参加了鲁迅先生的宴会》	散文	
82	1979（9）	李希凡《渗透着诗情的氛围、色调和意境——漫谈〈呐喊〉〈彷徨〉的创作艺术》	评论	
83	1980（7）	马威《用"我"的语言写"我"——读鲁迅小说札记》	读书笔记	

续表

序号	期数	作者、题目	类别	备注
84	1981（9）	唐弢《"我可以爱"——〈两地书〉英译本序》	序言	纪念鲁迅诞生一百周年
85		臧克家《有的人死了，他还活着——纪念鲁迅诞生一百周年》	评论	
86		严秀《我以我血荐轩辕——今天我们从〈聪明人和傻子和奴才〉中可以学到什么》	评论	
87		草明《我吃过他的"奶"》	散文	
88		王蒙《我愿多写点好的故事》	散文	
89		谢德铣《鲁迅母家农村散记》	散文	
90	1981（10）	陈涌《鲁迅与现实主义和浪漫主义问题》	评论	
91	1983（2）	胡风《写在〈坟〉后面引起的感想》	阅读谈	
92	1984（12）	宋志坚：《"我们现在怎样做父亲"》	杂文	
93	1985（1）	金帆：《鲁迅先生的一封即复信》	散文	
94	1992（11）	唐弢遗作：《在激荡的风云中——〈鲁迅传〉一、二章》	传记	

注：以上是《人民文学》（1949—1999）刊载鲁迅相关资料的目录，方便读者查阅。本节只选取部分文本进行分析。也许读者也会发现，其中仍有值得探讨的话题。

2000 年之后，《人民文学》发表鲁迅相关资料极少，仅见于李书磊散文《一九三五年一月的鲁迅》（2001 年第 1 期）和阎晶明散文《鲁迅："起然烟卷觉新凉"》（2009 年第 1 期）。另外，2001 年第 10 期，"编者"在《卷首语》中纪念鲁迅先生诞辰 120 周年说，"鲁迅先生确实是一颗独立支持的大树，他不仅为我们创造宝贵的文学财富，同时也为我们民族留下伟大的精神遗产"。

第二节 表层结构→文本语义："儿童文学"的修辞策略

《人民文学》自创刊伊始就把儿童文学当作神圣事业，在复刊时期再次强调"少年儿童是祖国的未来和希望，是将来保卫祖国、建设祖国的生力军，发展和繁荣儿童文艺创作，是关系到我们培养革命下一代和实现祖国社会主义四个现代化的一件战略性大事"。①

---

① 《关于举办第二次全国少年儿童文艺创作评奖的公告》，《人民文学》1979 年第 7 期。

为鼓励儿童文学创作，《人民文学》实施一系列举措：翻译并转载苏联儿童文学报道；邀请作家、评论家撰写儿童文学创作谈、评论；设立"儿童文学"专辑特辑选辑等特色栏目（如"儿歌一束"）；举办全国少年儿童文艺创作评奖；举办儿童文学创作作家座谈会。

《人民文学》五十年精品文丛（1949—1999）儿童文学卷主编杨筠在序言中说，两点值得注意："一是在《人民文学》历任主编中，就有两位是儿童文学的老前辈、老作家"，指张天翼和严文井；"二是在作者队伍中，除了文学泰斗巴金外，还有韦君宜、欧阳山、张天翼、严文井、陈伯吹、韩作黎、王蒙、贺敬之、柯岩、阮章竞、金近、宗璞、菡子、杜埃、任大霖、任大星、胡万春、茹志鹃、秦牧、郭风、刘厚明、葛翠琳、浩然、王润滋、梁晓声等"，这样的作家阵容"恐怕只有《人民文学》才能具备"。①

相对于令人瞩目的创作成就，学界对《人民文学》儿童文学的研究极为匮乏。

从文体看，儿童小说、诗歌童话、寓言故事类是《人民文学》儿童文学创作的主打品种。为此，笔者拟选取这些叙事文本为考察对象，运用广义修辞学理论框架，考察儿童文学叙事的各种因素（人物、身份符号、事件、时空等），关注文学修辞的语言结构、语义和策略。

叙事文的特征是"叙述者按一定叙述方式结构起来传达给读者（或听众）的一系列事件"②，叙述方式组合与叙述内容同样重要，同样具有阐释空间。

作为修辞的叙事，由美国叙事理论家詹姆斯·费伦提出，指"出于一个特定的目的在一个特定的场合给一个特定的听（读）者讲的一个特定的故事"。他把故事序列、作者认知、文本技巧和读者反应看

---

① 杨筠：《献给"追赶太阳的人"——〈人民文学〉五十年精品文丛儿童文学卷序》，《紫薇童子 儿童文学卷》（上下），刘白羽、程树臻总主编，新世纪出版社1999年版，第2页。
② 胡亚敏：《叙事学》，华中师范大学出版社2004年版，第11页。

作一个完整的关系网络：

> 我特别感兴趣的是叙事的各种因素（即人物、事件、背景、叙事话语），也感兴趣于技巧、形式、结构、文类和叙事成规，即它们导致、丰富、干扰，或其他使作为修辞的叙事复杂化的各种方式。①

广义修辞学"修辞技巧/修辞诗学/修辞哲学""表达者/接受者"的基本理念与詹姆斯·费伦"作为修辞的叙事"存在一致性。从叙事的修辞角度深入分析文本语义，为分析《人民文学》儿童文学创作话语提供了一种独特的方法和视角。

《人民文学》儿童文学叙事是一个以"人物"为中心的符号系统。为此，依据儿童成长路径和修辞语义的区别，可提取三种解释模型：

一 "好孩子"：义素分析与修辞共同体建构

在《人民文学》儿童小说中清晰可见"好孩子"形象，如：萧平《海滨的孩子》（1954年第8期）、李准《小黑》（1955年第6期）、王蒙《小豆儿》（1955年第11期）、巴金《活命草》（1956年第6期）、茹志鹃《阿舒》（1961年第6期）、贾平凹《林曲》（1979年第4期）、韩作黎《"小迷瞪"是傻瓜吗》（1979年第6期）、臬向真《火牛儿"打鼓"》（1981年第6期）。

另外，打鱼小英雄（阮章竞《金色的海螺》1955年第11期）、长大要当解放军的孩子（柯岩《"小兵"的故事》1956年第4期）、聪明勇敢的女白鹅（葛翠琳《野葡萄》1956年第2期）、有耐性的歌孩（严文井《歌孩》1979年第4期）等在诗歌和童话中同样出现。

---

① ［美］詹姆斯·费伦：《作为修辞的叙事：技巧、读者、伦理、意识形态》，陈永国译，北京大学出版社2002年版，第11、23、24页。

从历时维度看,"好孩子"更多出现在"十七年"的现实题材和革命历史题材叙事中,文本语义包括:

生理年龄:10—18 岁
孩子姓名:小 X、大 X、阿 X、X 儿、X 孩
个人身份:少先队员或共青团员、小学生或初中生
思想品质:爱学习、爱劳动、爱集体、爱党和国家
形象类别:小英雄、小战士、榜样儿童、毛主席的好孩子

运用语言学义素分析法列出"好孩子"文本语义(用[+][-]分别表示具有或不具有该项语义特征),描述为:

[-成年+少先队员/共青团员+小英雄/小战士/榜样儿童/毛主席的好孩子+爱学习/爱劳动/爱集体/爱党和国家]

日常生活中"听话的孩子是好孩子",但经过修辞加工,"好孩子"偏向修辞化语义的变量:

设定"好孩子"的身份符号　[+少先队员/共青团员]。戴上队徽、领到团员证的孩子,天然具有集体荣誉感、自豪感和归属感。

界定"好孩子"的人生价值　[+小英雄/小战士/榜样儿童/毛主席的好孩子]。成为"榜样"的孩子,自然处于优越地位,被纳入先进分子行列。

规定"好孩子"的思想品质[+爱学习/爱劳动/爱集体/爱党和国家]。"四爱"是好孩子的标配,"不爱"则被贴上"坏孩子"的标签。

广义修辞学认为:"作为修辞生动形式的词句段,如果同时影响语篇的叙述结构乃至最终的语篇定型,相应的修辞研究需要从修辞技巧层面向修辞诗学层面延伸。"① 修辞诗学探究"好孩子"在文本层面

---

① 谭学纯、朱玲:《广义修辞学》(修订版),安徽教育出版社2008年版。

如何成为叙述的动能。

"好孩子"的文本语义是被语境框定好的,可进行复制性的形象生产。在文本表层,可观察到一大群"好孩子"的言行表征;在意义深层,这类孩子具有相同或相似的生活经验。每次复现都在激发集体认同的能量,话语的表达和接受成为显性/隐形权威,被描述的形象个性就被集体共性淹没了。

这些"好孩子"在不同语篇、不同叙事时间中,殊途同归地走上了道德模范的规定性路线。较为理想的创作状态是,作家在儿童形象的公共认同与个性描述中寻求平衡。儿童形象的成功塑造,取决于作家在多大程度上偏离公共认知,"以我的认知写我笔下的儿童"。

在特定语境中,"好孩子"群像背后被赋予"社会主义新人"的历史使命。百年来,"新人"经历了从"新青年""无产阶级革命新人""共产主义新人""四有新人""时代新人",其具体内涵"经历了立人救国、翻身抗敌、又红又专、推动精神文明建设到担当民族复兴大任的转变"①。从某种意义上说,《人民文学》儿童文学参与了中华民族精神共同体的建构。

二 "蜕变事件":角色符号与文本时空修辞结构

《人民文学》创刊初和复刊初产生了较为典型的顽童形象。所谓"顽童",指他们身上有贪玩、淘气、不听话、不懂事、不爱学习、不爱劳动、爱偷吃、爱说谎等坏品质,如张天翼《罗文应的故事》(1952年第2期)、王若望《阿福寻宝记》(1956年第6期)、冯苓植《想飞的孩子》(1978年第6期)、浩然《胖娃娃》(1979年第4期)、刘厚明《黑箭》(1981年第5期)等。

诗歌、童话中也有不少这样的儿童:如爱闯祸的猫(陈伯吹《一

---

① 栾淳钰:《"新人"的概念演变、时代意涵及其启示》,《思想理论教育》2019年第10期。

只想飞的猫》1955 年第 12 期)、不爱劳动爱偷吃的马猴(阮章竞《马猴祖先的故事》1956 年第 4 期)、淘气的小弟弟(柯岩《爸爸的眼镜》1956 年第 6 期)、装模作样的野梨树(金近《小白杨要接班》1977 年第 5 期)、爱说谎的小学生陆小光(刘厚明《大地妈妈的孩子》1979 年第 4 期)等。在文本叙述中,这些顽童最终实现了身份和思想的蜕变,实现了向"好孩子"的转变。

同样,运用义素分析法列出"蜕变的顽童"文本语义并描述为:

[蜕变的顽童]:[+贪玩-听话-爱学习/爱集体/爱劳动+爱偷吃/说谎+教导者+蜕变性事件]

"蜕变的顽童"(或称为"另类儿童""被校正的儿童")是一种儿童形象的符号,文本呈现为"坏孩子→好孩子"叙述模式,人物形象有变化、故事有突转。这类儿童一度成为作家关注的热点对象。

张天翼《罗文应的故事》(1952 年第 2 期)是"新中国的儿童文学开卷之作"。[①] 在 1954 年"第一届全国儿童文艺创作评奖"中摘取桂冠,成为"十七年"描写顽童蜕变事件的经典文本。《罗文应的故事》经过情节简化可描写为:

罗文应在放学路上逗留,没时间做功课→妈妈批评他贪玩→在学校周老师的教育下、同学赵家林和李小琴的督促下参加集体复习→开始时,罗文应又迟到了,自己感到很懊悔→两位同学又来叫他一起复习功课,他真的进步了,加入少先队。

按照语言句法形式,这个故事序列可作这样描述:X、Y、Z 表示故事中的人物命名(名词),与人物发生的动作(动词)和情节状态

---

① 崔道怡:《合订本作证——〈人民文学〉四十年》,《人民文学》1989 年第 10 期。

(形容词副词）共同建构了情节结构：

X 犯了错→Y 批评了 X→Z 决定帮助 X→X 觉得改变旧习惯很难→X 最终变成了 Z

"蜕变事件"是什么、如何叙述、为什么这样叙述，包含至少三种修辞策略：

策略1：设置"教导者"作为催生顽童蜕变的角色符号

顽童是怎样的一类孩子？鲁迅在谈论给儿童看的画本时说："其中的主角自然是儿童，然而画中人物，大抵倘不是带着横暴冥顽的气味，甚而至于流氓样的、过度的恶作剧的顽童，就是钩头耸背，低眉顺眼，一副死板板的脸相的所谓'好孩子'。"[①]《人民文学》儿童中的"罗文应们"自然是另外模样。对此，正如陈伯吹评价说："儿童终究是儿童，他们的品质是没有问题的，缺点好比一块白玉蒙上了灰尘，把灰尘擦去以后，白玉依然是白璧无瑕。"[②]

在从顽童（X1）蜕变为好孩子（X2）过程中，总有外部他者"教导者" Z 出现在情节链条上，其功能是擦去"白玉般"孩子身上"灰尘"，缝合 X1 与 X2 之间的逻辑缝隙。

教导者 Z 可分两种形象：精神导师、先进儿童。

精神导师：一般指作为长辈的成人，在作品中没有姓名只有共名，如解放军叔叔、班主任某老师、警察、连长、某作家等。这类人物"高大全"，是社会群体规范的践行者，是社会教育观念的宣传者，"是一台儿童心理的测试仪，他甚至是发放糖果的圣诞老人，是指点迷津的牧师"。[③]

---

① 鲁迅著，徐妍辑笺：《鲁迅论儿童文学》，海豚出版社2013年版，第97页。
② 陈伯吹：《出色的教育童话——读查理·金斯莱的〈水孩子〉》，《辅导员》1956年第6期。
③ 汤锐：《现代儿童文学本体论》，江苏少年儿童出版社1995年版，第226—227页。

先进儿童：指儿童文学中作为同辈的榜样儿童，如哥哥、同学某某某、好伙伴某某某。这类人与顽童 X1 年龄稍长或同龄同班，但是都是勇敢不胆怯、爱学习不迟到、爱劳动不偷懒、爱集体不自私的"毛主席的好孩子"。作为儿童，他们稳重老练、非礼勿动、成熟缜密，俨然是一个个"小大人"。他们活泼不足严肃有余、童心消泯暮气沉沉，却是顽童蜕变的方向，也是学校的教育目标。

教导者 Z 作为主角的参照存在，发挥着影响和提醒的教育功能。Z 主动帮助 X1，把精神导师的思想落实到具体行动上，发扬团结互助的精神，直到他们的言行让 X1 内心感到"不好意思"，最终通过"教导/惩戒/帮助"实现向 X2 的转变。这种出场是"成人本位"在儿童文学创作中的显现，也是中国传统"父权本位"意识的反射。[①] 儿童文学的价值被定位于"人物的行为、心态、性格的变化轨迹中所透露出的'成长'意义"[②]。

策略2：启动"所指时间"向"能指时间"的转换按钮

《罗文应的故事》包含两种时间序列[③]：

> 能指时间序列：我们读"给解放军叔叔的信"→上次我和他们会面的时候→那时候→将来→今天星期六→到了星期一→第二天起晚了→那天放学→假如现在还是六点三十分以前→时间越来越迟→那就赶快→第三天→以后，比如某一天→现在→讲到这里
>
> 所指时间序列：星期六→星期一→下午放学→六点四十二分→第三天→之后某一天→给解放军叔叔写信

---

① 王永洪：《朦胧的群像——20世纪中国儿童文学人物形象论》，《北京师范大学学报》（社会科学版）1999年第2期。

② 汤锐：《现代儿童文学本体论：汤锐儿童文学理论文集》，明天出版社2009年版，第233页。

③ ［法］热拉尔·热奈特《叙事话语 新叙事话语》（王文融译，中国社会科学出版社1990年版，第5页）区分了两种叙事时间：被讲述故事的时间（所指时间）和讲述故事的时间（能指时间）。

在能指时间序列中，叙述者站在"现在"（给解放军叔叔写信）回想到"那时候"（他贪玩），又以"今天"（他已经变成好孩子）为起点，叙述"第二天""第三天""以后某一天"，再回到"这里"（写信当下）。

现实中，真实的线性时间经验（所指时间）在《罗文应的故事》中被"兑换"为艺术上的闪回、闪前、交错，被打乱的多维时间（能指时间）被重建。过去孕育着未来，未来连接现在。时间可陈述、可假设、可祈愿，可表述主观体验（"起晚了""越来越迟""赶快"）。在"所指→能指"转换中，文本语义浮出水面：

第一层语义：叙事时间呈现的是一个"记者"眼光对罗文应的行动、事件和事态进行跟踪报道，即"我看，故我说"；

第二层语义：所有报道都是按照特定观察位置、叙述者主观性或情感体验展开叙述，即"我觉察了，故我说"；

第三层语义：叙述方式是"书信体"，这种体式确认了小说作者是一个"知情人"，增强了读者对罗文应"从贪玩的孩子转变为好孩子"事实的确认，即"我信了，故我说"。

这类蜕变事件力求建立一种"游戏规则"，引导读者"卷入故事里面"。① 更深层的意味在于，在《人民文学》中诸多《罗文应的故事》叙述中，顽童变为好孩子被赋予了价值判断：在"过去—现在—将来"的框架中，在"个人玩耍时间—集体学习时间—生产时间"的分配中，儿童有了落后和先进的道德等级，以及转换的可能性。正如李学武论证"儿童、少年、青年、成人（群众）行走在同一条路上，所

---

① ［美］乌里·玛戈琳：《过去之事、现在之事、将来之事：时态、体式、情态和文学叙事的性质》，《新叙事学》，戴卫·赫尔曼主编，马海良译，北京大学出版社2002年版，第108—109页。

差的只是距离，而这仅靠时间就能解决"①，时间磨平了儿童与成人之间品质的差异，成为儿童蜕变的修辞维度。

策略3：实施"家庭空间"向"集体空间"的修辞位移

《罗文应的故事》里有三种空间类型：

A. 罗文应家　B. 市场　C. 同学李小琴家

这三类空间是有等级的：在"罗文应家"，妈妈批评他贪玩，妹妹需要他照顾；"市场"是罗文应贪玩逗留的场所；"同学李小琴家"是五位同学复习小组的学习场所。罗文应要想戒掉贪玩的坏习惯，就需要走出小家，远离"市场"，走进集体学习的大家庭。

对儿童成长来说，"家庭作为人们在社会中赖以生存的最基本的群体和单位，构成了社会的细胞，是社会生活的基础，是人类道德生活的一个重要领域"。② 在《人民文学》"十七年"儿童文学中，个人家庭生活往往被忽略，父母亲情之爱被搁置，家庭教育观念比较淡薄。无论是"蜕变后的孩子"还是"好孩子"，最终从个人家庭空间，融入进学校或革命集体空间（如少先队、共青团组织、班会、年级比赛、生产队、入党积极分子大会、儿童团），后者比自己家更温暖更有魔力，"生动活泼的民主生活，却具有磁铁般的吸引力，抵得上母爱的力量"。③

集体秩序实施着对个体规训，叙事中衍生出往同一方向成长的儿童。在"罗文应们"的蜕变事件中，故事叙述空间进行了修辞位移。家庭空间向集体空间的转换，其修辞意义还在于空间指代人物的道德意识和深层的精神结构。"市场"之所以不合法，是因为那里

---

① 李学武：《成长于新世界诞生之初——20世纪70年代少儿读本中"成长"模式考察》，朱寿桐、宋剑华编《四海南音话文学》，文化艺术出版社2005年版，第50页。
② 易银珍：《女性伦理与礼仪文化》，中国社会科学出版社2006年版，第207页。
③ 徐光耀：《作家的童年》，新蕾出版社1982年版，第99页。

容易自生玩乐休闲的情调;"学校"之所以合法,是因为这里有老师有同学,促使主人公形成符合道德原则与社会规范的言行。蜕变故事的终结往往是发生在叙事空间的重大事件最后定格——戴上红领巾、加入少先队、成为共青团员、参加人民解放军——标志着蜕变仪式完成。

三 "受伤事件":故事序列与儿童主体性的修辞显现

在《人民文学》1980年代以来的儿童文学叙事中,"好孩子"形象依然存在。可是更多的"好孩子"被社会、学校和家庭的不良因素所渗透而产生了一群"受伤的孩子"。这类形象萌芽于"十七年",在1980、1990年代数量激增,如胡万春《过年》(1961年第3期)、尤凤伟《白莲莲》(1979年第6期)、沈虎根《微笑的女孩》(1980年第6期)、欧阳山《胆怯的孩子》(1982年第2期)、李心田《两只蟋蟀》(1982年第3期)、韦君宜《八岁半的小朋》(1990年第2期)、马光复《荆轲的344代孙》(1995年第12期)、梁晓声《坎儿》(1997年第11期)等。这是新时期儿童文学叙述的重要支流,也是文学对现实问题深切关怀的具体体现。

这类孩子的身体或心灵遭受了主要来自社会(如阶级斗争、城乡差距、等级观念、残酷战争、地位悬殊、职业优劣、金钱观念)、学校(老师教育思想僵化、不尊重学生人格、应试教育的弊端)和家庭(父母爱的缺失,教育方式的粗暴简单)等方面程度不等的创伤。他们一般都是"好孩子",却严重"缺爱",其文本语义表述为:

[受伤的孩子]:[-亲情 -友爱-师生情-热爱生活-爱学习+烦恼+迷茫 +失落+苦闷+屈辱+愤怒]

按照语言句法形式,可把"受伤的孩子"所经历的受伤事件序列

第一章 《人民文学》创作话语的广义修辞学分析

作如下描述：

  X 是一个好孩子/受伤的孩子→Y 对 X 实施伤害行为（言语/身体）→Z 为伤害行为提供了外在环境→X 最终陷入困境（心灵/生命）

1. 故事开头："X 是一个好孩子/受伤的孩子"

故事开头被称为"作者和读者之间的合同"。[①] 开头作为叙事的一部分，具有"先于故事存在的生成基础"，这种基础是"父子关系的源头，或是吐丝织网的母蜘蛛"。[②] 开头定下基调，故事叙事得以延展，意义才有可能生发。《人民文学》儿童文学中受伤故事的叙述开头有两类：

一类是"X 是一个好孩子"，这里的"好"指孩子品质好，或有好心情、好运气，如《过年》中"小妮子真聪明，真伶俐，将来长大一定是个讨人喜欢的好闺女"；《白莲莲》中"她是一个非常诚实可爱的小姑娘"；《荆轲的 344 代孙》中"我"坐在公交车上，凉风吹来"让人感到十分舒服"；《坎儿》中的坎儿是大别山里上学读书的幸运儿。

另一类是"X 是一个受伤的孩子"，这里的"受伤"指性格弱，或情绪不好，或精神上陷入沉默、愤怒、恐惧、悲伤、冷漠、屈辱和羞愧等负能量场[③]中，如：

《胆怯的孩子》中"他"是一个"瘦弱的胆怯的孩子"；《六月二十七，灰色的太阳》中"我"早睡被哥哥叫醒，"又委屈，又烦躁，大哭起来"；《八岁半的小朋》开篇第一句话是"我今年八岁半，小学二年级学生，可是我已经不想活了，活着真没意思"。这类孩子从故

[①] [以] 奥兹：《故事开始了：文学随笔集》，杨振同译，译林出版社 2012 年版，第 9 页。
[②] [美] J. 希利斯·米勒：《解读叙事》，申丹译，北京大学出版社 2002 年版，第 55 页。
[③] 美国精神医师大卫·霍金斯用"能量层级"来表示人在不同情绪或精神状态下能量大小。请参见美国霍金斯《意念力》，李楠译，光明日报出版社 2014 年版。

事开头即陷入作者设定的困境之中。

2. 故事"突转"与"发现":"Y、Z伤害了X"

《人民文学》儿童文学中受伤故事的叙述进程中出现"突转"和"发现"① 两种情节模式:"X 是一个好孩子"的故事朝着"由顺境到逆境"方向突变;"X 是一个受伤的孩子"则是一个"由逆境到更大的逆境"的发现。

在促成情节"突转"和"发现"的过程中,叙事链条中出现了Y、Z,他们对主人公X实施了语言上或身体上的伤害,最终导致了X在心灵上陷入困境或身体上受到戕害。可把Y、Z命名为施害者、施害者环境。

在"突转"模式下,Y 有家人(妈妈爸爸、父亲的死)、学校(校长、老师)、社会(村里大人们、资本家"女头脑");Z 致使 X 陷入困境,如"思想有污点""辍学""感到悲哀""死亡"。这在《过年》《白莲莲》《荆轲的344代孙》《坎儿》的情节中得以印证。

在"发现"模式下,Y 和 Z 共同指向不合理的社会现象(如"武斗""考试制度")和家庭爱的缺失。Z 致使 X 身心受到重大创伤(如"痛苦不堪""致死")。这在《胆怯的孩子》《六月二十七,灰色的太阳》《八岁半的小朋》等小说中清晰呈现出来。

3. 故事结局:"X 最终陷入困境(心灵/生命)"

《人民文学》儿童文学中受伤故事的叙述结局并非"光明的尾巴",而是主人公 X 最终陷入困境。作为儿童,X 处于弱者地位,受伤程度不同,有精神创伤,也有身体受伤甚至死亡。在《白莲莲》中,一个非常诚实可爱的小姑娘,因为齐娟老师把白莲莲的小错误看作人生的"污点",甚至是纯属虚构的"污点",导致小姑娘评不上三好学生,不能参加市中学生夏令营,造成小姑娘精神遭受伤害。在《过年》《胆怯的孩子》中,小孩子被伤害夺取了生命。

---

① [古希腊]亚里士多德:《诗学》,罗念生译,人民文学出版社1962年版,第33—34页。

造成故事结局的核心因素是施害者 Y 和施害环境 Z，即施害者的行动、神态、语言、观念，以及环境构成情节"发现"与"突转"的关键环节。故事情节从一种状态到另一种状态的推移，这种运动成为文本主题的表现方式。"在分析现实主义叙事而不是口头故事和神话时，理论家们发现，习惯性的社会行为模式提供了一个组织情节的时间过程的意义模式"，情节序列是必需的，"而且这类价值判断是与社会规则——禁止与责任——相连的"。①

"受伤叙述"故事表层结构背后，"受伤"的文本语义得以显现：

儿童的情感缺失：这类叙事文本特别强调父母缺席导致爱的缺失，如《八岁半的小朋》，爸爸当厂长、妈妈是机关人员、奶奶是大学教授，都没空管"我"，"就怪我投错了胎，没找着一家成天有功夫的家长"。孩子在缺爱的环境中成长，感受到家庭的冰冷气氛，还有学校学习压力和老师伤害。孩子心中产生了对抗的无力感、环境的宿命感和对生命的无助感。这些儿童形象的"审美冲击力还是十分有限的，它们没有能够从读者那里获得像五六十年代的罗文应、张嘎曾经获得过的那样的青睐和荣誉"。② 人物形象的无力感引起读者阅读的情感同情。

儿童的苦难主题：孩子所经受现实中的苦难，有物质匮乏（如《坎儿》中上不起学的"坎儿"），也有精神创伤（如《六月二十七，灰色的太阳》中"我"经受着苦难，发出了三次"救救我吧"的呼喊）。关于儿童读物是否应该描写阴暗面的问题，评论家认为"要从黑暗写到光明，要有拨云雾而见青天的布局"，描写阴暗面应有限度，因为"儿童的经验领域狭隘，智力的理解不够，所以若干阴暗面的描写，自然而然地应该有个限度，囫囵吞枣，会伤害肠胃的，而且误解主题，引起病理

---

① ［美］华莱士·马丁：《当代叙事学》，伍晓明译，北京大学出版社 2005 年版，第 92、94 页。

② 王永洪：《朦胧的群像——20 世纪中国儿童文学人物形象论》，《北京师范大学学报》（社会科学版）1999 年第 2 期。

的现象,也许免不了的。"① 也许在作家创作情感中,孩子本真的快乐"在'我'早年苦难的重压之下,也实在算不了什么'"。②

儿童情感缺失与苦难叙事之间又包含着某种因果逻辑关系,成为"受伤的孩子"语篇叙事的修辞成规。儿童苦难叙事来自作家对历史的记忆以及对现实的焦灼;还来自作家对儿童成长带有责任感的精神探索,这种探索的焦灼"破坏了儿童的自我发展逻辑,叙事的本体力量得不到显现,叙事处于被动化的状态"。③ 在"受伤的孩子"苦难叙事文本中,儿童主体性的缺失,正是映照着儿童文学创作者主体性不同程度的缺失。儿童文学不只是叙写儿童的文学,文本内暗藏着"成人精神的深渊"④,成人的控制力远超于我们对儿童的想象本身。

本章小结

《人民文学》提供了讨论公共话题"纪念鲁迅"的特定场域,对鲁迅形象的有意识建构确立了国家层面上鲁迅民族魂的精神塑造。公共话题通过公共话语进入大众传播,召唤集体意识;公共话题以个体方式表达,行使话语自由权。评论文本基本采用与主流话语兼容的修辞策略,赋予鲁迅以"文学史家""革命志士""知识分子"等身份符号,其话语共性主要源于共同的修辞语境、先验框架、论证逻辑和理论参照系。散文文本中的主体"我"自觉调整公共认知与个体认知的含量,在时空条件、身份角色、目标受众和传播效能等方面显示出"我心中的鲁迅"的修辞形象。电影文学剧本《鲁迅传》和唐弢《在激荡的风云中——〈鲁迅传〉一、二章》在传记叙述的关键词、语句

---

① 蒋风主编:《中国儿童文学大系·理论1》,希望出版社1988年版,第358—360页。
② 郜元宝:《余华创作中的苦难意识》,《文学评论》1994年第3期。
③ 王文玲:《精神探索,苦难展示与被动化存在——论1980年代以来小说中的儿童叙事》,博士学位论文,吉林大学,2006年。
④ 赵霞:《从"可知的儿童"到"难解的儿童"——论儿童问题与当代西方儿童文学理论批评的演进》,《文艺理论研究》2022年第2期。

类型和语篇建构方面具有修辞意味。

《人民文学》发表儿童文学创作是新中国成立以来儿童作家培养机制的实践探索,为当代儿童文学叙事提供了鲜活的文本。作为修辞的叙事,关于"好孩子""蜕变的顽童""受伤的孩子"故事在身份符号、表层结构和情节序列中蕴含着推动情节"突转"或"发现"的修辞动能。《人民文学》中有两类儿童叙事值得深入分析:"蜕变事件"完成了人物形象从顽童(X1)到好孩子(X2)的转换,中间物为教导者(Z),核心修辞因素是时间(能指时间/所指时间)与空间(家庭空间/集体空间)的对抗;"受伤事件"故事序列背后浸透着儿童"情感缺失"和"苦难主题"的深层语义。编者通过儿童文学专辑专栏的推出,强化文学期刊对儿童和读者的教育功能。从修辞主体看,作者、编者和读者以个人经验参与建构儿童成长的基本框架与价值诉求。《人民文学》儿童文学话语分析,既为中国当代儿童文学研究提供跨学科的观照,又为儿童文学创作实践拓展更广阔的空间。

第二章 《人民文学》评论话语的广义修辞学分析

关于这期刊物还需要向读者说明的是增加了"短论"这一栏,一共发表了五篇短论。其中两篇是谈论社会生活问题的,三篇是谈论文学工作问题的。这些文章的共同特点是短小精悍,富有思想上的尖锐性。大力提倡这一类短论,对于加速生活中旧事物的死亡和新生事物的生长,对于开展自由讨论以推动文学事业的发展,是很有作用的。今后我们准备把这个栏目继续保持下去,希望作家们和广大读者大力支持,多多供给我们这方面的稿件。

——《人民文学》1956 年第 1 期"编者的话"

《人民文学》有一个传统的栏目,就是作家作者的"创作谈"。新时期的创作谈分散在"创作谈""作家书简""创作座谈会发言"等栏目之中。这是《人民文学》杂志中一直坚持下来并且很有特色和分量的评论部分。先后在这里发表创作谈的作家很不少。

——郑纳新《新时期〈人民文学〉与"人民文学"》

《人民文学》以文学创作为主，发表评论也是为了促进创作。①1949—1960 年间发表数量较多；1961—1966 年间仅有 13 篇评论和政论；1976—1989 年间极少见；1990—1998 年间也只有 31 篇；1999 年之后评论形式多样化、数量稍增。

《人民文学》50 年间所发表的文学评论类文章按照内容和篇幅可归为四类：

第一类，社论、专论、政论和政治报告，约 120 篇：内容主要涉及"十七年"政治运动、外交活动和文艺会议等，主要有政治界和文艺界领导撰写；

第二类，文艺评论、论文、批评、书评和评介等，约 560 篇：主要涉及文艺理论、作家评论、作品评论等，主要由文艺界高层、文艺理论批评家撰写；

第三类，短论、短评、文艺随笔、杂文、书林谈片等独立栏目，约 280 篇：短小精悍，针砭时弊，作者来源广泛，有名家也有新作者；

第四类，创作谈、写作杂谈、作家书简、作家论坛、作家对话录、小说家谈艺、小说家言等栏目，约 210 篇：主要内容是作家或创作者从创作角度谈论自己的创作经历，或谈论他人的创作经验，作者范围也比较广泛。②

---

① 《人民文学》发表了一些有争议的小说，但进行激烈论争的"战场"大都在《人民文学》之外。如：萧也牧《我们夫妇之间》发表后被转载，并在《光明日报》《人民日报》《文艺报》上展开论争，请参见袁洪权《〈我们夫妇之间〉批判的文史探考——纪念萧也牧诞辰一百周年》（《中国现代文学研究丛刊》2018 年第 11 期）。王蒙《组织部新来的青年人》发表后在《文艺学习》《文汇报》等报刊上展开论争，请参见李洁非《谜案辨踪——〈组织部新来的青年人〉前前后后》（《典型文案》，人民文学出版社 2010 年版，第 223—245 页）。蒋子龙《机电局长的一天》发表后引起了读者的强烈反响和《人民文学》编辑部的风波，请参见燕平《关于〈机电局长的一天〉发表后的风波》（《扬子江评论》2009 年第 6 期）。刘心武《班主任》发表后《文学评论》《文艺报》都围绕这部作品展开了座谈，请参见熊庆元《知识与美如何可能？——〈班主任〉小说叙事中的阅读、美学与政治》（《中国现代文学研究丛刊》2017 年第 8 期）。

② 另外，在"编者的话""留言""读者论坛""读者来信""读者之声"等编读栏目中，有的文章从编者或读者的视角进行文学阅读批评，也是《人民文学》评论的重要形式。本书"编者推荐话语"和"读者来信"话语分析中亦有所涉及。

总体来看，社论政论类文章官方色彩过浓；文学评论涉及古今中外文学作品批评，话题难以聚焦，且前两类自1976年复刊以来版面逐渐萎缩，直至完全消失；而"短论"和"创作谈"的自身文体统一，是《人民文学》编者积极倡导的"名栏"，堪称《人民文学》文学评论的两张"名片"。

虽然学术界已有相关研究①，他们较细致地研究了相关栏目设计、从呼唤"先进"到规范"鸣放"的论坛内容、对文学生产机制的影响，以及新时期文学批评的内容和功能，但未见话语修辞方面的成果。

本章运用广义修辞学理论观察《人民文学》短论类、创作谈类文章的话语修辞，旨在描述和阐释：

——将《人民文学》短论锁定于1956—1957年间"百花时代"，观察这期间短论文本的语词、语句和语篇的修辞维度，以及特殊意识形态语境中文学、社会与主体精神的关联互动，论证这些短论如何体现《人民文学》的特异气质。

——将《人民文学》创作谈纳入"话语建构→文本建构→人的精神建构"立体框架，兼顾"作家/编者/读者"三维主体，观照创作谈文本内部与外围语境，同时聚焦文本世界与人的精神世界的语言形态。

第一节 "百花时代"短论：语词、语句与语篇

《人民文学》创刊号发表第一篇短论——周立波《我们珍爱苏联的文学》，"短论"二字作为与社论、诗、小说相区别的文体在文章标

---

① 代表性成果如：李红强《〈人民文学〉十七年》（当代中国出版社2009年版，第169—185页）第四章"'双百'时期的论坛——'短论'和'创作谈'"显示了《人民文学》美学追求的限度；郑纳新《新时期〈人民文学〉与"人民文学"》（东方出版中心2011年版，第192—206页）第四章第二节题目为"服务于创作的文学批评"；倪雪坤认为"百花时代"《人民文学》"短论"和"创作谈"采用组稿形式，以论证说理为主要表达方式，篇幅短小，文风犀利，从本质上说它们都是"具有较强时效性与战斗性的'自由谈'"（《文学期刊与"百花时代"文学生态建构》，《当代文坛》2018年第2期）。

题下方进行标示。① 1976年复刊号开辟"文艺短论"栏目，发表北京汽车制造厂工人文艺评论组《把社会主义文艺创作搞上去》等文章。20世纪七八十年代，《人民文学》短论栏目开始与"杂文""文艺随笔""文艺短论"等栏目相互替换或合并，以"杂文"栏目名出现较多。② 1990年代以后，短论在《人民文学》版面上几乎消失，代之以"随笔""书林谈片""高地论坛"等评论类文章。

综观《人民文学》短论发现：1956年1月—1957年6月期间的短论栏目稳定、发表文章数量惊人，内容上几乎都在探讨文学问题③，观点鲜明，显示出独特风格。陈平原谈到短论特点时也说——短论就是短论，"不拐弯、不加注、不粉饰，直来直去，三言两语就道破天机，或直指人心"。④ 这些短论就是这样的气质。

中国文学史上的1956—1957年间被称为"百花时代"。⑤ 王岩森把1955年中国杂文档案命名为"阴霾满天"，把1957年7—12月中国杂文档案命名为"暴风雨中"，而1956年及1957年1—6月中国杂文档案分别命名为"百花时代（上）（下）"。⑥ "百花时代"恰恰是介于

---

① 李红强的《〈人民文学〉十七年》（当代中国出版社2009年版）第170—1173页详细介绍了1949—1966年间《人民文学》短论栏目往返出没、稳定与变动的情形，此处不再一一说明。

② 郑纳新的《新时期〈人民文学〉与"人民文学"》第194页详细统计了1978—1989年间《人民文学》评论板块结构及各栏目的篇数统计，此处不再一一列出。

③ 期间仅发表过一篇非文学问题的文章，即崔奇《敌人恨的我们要爱》，作者时任《人民日报》评论员、国际部负责人。文章旨在批判国际新闻媒体对中国经济建设的打压报道、鼓励国人要加快工业化速度和保护国家安全。

④ 陈平原：《〈大学小言〉序》，《书城》2014年第4期。

⑤ 洪子诚：《1956：百花时代》，山东教育出版社1998年版，"简短的序言"第1页。序言中分析了"百花时代"称谓主要来源于1956年"双百方针"的提出，特指中国的1956年及1957年上半年，认为这个名称采用了一种描述性、想象性、蕴含着多种可能性的修辞方式，提醒研究者在追寻这一时代的文学"意义"时不可忽视隐藏着"过程"中的"新质"或"戏剧性"的变化。作为文学史家的洪子诚在评述这段文学历史时，采用谦虚谨慎的态度，"现在的评述者已拥有了'时间上'的优势，但我们不见得就一定有情感上的、品格上的、精神高度上的优势"。从这个意义上说，本节对"百花时代"《人民文学》短论的评述也只是稍稍"接近历史"的一种方式。

⑥ 王岩森：《"香花"与"毒草"：1955—1957年中国杂文档案》，中国社会科学出版社2014年版。

"阴霾满天"和"暴风雨中"那段短暂的风雨欲来的凉爽气候。费孝通称之为"知识分子的早春天气"。①

《人民文学》"百花时代"发表的短论,是特定语境中文学挣脱意识形态、追求美学和个性的典型文本,记录了《人民文学》知识分子特立独行的历史阶段。有的短论曾在当时乃至今天文坛上产生过一定的轰动效应。②

为此,本节聚焦于"百花时代"《人民文学》上发表的58篇短论(具体篇目见本节附录),从"香花"和"毒草"的词典语义和文本语义出发,分析短论"识毒草→找病根→开药方"话语演进过程的语句修辞策略,进一步从语篇层面分析短论作者的思维特征。

一 从"香花"到"毒草":词典语义与文本指向

从《人民文学》短论话语内容看,争论的核心问题就是如何鼓励"香花"生长和如何铲除"毒草"。总体来说,1956年年初,短论主要在呼唤"香花",1956年4月之后,短论几乎都是在争论文艺界的各类"毒草"。

先看这两个关键词的词典语义。在《现代汉语词典》(第7版)里,"香花""毒草"都有基本义和比喻义:

[香花] 有香味的花;比喻对人民有益的言论或作品。

[毒草] 有毒的草;比喻对人民、对社会进步有害的言论和作品。③

---

① 费孝通:《知识分子的早春天气》,《人民日报》1957年3月24日。
② 代表性作品如:唐挚《必须干预生活》(1956年第2期)、巴人《作家应该有丰富的知识》(1956年第5期)、茅盾《从"找主题"说起》(1956年第8期)、樊骏《"既然……那么……"》(1956年第8期)、秋耘《不要在人民的疾苦面前闭上眼睛》(1956年第9期)、李健风《香花和毒草》(1957年第3期)等。
③ 中国社会科学院语言研究所词典编辑室:《现代汉语词典》(第7版),商务印书馆2016年版,第1430、320页。

这组反义词的基本义,指向植物类花草。中国民间对土地上生长的一花一草怀着特别亲近的感情,很早就对香花和毒草有所识别。《本草纲目》第 17 卷草部"毒草"卷就收入大黄、商陆和狼毒等 47 种。①

将这组词引入政治领域、由此产生比喻义,则集中出现在毛泽东 1957 年 2 月 27 日《关于正确处理人民内部矛盾的问题》讲话中。在此需要强调的是"百家齐放、百花争鸣"(一般简称"双百方针")是 1956 年正式公布的②,而作为这个方针指导下实施环节则涉及如何辨识和处理"香花""毒草"问题。

概言之,作为政治术语的"香花"和"毒草",就是指那些符合或不符合主流意识形态的政治言论和文学作品,以及一些身心带有"毒素"的人。那些认定为"香花"的作家或作品,就要被表扬、被赞美、被激励;那些认定为"毒草"的作家或作品,就会被打倒、被铲除、被批判。在特殊历史语境之中,"毒草"出镜率远高于"香花"。③

早在 1951 年就有读者写信给《人民文学》编辑部,提出:"书与草是二件事,但有一点是相像的:同样的有良药——能够鼓舞起人的斗志、助长生活的意趣——与毒药——麻痹人的灵魂、削弱生活的勇气——的分别。"④ 这里的"毒药"指香艳小说、剑侠小说、技击小说、侦探小说等,"解药"指马列主义、毛泽东思想。而"百花时代"的"毒草"比这种"毒药"毒性更强。

综上,"香花"词典语义指"对人民有益的言论或作品"。在文本

---

① (明)李时珍编著,张守康等主校:《本草纲目》,中国中医药出版社 1998 年版,第 483—532 页。

② "双百方针"作为文艺政策指针性的存在,对新中国成立后文艺领导机制及文艺创作批评的重要性不言而喻,这是"香花""毒草"问题产生的关键性历史语境。它提出的背景过程、阐释细节和实际运用中的经验教训,请参见李洁非《"双百方针"考》(《文艺争鸣》2018 年第 8 期)。

③ 胡松涛:《毛泽东影响中的 88 个关键词》(中国青年出版社 2016 年版,第 253—257 页),收集了 1957—1971 年间的"毒草"书目及资料,如 1958 年社会流行的《锄草歌》、1967 年北京电影学院井冈山文艺兵团编印的《毒草及有严重错误影片四百部》和 1968 年北京图书馆无产阶级派编印的《毒草及有严重错误图书批判提要》等。

④ 陈寿恒:《辨味的工作》,"读者中来",《人民文学》1951 年第 4 期。

叙述中,"香花"的同义表达有"新生""正确""先进""真实""前进""主要""正面""积极""本质"的事物、人和力量。在文本标题话语中,有的出现"颂""明灯""太阳"等表示光明或赞美的语词,有的用"大喊大叫""千呼万唤"表达对新事物的肯定和欢迎。

"香花"的文本语义和文本标题如表 2-1 所示:

表 2-1　　《人民文学》短论中"香花"的文本语义和代表性短论

	"香花"文本语义	短论标题
1	社会主义精神的新萌芽;历史的正确的方向	唐弢《"三户"颂》
2	先进事物;先进经验;新生事物	马铁丁《让先进的事物大喊大叫起来》
3	真实的人物形象;中国电影创作的新时代;推动创作前进的作品	钟惦棐《千呼万唤——出来了》
4	新英雄主义	庞季云《一盏明灯》
5	新萌芽;先进事物;新生力量;主要的决定的力量;前进的新生的事物;新的正面的基本的东西	公孙剑《迎接太阳》

在词典语义中,"毒草"所代表的是"对人民、对社会进步有害的言论和作品"。在《人民文学》"百花时代"短论文本中"毒草"涉及至少五个层面:

文学创作　短论的矛头主要指向作品数量少、缺乏对生活的热情关注,以及创作中公式化概念化、"无冲突论"、粉饰现实等不良倾向。巴人在《作家应该有丰富的知识》中分析作品公式化概念化的产生的原因,一方面源于作家对生活的不熟悉不了解深入,另一方面源于作家的马列主义思想修养不高,还有一方面就是作家的历史知识储备不够。刘金《从"神来凑"到"灾来凑"》则是具体描述公式化概念化创作的具体表现。

文学批评　短论作者们针对文学批评的四平八稳的风格、简单粗暴的方式、牵强附会的方法、人云亦云的丑态、空洞轻浮的作风以及故作姿态的批评家等提出了尖锐的意见。其中代表性的文本有秋耘《从"四平八稳"谈起》、茅盾《从"找主题"说起》、樊骏《"既然……那么……"》和李健风《香花和毒草》等。

创作观念　短论的批判对象直击作家的创作观念和写作心态，特别是"X主义"（一本书主义、个人主义、保守主义、官僚主义、名利主义），以及作家头脑中的各种"毒素"，如骄傲自满、目空一切、落后顽固、不学马列、偷懒庸俗、盲目乐观、粉饰现实等。王子野《骄傲就是毁灭》、蔡群《停了摆的钟》、公孙剑《略论"热烘烘"与"冷冰冰"》、维洪《论落后思想的顽固性和作家的任务》、仓洱星《作家们，关心和参加文学批评吧》和秋耘《不要在人民的疾苦面前闭上眼睛》等文本标题即亮出鲜明的评判立场。

编辑工作　编辑部的保守思想、编辑的约稿工作、审稿机制，以及向作者退稿、对待读者的态度等都被当作"毒草"来拔。白榕在《反对庸俗的拉稿作风》中列举了种种庸俗的拉稿之风：向作者"强讨硬要""疲劳轰炸"、制定"写稿需知"一类的清规戒律；对待青年的"一窝蜂"态度、乱开空头支票等，这些都是一厢情愿的事情，还讥讽这类编辑是"催命鬼"，是他们助长了公式化概念化，助长了青年骄傲自满的情绪。

文坛风气　从空喊口号的"忙人"（马铁丁《喊"忙"的人》）到召开不必要会议和空洞报告的"一群人"（何直《论"缺少时间"》），从打击青年创作者的热情（涂尘野《写作也需要勇气》）到对青年作者拔苗助长（高风《秧苗离不开土壤》），从无理取闹的发牢骚者（甲乙丙《三个和尚的牢骚》）到无理由到处拜师学艺者（周和《关于"带徒弟"》），从古籍校勘（呼延虎《向删改古籍者进一言》）、出版乱象（呼延虎《"积压了三百多万册"的反面》），再到文艺界的行情牌价（白榕《观画有感》），文艺领域的角落里的"毒草"都被短论作者们敏锐觉察到并进行了尖锐揭露。

语言是人类的情感家园,"词语缺失处,无人出场"。① 反之,词语频繁出没,主体登场。"香花""毒草"穿行于"百花时代"的文学评论中,实际上是评论主体"人"穿行在相对宽松的公共言论环境中。

人活在语言中,人活在话语场中,人活在各种言语行为中。《人民文学》"百花时代"短论呈现一时的繁荣,一方面得益于"百花齐放、百家争鸣"极强的感召力,另一方面奔涌的现实生活激活了主体潜在的激情和迸发的创作才情,"他们关心天下大事,关心人民的疾苦,爱憎分明,奋笔疾书,心无余悸,更无预悸,一片真情,天地可表,真正体现了'知识分子的早春天气'下的创作心态"。②

二 "识毒草→找病根→开药方":语句修辞策略

《人民文学》"百花时代"短论中除了马铁丁《让先进的事物大喊大叫起来》等六篇"浇香花"之外,其他都在"锄毒草"。读者一致认为:香花就是香花,代表马克思主义正确的方向;毒草就是毒草,没有合法存在的权利;毒草有毒,并以各种变形面目生长,暗地里毒害人群;香花就要浇灌、毒草必须铲除。在那个特殊的语境中,"锄毒草"的呼声比"浇香花"的声浪更响亮。

在文本层面,短论"锄毒草"呈现出程式化操作,基本遵循"三步走"策略:识毒草→找病根→开药方。

(一)"识毒草"话语:表示矛盾关系的转折句

识别哪些是香花哪些是毒草,辨识毒草的形状和性质,是短论"锄毒草"的前提。这些短论作者大都具有对文艺界各类现象的敏锐

---

① 钱冠连:《语言:人类最后的家园——人类基本生存状态的哲学与语用学研究》,商务印书馆2005年版,第104页。
② 蓝翎编:《中国杂文大观(三)·序言》,百花文艺出版社1994年版,第19—20页。

观察能力，以"据我所见""据我所闻""据我所知""据我所认为"为评论起点，向读者阐述自己关于"毒草"的新现象、新知识与新理解。这些可能是读者不知道、没觉察或不理解的现象，这就需要短论作者先把"毒草"拔出来，置于公共空间，供大家讨论。

这些短论"识毒草"过程是批评家呈现A（现象、事物或人）与B（现象、事物或人）矛盾关系的过程。

在大多数短论文本"识毒草"（即提出问题）阶段，在A与B之间使用以下表示转折语义的话语标记，如"但""但是""可是""不过""而""然而""只是""则"等，直接引出"我"与公共认知的差异。这些表示矛盾的句式类型有：

类型1：数量多少的矛盾

转折句式：虽然A是一项重要工作，但B太多了或太少了。

举例：

在当今社会里文学批评值得重视，可是文艺批评领域棱角磨光、不痛不痒的文章还不少。（秋耘《从"四平八稳"谈起》）

必须加强文学批评是无可争论的，但是有研究有见解的批评家太少了。（仓洱星《作家们，关心和参加文学批评吧》）

虽然成千上百的人要献身文学事业是文坛喜事，但有相当多的人抱着"投师即可得"的希望，可能会后悔的。（周和《关于"带徒弟"》）

类型2：认知不同的矛盾

转折句式：虽然发生了某件事情，有人认为A，但"我认为"B。

举例：作为一个业余创作者，虽然遭遇了退稿，但"我"认为这些心血都不会付诸东流的。（郑群《在退稿的面前》）

我们的物质生活还没有达到更高的水平，虽然有人认为是时间太紧张，但"我"认为我们缺少的是清醒的头脑、社会主义的

观念和习惯。(何直《论"缺少时间"》)

虽然天堂只是一个幻想,可是有些艺术家过分天真地把幻想当成现实,而"我认为"这样廉价的乐观主义是有害的。(秋耘《不要在人民的疾苦面前闭上眼睛》)

类型3:主客观矛盾

转折句式:虽然A是客观存在的,但是它与主观因素B有关系。

举例:

在毛泽东时代,虽然给青年创作者提供了前所未有的学习文学遗产的优越条件,但很多青年有自满的心理而对文学遗产学习得很不够。(徐刚《多学习文学巨匠的作品》)

虽然自己的稿子需要反复修改,但有些同志在修改文章时受到舆论和清规戒律的影响,越改越差。(秋耘《"舍己从人"》)

虽然出版发行部门主观认定某些书籍可以大量销行,但客观上造成了严重的出版浪费现象。(呼延虎《"积压了三百多万册"的反面》)

类型4:实践/理论的矛盾

转折句式:虽然关于A实践(理论)是好现象,但B理论(实践)远远不足。

举例:

虽然文艺作品朗诵活动更为普遍了,这是可喜现象,但是目前适合朗诵的诗歌创作远远满足不了人民大众的要求。(陈天生《我们需要适合朗诵的诗歌》)

虽然从理论上说文艺批评要贯彻"百花齐放,百家争鸣"的方针,但实践中仍然存在教条主义片面性。(茅盾《从"找主题"说起》)

虽然坚持传统、坚持主导是有道理的,但"把关者"要"双

门敞开"迎接鸣放了。(钟《迎风户半开》)

类型5：简单/复杂的矛盾

转折句式：虽然A本来很简单（复杂），但出现了B复杂（简单）的状况。

举例：

虽然秧苗离不开土壤是自然界简单的道理，但是文艺界用拔苗助长的办法代替了复杂、细致的青年作家培养工作。（高凤《秧苗离不开土壤》）

虽然年轻人对社会主义献身的精神是可贵的，但他们"既然……那么……"的论调是一种僵化的思想，把丰富的生活归结为简单化的因果关系。（樊骏：《"既然……那么……"》）

删改古籍是一项复杂的工作，但校勘者乱砍乱杀，用简单的"删"就解决问题了。（呼延虎《向删改古籍者进一言》）

类型6：现象/本质的矛盾

转折句式：虽然A现象看起来很好，但反映了B本质内容。

举例：

在社会主义建设中，有些人大声喊"忙"的人，并不真正忙，反而显示他的劳动效率低。（马铁丁《喊"忙"的人》）

虽然办公室的水杯杯盖上有"将革命进行到底"、工人背心上印有"为超额完成第一个五年计划而奋斗"是一种政治教育，但是这样实际上是一种形式主义，影响人的工作情绪。（蔡群《"政治茶杯"之类》）

朗诵诗活动办得丰富多彩，但明星式的朗诵腔调、背诵诗的节奏和寻找作诗速成的窍门等是形式主义、功利主义的表现。（布文《从朗诵诗谈起——读〈关于"带徒弟"〉后》）

除了这些矛盾类型之外,《人民文学》短论中"识毒草"时用"虽然……但是……"句式,还揭示了"部分/整体"的矛盾(巴人《作家应该有丰富的知识》)、"个别/一般"的矛盾(蔡群《停了摆的钟》)、"光明/黑暗"的矛盾(白榕《观画有感》)和"历史/现在"的矛盾(朱绛《为歌词开拓园地》)等。

语用功能 "虽然……"句与"但是……"句之间的语义对立是构成转折的必要条件,"转折的语用机制是预期偏离"①。决定这种预期偏离的关键因素是主体主观倾向的渗透,特别是认知机制在起作用。《人民文学》短论作者对"毒草"的鉴别是基于违背事实的是非裁定和不合情理的逻辑判断,通过AB之间的矛盾对立为接下来铲除"毒草"提供合理化论证基础。

《人民文学》发表短论的意义就在于"拔毒草"本身的政治价值和社会价值,并以论说的方式达到说服读者和教育读者的目的。当发现了某种现象与自己的认知不一致,而且这种现象携带"毒素"进入文艺界时,或发现自己不同意某种流行观点时,批评家就拥有了把内心想法诉诸文本评论的可能性。在"不一致""不同意"的矛盾运动中,"毒草"出现了。

语用效果 在短暂的"百花时代"之后,文艺界迎来了狂风暴雨,极大地伤害了不该伤害的同志。巴金在《随想录》里说:"难道我们这里真有这么多的'毒草'吗?我家屋前有一片草地,屋后种了一些花树,二十年来我天天散步,在院子里,在草地上找寻'毒草',可是我只找到不少'中草药',一棵毒草也没有!"② 接下来的历史运动中,"香花毒草说"对国家和人民造成了极大的精神创伤。流沙河反思说:"香花毒草之说不宜用来判断文学,根本原因是文学的效用,或好或坏,都不能近似于花花草草。……看烽烟为黑雾,视报警为防

---

① 尹洪波:《现代汉语转折复句新论》,《汉语学报》2020年第1期。
② 巴金:《毒草病》,《随想录》,人民文学出版社2000年版,第30页。

毒，伤了成卒，误了国家。泪水够多了。不行！再不能那样了！"① 文学批评作为发表个人见解的领地，一旦受到社会运动入侵，文学表达主体的精神就会受到不同程度的创伤。

（二）"找病根"话语：实施否定批判功能的反问句

《人民文学》短论作者们把"毒草"识别出来了，接下来就开始分析"病源"或"病根"。朱绛在《为歌词开拓园地》中详细剖析歌词受歧视的原因和表现，因为只有"摸清了病源，然后才能开药方"。② 在短论"找病根"话语中，作者较多使用反问句，以潜入现象深处、挖掘本质根源。

何直（秦兆阳）在《论"缺少时间"》中批判那些在社会主义加速建设中的某些人，他们常常摇头、叹气、皱眉，说"我没有时间我很忙"，还深入分析了这种想法产生的原因，"你在放弃对于祖国的责任，在用空虚来耗费你的精神，在浪费你的生命"，接下来进一步论证——

> 难道说，在旧社会里，多少人不是因为自己不能对祖国多尽责任，不是因为浪费了自己的时间和生命，而产生过无穷的苦闷？
>
> 难道说，那一切不合理的社会制度，那资本主义的桎梏，不都是少数人占据了多数人的时间和精力——曾经糟蹋了千百万人的生命？
>
> 难道说，我们不是曾经为了让人民获得自己的时间，让国家获得自己的时间，而英勇斗争？
>
> 难道说，我们不应该因为时间不够而兴奋吗？如果我们知道爱护国家的财产，我们怎么能够容忍那些浪费时间的人呢？
>
> 难道只有一个王崇伦，曾经碰到过这样的事情吗？

---

① 流沙河：《笑读〈文坛登龙术〉》，《含笑录》，海南出版社2007年版，第64—65页。
② 朱绛：《为歌词开拓园地》，《人民文学》1956年第5期。

不，多得很……①

"难道……吗"是这篇短论的高频出现的反问句。为了证明核心观点，秦兆阳用反问句连续排列的方式，逐步加强话语论说的力量。而且，反问句中加入"否定"成分，即"不是因为……""不合理的……""不都是……""不应该……""怎么能够……"，形成双重"否定"不容置疑的语气。最后一个"难道只有……吗"，显然是对论说对象的否定，下文紧接着补充道"不，多得很……"。

秋耘（黄秋耘）《不要在人民的疾苦面前闭上眼睛》发现文艺界流行着这样的"毒素"——有些艺术家过分天真地把幻想当现实，表现出"廉价的乐观主义"，它和"病态的悲观主义"一样可恶。他铿锵有力地指出"作为一个有着正直良心和清明理智的艺术家，是不应该在现实生活面前，在人民的疾苦面前心安理得地闭上眼睛，保持缄默的"，接着论述说：

如果一个艺术家没有胆量去揭露隐蔽的社会病症，没有胆量去积极地参与解决人民生活中的关键性的问题，没有胆量去抨击一切畸形的、病态的和黑暗的东西，他还算得是什么艺术家呢？

难道说，我们写了生活中的阴暗面，就会伤害了我们所衷心拥护的社会主义制度么？不会的。……

难道说，我们写了生活中的阴暗面，就会破坏了我们艺术作品中的美感或高尚情操么？不会的。②

这些话语一方面运用"如果……没有……没有……没有……还……"表示假设的否定句，论证了一个真正的艺术家揭露社会病症的良知在

---

① 何直：《论"缺少时间"》，《人民文学》1956年第6期。
② 秋耘：《不要在人民的疾苦面前闭上眼睛》，《人民文学》1956年第9期。

哪里；另一方面运用两个"难道说……不会的"反问句，论证艺术家描写生活阴暗面是不会伤害社会主义制度和作品的艺术美感的。

这篇短论被认为是"百花时代"难得的秉笔直书的杂文典范。在此之后，黄秋耘因在《文艺学习》组织《组织部新来的青年人》《我对当前文艺问题的浅见》的讨论、发表《刺在哪里》《锈损灵魂的悲剧》等文章而差点被划为"右派"，下放劳动。阎纲评价他的一生说："嫉恶如仇，非常真诚"，"他没有在人民的疾苦和泪水面前闭上眼睛，他自己的一掬同情之泪毕竟唤起人的良知，警示人民敢于对现状产生"。① 黄秋耘以文学批评的方式对社会不良风气进行刮骨疗毒，读者也能从这些语篇中真切感受他们的真诚和良知。

在特殊的历史语境中，话语主体选择"说/不说""说什么""怎么说"受到客观制约，也受到主观的态度和认知的限制。《人民文学》短论中反问句的使用，涉及话语主体的身份特征、权力权势地位、社交礼貌程度等多种因素。

短论作者队伍中有的是文艺界权位较高的人，如茅盾、秦兆阳、黄秋耘等。他们在对文艺界"毒草"表示不认同、不支持、不满意或谴责等情态时，必然考虑到读者的接受效果。为此，批评家会选择特定的话语形式如反问句的使用，以提升话语的批判力量或维护人际关系的负面效应，"反问句显然是话语交际中避免激烈交锋的润滑剂，也是双方交际得以展开的缓冲地带"。② 反问句是对正面冲突的有意避让，但仍具有强烈的话语修辞力量。

（三）"开药方"话语：富有情感的呼告句

"识毒草""找病根"之后，要"开药方"了。周和《关于"带徒弟"》认为虽然"开药方"治疗方法不同但至少可以有一定疗效，"以上所说的仿佛都是泼冷水的话，但冷水有时也许可以医治点合适

---

① 阎纲：《黄秋耘相信眼泪》，《新文学史料》2002年第1期。
② 邵敬敏：《疑问句的结构类型与反问句的转化关系研究》，《汉语学习》2013年第2期。

的小病哩"。① 在"开药方"话语中,批评家较多使用呼告句,呼吁读者"应该怎么做""不应该怎么做"。

呼告,是一种修辞方法。陈望道《修辞学发凡》把"呼告"归于积极修辞类,提出"话中撇了对话的听者或读者,突然直呼话中的人或物来说话的,名叫呼告辞,呼告也同比拟和示现一样发生在情感急剧处"。②

《人民文学》短论中的呼告句,代表性的表述如:

是的,作家,必须是热爱自己的人民和生活,必须是大胆干预生活,用全心灵去支持一切新事物的猛将!(唐挚《必须干预生活》)

每一个热爱写作的青年同志,应该满怀信心,勇气百倍,做一个勇猛前进的战士!(涂尘野《写作也需要勇气》)

我们每一个业余写作者,不要被退稿吓得手足无措,而要以主人翁和公正严峻的裁判者的勇敢姿态出现在退稿的面前。让我们坚持学习,把自己年轻的、幼稚的手磨练得愈益老练和结实吧。(郑群《在退稿的面前》)

亲爱的同志,要警惕呵!最后,请允许我提出一个呼吁:杆下留情,不要把任何一个愿意进步也正在努力追求进步的作者一杆打下去!手下留情,对一切有益于社会主义建设事业的成就,表扬和鼓励是完全应该的,但要注意分寸,不要捧得太高,以致离开实际的成就太远。(司马龙《"打"和"捧"》)

哦哦,读者同志们……在现有的条件下,该怎样去行动呢?我建议:出版发行部门应该少一些主观主义,多一些实事求是的精神;少一些"为群众"的口实,多一些为群众的实事;少一些

---

① 周和:《关于"带徒弟"》,《人民文学》1956年第10期。
② 陈望道:《修辞学发凡》,上海教育出版社1997年版,第126页。

损失和浪费,多一些精神食粮的供给。(呼延虎《"挤压了三百多万册"的反面》)

呵,呵,教条主义,你在中国文坛为什么历年盛行不衰,原来人们给你画了万无一失的护身符!(呼延虎《"百花齐放"三题》)

下面从六个方面分析呼告句的话语结构和修辞功能:

话语结构:呼告＝呼语＋告语　短论中的呼语既有对人"示现"类,如"作家""每一个热爱写作的青年同志""我们每一个业余写作者""亲爱的同志""读者同志们",又有对物"拟人类",如"教条主义",而且一般是先呼后告形式。

虽然话语的接受者不在场,阅读关系是虚拟的,但是表达者设定好"说—听"交际在场的频道,采用直接称呼的方式,实际上是在发出呼告、提醒、规劝、勉励、请求等言语行为。这种话语方式具有一吐为快和推心置腹的现场感,发挥引燃读者干预生活热情的语用功能。

话语标记:断定性副词　这些呼告句使用表示程度较高的"最""万分""特别""更";表示范围较大的"每一个""所有""完全""一切""永远""全""都";表示不容置疑的语气如"一定""必须""未必""绝不""决不""坚决""势必""充分""彻底""无疑地""确实""实在""是的""不客气地说""不然的话""事实已作了最好的证明"等。这些副词成分推动焦点话题的显现,强调了某种观念、行为和现象的重要程度和真实程度。

话语修辞:呼告＋N种修辞手法　这些修辞手法如排比、反问、设问、反复、拟人等。如《"挤压了三百多万册"的反面》中用三个"少一些……多一些……"诠释了"该怎样去行动"的原则和方案。再如《"百花齐放"三题》中呼吁反教条主义,采用自问自答的设问句"你为什么……原来……"。这些显性的修辞格联排的话语表述,被放置于特定的语义表达框架中,它们是批评家们自觉选择的语言形式编码。作为认知主体的批评家们从对"正面/外部情景"的客观描述到对"阴暗面/内部情景"的评价、感知和认知,是一个主观化的形成过程。

话语功能:坚决有力的言语表达 呼告句还会与其他句式(并列句、选择句、条件句)混搭,如"不(光、只)是……而是……""不要……而要……""愿意……不愿……""应该(当)……不应该(当)……""坚决……决不能……""只有……才能……""只要……就会……""既然……不必(何必)……"。

从修辞功能看,这些句式是非黑即白、坚决有力的话语形式。如郑群在《在退稿的面前》中大声呼告"我们每一个业余写作者,不要被退稿吓得手足无措,而要以主人翁和公正严峻的裁判者的勇敢姿态出现在退稿的面前",语气斩钉截铁,毫无回旋余地。其中,"不是A,而是B"句式具有强烈的主观意图,关键是推动深层肯定,这是"以追求特殊语用、修辞效果为目的的策略性否定"。①

话语情感:情绪凌驾于事实之上 短论结尾主要有四种表达方式,一是加上"呵呵""哦哦"语气词,抒发个人感慨,增强语言感染力;二是采用"让/请……吧!"句式,感情浓烈,声音洪亮,有很强的语言表现力;三是语言节奏铿锵有力,融合了诗意的表达技巧;四是长短句交错,短句简洁有力、长句长于铺排,长短合奏出"热烘烘"的情感,正如公孙剑在《略论"热烘烘"与"冷冰冰"》中引用苏联作家李昂诺夫的话那样:"只有在自己的灵魂里有火,才可能把别人的灵魂点燃起来",② 短论批评家的评论热情溢出评论文本之外。

话语行为:道德宣讲呼唤现实行动 短论作者们在实施呼告言语行为时,常常进行道德话语宣讲,如唐挚《必须干预生活》呼吁作家们做"支持一切新事物的猛将";涂尘野《写作也需要勇气》呼吁青

---

① 邵敬敏、王宜广:《"不是A,而是B"句式假性否定的功能价值》,《世界汉语教学》2010年第3期。

② 公孙剑:《略论"热烘烘"与"冷冰冰"》,《人民文学》1956年第4期。

年同志们做"勇猛前进的战士";郑群《在退稿的面前》呼吁业余写作者做"勇敢的主人翁和公正严峻的裁判者"等。这些话语论述矛头最终指向了人的道德、意识和价值。

在言语交际活动中,表达者和接受者对言语进行编码和解码都会选择特定的句式结构和情感表达方式。在"百花时代"特定语境和文本场合,短论作者"大脑会自动激活某种恰当的句式结构,因为特定场合已经是内在化、认知化的语境,而语境内容已经成为语言结构内涵的一部分"。① 从认知角度观察,这种特定语言结构一经接受者的大脑接收,它包含的语义解释和推理公式再次激活双方共享的认知语境。这是一个系统的言语交际过程,涉及表达者的表达意图、句式结构的语用含义和接受者的心理投入。

短论以文学批评的形式揭示了表达意图与接受结果的矛盾运动,"在一定时期,谁的杂文写得多、写得好、水平高、影响大,到下一次运动一来,就被整得最惨。此之谓'树大招风''出头的椽子先烂''枪打出头鸟',而且操枪最积极最凶狠的又往往是杂文写得最蹩脚的作者"。②

在《人民文学》短论"识毒草→找病根→开药方"三步走的话语进程中,文本话语也建构了批评家的文学情怀、道德观念和价值系统。作为《人民文学》编者在"百花时代"开辟这样自由争鸣的空间,坚持文学自身的艺术规律,坚持艺术标准第一,"在发表理论与选取作品的行为上表现出一定的偏离主流意识的'另类'思想倾向",③ 显现了当时相对宽松的言说语境,体现了作家、批评家、编者与读者主体间的良性互动。

---

① 高红云、蒯振华:《语言交际中句式选择的认知语用阐释》,《外语学刊》2011年第1期。
② 蓝翎编:《中国杂文大观(三)·序言》,百花文艺出版社1994年版,第25页。
③ 欧娟、罗成琰:《编辑视野下另类话语的生存空间——"双百方针"前〈人民文学〉另类话语的文本意义》,《湘潭大学学报》(哲学社会科学版)2009年第2期。

三　思维在场与形象批判：话语主体的精神世界

从语篇层面观察《人民文学》"百花时代"短论话语，发现：作者的评论话语不仅在语词层面、语句层面有着特殊的运动规律，而且在批评主体的思维层面也有着特定的表达方式。正如沃尔夫在论及"语言、心理与现实"时称"言语是人类上演的最好的一出戏"时所强调的——"思维是非常神秘的"。①

思维活动主要由思维主体、思维对象和思维方式等要素构成，"这种思维流（flow of thought）通过系列阶段作为一种内部运动而发生"。②从思维主体看，《人民文学》短论作者有着明确的"我"/"我们"主体思维；从思维对象看，批评家把对象客体形象化，即具有生动具体的形象思维；从思维方式来看，批评家在论及"香花"与"毒草"时多采用批判思维。

（一）"我""我们"：短论的人称修辞

短论作者的主体思维与文学批评主体建构具有内在统一性，它们是中国当代文学和修辞学共同关注的话题。贺绍俊认为，"文学批评自觉的主体意识是文学批评成熟的重要标志"③，文学批评家应该有进行主体建构的自觉性、稳定性和持久性。如果追溯历史，可见"中国哲学最根本的思维特征是主体思维"，④它的核心是以儒家为主导的道德主体及其形上思维。"主体思维范型的研究带动了文学史观念的变

---

① ［美］本杰明·李·沃尔夫：《论语言、思维和现实：沃尔夫文集》，高一虹等译，湖南教育出版社2001年版，第249—257页。
② ［俄］列夫·谢苗诺维奇·维果茨基：《思维与语言》，李维译，浙江教育出版社1997年版，第126页。
③ 贺绍俊：《当代文学批评主体建构的姿态和立场问题》，《解放军艺术学院学报》2012年第2期。
④ 蒙培元：《中国哲学主体思维·前言》，东方出版社1993年版。

第二章 《人民文学》评论话语的广义修辞学分析

化",① 文学史的书写反映了主体思维模式的调整。

广义修辞学理论认为：修辞活动是在表达者和接受者的主体间关系中实现的，话语意义产生于主体间的对话，"这决定了《广义修辞学》及前期研究《接受修辞学》《人与人的对话》对主体间关系的重视"。②

对于"十七年"文学批评的主体问题，曹霞《"清洁"的文本与"衰竭"的主体——论"十七年"文学批评的规训与惩罚功能》论证"文学批评的规训与惩罚使作家作为写作主体的独立性和思考能力日益衰竭"。③ 这种说法涉及范围过于宽泛，至少在"百花时代"的文学批评文中，在《人民文学》短论文本中，可以观察到批评主体的在场以及对现实生活的强烈干预。

"百花时代"提供了作家批评家对自由创作和争鸣的言说空间，形成了编辑组稿、作者创作、作品流通、文学批评和读者阅读的庞大系统之中，而个体的主体思维与社会公共观念形成话语互动，它们的语言交往行为是公共舆论形成的基础。这种干预生活的姿态聚焦在语篇视角下"我"和"我们"人称修辞的使用上。

人称作为是观察主体思维的外显性视角，可以直观显示主体的精神所指，因为"人的头脑就像是宇宙的'众议院'，充满了抽象的概念和思维、观念的矛盾"。④《人民文学》短论作者运用"我"和"我们"表述自己的立场和姿态："我"大多数出现在"我+动词+……"结构中，如：

> 我愿为在初战中取得胜利的青年作家们祝福。祝福他们在选择旅途的时候，善自珍重。（马铁丁《初战胜利之后》）

---

① 朱德发：《主体思维与文学史观·引言》，山东教育出版社1997年版。
② 谭学纯：《广义修辞学三层面：主体间关系及相关问题》，《当代修辞学》2016年第1期。
③ 曹霞：《"清洁"的文本与"衰竭"的主体——论"十七年"文学批评的规训与惩罚功能》，《学术界》2011年第1期。
④ 蒋年云、涂成林：《现代认知科学视野中的主体思维发展动力研究》，《学术研究》2006年第4期。

我想，作家们也应该从整个社会主义建设的高度来看待自己的创作，来规划自己的劳动。(庞季云《一盏明灯》)

我说，正因为像托尔斯泰这样的作家尚且如此，我们就更应该百倍认真地、艰苦地来进行劳动了。(王云缦《多修改几遍吧》)

我觉得，关心和参加文学批评应该是作家不容推脱的责任。(仓洱星《作家们，关心和参加文学批评吧》)

我以为，在文艺工作的各方面彻底克服一切存在着的对于为工农兵服务方针，以及对社会主义现实主义创作方法的教条主义和片面性的毛病，非一朝一夕所能奏效，而将是随着"百花争鸣，百家争鸣"的发展的过程而逐渐地达成。我们要充分认识这一工作的长期性和复杂性。(茅盾《从"找主题"说起》)

我要对"带徒弟"的误解者寄语：那些苦于找不到老师的人，不必苦恼也不必悲伤；那些写了几封投师信尚未得收留的人也不必激怒而责骂作家；更不必为此感到"希望之影已消失"。(周和《关于"带徒弟"》)

主体"我"浮现在短论文本的表层图像中。文学批评本来是个性化领地，无论它最终表述了多大比例的个人话语，批评者的"自我"都是一个无法忽略的观察视角。对批评文本价值来说，主体自我开掘深度也是考察批评水准的重要尺度。

与"我"性话语相呼应，《人民文学》短论作者也用"我们"表述立场：

我们希望，所有的文艺刊物(自然包括登载这篇短文的《人民文学》)和作家们、批评家、文艺团体的工作者们，都把支持先进事物当做自己的光荣职责，让一切先进事物都纵声地大喊大叫起来。(马铁丁《让先进的事物大喊大叫起来》)

我们决不允许他把我们的年轻的纯洁的灵魂、新生的力量也

往深渊里拉下去。对于青年人，我们的忠告也是两个字，不是"骄傲"而是"谦逊"。（王子野《骄傲就是毁灭》）

我们一定要实现工业化，一定要更好地完成五年计划，一定要加快我们经济建设的速度，并且一定要警惕地保卫我们祖国的安全。（崔奇《敌人恨的我们要爱》）

为着繁荣我们的社会主义文艺事业，难道我们不应该付出更多的劳动，不应该以更大的勇气参与斗争吗？（李无水《两个文坛》）

"我们"话语的同位成分指向"所有的文艺刊物""青年人""参与经济建设的人们""社会主义文艺事业"。

钱理群曾对"我"和"我们"这两种主体指称在现代中国的历史变迁做过考察，认为1948年随着政权更替，"'我们'开始上升为一种与权力结合在一起的秩序、体制"，这是一种新的语言所指，它"体现着一种崇高的理想，仍然保留着某种精神的魅力，同时又伴随着服从的绝对要求，对个体生命自由形成或隐或显的压迫"，① 于是"我"走向了"我们"，"我们"接纳了"我"，这两种人称的话语风格成为一种主流精神的追求。

《人民文学》短论的作者如茅盾、马铁丁、唐弢、黄秋耘等，或是文艺界政治文化权力的持有者，或是当时文学创作和批评的骨干力量，或兼而有之。在当时的语境中，文学生产和传播呈现出鲜明的等级化和体制化特征，他们对文艺现象的探讨虽有宣扬政治性和革命性内涵的诉求，但在"百花时代"更多地表现出知识分子揭露现实"毒草"的公正与良知。

主体思维一方面体现在主体对现实感知的亲身体验上。批评家在短论中重申"我认为""我觉得""我想要"表达的想法基于事实——"这种不愉快的事情就发生在……""事实证明……""据我看……"

---

① 钱理群：《1948：天地玄黄》，山东教育出版社1998年版，第30页。

"我们的事实是……""举上述事例……""上面是我所听到的,我无力分辨,请读者判断吧"等。

这种关于真实性的批评价值观深植于这一代文学批评家的思维结构中,并赋予主体明确的价值判断和批评立场。刘西渭说过:"批评的成就是自我的发见和价值的确定。"① 丹麦文学批评家勃兰兑斯也明确说:"批评移动了山岳,权威的偏见的、死气沉沉的传统的山岳。"② 批评家的话语显示了主体思维,思维又体现了主体对艺术审美、道德观念、社会理想等精神内涵的价值取向。

另一方面,在批评家的认知世界里,短论是匕首,短论是教育人民的工具。批评家在短论文本中自觉调整自己的姿态,采取了一种对话方式,与读者进行交流,从而达到思想和认识的共振。

在"我"性话语中,批评家选取"我——你/你们""我——我们"进行角色定位,较少采用"我——他/他们"。"我——你/你们"营造了言语交际双方同时在场的"现场感";"我——我们"验证了"我们"是同一个社会主义阵营的战友、同志;"我——他/他们"或者批评那些身心有"毒素"的人。

从《人民文学》读者角度看,"我""我们"语篇群像一个召唤结构,作者们希望在"我认为/我建议/我们可以/我们应当"等结构的召唤下,读者也积极主动地参与到"百花齐放,百家争鸣"中来。

(二)"具象""想象":短论的形象修辞

从文体角度看,短论属于杂文,是一种形象与说理相结合的短小精悍、笔锋犀利的议论性散文。当代杂文风格也受到鲁迅杂文传统的影响。鲁迅在《拿来主义》中说:"别的且不说罢,单是学艺上的东西,近来就先送一批古董到巴黎去展览,但终'不知后事如何';还

---

① 刘西渭:《咀华集·跋》,花城出版社1984年版,第156页。
② [丹麦]勃兰兑斯:《十九世纪文学主流》(第5册),李宗杰译,人民文学出版社1982年版,第383页。

有几位'大师'们捧着几张古画和新画,在欧洲各国一路的挂过去,叫作'发扬国光'。"① 先"送"又"捧"再"挂","一批古董""几张古画和新画",寥寥几笔,出奇制胜。

从思维角度看,《人民文学》短论作者们针对现实生活中具体事物(一种现象、一种观念、一篇文章、一些人、一件事、一个生活习惯、一则对话、一句谚语),通过类比、排比、反问等修辞手段,揭示现象背后的意义。在构思成文过程中,意象是作者和读者的中介。意象以语词为物质形式存在,它是"形象思维识别、创作与描述环节的基本思维形式",② 并以形象化概念来指称客观事物。

这种形象化指称从《人民文学》短论标题中就可以显现出了,如:

《让先进的事物大喊大叫起来》《向明天飞奔》

《千呼万唤——出来了》《一盏明灯》《迎接太阳》

《停了摆的钟》《秧苗离不开土壤》《"打"和"捧"》

《三个和尚的牢骚》《"政治茶杯"之类》

《不要在人民的疾苦面前闭上眼睛》

《香花和毒草》《迎风户半开》

形象化名词如"明灯""太阳""钟""秧苗""三个和尚""茶杯""香花""毒草"等,形象化动词有"大喊大叫""飞奔""打和捧""闭上眼睛""迎风户半开"等。表层意象背后有深层意涵,有具体的指代对象,如"秧苗"指正在成长的青年作家,"土壤"指培养青年作家的文艺界和现实的生活。

唐弢的短论有独特个性,更注重形象塑造。他"善于借用比、兴手法,常借一幅画、一首诗、一个传说故事、一些历史人物和文学人

---

① 鲁迅:《拿来主义》,《鲁迅全集》第六卷,人民文学出版社1981年版,第38页。
② 杨春鼎:《形象思维学》,吉林人民出版社2010年版,第111页。

物作为起兴，巧妙地把读者引导到杂文的议论中心上来，使议论获得直感、形象的生命，使直感、形象的东西因和议论相结合而得以深化"。① 如《"三户"颂》就是从历史传说"楚虽三户，亡秦必楚"出发，联系毛泽东《关于农业合作化问题》的报告里"三户"贫农入社的现状，表达了"三户"数目很小，却代表着历史的正确方向。②

公孙剑《略论"热烘烘"与"冷冰冰"》从"南人畏寒、北人苦热"生活习惯入手，提出生活习惯容易改变而人对冷暖的感受却反映了人的灵魂。在分析个人主义精神的实质时这样发问和呼吁：

今天我们为什么在人民轰轰烈烈奔向社会主义的时候，却有人会陷在个人主义自私的漩涡中呢？却有人从沸腾的生活中看不到本质的生活现象呢？这缘故不就十分明显了吗？我想所以如此者，归根结底，恐怕还是由于自己心里多少有点冷冰冰的东西……时间像雄鹰一样飞向前去，准备在社会主义社会里去从精神上教育人的作家，赶紧先从自己精神上来充实、提高一下自己吧。我们的作品应当如果探照灯一样为人们照清灵魂上的前进的道路。③

这段话中，"奔向"与"陷入"、"本质"与"现象"，形成鲜明的对比。公孙剑把时间比作"雄鹰"、把文学作品比作"探照灯"，形象地阐述了人的精神需要提高充实的紧迫性和必要性，并与标题意象"热烘烘""冷冰冰"相呼应。

除了运用形象化的意象外，短论凸显在形象思维还表现在想象话语上。"想象是形象思维创造环节的思维形式，也是一种心理与思维的能力"，④ 这种能力是大脑中存在的对表象和意象进行分解组合、类

---

① 郑家建：《藏在纸背的眺望》，海峡文艺出版社 2013 年版，第 162 页。
② 唐弢：《"三户"颂》，《人民文学》1956 年第 1 期。
③ 公孙剑：《略论"热烘烘"与"冷冰冰"》，《人民文学》1956 年第 4 期。
④ 杨春鼎：《形象思维学》，吉林人民出版社 2010 年版，第 136 页。

比类推的结构。

《人民文学》短论是对"百花时代"出现的"香花"和"毒草"的"捧"和"打",主体想象思维大多不是原发性的创作性想象,更多地接受了现实情境的诱发。没有一个事件或现象的诱发,就不可能写出这样的短论来。

蔡群在拜访某个朋友时看到办公室茶杯上写有"将革命进行到底""为和平而斗争"字样,在乘船时看到工人们的背心上印有"保证安全生产、防止死伤事件"的大字,于是有感而发,写下了短论《"政治茶杯"之类》。"政治茶杯"存在的必要性在哪里,给人怎样的感受,蔡群做了如下想象性表述:

> 于是,我突然发生了一个想象:
> 假使我是个工人,我在车间里的工作是生产;开会听见的是生产;渴了喝杯水,茶杯告诉我"加紧生产";我穿上背心,贴在我胸前背后的也是"加紧生产";饿了吃块饼干,那上面也有"加紧生产";休息时躺在床上,枕套也号召我"加紧生产";进酒铺,啤酒杯也动员我"加紧生产";在街上散步,标语、招贴画是"加紧生产";走进戏院,听到的唱词也是"急急忙忙去生产";走进电影院,银幕上映出的是和我在车间里一样的"生产",一样的党委书记讲的发挥"无穷的潜力";跟爱人谈情话时也是"生产竞赛"、"互相挑战"……请你们想一想,我的心情如何?我的生活如何?①

蔡群有一种要把想象进行到底的话语冲动:由"车间""开会""喝水""穿背心""吃饼干""休息""喝啤酒""散步""进戏院""看电影""跟爱人谈情话"组成的生活场景一一呈现出来,并想象在

---

① 蔡群:《"政治茶杯"之类》,《人民文学》1956年第9期。

每一个场景中出现"加紧生产"的标语时"我的心情如何""我的生活如何"。

从心理学角度看,想象是一种主观意识活动,"指的是在知觉材料的基础上,对记忆表象进行分析、解构与组合创造新形象的心理过程,是一种特殊的思维形式"。① 短论作者在感知到现实中的"毒草"现象后,创造性地开发出"毒草"的各种形状、毒性表现,并做到未雨绸缪,为毒性的大发作做好舆论的预防工作。体验与想象将来可能发生的事情是人类的基本能力,这种基于"过去"、着眼"现在"、寄予"将来"的认知心理,成为短论创作的心理学动因。

从哲学角度看,主体通过想象也获得思想自由。这或许是文学创作和批评的深层动机,正如哲学家萨特说的那样:"由于我们存在于世界上,于是便发生了繁复的关系,是我们使得这一棵树与这一角天空发生关联;多亏我们,这颗灭寂了几千年的星,这一弯新月和这条阴沉的河流在一个统一的风景中显示出来。"② 也许也可以说"想象在萨特那里,并不局限于艺术创作、欣赏的认识论和审美活动的领域,而是表现为人们的创造性活动和反抗性行为,成为人们批判现实和超越现实的一种方法和手段"。③ 这些话语形象表述了主体想象思维主要依靠事物之间的联想、类比、象征等修辞方式发生关联,而想象主体的每一种言语行为都在创造新的语言世界。

(三)"短小""尖锐":短论的批判风格

《人民文学》1956年第1期首开"短论"栏目。当期"编者的话"推介说,该期发表的五篇短论"共同特点是短小精悍,富有思想上的尖锐性",并强调提倡这类短论的目的是"加速生活中旧事物的

---

① 李歆:《想象思维的心理学描述》,《美术大观》2009年第7期。
② [法]萨特:《自我的超越性》,《萨特哲学论文集》,施康强等译,安徽文艺出版社1998年版,第35页。
③ 陈朗:《萨特的想象理论》,《河北大学学报》(哲学社会科学版)2010年第3期。

死亡和新生事物的生长"和"开展自由讨论以推动文学事业的发展"。① 这里的"新事物"即"香花"、"旧事物"即"毒草",所谓的"自由讨论"更多的是对"毒草"的批判。

在形势迫使下,1956年第2期《人民文学》"编者的话"又迫不及待地再次发出呼唤:"目前全国各地的许多作家都已经投入到斗争生活中去了,我们迫切希望这些作家能够尽快地写出一些反映现实斗争的形式短小的作品,寄给本刊发表,我们热烈地期待着。"② 这里的"生活"指向"斗争",文风仍是"反映现实斗争的形式短小的作品"。

1956年第4期"编者的话"向读者说明了"在现实生活里,先进与落后、新与旧的斗争永远是复杂而又尖锐的,因此我们就十分需要'侦察兵'式的特写",接着再次呼吁:"我们应该像侦察兵一样,勇敢地去探索现实生活里边的问题,把它们揭示出来,给落后的事物以致命的打击,以帮助新的事物的胜利。"③

《人民文学》编者在1956—1957年"百花时代"参与文艺探索的步伐十分紧凑,即使1956年第12期、1957年第1—2期因为各种原因未发表短论,但在"编者的话"中仍引领读者思考——"在新的一年里,在文学艺术领域内,在'百花齐放,百家争鸣'的方针的照耀下,我们将怎样做呢?我们不能乱开空头支票和乱作惊人的广告……但是,我们也不能没有自己的主张和自己的想望"。④

于是,《人民文学》在这段时期密集发表短小精悍而又针砭时弊的短论,从"破"与"立"中发现问题、分析问题、解决问题。

从主体思维形式看,集中凸显批判性思维。这种思维包含着主体的问题意识、主张和断言、理由和论证,以及理性思考的声音,

---

① "编者的话",《人民文学》1956年第1期。
② "编者的话",《人民文学》1956年第2期。
③ "编者的话",《人民文学》1956年第4期。
④ "编者的话",《人民文学》1957年第1期。

是一种新的认知实践。批判思维的核心在于个人的立场和观点,不会完全陷入群体思维或盲目服从权威话语,体现出独立思考能力。同时,批判思维也反映了批判主体追求真理、开放式思考和自我矫正等优秀品质。

茅盾早在20个世纪20年代就为《文学旬刊》《小说月报》发表抨击时事和针砭时弊的杂文和书评。《人民文学》1956年第8期发表他的《从"找主题"说起》,这篇短论从当时最近一期《新观察》上的一篇小品入手,认为文学问题要经过正反两方面热烈讨论,这样才能克服偏执的见解;文艺界的毛病的根源是当前对社会主义现实主义创作方法的理解上存在教条主义和片面性。这篇短论体现他的短论创作以小见大、笔锋犀利和分析透彻的批判思维特征。茅盾自己也认为杂文"从来有'小题大做'之说"[①]——将一些重大意义和深刻思想的内容用短小的篇幅或细小的题材表现出来,而且是尖锐地表现出来。

巴人《作家应该有丰富的知识》从作家的知识储备角度进行论证,认为作为"人类灵魂的工程师"的作家,不同于历史学家和科学家,"凡是人类有用的书都应该翻看翻看"。这篇短论延续了他一贯呼唤对人的尊重的主张,坚持"无以为人,何以为文"的准则,表现出批评家独立的立场和观点。关于杂文批评,他还提到"烈性而有副作用的药,对于祛除疾病、保护生命也还是有作用的,就是那些中正平和的中药,也常用生姜、葱等辣性的东西作引子"[②]。为了揭露真相,巴人短论中时时掺入这种"辣性"的引子和"烈性"的药。之后,巴人含冤19年之久,他以革命战士的胸怀持笔战斗,"以血带墨,鞠躬尽瘁,死而后已,这就是不朽的巴人精神"[③]。

---

① 茅盾:《茅盾散文集·自序》,河北教育出版社1994年版,第1页。
② 马前卒:《消亡中的"哀鸣"》,《人民日报》1957年4月25日。注:巴人、马前卒均为王任叔的笔名。
③ 张炯主编:《中国当代文学史》,江苏凤凰文艺出版社2018年版,第68页。

秦兆阳 1950 年起担任《人民文学》小说组长，1956 年又任《人民文学》执行副主编。他亲自"操刀"，用"何直""甲乙丙""鉴余"等笔名，以批判思维探讨当时文坛存在的"毒素"。这些短论不是从理论到理论的抽象分析，而是针对具体现象提出的尖锐的讨论和回应，包括"喊'缺少时间'却故意拖延时间的人"（《论"缺少时间"》）、"文艺界某些无理取闹发牢骚以推卸责任的人"（《三个和尚的牢骚》）、"文艺界不结实不切实不深沉的作风"（《"现状"偶感二则》）。在《日常谈话录》中，秦兆阳列举了《山水之间》《八字箴言》《牛头马嘴》三个简短的"甲—乙"对话，文末注明"上面是我所听到的一些日常谈话，我无力分辨其中的是非曲直，谨照抄下来，请读者去作判断吧"。这种文体形式体现出某种创造性思维。也许正是秦兆阳的特殊身份和观察视角，他才会"以一种宏观性、前沿性的思维方式去关注创作中的现实主义问题，同时以一种责任意识和担当精神去面对 1956 年代的文艺运动"。[①]

黄秋耘以"秋耘"为笔名在《人民文学》上发表了短论。他的批判思维主要体现在"透过表面现象看本质""揭露生活中的'刺'"：因为看不惯文艺批评领域里"四平八稳、缺乏热情、不痛不痒、不冷不热的文章"，写下《从"四平八稳"谈起》；有感于电影中的农业合作社"几乎个个都是牛羊满谷、五谷丰登，每家农户的餐桌上都摆满了鱼肉"等乐观主义创作倾向，写下《不要在人民的疾苦面前闭上眼睛》；批判"自己改自己的作品，越改越坏"的现象，写下《"舍己从人"》。这些短论"在难说真话的年代率性坦言，大胆揭短，充分表现出一个理论批评家应有又难得的勇气和魄力"[②]。

"百花时代"《人民文学》短论有理论层面的探讨，有实践层面的

[①] 郭艳：《边地想象与地域言说：鲁院文学现场批评小集》，作家出版社 2017 年版，第 244 页。

[②] 张炯主编：《中国当代文学史》，江苏凤凰文艺出版社 2018 年版，第 127 页。

改进措施。尽管这些争鸣带有深刻的时代印迹,也基本在主流意识形态的逻辑框架中论证,但是这些作者对问题的严谨思考和大胆挑战的精神,以及他们对文艺界各种弊端的尖锐抨击,体现出那一代知识分子的良知与正义,这是值得充分肯定的。

在当时文艺界,中央地方报刊上刮起了一阵短论、杂文之风,如《人民日报》《新华日报》《南京日报》《文艺报》《新观察》发表相当多的短小精悍、针砭时弊的文章,1956年7月创刊的《新港》开辟"自由谈""无花的蔷薇"栏目,1957年1月1日创办的《星火》设有"啄木鸟"专栏,1957年1月16日由《贵州文艺》改版的《山花》设置"短论·杂文"等。这些栏目旨在发挥短论"犀利的短剑"的攻势,倡导大胆干预生活。① 这些短论杂文,"正是起一种'社会批评'和'文明批评'的作用,是继承和发扬了鲁迅的分析和批评精神的"。②

中国当代第一次短论杂文创作高潮与报刊的生产传播密切相关,而《人民文学》以积极行动呼应这种潮流。随着形势变动,《人民文学》编辑部敏锐捕捉到某种风向,"在我们祖国明朗的天际,最近曾经一度阴云滚滚,雷电施威,好像要变天了"。③ 接着"百花齐放、百家争鸣"的自由谈生态遭受雷电袭击,一度活跃的短论写作者"骨鲠在喉变成了欲言无语,热血沸腾变成了心灰意冷,笔端的左右逢源变成了思泉难以宣泄畅流",④ 全国从中央到地方、从党报到文艺报刊的短论杂文类专栏或被沦为斗争匕首,或干脆当作"毒

---

① 姚春树、袁勇麟合著的《20世纪中国杂文史》(福建教育出版社2011年版)第四编"中华人民共和国成立后杂文的挣扎和沉寂"第二十九章对"50年代中期的杂文"栏目设置和发表的情况进行了详细的梳理和论述,特别是第420—425页"《人民日报》及其他报刊杂文"对文学报刊发表杂文短论情况进行了宏观概况和微观个案考察。

② 曾彦修:《中国新文学大系(1949—1966)·杂文集·导言》,中国文联出版公司1991年版。

③ "编者的话",《人民文学》1957年第8期。

④ 高起祥、俞长江:《建国以来杂文发展历史的回顾》,《学习与研究》1982年第12期。

草"除掉了。

附录　　　　《人民文学》"短论"文章目录（1956—1957）

序号	期数	作者、篇名
1	1956（1）	马铁丁：《喊"忙"的人》
2		唐弢：《"三户"颂》
3		戈扬：《向明天飞奔》
4		秋耘：《从"四平八稳"谈起》
5		马铁丁：《让先进的事物大喊大叫起来》
6	1956（2）	公孙剑：《需要满怀热情的工作》
7		王子野：《骄傲就是毁灭》
8		马铁丁：《初战胜利之后》
9		钟惦棐：《千呼万唤——出来了》
10		唐挚：《必须干预生活》
11	1956（3）	庞季云：《一盏明灯》
12		公孙剑：《迎接太阳》
13		蔡群：《停了摆的钟》
14		高凤：《秧苗离不开土壤》
15		徐刚：《多学习文学巨匠的作品》
16	1956（4）	公孙剑：《略论"热烘烘"与"冷冰冰"》
17		王云缦：《多修改几遍吧》
18		涂尘野：《写作也需要勇气》
19		陈天生：《我们需要适合朗诵的诗歌》
20	1956（5）	巴人：《作家应该有丰富的知识》
21		郑群：《在退稿的面前》
22		白榕：《反对庸俗的拉稿作风》
23		朱绛：《为歌词开拓园地》
24		仓洱星：《作家们，关心和参加文学批评吧》
25	1956（6）	何直：《论"缺少时间"》
26		维洪：《论落后思想的顽固性和作家的任务》
27		司马龙（陈笑宇笔名）：《"打"和"捧"》
28		赵自：《规律和规格》

续表

序号	期数	作者、篇名
29	1956（8）4	茅盾：《从"找主题"说起》
30		甲乙丙（秦兆阳）：《三个和尚的牢骚》
31		樊骏：《"既然……那么……"》
32		白榕：《主观主义的调味派》
33	1956（9）6	伍郢：《"百家争鸣"以外种种》
34		蔡群：《"政治茶杯"之类》
35		秋耘：《不要在人民的疾苦面前闭上眼睛》
36		刘鼎文：《公道话》
37		刘金：《从"神来凑"到"灾来凑"》
38		元之：《"不如直说"》
39	1956（10）	周和：《关于"带徒弟"》
40		鉴余（秦兆阳笔名）：《日常谈话录》
41		呼延虎：《向删改古籍者进一言》
42		白榕：《一种不容忽视的工作》
43	1956（11）	布文：《从朗诵诗谈起——读〈关于"带徒弟"〉后》
44		秋耘：《"舍己从人"》
45		呼延虎：《"积压了三百多万册"的反面》
46		崔奇：《敌人恨的我们要爱》
47	1957（3）	鉴余：《现状偶感二则》
48		李健风：《香花和毒草》
49		丁慧君《难以争鸣的"争鸣"》
50	1957（4）	些如：《话说"违宪"》
51		长路：《内行和外行》
52		李无水：《两个文坛》
53		徐逢五：《文艺这条路》
54	1957（5/6）	李无涛《迎春断想》
55		呼延虎：《"百花齐放"三题》
56		钟：《迎风户半开》
57		公孙笑：《小喜剧》
58		白榕：《观画有感》

第二节　创作谈：关键词、文本修辞与主体价值

《人民文学》最初发表创作谈类文章是从 1950 年第 2 期萧殷《为什么不能本质地反映生活》开始的。该期目录上在这篇文章标题下注明"创作漫谈"。作为栏目名"创作谈"正式出现在 1956 年第 5 期。① 1980 年第 5 期发表艾青参加座谈会的谈话稿，"编者附语"："为了促进创作问题，促进创作的繁荣与发展，我们很希望作家、诗人们就自己在创作中的体会，撰写短文在本刊发表"。②

关于创作谈，郑纳新在《新时期〈人民文学〉与"人民文学"》中谈到它是新时期《人民文学》"最有朝气和吸引力"的栏目：

> 《人民文学》有一个传统的栏目，就是作家作者的"创作谈"。新时期的创作谈分散在"创作谈""作家书简""创作座谈会发言"等栏目之中。这是《人民文学》杂志中一直坚持下来并且很有特色和分量的评论部分。先后在这里发表创作谈的作家很不少。大体上包括两个部分：
>
> 其一是成名作家或评论家、学者的谈文学创作艺术的文章，并不是根据新近的佳作来谈的，而是评述一般写作规律或名家创作的研究心得，这类作品发表得比较多，带有范本分析的味道。
>
> 其二是那些新发表的作品引起社会反响后，编辑部都会安排发表作者撰写的创作谈，既便于读者对作品的把握，也存进作家之间创作经验的交流，同时也是一种有意识地对某类创作倾向的推广。这类创作谈相对来说要更富有时代气息和个性化特征，是

---

① 该期发表三篇创作谈文章，分别是：李诃《从套子里走出来吧》、巴人《生活本身是公式化的吗》和海屏《关于日月星辰》。

② 艾青：《和诗歌爱好者谈诗——在北京劳动人民文化宫》，《人民文学》1980 年第 5 期。

新时期《人民文学》评论版块的最有朝气和吸引力的部分。①

创作谈,虽是"漫谈"式"短文",但它有明确的谈论中心和评论对象,是《人民文学》特色栏目。下面将从广义修辞学阐释文学话语的具体路径"语词→语句→语篇"角度,论证它们"谈了什么""怎样谈""为什么这样谈"。

一 "生活"与"创作":关键词的修辞指向

"生活"和"创作"是创作谈语用频率较高的两个关键词。从"生活"到"创作",恰恰符合文学创作的心理机制,修辞化地构成《人民文学》创作谈语篇的动力系统。

(一) 关键词"生活"在标题和语篇中的呈现

《人民文学》创作谈标题包含"生活"的文章近20篇,如:

萧殷《为什么不能本质地反映生活》
胡可《记生活手册的几点经验》
罗立韵《反对把工人生活套在公式里》
西蒙诺夫《生活中主要的东西就是戏剧创作中主要的东西》
巴人《生活本身是公式化的吗》
刘心武《根植在生活的沃土中》
王润滋《愿生活美好——创作断想》
陈忠实《深入生活浅议》
雷达《走向广阔的新生活——兼谈几篇新人新作》
王安忆《我爱生活》
何士光《努力像生活一样深厚——关于〈种包谷的老人〉的

---

① 郑纳新:《新时期〈人民文学〉与"人民文学"》,东方出版中心2011年版,第201页。

写作》

梁晓声《生活、知识、责任——复黄益庸同志》

张宇《努力反映生活的丰富性》

吕雷《生活的积累与反刍》

柯岩《生活是创作的源泉——在中美作家会议上的发言》

李清泉《由"开门七件事"说开去——生活、学习札记》

鲁羊《有时,我生活在回忆和臆想中——拟一位中国读者致博尔赫斯的明信片》

从历时横轴看,《人民文学》"十七年"和1976—1985年间两个时间段,关键词"生活"出现频率较高,1985年之后频次下降,20世纪90年代之后创作谈中几乎没有出现"生活",即使出现,文章谈论重点不在"生活"。

"生活"是一个所指能指丰富的关键词。主体对于"生活"的语用频次,反映了话语主体的文艺生活观。50年间《人民文学》彰显的文学生活观发生着微妙变化,但"生活,仍是当代文学的关键词,真实地反映生活——包括现实生活和心灵生活、精神生活,至今仍然是我们应该遵循的文学创作原则"。①

从共时纵轴看,创作谈作者从自己视角表达对生活与文学关系的理解。这是一群热爱生活、深入生活、从生活中撷取创作素材和灵感来积累生活、观察生活、反映生活的人。关于如何看待生活,如何从生活出发进行文学创作,在不少创作谈中都有提及。甚至在有些创作谈中,这种文艺生活观被反复论述。

刘心武《根植在生活的沃土中》② 正文13段6250字,关键词"生活"出现38次,除了第5段之外其余12段均高频率论及"生

---

① 孟繁华:《"生活":当代文学的关键词》,《文学评论》2014年第3期。
② 刘心武:《根植在生活的沃土中》,《人民文学》1978年第9期。

活",表述如下("生活"一词"黑体",以示醒目):

第1段:文艺与**生活**的关系,《讲话》论述得一清二楚;写作品要从**生活**出发,本已成为无需争论的常识……我们必须重新学习《讲话》中有关文艺与**生活**关系的论述,真正从**生活**出发,写出无愧于新长征时代的好作品。

第2段:在新长征的文化队列中,我是一员新兵,思想水平、**生活**功底、艺术修养、写作技巧几方面都很不足。

第3段:从读者的反应中我体会到,从**生活**出发的东西人们就喜欢,从概念出发的东西(哪怕从正确的概念出发)他们就厌弃。

第4段:为什么我以前发表的作品不能获得这样的评价?……关键在于以前或多或少总是有点从概念出发,而《班主任》却是从**生活**本身出发来构思的。

第6段:《班主任》是我挣脱"主题先行"的枷锁的产物,它有一个相当长的酝酿过程。它的主题不是事先拟定出来的,而是无数在我心中时时拱动的**生活**场景,大量牵动我感情丝缕的人和事,经过多次交融、剪裁、提纯、冶炼……

第7段:我在中学担任十几年的班主任……丰富的**生活**素材经过反复的咀嚼、消化,精华逐步浓缩了艺术构思。……对**生活**的熟悉程度、理解程度,决定着人物形象的独特美学价值即典型化程度,因而也就决定着作品的思想深度。……后来我又从**生活**中提炼出了尹老师的形象。……为什么能打动读者?一个重要的因素,恐怕就是因为整个小说是从**生活**出发,读者被有**生活**实感的人物和场景吸引住了。

第8段:《班主任》里的人物形象是从**生活**中概括出来的。……作者在构成历史人物的艺术形象时,恐怕也必得从现实**生活**中所见所闻的活人身上,汲取某些性格、气质……我问他:"在**生活**中,是否有几位五十多岁的老教师,给你留下了深刻的印象呢?"……他写这个人物并没有模特儿，并不是从**生活**出发……我脑海中涌现出来的首先不是概念，而是活生生的人。他们工资不高、**生活**条件比较艰苦……从**生活**中的活人出发，以个性体现共性，这应当是我们塑造人物必须遵循的一个原则。

第9段：人物要从**生活**出发，情节也要从**生活**出发。这当然不是说，作品的情节应当一律是**生活**中实际发生过的事。有人问我：《班主任》中写到的"《牛虻》事件"和读《表》的情节，**生活**中是否实有其事？可以肯定地回答：**生活**中并没有这样两个现成的事件供我拾取。……倘使我没有这样的**生活**感受，凭空从概念出发去杜撰另外一个情节，恐怕就不会取得现在这样的效果。读《表》的情节也是既从**生活**感受出发而又采取了虚构手段。

第10段：我想，高潮的处理也应当从**生活**出发……这类特例**生活**中是有的……要想使高潮真正掀动读者的心潮，关键还在于要从**生活**出发，准确、深刻地表达出**生活**中最本质的东西。不从**生活**出发，任凭你呼风唤雨、大轰大嗡、要死要活、耸人听闻，终究是不中用的。

第11段：道理很简单，就是**生活**本身虽然已经开始着手解决，但却远未完全解决宋宝琦和谢惠敏身上所反映出来的那些问题。

第12段：我虽然已经不在学校工作了，但我仍然坚持把学校作为自己的**生活**基地……坚持从**生活**源泉出发……表现沸腾的战斗**生活**……我想，一旦**生活**本身有了新的飞跃，我又有了比较厚实的**生活**积累，那么我会产生新的写作冲动的。

第13段：这篇小说如果不是根植在**生活**的泥土中，也只能是纸花、绢花、塑料花。

"生活"是这篇创作谈标题和语篇的关键词，同时也是中国当代文学的关键词，"可能很少会有哪个关键词像'生活'一样具有那么重要的地位。在作家无数成功或不成功的创作经验谈里,几乎无一例外地都把'生活'摆放在极为显赫的位置上"。① 归纳起来,关键词"生活"蕴含的修辞指向有:

修辞指向1:关于文艺与生活的关系,核心观点是"文艺是现实生活的反映""生活是文艺的唯一源泉"。

这些论断源自毛泽东《在延安文艺作座谈会上的讲话》,这是一种从唯物哲学角度观察文学的方式。这种存在决定意识的社会历史批评对新中国前三十年文艺发展产生过重大影响。

刘心武结合创作《班主任》的过程阐释了自己处理这些话题的方式和策略。如何认识生活、怎样深入生活,如何在生活中提炼艺术化的人物、情节,是作家创作中绕不过去的重要话题。

修辞指向2:这里的"生活"有特殊范围,它特指工农兵生活、火热的革命斗争、推动历史进步的群众生活。

创作谈中的"生活"经历了"十七年"国家意识形态叙事从宏大生活向日常生活、从实在的物质生活向精神生活转变的过程。20世纪80年代中期之前,作家力图揭示自己的创作是从"小我"汇入"大我"的生活洪流中;再到20世纪90年代文学中日常生活叙事浪潮的价值取向和浪潮涌动。② 这条关于"生活"与"日常生活"的发展线索在《人民文学》创作谈话语中都有清晰的显现。

文学是作家遵循日常生活的规则并进行思维运作和表达梦想的一种修辞方式。把斗争作为生活的本质来界定,"不仅强化了文学创作的'话语暴力'倾向,而且也使社会历史批评更加激进"。③ 正如奥地利精神病学家阿德勒所说:"宇宙中的关系是那么杂多斑驳,有白天和黑夜,有太阳的普照,有原子的运动";没有这些物质运动的推使,

---

① 萨支山:《生活》,《南方文坛》2000年第6期。
② 董文桃:《20世纪中国文学:日常生活叙事思潮流变初论(1940—1990)》,吉林大学出版社2017年版。
③ 孟繁华:《"生活":当代文学的关键词》,《文学评论》2014年第3期。

"人就不可能思考、感受、希望或梦想"。①

修辞指向3：是否从生活出发，是否按照生活本来面目描写，是否真实地再现典型环境中的典型人物，成为衡量作品成败的唯一标准，成为衡量作家创作水平的重要标准。

作家生活厚度与作品反映生活深广度、读者接受度之间成正比关系。更重要的是，是否从生活出发关系到文艺反映生活本质的能力。作家在多大程度上从生活中寻找素材、进行观察、体验和分析，作品就在多大程度上实事求是地反映了生活的现象与本质、历史与现实。

作家们在谈论自己的创作心得时，遵循着共同的创作态度、创作标准和创作观念。刘心武说："从生活中的活人出发，以个性体现共性，这应当是我们塑造人物必须遵循的一个原则。"②陈忠实说："一部好作品的产生，除了天才和勤奋之外，深入生活大概是一条共同的规律性的路子。"③王安忆说："我写小说，不是首先去想小说的思想内容，而只着眼于生活，琢磨着生活。"④梁晓声说："文学反映时代，这提法永远不会错，也永不会过时。"⑤

修辞指向4：文学创作来源于真实生活，"真实""典型"等语词及衍生文艺观构成读者的核心评价系统。

在创作谈中，作家对自己或他人创作的评价语词主要有：真实、典型、自然、准确和深刻等。在当代文学演进过程中，"真实""典型"等语词从来不是一个单纯的批评概念，也不是纯粹的理论问题。读者喜欢阅读文学作品，证明作品从生活出发，真实再现了生活本来面目；反之，读者厌恶某些作品，证明作家从概念出发、脱离生活、歪曲生活。从生活出发，不是照搬生活；作品可以虚构，但作家不可

---

① ［奥］阿德勒：《理解人性》，陈太胜、陈文颖译，国际文化出版公司2000年版，第4—5页。
② 刘心武：《根植在生活的沃土中》，《人民文学》1978年第9期。
③ 陈忠实：《深入生活浅议》，《人民文学》1982年第11期。
④ 王安忆：《我爱生活》，《人民文学》1983年第6期。
⑤ 梁晓声：《生活、知识、责任——复黄益庸同志》，《人民文学》1983年第12期。

以瞎编。

在 20 世纪 50 年代，文学"真实性"被反复论证，"构成 1956—1957 年文学思潮的核心理论问题"。① 文艺理论家和作家以无可辩驳的语气宣告："真实是艺术的生命，没有真实，便没有艺术的生命，艺术的政治价值和社会价值，都是不能离开艺术的真实而存在的"。② 把"真实性"作为文学创作和批评的关键词，在之后的 60 年代、70 年代、80 年代中期的作家创作谈话语中亦有所再现。

值得注意的是，即使《人民文学》创作谈标题中未出现关键词"生活"，文本中也会有意凸显"生活"对于创作的意义和价值。茅盾曾评价《原动力》写出了典型环境里的典型故事和典型人物，草明在创作谈中也谈到自己收集生活素材和对真人真事进行小说创作的经过③；李准《短篇小说的人物塑造及其它》反复论证"创作从生活出发"的艺术原则④；魏巍强调"文学是生活的镜子"⑤；高晓声说"我完全不是作为一个作家去体验农民的生活，而是我自己早已是生活着的农民了"⑥；崔卫平告诫年轻人："从靠近自己距离最近的生活出发"是最快最简捷从事写作的策略，作品品格取决于作者生活品格。⑦ 中国文学界形成的"生活"观念具有意识形态性，它向读者提供了"有关它的'合法性'与'真理性'的证明"。⑧ 这也是文艺界特别重视"生活"的表达及其解释权的重要原因。

（二）关键词"创作"的表层结构和修辞语义

《人民文学》创作谈，如编者所提倡的那样："是为了让大家都在

---

① 洪子诚：《关于五十至七十年代的中国文学》，《中国当代文学批评大系 1949—2009 卷 5》，王尧、林建法主编，何言宏选编，苏州大学出版社 2012 年版，第 246 页。
② 陈涌：《为文学艺术的现实主义而斗争的鲁迅》，《人民文学》1956 年第 10 期。
③ 草明：《写〈原动力〉经过》，《人民文学》1950 年第 10 期。
④ 李准：《短篇小说的人物塑造及其它》，《人民文学》1977 年第 11 期。
⑤ 魏巍：《我们的事业是大有希望的》，《人民文学》1979 年第 4 期。
⑥ 高晓声：《且说陈奂生》，《人民文学》1980 年第 6 期。
⑦ 崔卫平：《从阅读中来到阅读中去》，《人民文学》1999 年第 5 期。
⑧ 洪子诚：《1956：百花时代》，山东教育出版社 1998 年版，第 99 页。

这里来专门谈创作当中各种各样的问题。创作问题是需要谈的，不谈，问题就不能被提出来，就不能互相交换经验和意见，就不能使得理论联系实际，就不能活跃我们的思想。"①《人民文学》编者主要从交流经验、服务创作、活跃思想等角度来阐述创作谈栏目开设的理由。

"创作"可称为创作谈文本另一个关键词，如李希凡《渗透着诗情的氛围、色调和意境——漫谈〈呐喊〉〈彷徨〉的创作艺术》、王愿坚《为革命战争传神——军事题材文学创作断想》、陈雷《张辛欣创作心理轨迹探微》等。

创作谈文本中的"创作"包含以下修辞指向：

修辞指向 1：创作类型

在《人民文学》创作谈论及创作的类型有短篇小说、中篇小说、长篇小说节选、诗歌、散文诗、散文、随笔、童话、民歌、报告文学等。关于小说，如孙犁系列文章《关于短篇小说》《关于中篇小说》《关于长篇小说》②。发表过关于诗歌创作的作家有艾青、余冠英、萧殷、高瞻、伍郢、邹荻帆、公木、张志民等人。另外，杜宣、孙犁、韩少华、冰心、萧乾、柯灵、蓝翎、郭枫、佘树森等人论及散文随笔的创作。严文井、金近、周立波、曾镇南等作家谈论童话的创作。

修辞指向 2：创作内容

创作谈主要内容包括题材、主题、人物等，也是就是涉及文学"写什么"的问题。题材方面，洛阳《关于素材、题材、主题》从创作角度阐述了三者之间的辩证关系；陈骏涛《题材是广阔的》论证了题材的范围与空间的广阔性；宋振庭《关于写教育战线斗争题材的一

---

① 李诃：《从套子里走出来吧！》"编者按"，《人民文学》1956 年第 5 期。
② 《人民文学》1977 年第 8 期、第 12 期、1978 年第 4 期以"学点文学"为栏目名，分别发表孙犁的《关于短篇小说》《关于中篇小说》《关于长篇小说》。孙犁在《关于短篇小说》开头说："《人民文学》编辑部来人，同我交谈起文学理论和文学写作问题。好多年来，自己的学业很荒疏，既没有创作实践，对于理论问题，更是缺少学习与思考"，最终还是"兴致勃勃地谈了起来"。

封通信》专门讨论了教育战线题材的选择;刘绍棠《乡土与创作——〈蛾眉〉题外》提出"农村是我是生身立命之地,农民是养育我的父母和救命恩人,写农村、写农民,正是我的感恩图报";王愿坚《为革命战争传神——军事题材文学创作断想》论述了军事题材创作内容。

关于作家"写什么",《人民文学》一直保持着与主流意识形态合拍的节奏。

梁衡《大事、大情、大理》旗帜鲜明地表达这样的观点——文学要关照人民、关照社会进步;如何"为人民服务""为社会主义服务",最直接、服务最有力的是写政治题材,写大事、大情、大理,写焦点。

归根结底,"写什么"指向——写中心、写主流、写全貌、写本质,总之可概括为写主旋律的作品。孟繁华认为,任何国家和民族都有自己的"主旋律",它不仅是革命历史题材和当代英雄人物,"那些凡是对人类基本价值尺度有维护的最低承诺的文学作品"。[1] 施战军考察1949—2009年《人民文学》编者理念时也认为:"主旋律"是该刊创刊至今的基本编辑思路之一。[2]

修辞指向3:创作艺术

《人民文学》创作谈谈论艺术技巧,包括语言风格、想象艺术、音韵意境、篇幅文体等,也是就是涉及文学"怎么写"的问题。

严辰在《试谈民歌的表现手法》中指出民歌简短明快,具有单纯质朴的美,就像天真的孩子一样,要想达到这种纯朴境界体现了作家艺术表现力和乐观主义精神。[3] 李希凡《渗透着诗情的氛围、色调和意境——漫谈〈呐喊〉〈彷徨〉的创作艺术》认为:鲁迅在《狂人日记》等小说里,"把对现实生活的概括和具有哲理意义的象征或憧憬,

---

[1] 孟繁华:《新中国70年文学发展的内部结构》,《上海文化》2019年第12期。
[2] 施战军:《〈人民文学〉:编者的文心和史识》,《文艺争鸣》2009年第10期。
[3] 严辰:《试谈民歌的表现手法》,《人民文学》1950年第11期。

融合成浑然一体的氛围、色调和意境"。① 其他的创作谈还有周立波《关于童话的论述提纲》，探讨童话与民间故事、神仙故事以及小说的关系。② 冰心在《话说散文》从艺术方面提出"散文又是短小自由、拈得起放得下的最方便最锋利的文学形式"。③ 梁南《谈诗的权威》谈论新诗的创新。④

修辞指向 4：创作经验

《人民文学》创作谈文本是作家们创作经验的修辞呈现。从心理学和社会学角度看，一位作家成名成才很重要，更重要的是他在特定的语境中所处的地位以及文学成就是如何形成的。人类的经验具有传承性，人类对经验进行重组并赋予意义，实际上是一种有意建构。个体经验如何产生，经验对创作有什么价值，这些涉及作家创作的"经历""经验""体验"。

我们每个人都有生命的经历，它具有最基本的"事实性"。在《人民文学》创作谈中，草明回忆进工厂的经历，到现场看机器、和工人在宿舍里唠嗑；刘心武回忆在中学担任十几年班主任的所见所闻所感所思；徐迟回忆随同中国作家学习访问团到大庆和鞍钢的经历；臧克家回忆 1936 年 4 月 20 日在临清中学执教的经历；蒋子龙回忆自己跟着八级锻工师傅学了几年技工手艺的经历；刘绍棠回忆自己从小在农村长大的童年经历。从哲学角度看，"经历是主客未分的原始经验"，世界"因为生命和经历而存在和发展"。⑤ 这些经历验证了"时间"流逝和"亲身性"，陈述着"事实"，为经验提供了可靠的生活基础。

作家的创作离不开经验的累积。胡可《记生活手册的几点经验》

---

① 李希凡：《渗透着诗情的氛围、色调和意境——漫谈〈呐喊〉〈彷徨〉的创作艺术》，《人民文学》1979 年第 9 期。
② 周立波：《关于童话的论述提纲》，《人民文学》1983 年第 6 期。
③ 冰心：《话说散文》，《人民文学》1989 年第 5 期。
④ 梁南：《谈诗的权威》，《人民文学》1999 年第 2 期。
⑤ 彭爱和：《生命 经历 语言》，《外语学刊》2008 年第 6 期。

谈自己在记生活手册的过程中得出"加强政策理论学习、提高分析认识能力"的经验①；叶圣陶《跟〈人民文学〉编辑谈短篇小说》谈自己在阅读和创作过程中得出"短篇小说跟长篇相比，当然更应该注意简练和紧凑"的经验②；梁晓声《生活、知识、责任——复黄益庸同志》在谈创作《西郊一条街》等经历后说："知识丰富、生活积累丰富的作家，其内心世界也必然丰富"的经验③；郑敏《诗歌审美经验》分享她的创作经验"诗人首先需要足够的文化素养来创造真的好诗，而读者面对好诗时也需要足够的文化素养来接收诗中的审美信息"。④

"经验"可理解为"知识和技能"。⑤一个人的经验得以施展威力并得到升华就转为"体验"了，"体验"是"经验"的升级增值版⑥。德国哲学家、美学家伽达默尔从词汇史角度说："如果某个东西不仅被经历过，而且它的经历存在还获得了一种使其自身具有继续存在意义的特征"，那么这属于"体验"。⑦

文艺理论家童庆炳特别关注了"经验"与"体验"的差异。他认为，经验是知识的积累，是一种社会阅历，而体验是价值的叩问，是经历中显示作家个性、作品深义和诗意的情感，具有超越性。体验给文学带来的是"情感的诗意化、意义的深刻化和感受的个性化"。⑧

"经历""经验""体验"三个语词或隐或显地出现在作家创作谈话语之中。其修辞关系可表述为：一个人的生活经历具有普遍性，随

---

① 胡可：《记生活手册的几点经验》，《人民文学》1950年第5期。
② 叶圣陶：《跟〈人民文学〉编辑谈短篇小说》，《人民文学》1979年第11期。
③ 梁晓声：《生活、知识、责任——复黄益庸同志》，《人民文学》1983年第12期。
④ 郑敏：《诗歌审美经验》，《人民文学》1999年第1期。
⑤ 中国社会科学院语言研究所词典编辑室：《现代汉语词典》，商务印书馆1981年版，第590页。
⑥ 李新：《经验性及经验的回归与超越——"历验""体验"与"经验"的比较辨析》，《东北师大学报》（哲学社会科学版）2016年第6期。
⑦ [德]汉斯·格奥尔格·伽达默尔：《真理与方法 诠释学Ⅰ》（修订译本），洪汉鼎译，商务印书馆2010年版，第93页。
⑧ 童庆炳：《经验、体验与文学》，《北京师范大学学报》（人文社会科学版）2000年第1期。

着时间流逝而具备亲历在场的功能；作家透过生活现象体悟到本质，把经历变现为具有认知功能的理性认识和知识技能；优秀的作家的创造性体现在立足经历、超越经验、追求天人合一，充分发挥文学审美创造功能。这三者的区别可总结为表2-2：

表2-2　文学创作中"经历""经验""体验"的区别

	主客体关系	主体认识特性	文学功能
经历	主客不分	普遍性　历史性	亲历功能
↕ 经验 ↕	主客统一	知识性　价值性	认知功能
体验	主客交融	超越性　创造性	美学功能

二　"谈法"与"写法"：修辞文本、文体、文风

《人民文学》创作谈是一个个生动的"谈话"文本。作家谈论自己的写作过程、创作经验和文学理念。"值得玩味的倒是作家们的'谈'风，由此联系到阅读—接受的诸般情形，也是一番有趣的话题"。①

一个个词语、句子、段落进入创作谈文本场域中，就是进入了一个个语义语法相互关联的语篇系统。系统中的逻辑排列、文体表征与功能实现，关系到《人民文学》创作谈"怎么谈"的问题，这些是修辞诗学研究的对象。

（一）创作谈的叙事话语、抒情话语和论说话语

在《人民文学》创作谈标题话语中，可以见到各种"谈"——乱弹、且说、杂谈、随笔、探索、随感、漫谈、随想、断想、札记等。随想，不等于随随便便地想；断想，不等于断断续续地想；杂谈，不等于杂乱无章地谈；漫谈，不等于漫无目的地谈。语言的背后有作家

---

① 李庆西：《谈"创作谈"》，《读书》1986年第8期。

对"我(不)要谈什么""我(不)要怎么谈""我为什么(不)要这样谈"的有意选择,是作家修辞化"谈法"和"写法"。归纳而言,创作谈主要有叙事话语、抒情话语和论述话语三种修辞方式。

1. 叙事话语:过去→转折点→现在→未来

法国克洛德·布雷蒙 1973 年提出了"叙事的逻辑",将叙事基本序列归为三个阶段:可能、过程、结果——"某事件具备了发生的'可能',主体可以采取行动,也可以不采取行动。若选择了行动,则有可能实现'结果',谓之'成功',形成由可能变成现实的'过程'①;但主体选择行动后,也有可能达不到预期的'结果',谓之'失败'",也有可能达到预期"结果",谓之"成功"。

文本是由基本话语序列通过并列、层叠、嵌入等方式复合而成的,呈现出故事开端、行动过程及结果。这种叙事序列反映在《人民文学》创作谈中,则体现为文本时间之间的连贯性和因果性。时间序列上,创作谈呈现出"过去—转折点—现在的模型—未来的样态"的线性排列。

叶延滨在《有关"诗论"的话》中回忆"二十多年前,我第一次在《鸭绿江》上回答诗人对诗歌理论的看法"时关于诗人论诗的情形,还谈到"过去大家都怕诗歌大批判之论";当诗人做了诗歌编辑之后,思想发生了转变,"这个职业培养了我较为宽容的诗歌审美标准";而现在"这些年,我较少论诗","我发现理论家中的许多人是很可爱的",主要因为并非所有的诗论都是有益的和让人信服的;展望未来,作者提出来这样的话题:加强中国的诗歌教育,该用什么去加强呢,或许需要建立"开放的、建设的、宽容的诗歌观"。② 这种叙事立足"现在"的视角,旨在为"过去"和"未来"赋予意义,展示内在逻辑,进行合理化关联。

---

① 张新木:《布雷蒙的叙事逻辑理论》,《西北工业大学学报》(社会科学版)2020 年第 1 期。
② 叶延滨:《有关"诗论"的话》,《人民文学》1999 年第 11 期。

2. 抒情话语：直觉化与形象性

在《人民文学》创作谈文本中，有的作者在谈论文学创作经验时，善用抒情的笔调饱含深情地亮出自己的见解。张昆华的儿童小说《生命的泉眼》在大型文学季刊《红岩》上发表后，在文坛引起较大的反响。作者在谈论这篇小说的体会时，热情洋溢地论证童年童心对儿童创作的影响：

> 我想，没有童心，一个作家很难写出感人至深的儿童文学作品。童心，就是对真善美的热爱，就是对假恶丑的憎恨；童心，就是天真活泼，向往未来，渴求知识，蓬勃向上；童心，就是无忧无虑，不知天高、地厚、水深、火热，好像那小鸟的翅膀，大树的根须，航船的风范，油灯的花蕊……①

作者用三个"童心就是……"排比句式，用形象直观的语言亮出自己的观点："没有童心，一个作家很难写出感人至深的儿童文学作品。"这篇创作谈虽说是说理的，却不乏感性与情感，或者说是情理交融。这与我们中国传统批评的直觉化和形象化风格相契合，既谈情又说理。

这种风格与作家构思有关，一个道理以感性语言表述，随着形象的凸显，论证也得以层层递进。王德威在《抒情传统与中国现代性》开篇提出："'抒情'的观念和实践在中国文学传统里源远流长，到了现代，因为西学的介入，更展现了复杂向度。"②《人民文学》创作谈的抒情话语风格受到传统的影响。

3. 论说话语：富有理趣和谈话风

《人民文学》编辑部邀请某些有成就的作家或新出现的新人，给

---

① 张昆华：《生命的泉眼》，《人民文学》1982年第5期。
② [美]王德威：《抒情传统与中国现代性》，北京大学出版社2010年版，第1页。

他们提供分享经验的机会。这些作者在"读者—编者—读者"的互动关系中构建关于自己和世界的观点,让私人观点公开化,以验证其合理性。创作谈虽以说理、议论为中心,但在说理的意图目的、说理趣味、自由漫谈风格等方面表现出各自不同的面貌。

1956年,秋耘在《谈"爱情"》开篇大胆提出这样的话题:"近几年来,我们在描写现代生活的文学作品(特别是散文作品)中,很难找到比较动人的爱情描写。"这篇创作谈还引用西蒙诺夫在苏联作家代表大会上对作家们的责难,并列举《静静的顿河》中阿克西妮雅和葛利高里的爱情、《三里湾》中爱情描写、《渡江侦察记》中的爱情镜头,把现代文学作品中的爱情描写归为:见面就谈发明创造式的爱情、扭扭捏捏式的爱情、因工作需要而屡误佳期式的爱情、三过家门而不入式的爱情等;最后提出"文学作品不应该脱离社会生活去孤立地描写爱情"。① 该文从作家创作中爱情处理为中心,漫谈了自己的看法。

(二) 编者→作者→读者:创作谈的文体策略

《人民文学》编者"提倡随便谈,问题可大可小,文章可长可短,不拘形式,不一定每一期刊物上都'谈',但必须尽可能地'谈'下去。作家们,批评家们,文学爱好者们,都到这里来'自由谈'吧"。②这种自由的问题涉及编者的初衷、作家的意图和读者的接受,涉及作家"以什么样的形式谈"的问题。

创作谈的作家们都有比较强的文体意识。创作谈的文体归属显得有点模糊,它既可划入作家的文论批评范畴,传承中国传统的诗话词话文话,又可归入作家的散文随笔、杂文框架。就创作谈的具体内容来说,它大致可归为论说文,这是一个丰富的文体世界。"晚晴有梁启超的'新民体',五四之后有鲁迅杂文,1940年毛泽东的政论文,

---

① 秋耘:《谈"爱情"》,《人民文学》1956年第7期。
② 李诃:《从套子里走出来吧!》"编者按",《人民文学》1956年第5期。

它们是演讲的路数,另外,朱自清、朱光潜和冯友兰等则走着一条近似述学文体之路。"① 《人民文学》创作谈以谈论文学创作经验和文学理念为中心,在谈论的意图和目的、处理"作者—编者—读者"关系、谈论的方式与技巧方面表现出某些文体策略。

周清叶等人研究新时期以来作家创作谈时说,创作谈有较大包容度、灵活性和实践性,形式包括作品的前言、后记、作家对创作的自述、所接受的访谈、讲座稿、会议发言、理论著作等。《人民文学》创作谈发表在不同的栏目中,如"创作漫谈""创作谈""作家书简""书林谈片""小说家谈艺""交点""散文与散文家""诗与诗论"等。其文体形式主要有:

1. 作家应编辑约稿后自由地谈,包括以笔记、札记、闲谈的方式谈,如姚雪垠《谈〈李自成〉的创作》、张志民《文学笔记(八则)》、邹荻帆《读诗札记》、程绍武《关于刘庆邦及短篇小说的一次闲谈》(对话者:林斤澜、王一川、李冯、刘庆邦、李敬泽、程绍武)等;

2. 作家为自己或他人著作写的自序或序言,如艾青《〈诗选〉自序》、黄药眠《〈蒋光慈选集〉序》、李广田《〈闻一多选集〉序》、余冠英《〈乐府诗选〉序》、周立波《〈鲁彦选集〉序言》等;

3. 作家会议发言,包括作家参加各种作家协会会议和小型座谈会的发言稿,如严文井《童话漫谈——一个座谈会上的发言》、巴金《文学创作的道路永无止境——在全国优秀新诗、报告文学、短篇小说、中篇小说获奖作品授奖大会上的讲话》等;

4. 作家之间的通信,如冯骥才《下一步踏向何处?——给刘心武同志的信》、沈雁冰《茅盾致臧克家的信》等;

5. 作家答读者问,如刘宾雁《关于〈人妖之间〉答读者问》、西

---

① 王本朝:《思想的趣味与对话立场:朱光潜的论说文体及其影响》,《武汉大学学报》(哲学社会科学版)2020年第3期。

戎《作家的责任——给青年读者的一封复信》、龙应台《开往梦境的火车——给北京的读者》等；

6. 作家随感杂谈，如"交点"栏目请批评家对当期发表的诗、小说、散文等进行即时谈论，如戴锦华和冯敏《短评〈少年英雄史〉》、谢冕《率性而为　发自真心——评苏金伞〈埋葬了的爱情〉》等。

创作谈语篇反映了作者—编者—读者三个主体的互动关系：

《人民文学》希望通过形式多样的创作谈，搭建一个作家和读者沟通的桥梁。组织专辑专号，如 1989 年第 3 期 "小说专号"，集束发表王蒙等 13 位作家的 "小说家言"。该期 "编者的话" 中说出了编者的意图："'小说家言'专栏特请本期作者各抒己见，想会更有助于读者对作家们的了解，对作品的体味。"① 这可看作是 "一种培养和巩固骨干作者队伍的有效方式"。②

作家表达有的以个人话语出场，有的以集体力量出场，给读者带来巨大的震撼。作家创作谈与作家写自传有相通之处。作家在创作谈中需要处理 "书写主体" 和 "文本主体" 相统一的问题。杨正润在《现代传记学》中把传记作者看作 "书写主体"、传主则是 "文本主体" 或 "历史主体"。③ 根据类似设定，《人民文学》创作谈的主体性体现在作家通过自己回忆自己的创作经历，如何处理好 "真实自我" 和 "文本自我" 的关系，如何处理文学创作的客观规律与自己的主观意识，作者如何做到充分地 "不越界" 地发挥自己的话语价值。

读者对学术性与趣味性并重的创作谈有极大需求。特别是 "十七年" 时期文艺界出现不少热爱文学的青年，但因各种原因他们的创作水平很有限，这就特别需要作家对初学写作的青年人给予

---

① "编者的话"，《人民文学》1989 年第 3 期。
② 郑纳新：《新时期〈人民文学〉与"人民文学"》，东方出版中心 2011 年版，第 204 页。
③ 杨正润：《现代传记学》，南京大学出版社 2009 年版，第 145 页。

指导。

在读者看来,创作谈作者是一位"重要人物",他的创作发表在《人民文学》上,他的创作谈作为宝贵的经验被揭示出来,读者渴望从重要人物身上了解到个人写作成才成名的秘诀。西戎《作家的责任——给青年读者的一封复信》,是一封作家西戎回复党庆波同学的信。作家在信中用激情洋溢的语言表达了自己的文学观点:"我国正处在两个文明建设的新的历史时期,作家的责任,应该满腔热情,充满着对社会主义祖国的热爱,用自己的笔去反映、歌颂这个新时期的新生活、新事物。"① 这些话语对青年读者来说是指明了创作方向。

(三)创作谈的认知功能、审美功能和教育功能

创作谈以"谈""评""论"等方式呈现,是作者对创作问题的反思、规劝和引导。要全面观察《人民文学》创作谈的话语面貌,就不能把它看成独立的、单方面表达的言语实体。创作谈作为编者和作家合谋的产物,是主流评论的代表,拥有职业批评家主宰舆论导向的权力,它构建了表达与接受互动的话语生态,发挥着一定的话语功能。"语言建构了人对客观世界的认知,建构了人的社会存在,建构了人自身的精神与意义世界"。②

创作谈的话语建构体现在文本对读者的影响或读者对文本的接受之中。德国姚斯在《接受美学与接受理论》"艺术作品的历史本质不仅在于它再现或表现的功能,而且在于它的影响之中"。③ 以话语表达和接受为观察点,可把《人民文学》创作谈的话语修辞功能分为三种层面:认知功能、审美功能和教育功能。

认知功能 认知是人类认识与知晓事物发展规律的过程。作家以

---

① 西戎:《作家的责任——给青年读者的一封复信》,《人民文学》1983 年第 10 期。
② 宋颖桃:《论语言的建构功能》,《现代语文》2017 年第 9 期。
③ [德] H. R. 姚斯、[美] R. C. 霍拉勃:《接受美学与接受理论》,周宁、金元浦译,辽宁人民出版社 1987 年版,第 18 页。

符号形式来传播经验和智慧。"由于符号形式具有间接参照、转换和组合的附带手段,所以,经验转换成符号形式,开辟了有可能运用智慧的领域,这些领域的重要性超过了最有效的意象形成系统。"① 读者在符号形式的背后领略了经验信息,收获了这些作家们激浊扬清的写作智慧。

海屏在阅读小说中发现,有的小说中描写日月星辰出现了不符合天文学规律的情况,如《青枝绿叶》中写"启明星到了正南"是白天而不是黑夜、《春天来到了鸭绿江》"上弦月下半夜才能出来"应为"下弦月"。② 王蒙在谈短篇小说的创作技巧时,结合自己的创作经验,从小说的取材和想象两个方面展开。③

审美功能 读者阅读创作谈的思想与情感,了解作家的创作意图和修辞设计,从而理解文学创作的艺术形成过程、认识文学与现实的关系,自身审美眼光和审美经验得以提升。《人民文学》作为文学公共场域,读者从中获得美感和愉悦感,形成精神的慰藉与充盈,"成为民族文化创造与积累、传承和创新的力量源泉,也是民族精神凝聚力与感召力等独特功能的根本体现"。④

在20世纪90年代创作谈中,作家对文学创作的感知更多地从审美角度展开。陆建德《写自传还太早》中提出"自传是裸露狂的理想文类",自传作者和小说家都是值得怀疑的,因为他们都会为了美好的效果组织、筛选、渲染和修饰事实,他呈现"事实"的方式比那些"事实"更加重要。⑤ 哈萨克族作家艾克拜尔·米吉提讨论了为什么"人们一思索,上帝就发笑",引用米兰·昆德拉的话说,"小说已不

---

① [美] 戴维·保罗·奥斯贝尔:《意义学习新论 获得与保持知识的认知观》,浙江教育出版社2018年版,第93页。
② 海屏:《关于日月星辰》,《人民文学》1956年第5期。
③ 王蒙:《谈短篇小说的创作技巧》,《人民文学》1980年第7期。
④ 吴小莲:《马克思主义视域下的艺术产业化研究》,武汉大学出版社2015年版,第139—140页。
⑤ 陆建德:《写自传还太早》,《人民文学》1998年第3期。

是作者的自白",小说的人物"诞生于一个情境、一个句子、一个隐喻",即包含着一种基本的人类的可能性。①

教育功能 读者通过阅读创作谈获得创作指导和阅读思考写作的方向。编者说:"文字仅仅作为现实的一面镜子是不够的,同时还应该透视现实,挖掘生活的本质,为读者提供既是现实生活的思考又是艺术回味的东西。"②

1999年第4期"小说家谈艺"发表两篇谈艺术的文章。阿来的《关于灵魂的歌唱》谈论民歌的简单、质朴,却轻而易举击中心灵,教育读者"接近民歌就是接近灵魂"③;叶广芩谈到民谣的跨文化翻译问题,告诉读者民谣"起于民间、兴于巷陌,有感于物而形与声",以美为对象的艺术是可以跨越语言的,民谣艺术的真谛"在于感情的真挚,在于生活的底蕴,在于民族的特性"。④

总体而言,创作谈的三种修辞功能既有区别,又有联系,相互渗透。认知功能是基础,空洞的说教,无病的呻吟,作家谈不出什么创作心得体会,文本对读者的审美功能与教育功能也无从谈起。审美功能是手段,创作谈以不拘一格的文体形式、以对话方式的漫谈畅谈杂谈,本身就是以情感拨动读者的心弦,给读者以美感愉悦。教育功能是目的,中国文学传统离不开文学教育,特别是《人民文学》上发表的作品与评论要起到树立正面形象、鼓舞人引导人的目的,最终达到为社会主义服务、为人民服务的宗旨。

三 "内诚"与"巧言":主体真实、真诚、忠诚

广义修辞学认为:语言学界的修辞分析,遵循从语言到语言的阐

---

① 艾克拜尔·米吉提:《面对上帝的微笑》,《人民文学》1998年第4期。
② 编者:《现实与艺术》,《人民文学》1999年第7期。
③ 阿来:《关于灵魂的歌唱》,《人民文学》1999年第4期。
④ 叶广芩:《跨越语言的障碍》,《人民文学》1999年第4期。

释路径，学术目标是发现并解决语言学的问题；新批评从语言到文本的分析，避免了前者的弊端，但忽视人的精神世界；广义修辞学则是从语言追寻人的精神世界，"话语主体创造了修辞的生动形式，修辞也参与建构着话语主体的精神世界"①。

《人民文学》创作谈是一种关于创作的回顾性文体。作家公开叙述自己的创作历程，并回答以下问题："我对于过去知道什么？我如何了解过去？我如何谈出/写下我的过去？"作为修辞文本的创作谈，在作家个性与社会文化、个人与时代、过去与现在等互动关系中呈现和解释"我"的表现。与其说是言语行为表现，不如说是作者自我意识的显现、自我身份的认同和自我形象的建构。

这种主体精神恰与"修辞立其诚"相契合。"修辞立其诚"出自《易经·乾·文言》，唐孔颖达《正义》："'修辞立其诚，所以居业者'，辞谓文教，诚谓诚实页。外则修理文教，内则立其诚实，内外相成，则有功业可居。"② 这一说法影响较大，宋王应麟进一步提出"养诚"："'修辞立其诚'，修其内则为诚；修其外则为巧言"。③ 主体"内诚"通过外在"巧言"表述出来，反面观之，"巧言"背后隐藏着主体的"内诚"。

《人民文学》创作谈"巧言"中蕴含着怎样的主体怎样的精神世界，值得深思。下面深入分析其真实话语、真诚话语和忠诚话语。

（一）真实话语：建构"我"的灵魂与情感

在中国当代文学批评中的"真实"包含多个层面（现实真实、历史真实、艺术真实、文学真实、客观真实、主观真实等）、多种系统（如真实价值、真实尺度、真实与虚构、真实与意识形态等），相关学

---

① 谭学纯：《广义修辞学演讲录——人是语言的动物，更是修辞的动物》，上海三联书店2012年版，第26页。
② 阮元校刻：《十三经注疏》，中华书局1980年版，第15—16页。
③ 阮元校刻：《十三经注疏》，中华书局1980年版，第1页。

术成果也比较丰富。①

《人民文学》创作谈中出现频率较高的一个词就是：真实。在中国当代文学创作与批评的论述脉络中，"真实"以及"写真实""真实性""真实观""真实标准"构成的话语都是从属于现实主义的概念，它们主要用来衡量现实主义文学思想艺术水平。然而，在中国特定文化语境中，它们"不仅仅是一个文艺理论问题，更多的时候它是被作为一个政治问题对待的"。②进入新时期，"真实"作为反映文学与现实的重要标准仍然在文艺界发挥着重要影响。

何直（秦兆阳）《关于"写真实"》在不到三千字的篇幅中用了36个"真实"，主要针对某些青年滥用"写真实"的现象，批驳那种"只要真实（只要我所认为的真实），不要或不管主题思想（不管思想性）"的论调，提出"现实主义文学中的'写真实'——即真实性问题，是与典型问题及世界观与创作方法问题有着密切关系的，是一个比较复杂的问题"，最后呼吁青年要去建设社会主义真实和作家们生活的真实。③

姚雪垠《谈〈李自成〉的创作》使用了7处"真实"（如"生动地反映历史的真实""不能忽略细节描写的真实性""真实地写出潼关

---

① 21世纪以来文艺界关于"真实"理论与实践方面进行学术探讨，代表性成果如：董学文、张永刚《文学真实的范畴厘定和价值探微》（《北京大学学报·哲学社会科学版》2000年第4期）；王元骧《艺术真实的系统考察》（《江海学刊》2003年第1期）；贺仲明《真实的尺度——重评50年代农业合作化题材小说》（《文学评论》2003年第4期）；黄发有《"真实"的背面——评析〈小说月报〉（1980—2001）兼及"选刊现象"》（《文艺争鸣》2003年第2期）；叶立文《论先锋作家的真实观》（《文学评论》2003年第1期）；姚丹《"事实契约"与"虚构契约"——从作者角度谈〈林海雪原〉与"历史真实"》（《中国现代文学研究丛刊》2003年第3期）；葛红兵、宋红岭《重建文艺学与当代生活的真实联系——文艺学学科合法性危机及其未来》（《文艺争鸣》2007年第3期）；赵炎秋《"艺术真实"辨析》（《中国文学研究》2008年第3期）；郑铁生《沉重的话题：历史真实与艺术真实》（《文艺研究》2009年第6期）；于波《文学真实、历史真实和意识形态的互文考辨——以革命历史小说为例》（《山东社会科学》2018年第4期）；晏红《文学的真实性与真实的文学性——关于文学的虚构与非虚构》（《当代文坛》2019年第6期）等。

② 吴义勤：《写真实·真实性》，《当代文学关键词》，广西师范大学出版社2002年版，第261页。

③ 何直：《关于"写真实"》，《人民文学》1957年第3期。

附近的地理形势"等）和9处"事实"（如"我们无权不承认历史的事实""关于李自成的描写从一般的历史事实出发""李自成曾被围于鱼复诸山缺乏事实依据"等），来论证"一部好的历史小说，应该使读者得到许多有意义的历史知识"的文学创作原则。①

余华《我的真实》，不仅标题中亮出"真实"这张牌，而且在803字的正文中摆出了17个"真实"："我觉得我所有的创作，都是在努力更加接近真实""在我的创作中，也许更接近个人精神上的一种真实""很早很早发生的事情跟昨天发生的事情是同时存在的，我觉得它们非常整齐、非常真实可信，我觉得把握它们也更真实、更可信一点"。② 在余华的"真实"时间里，存在着生活真实与虚构、个人真实与虚伪、物质真实与精神真实等一系列相辅相成的关系，建构了一个复杂的"真实"话语世界。

阿来在《关于灵魂的歌唱》中开篇说："对我而言，民歌不是个名词，而是一种真实的存在，是难以释怀的生命经历。"接着说："作为一个小说家，我一直努力在自己的作品中，最大限度地表现出民歌的本质与这种本质的力量"，"真正意义的民歌给我们最根本的审美教育，向我们展示了真挚与感念的力量"，文末再次强调"真正的民歌带领我们去到的，正是这个地狱与天堂之间的地方"。③ 在阿来创作谈中，"真X"（"真实""真正""真挚"）话语轮番出场，为文本的真诚情感内涵注入了语言的能量。

叶文福《诗外说诗》用诗化语言表述道："诗人首先是一首诗，诗人写的是自己是真实的自己；诗人真实的自己又无意地含蓄和代表了许许多多真实的人和因为各类原因无法真实的人的真实、诗人含蓄与代表的真实的人或人的真实愈多，他的读者便愈众。"作者还评价

---

① 姚雪垠：《谈〈李自成〉的创作》，《人民文学》1977年第4期。
② 余华：《我的真实》，《人民文学》1989年第3期。
③ 阿来：《关于灵魂的歌唱》，《人民文学》1999年第4期。

了唐诗、《诗经》的"纯真""圣洁",并得出结论:"任何伟大的民族之伟大,在于它有本民族真实的呼吸的诗篇。"① 这个文本中的"真"具有丰富的意涵,指向真实历史、真实诗人、真实人本身、真实情感和真实表达等多层语义。

创作谈"真实"话语文体形式包括序言、讲稿、书信、对话等形式,它们以在场的姿态映衬文本内容的真实性。比如书信,前后称呼后有落款署名日期,叙述人称以"我—你"接续铺开。

郭风在《我与散文诗》中开篇写道:"当你询及有关抒情散文、散文诗的创作问题时,说不清是何缘故,我忽地想念起在故乡一个初级中学就读时的哪些年月来",接着回忆了"我"十二三岁时在课堂上语文老师朗读屠格涅夫散文诗《海上》和背诵鲁迅《秋夜》的情形;文章结尾强调:"以上这些,当然只是写给你一个人看,以此交流思想和对创作的看法,并报答你对我的信赖。"② 这篇创作谈发表在《人民文学》上,很大程度上消解了"只是写给你一个人看"的真实情形。郭风回忆有真实的现实依据、真实的情感诉求,但这种"一对一"交际关系被转换为"一对多"的角色关系时,文本真实程度受到质疑。在另外的书信文本中,称呼省略掉,或以"XX 同志"代替。作家或编者这种隐去收信人真名的方式固然有各种缘由,但从话语角度看实际上是削弱了创作谈的真实程度。

创作谈以"自我"或"小我"与"集体"的关系为方式来提供更加真实的创作经历,这种运用需要文本化而不是抽象化。这种经历按照主题的专业身份和立场进行思想的表达并完成自我形象的塑造。侧重描述"过去"和"际遇"对创作成就产生的影响,创作谈与文艺理论批评相比提供了更加富有弹性和令人深思的空间,因此更加可以展示个人与群体、个人与政治、个人与社会等关系,为文学创作提供重

---

① 叶文福:《诗外说诗》,《人民文学》1999 年第 8 期。
② 郭风:《我与散文诗》,《人民文学》1981 年第 1 期。

要的经验参考。

(二) 真诚话语:建构"我"的人品与德性

王建斌在《真诚:十七年时期作家的主体精神趋向》中评价说:"十七年"作家在态度、情感和价值观方面表现出鲜明的立场、真诚的追求和激情的释放,有着明确的创作目的,总体表现出一种明显的真诚趋向,表现为"对时代意识形态的真诚,对民族国家建设的真诚,对现实主义文学规范的真诚"。① 新时期作家的心态也是如此。

创作谈的真诚话语体现在确认"我"与"我们"的关系上。从哲学意义看,创作谈是作家"从自身能动的活动及主体能力出发看待自己与外部世界关系的价值观,它超越了认识论的主观与客观的二元对立,体现并确证了人类自我发展的生存模式"。② 请看如下话语表述:

> 我出身于中国东南部的一个地主家庭……我的创作生活,大概可以划分成三个时期……我将永远感激中国共产党和毛主席所给予我的教育……我所受的教育多半是五四新文学和外国文学……我曾尝试了许多诗体,最多的是采用所谓"自由诗体"……我诚恳地希望读者能对我过去的作品多多提出意见和批评。(艾青《〈诗选〉自序》)

> 我写《"漏斗户"主》,是流着眼泪写的,既流了痛苦的眼泪,也流了欢慰的眼泪……这里的眼泪,既是陈奂生和大家的,也有我的……我对陈奂生们的感情,绝不是什么同情,而是一种敬仰,一种感激……我写《陈奂生上城》,我的情绪轻快又沉重,高兴又慨叹……我希望我的作品,能够面对着人的灵魂,面对着自己的灵魂。(高晓声《且说陈奂生》)

---

① 王建斌:《真诚:十七年时期作家的主体精神趋向》,《文艺理论与批评》2011 年第 4 期。
② 张曙光:《主体性价值论的建构及其超越——价值哲学的问题意识及学术进展》,《社会科学辑刊》2019 年第 4 期。

三十年来，我的写作有过停滞，有过转变，尽管每年写得很少，但仔细回想，也还算得上认真和严肃……在经历了八十年代的诗歌的潮涌，九十年代的话语转型的今天，我们到底要在诗歌的艺术上追求写什么？这是每一个诗人都面临的最大课题……最后我想说，面对世界上那么多伟大的艺术家，我们只有静心以求。只有如此，或许有一天，我们能与他们的境界相同。为此，我们只有不断地努力，它不存在捷径。（林莽《对诗歌写作的一点想法》）

人称使用："我"主动投入"我们"话语系统。艾青回顾自己的家庭（地主家庭）、教育（党的教育）和创作生活（社会历史的分期）。虽然用"我"来叙述，但离不开"我们"集体话语。林莽回忆自己写诗经历，"我"想到了80年代诗歌的潮涌、90年代话语的转型，思考"我们"要追求什么、应该怎样。

话语情感："我性"话语体现出表里如一的真诚。高晓声在创作谈中透露自己创作陈奂生是"流着眼泪写的"。读者阅读时感受到高晓声在小说人物上投入的炽热感情，从而对小说创作有了更多的"幕后"了解。

语用策略：作家心中的"我"和用语言表达出来的"我"也有不一致的地方。严新明等人研究了社会互动主体"心我"与"口我"不一致的原因（如个性、道德、文化和法制等），以及正负面效应。[①] 顾曰国研究中国文化背景中中国人言语行为的语用策略，提出"如家强调修身养诚，独处时向内讲究自诚，向外讲究对人诚"，"真诚断言之人做到表里如一、言行如一的'全诚'"。[②] 作家面对自己、面对读者，能否做到"心我"与"口我"的"全诚"？这是语言的策略。

---

① 严新明、童星：《"心我"与"口我"：关于社会互动行为主体的研究》，《江海学刊》2008年第2期。

② 顾曰国：《断言、知心与修辞立其诚》，《当代修辞学》2018年第4期。

亚当·斯密就对"我"进行过深入解析:"当我努力考察自己的行为时,当我努力对自己的行为作出判断并对此表示赞许或谴责时,在一切此类场合,我仿佛把自己分成两个人:一个我是审查者和评判者,扮演和另一个我不同的角色;另一个我是被审察和被评判的行为者。"①

心理学用"橱窗我"来表现"我"的各种变体。以别人知道与否为纵轴,以自己知道与否为横轴,可以得出四种对个人的认识类型。"公开我"是人知且自知的部分,"隐私我"是人不知但自知的部分,"背脊我"是人知但自己不知道部分,"潜在我"是他人和自我都不知道的部分,如图2-1所示②:

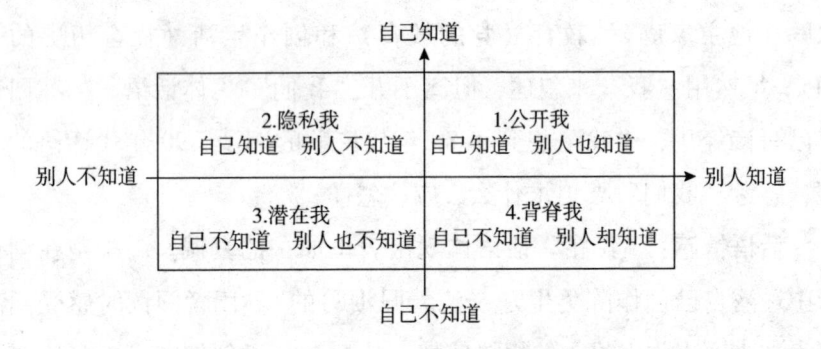

```
                      自己知道
                         │
         2.隐私我        │    1.公开我
      自己知道 别人不知道 │ 自己知道 别人也知道
别人不知道 ─────────────┼───────────── 别人知道
         3.潜在我        │    4.背脊我
     自己不知道 别人也不知道│ 自己不知道 别人却知道
                         │
                      自己不知道
```

图2-1 心理学橱窗"我"的四种类型

若以此理论为参照,《人民文学》创作谈在文中面临着"公开我""隐私我""潜在我""背脊我"的选择及多大程度上说/写出来的问题。

"公开我"呈现得越多,文本的可复制信息越多,读者从中获取的有价值信息的欲望更强,主体在此寻求归属感和认同感。艾青在《诗选》自序中把自己的创作经历分为三个时期,对自己的创作是持肯定态度的,而且他有明确的"读者"意识,并发出"我诚恳地希望读者能对我过去的作品多多提出意见和批评"。高晓声也对陈奂生表

---

① [英]亚当·斯密:《道德情操论》,蒋自强等译,商务印书馆1997年版,第140页。
② 杨河清:《职业生涯规划》,中国劳动社会保障出版社2005年版,第145页。

现出一种敬仰,"让我的意志为行为作保"①。

"隐私我"暴露得越多,特别是作家创作时的不可思议的想法、意想不到的情感波动、知识分子的逸闻趣事、个人生活方式、私人喜好或不可预测的命运等,满足了读者一定程度上的窥探欲。林莽在《对诗歌写作的一点想法》中反思说:"三十年来,我的写作有过停滞,有过转变,尽管每年写得很少,但仔细回想,也还算得上认真和严肃……我们只有不断地努力,它不存在捷径。"话语中的"认真""严肃""努力"是林莽对诗歌创作态度的自我注脚。

"潜在我"在文本中很难浮现。自己不知道、别人也不知道的品性,作家们较少去直接表述。中国文化提供了个人以君子为道德楷模的范本,个人较多考虑"我应该怎么做/说"才符合修辞情境的规约,较少考虑"我就是我自己,我想怎样说就怎样说"那种随心所欲的表达。"我"也往往在现实的"我"与理想的"我"之间进行摇摆或选择。

"背脊我"涉及读者对作家的评价,也成为衡量创作谈文本价值的一个独特的视角。"我"是一个"反省者"(臧克家《为什么"开端就是顶点"》)②、"自我批评者"(巴人《生活本身是公式化的吗》)③、"鲁迅先生的好学生"(唐祈《短篇为什么不短》)④、"不敢僭妄者"(唐弢《短篇小说的结构》)⑤、"美好生活的努力追寻者"(王润滋《愿生活美好——创作断想》)⑥、"旧社会黑暗中的摸索者"(陈学昭《重读有感》)⑦、"不断超越自己的人"(蒋子龙《要不断地超过自己》)⑧、"要求自己做喜欢的事情的人"(冯秋子《我为什么选

---

① [德]康德:《实践理性批判》,韩水法译,商务印书馆1999年版,第32页。
② 臧克家:《为什么"开端就是顶点"》,《人民文学》1950年第9期。
③ 巴人:《生活本身是公式化的吗》,《人民文学》1956年第5期。
④ 唐祈:《短篇为什么不短》,《人民文学》1956年第10期。
⑤ 唐弢:《短篇小说的结构》,《人民文学》1979年第4期。
⑥ 王润滋:《愿生活美好——创作断想》,《人民文学》1981年第4期。
⑦ 陈学昭:《重读有感》,《人民文学》1981年第10期。
⑧ 蒋子龙:《要不断地超过自己》,《人民文学》1982年第4期。

择散文》》）① 等。创作谈更多呈现作家积极的、富有正能量的人品、德性和较高的文化素养，这种评价也被编者和读者自动默认。

创作谈话语显示了作家"真诚"的情感。刘心武自认为是新时期以来文坛上"除了小说以外写'创作谈'最多的一个"因为"我内心有一种驱动力，迫使我调整我的美学意识以跟上迅速发展的文学形势"。②

周清叶等人认为新时期作家创作谈"有力地证明了历史与人的双向建构"，其史料价值表现在：

> 作家创作谈作为史料，是"有我"的历史，其本身所具有的私人话语属性为进入当代作家的精神世界开辟了新的路径，具有心灵史的意义。因为直观、感悟和体察，作家创作谈保持了作为史料的主体性、人文性特点。相较于公共性文献史料，作家创作谈具有独特的运行程序和方式，更具有灵动的私人话语色彩，有着不同维度的价值意义，需要更富有情感体味的细析。③

作家诚恳地书写创作谈，文本建构了作家的真诚的精神世界。

如果从中国文化大背景中探讨"诚"，它囊括了传统的德性之学、本体之学、工夫之学的核心概念，体现了中国人的世界观价值观，体现了中国传统学术的民族特质。它不仅是"人们对日常生活、人生经验的一种伦理化总结，更是思想家进行文化建设的重要力量资源"。④

（三）忠诚话语：表达"我"的信仰与理性

作家在回顾自己的创作经历时难免会想起个人奋斗和集体帮助等话题。当个人点滴回忆转换为文本评述时，《人民文学》创作谈中较

---

① 冯秋子：《我为什么选择散文》，《人民文学》1999年第6期。
② 刘心武：《十年琐忆》，《文化界名人自述》，张继华主编，群众出版社1993年版，第364页。
③ 周清叶、程金城：《作为文学史料的新时期作家创作谈及其价值》，《甘肃社会科学》2020年第1期。
④ 夏静：《"诚"的审美意蕴》，《西北大学学报》（哲学社会科学版）2016年第4期。

多地出现"小我"对"大我"表示忠心、诚意、决心、担当的意识,可称之为表露"忠诚"。

忠诚,是中国传统社会的核心精神元素。《荀子·尧问》:"忠诚盛于内,贲于外,形于四海。"柳宗元《吊屈原文》:"忠诚之既内激兮,抑衔忍而不长。"胡应麟《少室山房笔丛·史书佔毕四》:"汉末诸葛氏分处三国,并著忠诚。"忠诚作为个人对国家表达责任担当的重要尺度,成为家国同构的支柱。

《人民文学》创作谈中的"忠诚"话语比较普遍,作家这样"说":

> 我在写《李自成》第一卷和第二卷的过程中,常常被自己构思的情节感动得热泪纵横和哽咽……(这种感情)是解放后通过党给我的思想改造得来的,是在马克思列宁主义、毛泽东思想灌溉下产生和成长起来的。这是党给我的艺术新生命。(姚雪垠《谈〈李自成〉的创作》)

> 我们这辈作者,一开始写作,就与祖国、民族、人民的命运联系在一起,同当代史上第三次思想解放运动联系在一起,大胆直面人生,由生活获得的实感出发,进行创作。(冯骥才《下一步跨向何处——给刘心武同志的信》)

> 作为当代文学,其主流方面,是绝不应回避当代社会生活的重大矛盾,而应当责无旁贷地去反映这重大的矛盾斗争……当代中国文学史生逢其时了。无比壮丽、无比丰富又具深远历史内涵的当代生活,为当代文学提供的土壤、矿藏,何其富有,何其慷慨!……我们大都是小农经济的儿子。(古华《遥望诸神之山的随想》)。

> 《诗经》是名副其实的万古不朽的代表中华民族的灿烂诗篇……中华民族的祖先们难道不正是以一代一代血凝的诗句将他们的生活、追求、风范留与了后人、献给了人类?……其实这些诗的作者是有名有姓的,他们的姓名便是——中华民族!(叶文福《诗

外说诗》)

《人民文学》创作谈"忠诚"话语具有如下修辞方式:

方式1:忠诚来源于个人勤奋,并上升到党、民族、人民和时代的高度。作家们在文本中明确表达"党给我艺术的生命""我们作家与祖国民族人民命运相联系""我们是当代经济生活的儿子""我们诗人有个共同名字叫——中华民族"等语义。作家们有着共同信仰,并通过文本话语确认这种信仰。"意识形态"是英国文艺理论家伊格尔顿理论的核心范畴和关键词,他认为马克思主义批评"旨在理解意识形态——即人们在各个时代借以体验他们的社会的观念、价值和感情"。① 这种信仰表达了对国家荣誉和人民利益的竭尽全力和坚定捍卫。作家们表达这种信仰时往往采用抒情性的话语,饱含激情,同时话语斩钉截铁、不容置疑,体现了作家对党和国家的忠诚度较高。

方式2:忠诚话语反映作家的"卡里斯马"因素。王一川运用这一术语来阐释社会主义意识形态话语的合法化、合理化、典范性和权威性,他把梁生宝、朱老忠、卢嘉川等小说人物确认为"卡里斯马"典型,因为他们身上有这种典型所具备的素质。"卡里斯马"是"特定社会中具有原创力和神圣性、代表中心价值体系并富于魅力的话语模式",它"可以指人也可以指人的素质,但都在话语系统中"。② 很多作家身上就具有不同程度"卡里斯马"因素。他们爱党爱祖国、爱文学爱生活,他们的价值观大多和主流观念相契合,甚至他们的价值观本身构筑了中国当代文学的中心思想系统。

方式3:忠诚话语与《人民文学》所倡导的文学精神相吻合。这与《人民文学》近年来倡导的主旋律创作也是一脉相承的。从客观效

---

① [英]伊格尔顿:《马克思主义与文学批评》,文宝译,人民文学出版社1980年版,第2页。
② 王一川:《卡里斯马典型与文化之镜(一)——近四十年中国艺术主潮的修辞学阐释》,《文艺争鸣》1991年第1期。

第二章 《人民文学》评论话语的广义修辞学分析

果来说,《人民文学》创作谈话语不仅展示了作家们文艺创作的经验或秘诀,而且对读者来说产生了提升中华民族凝聚力的教育效应。编者理直气壮地说:"五十年间,各个时期,虽然所发作品无不带有历史的烙印,但具有艺术良知的作家力求反映生活真实的作品,又无不闪烁着美学的光芒",并寄希望于未来,"她应该更出色地完成以优秀的作品鼓舞人的任务,应该更有力地推动文学事业健康发展的进程"。① 《人民文学》记录了新中国文学的成长路径与当代中国人的精神轨迹。

值得提及的是,创作谈栏目一直延续到当下的"人民文学"微信公众号。仅 2020 年 1 月至 12 月,该公众号先后发表 39 篇创作谈。对《人民文学》来说,2020 称得上是"创作谈年":

  王松《"故事"的故事》(2020 年 1 月)
  葛亮《匠传》(2020 年 1 月)
  杜梨《庆贺吧,你是至纯至善的铁皮娃娃》(2020 年 1 月)
  夏立楠《远离一条河流》(2020 年 1 月)
  陈集益《让声音穿越大地》(2020 年 1 月)
  於可训《一个人和一个词》(2020 年 2 月)
  栗鹿《大雨之外》(2020 年 2 月)
  于中城《身旁就有叶青芳》(2020 年 3 月)
  海飞《这个春天正在连绵不绝地醒来》(2020 年 3 月)
  张柠《献给泸沽湖的一个梦幻》(2020 年 3 月)
  走走《火里没有栗子,有小说》(2020 年 3 月)
  邓刚《我的脑海里经常波涛起伏》(2020 年 4 月)
  艾平《我是一个离开细节就不会写作的写作者》(2020 年 4 月)

---

① 本刊编辑部:《丝路花雨 岁月流金——〈人民文学〉五十周年》,《人民文学》1999 年第 10 期。

杨遥《我睁开眼睛之后》(2020年4月)
李青松《哈拉哈河传奇》(2020年5月)
郭雪波《生态苦旅——阿娜巴尔的野驼》(2020年5月)
汤素兰《一只未曾谋面的穿山甲》(2020年5月)
谭楷《找一把打开心灵的钥匙》(2020年6月)
邵丽《不死的父亲》(2020年6月)
石一枫《小孩儿说话不好学》(2020年6月)
林雪儿《以文学的方式致敬时代》(2020年6月)
沈念《在消失中被唤醒》(2020年6月)
厉彦林《触摸奇迹光芒与民心温度》(2020年7月)
潘小平《把理性融入叙事的框架》(2020年7月)
姚鄂梅《包法利夫人的爱情及其他》(2020年7月)
余之言《在战史的皱折里隐秘爬行》(2020年7月)
王松《关于"明白"》(2020年7月)
何建明《用真实和现场的语言记录"远方的诗"》(2020年8月)
陈启文《奔跑的城市》(2020年8月)
朱秀海《全都有了名字》(2020年8月)
于小芙《甜甜的白桦树》(2020年8月)
温燕霞《俯下身子，倾听土地的心跳》(2020年9月)
李朝全《人为什么会勇敢》(2020年9月)
夏周《沙漏一刻不停》(2020年9月)
韩东《在小说写作中我不否定故事》(2020年9月)
朱辉《最重要的是表达》(2020年9月)
李约热《关于〈喜悦〉》(2020年9月)
普玄《那些遥远，那些相依为命》(2020年10月)
夏鲁平《写作是对自我或他人的疗伤》(2020年11月)

这些创作谈从标题、文本建构到主体精神都与1949—1999年间

《人民文学》创作谈表现出迥异的话语面貌。这个话题后续再进行深入分析。

新时期以来文艺期刊开设创作谈一类的栏目成为一种风尚，如《文学自由》"作家之声"、《当代作家评论》"小说家讲坛"、《小说评论》"小说家档案"、《当代文坛》"作家在线"等。从文学史料角度来说，"将其纳入史料范畴和学术视野，是对当代文学研究'史源'更深广的拓展，必将从精神史、接受史、传播史等方面进一步充实当代文学史料的内涵"。①

创作谈是一种修辞评论，是主体有意而为的修辞行为。如何理性看待创作谈也是一个重要的问题。近年来文学批评中出现对创作谈盲目崇拜和创作谈泛滥的现象，夸大作家创作谈的真实性，模糊了创作谈"真实"与"虚构"、主体兼具"审查者"与"被审查者"双重身份的界限，这是不可取的。

创作谈固然成为解读文学作品和作家创作心态的重要线索，但并非唯一线索。在某种程度上说，"文学批评中的作家创作谈，在'证词'和'标准'两个层面上都不具备合法性"，②或者说是"不具备充分的合法性"。只有打破"创作谈契约"，结合文学作品本身的语言修辞方式，才能真正回归文学的创作本质。

本章小结

"短论"和"创作谈"是《人民文学》评论的两张"名片"。

"百花时代"的短论是特定修辞语境中文学挣脱政治、追求美学和个性的典型文本，记录了中国知识分子良知与正义的精神面貌。由

---

① 周清叶、程金城：《作为文学史料的新时期作家创作谈及其价值》，《甘肃社会科学》2020年第1期。

② 张光芒：《文学批评中作家"创作谈"的合法性问题》，《首都师范大学学报》（社会科学版）2017年第2期。

词典语义转变为政治术语的"香花"和"毒草"频繁穿行于短论文本,本质上是主体身处言论相对宽松的"早春天气"。在文本层面,"锄毒草"比"浇香花"更完整地显示"三步走"修辞操作:先在 A 与 B 转折语义中"识毒草",再用反问句"找病根",最后用呼告"开药方"。在主体思维层面,短论话语呈现了"我/我们"主体思维、富于想象的形象思维和于"破"中"立"的批判思维。尽管这些批判基本局限于主流意识形态的逻辑框架中,但主体的严谨思考和大胆挑战的精神一直在场。《人民文学》以积极的态度和行动介入这段风起云涌的社会浪潮中。

"生活"和"创作"是创作谈语用频率较高的两个关键词。主体对于"生活"的认知具有意识形态性,向读者提供了关于真实和典型在合法性证明。"创作"修辞指向创作类型、内容、艺术和经验,时间线性流逝和陈述经历事实为创作谈提供了真实性依据。创作谈的"谈法"与"写法"呈现为三种话语模式:叙事话语立足"现在",旨在为"过去"和"未来"赋予意义,作家的过往经历和日后成功产生了合理化关联。抒情话语具有直觉化和形象性,既谈情又说理;论说话语表现出明确的说理意图、趣味和自由漫谈的风格。作为修辞文本的创作谈,是作家自我意识、自我身份和自我形象的显现。主体"巧言"背后隐藏着"内诚":真实话语建构"我"的灵魂与情感,真诚话语表述"我"的人品与德性,忠诚话语表达中国式"卡里斯马"的信仰与理性。作为修辞评论的创作谈,在"真实"与"虚构"、"证词"与"标准"层面上都需要更理性具体的分析。

第三章 《人民文学》"编者的话"的广义修辞学分析

  编者推新人新作的一贯热诚,保证了《人民文学》始终处在当代中国文学领衔大刊的地位,当年有胆有识地将王蒙、李国文、宗璞们推向文学前台的应运之举,已成为《人民文学》最可宝贵的传统和脾性。
    ——施战军《〈人民文学〉:编者的文心和史识》

  从文学发展史的角度而言,文学期刊对潜存的文学可能性的发现,比追捧名家力作具有更加值得称道的文学史意义,发现文学新的新生力量是编辑工作的创造性的集中体现,其前瞻性成为文学波涌不息的活力源泉。
    ——黄发有《活力在于发现——〈人民文学〉(1949—2009)侧影》

  1958年1月,《人民文学》在"编者的话"对过去进行了深刻的检讨……这也表明以后在《人民文学》再也不会有任何在创新和越轨行为再发生。进行自我批判的同时,编辑部也努力塑造新的形象,明确了《人民文学》的办刊方针。
    ——王本朝《中国当代文学制度研究1949—1976》

重返《人民文学》话语现场，可以发现：该刊几乎每期都有"编者的话""卷首语"或"编后记"。不同阶段栏目有变动，还有"编者按""编后""读者·作者·编者""读者之页""读者中来""编委信箱""告读者""下期预告""本期导读""主编寄语"和"留言"等。多以小语篇呈现，近20种文本方式。

难得的是，《人民文学》自1993年第1期至1999年第12期，每一篇"编者的话"均有标题，或显示该期主题，或透露编者构想，如《"世纪之谜"的洞察》《但愿时文"皂角香"》《革新出新以迎新》《把心交给读者》等60多篇。

《人民文学》以"本刊编辑部"或主编署名的长文本（每篇3千至1万字），主要发生在主编更替（茅盾、王蒙、刘心武）和重大事件（"整风运动"、文代会召开、创刊周年、"舌苔事件"）的时间节点。①

无论是几百字的小片段，还是上万字的大语篇，"编者的话"字里行间浸透着《人民文学》编辑成员对工作意图、办刊思路、编务反思和未来目标的激情表述，以及复杂情感的真诚流露，蕴藏着丰富的话语资源。

2000年以来，《人民文学》"编者研究"得到持续关注。② 这些成

---

① 这些长文本共计20篇，如编辑部《文艺整风学习和我们的编辑工作》（1952年第2期）、本刊编辑部《读者和作家对〈人民文学〉的意见》（1955年第2期）、本刊编辑部《争取毛泽东文艺思想的更大胜利——迎第三次文代会》（1960年第7期）、本刊编辑部《〈人民文学〉复刊的一场斗争》（1977年第8期）、本刊编辑部《不仅仅是为了文学——告读者》（1983年第8期）、《更自由地扇动文学的翅膀》（1987年第1/2合刊）、刘心武《时代·开拓·交流》（1989年第1期）、《合订本作证——〈人民文学〉四十年》（1989年第10期）、《九十年代的召唤》（1990年第7/8合刊号）、本刊编辑部《贯彻十四大精神 进一步繁荣文学创作》（1992年第11期）和《丝路花雨 岁月流金——〈人民文学〉五十周年》（1999年第10期）等。

② 这些成果较为丰富，代表性论文有：吴俊《〈人民文学〉的创刊和复刊》（《南方文坛》2004年第6期）；徐阿兵《十字路口的徘徊——近期〈人民文学〉的调整和去向问题》（《扬子江评论》2008年第2期）；施战军《〈人民文学〉：编者的文心和史识》（《文艺争鸣》2009年第10期）；黄发有《活力在于发现——〈人民文学〉（1949—2009）侧影》（《文艺争鸣》2009年第10期）；李红强《〈人民文学〉（1949年—1966年）的头题小说》（《文艺争鸣》2009年第10期）；袁向东《文学杂志的美术编辑思想——以〈人民文学〉为例》，（《编辑之友》2009年第10期）；欧娟、罗成琰《编辑视野下另类话语的生存空间——"双百方针"前〈人民文学〉另类话语的文本意义》（《湘潭大学学报》2009年第2期）；樊保玲《"强大"的读者和"犹疑"的编者——以1949—1966〈人民文学〉"读者来信"和"编者的话"为中心》（《扬子江评论》2011年第2期）；李新《作品、编辑、意识形态——从"十七年"的〈人民文学〉说起》，（《出版发行研究》2012年第10期）；李萌羽等《1985：王蒙与〈人民文学〉》（《当代作家评论》2019年第3期）等。

果集中于对《人民文学》某一时段（如"1985年""十七年""六十年"）编辑制度、编辑理念、编辑行为、编辑视野、编辑策略等重要问题的深入探讨。研究者们敏锐的学术嗅觉、精细的叙述技术和批判性话语风格，丰富了《人民文学》现有成果，也为本章关于编者话语的修辞学观察提供了史料基础与论述前提，并为下文表达留下了可继续挖掘、多角度探讨的可能性空间。

在《人民文学》编者话语中，有两类话语颇具修辞意味：推荐话语和道歉话语。本章将它们作为编者的代表性话语行为，是因为：

  1. 这些行为贯穿于《人民文学》50年编辑工作始终，具有连续性；

  2. 这些行为的言语层面由一个个独立文本构成，语义信息有同有异，篇幅有长有短，排列符合逻辑，表层结构完整，具有明显的语篇特征；

  3. 这些行为是编者保持与读者情感交流的重要方式，它们蕴涵着编者的修辞意图、情绪密码和文化基因，具有语用功能；

  4. 这些行为是目前学术界关注度较低的话题，而它们本身又是"有意味的形式"，具有研究价值。

从广义修辞学角度观察《人民文学》编者话语行为，分析其主体建构及修辞策略，尝试解决如下问题：

编者在推荐话语中提倡短篇小说、短诗等文体形式有何编辑意图？编者在培养新人工作方面有哪些有效的举措？编者为什么都需要向读者实施道歉？从"检讨—道歉—更正"行为中编者使用了哪些语用策略，表现出怎样的编辑心态？

如何观察和阐述编者、读者和作者三个主体的角色关系，以及主体间的话语权力？如何在"表达↔接受"的互动关系中，观察和解释编者的言语行为与自我认同？如何观察和解释话语主体既创造修辞话语,又被修辞话语所模塑?

第一节 "短篇短章/新人新作":作为修辞行为的编者推荐话语

从创刊起,《人民文学》编者对于当期所发重点之作,在目录中以黑体字或头条突出标示,或在"编者的话""编者""留言""卷首"等特设栏目中携带"X推荐"(特别推荐、首先推荐、热情推荐、再次推荐、特意推荐、隆重推荐)或"推荐X"(推荐某篇小说、某种文体、某种写作风尚)等强话语标记,实施推荐言语行为。为了强化编者推荐行为的语用效果,《人民文学》1997年第2期增加"特别推荐"栏目。

《人民文学》编者推荐话语,是指编者在该期卷首、编后或"编者的话"栏目中,推出当期重要栏目、作者、作品或文类,面向读者所进行的介绍性和评价性文本。这是一种修辞行为,它指向编者对文本的再介绍、再阐释。

推荐话语的能量扩张,导致相关信息的修辞重组。这类文本话语模式相对固定,大致描述为:

> 正值……(背景事件),本期向读者首先推荐……(作者姓名)的《……》(作品标题),为了……(推荐理由)。再次推荐……(作者姓名)的《……》(作品标题),我们认为……(评论)。相信读者读后会……(效果预设)。

推荐话语可看作"编者↔作者↔读者"多重角色相互阅读、彼此想象的文本。编者是一种社会性身份符号,也是合法性存在。编者拥有对稿件选上或退稿的权力,文章一经发表,即凭"入场券"进入出版环节。编者坦诚地说:"我们既然发表了它们,自然是觉得好,或至少是有特色、有必要，希望读者全看。"①

推荐话语"目的不是为了评论作品，而是为了'掌握读者'，以简介的文字评点作品的优点与关键所在，基本都是从正面来介绍，有一定的广告性质"②。其实这些推荐也招致了读者的一些意见，如1985年第12期"读者之页"栏目刊登了"武汉大学新闻系高放等师生九人"来信，提到"编者的话很爱读，意见也很大，不满的是个中常常有过多的溢美之词，似乎不相信读者的欣赏阅读能力"。③编者承认说这些话语"虽有些广告性质，但更主要更重要的是在报告，报告着我们的心愿和做法"④，不完全为了评论作品，言语背后有更深层动因，或话语底层隐藏着编者的编发导向、情感情绪和修辞指向。

《人民文学》推荐话语涉及内容较多，其中两类值得深入探究：提倡短篇短章和推荐新人新作。下面将具体分析编者的"做法"与"说法"。

一 既"短"又"精"：提倡短篇短章的推荐话语表征

提倡短篇短章，是《人民文学》编辑工作的主导理念。编者在1997年第8期直接以《提倡短篇》为篇名，重申"《人民文学》一向是以发表短篇小说为主的文学刊物，从1949年创刊至今，推出了许许多多脍炙人口、长久流传的短篇精品，也展现了几代作家创作的短篇小说的风采"。⑤

从"短"到"精"，反映了编者对短制作品的形式和内容的具体要求：

---

① "编后记"，《人民文学》1986年第7期。
② 郑纳新：《新时期〈人民文学〉与"人民文学"》，东方出版中心2011年版，第204—205页。
③ 武汉大学新闻系高放等师生九人：《我们的希望》，《人民文学》1985年第12期。
④ 编者：《不到潇湘岂有诗》，《人民文学》1996年第4期。
⑤ 编者：《提倡短篇》，《人民文学》1997年第8期。

(一) 短篇推荐话语形式：因"短"而"多"

为了促进短篇创作繁荣，编者邀请主编、编委或作家对短篇小说进行评论、推荐和倡导，或结合自身谈短篇写作经验，或举办短篇小说评奖。代表性的文本有：

王朝闻《精练些》（1950 年第 11 期）
张天民《多写些好的短篇小说——从〈科尔沁草原的人们〉谈起》（1952 年第 4 期）
老舍《越短越难》（1958 年第 6 期）
孙犁《关于短篇小说》（1977 年第 8 期）
沙汀《短篇小说我见》（1977 年第 12 期）
叶圣陶《跟〈人民文学〉编辑谈短篇小说》（1979 年第 11 期）
王蒙《谈短篇小说的创作技巧》（1980 年第 7 期）

短篇主打品种是——短篇小说，另有短诗、散文短章。

从文体看，"十七年"时期短篇形式更为丰富，还有独幕剧、特写、通讯、报告、随笔、寓言、剧本、曲艺、短评和杂文等，正如 1958 年第 5 期"编者的话"中所说："我们不仅欢迎特写，也欢迎一切富有战斗性的、短小精悍的文学形式的作品——如报导、通讯、随笔、政论、杂文、活报剧等等。"① 复刊后以短篇小说、短诗、短评以及短小精粹的散文为主要品类。

从篇幅看，短篇小说和散文大多在二千、三千、五千、七千字，更短有几百字。1985 年第 9 期"编者的话"中说"我们集中编发了一批精致的短篇；或三篇组成一个系列，或一篇不过二千多字"②；1985 年第 12 期"编者的话"指出该期发表"一组三、五千字、几百字的短篇小

---

① "编者的话"，《人民文学》1958 年第 5 期。
② "编者的话"，《人民文学》1985 年第 9 期。

说，都是'小曲'，音调各异"。① 短诗主要指十行左右的小诗，1985年第4期"编者的话"说明"本期特推出一组每首十行左右的短章"。②

从话语看，《人民文学》编者以"我们""本刊"自称，在"编者的话""编后记""告读者"中，通过以下句式："［尤其］希望……""［再度］呼吁……""［特别］提倡……""［继续］倡导……""［仍在］呼唤……"，向作家和读者发出关于短篇作品的热切呼唤，如：

> 从本期起，我们想每期登一点短论，针对目前文学上的某些现象，加以简明的阐述。（1950年第11期）

> 我们希望有志于研究和写作作家论的作者们，不要受现成格式的影响和束缚，可以更自由些，风格上多样写，可以只论某几点或某一点，可以有自己独特的论述方法，尤其希望精炼、短一些，更短一些。（1957年第8期）

> 小说方面我们愿特别提倡短小精粹的真正短篇，同时也发表一些有分量的"长"短篇和中篇作品。（1983年第8期）

> 改版后的《人民文学》，将继续以大部版面发表优秀短篇小说。（1984年第1期）

> 我们把它（何申《治保主任》：笔者注）列为短篇之首，要旨仍在呼唤，向作家发出现实的呼唤。（1994年第5期）

> 本期编发的一组短篇小说，均与爱情有关，是有意为之。或沉重、或迷离、或诗意，颇值得一读，会让我们感叹爱情之外，感悟小说作法的多样性以及无限伸展的可能性。（1999年第9期）

编者发出"多写短篇"的邀请，既指向篇幅之"短"，又指向因"短"而"多"。编者话语中的"多"至少有四个层面的语义指向：

---

① "编者的话"，《人民文学》1985年第12期。
② "编者的话"，《人民文学》1985年第4期。

多$_1$：指向作品反映现实、生活和文学等层面多，触角伸展有多种可能性；

多$_2$：指向小说形式多，包括倡导微型小说和微型散文的差异性与多样化；

多$_3$：指向短篇数量多，在刊物的有限版面内发表尽可能多的优秀作品；

多$_4$：指向短篇分量之"重"，追求艺术精进、精炼、精粹、精品之作。

1—4 分别指向短篇作品的"写什么""怎样写""数量（容量）"与"分量"。编者对每期作品的编排也进行修辞化设计：以"短篇小说"开卷、以"中长篇"厚重支撑、以"报告文学、纪实文学"现实映射，以"诗歌、散文"压卷。

《人民文学》发表短篇小说，成果丰硕，还体现在以"短篇小说集束""短篇小说特辑""散文集束""短诗集束"等形式发表。①

在编者看来，《人民文学》发表的短篇称得上是"好的特写""优秀短篇小说""未必是精品""但风格各异"。编者这样推荐当期的优秀短篇作品：

改版后的《人民文学》，将继续以大部版面发表优秀短篇小说。《潇潇暮雨》为我们的文学画廊增添了一个至今还很少描写的那种以天下为己任、把全身心倾注在事业上的中年知识分子的

---

① 这种情况在《人民文学》中比较常见，如 1958 年第 6 期发表沙汀《风浪》等短篇小说 13 篇；1977 年第 11 期发表刘心武《班主任》等"短篇小说特辑"10 篇；1983 年第 9 期发表苏叔阳《画框》等短篇小说 11 篇；1984 年第 4 期发表韩少华《春雪》等短篇小说 9 篇、一组短诗"泥土的芳香"12 首；1984 年第 9 期发表陈世旭《惊涛续篇》等短篇小说 6 篇；1984 年第 10 期发表林斤澜《矮凳桥传奇》等短篇作品 13 篇；1985 年第 1 期发表贾平凹《石砭峪》等短小精粹的散文；1985 年第 4 期发表邵燕祥《致空气·雪》等一组短诗；1997 年第 8 期发表邱华栋《天空中最美的坠落者》等短篇小说 13 篇。

形象。《叉路口》写一对在火车叉路口邂逅相识的年轻人的形象。小说通过他们的微妙关系,展示了不同类型青年的不同表现,有一定的新鲜感。《第三十七公桩》,则是一篇直接触及现实的小说,作品主人公魏老红军的那种威慑不正之风的浩然正气,令人感动,令人敬仰。①

"编者的话"像公园游览地图,编者就像导游,对每期发表的作品进行导读。在话语层面,"导游词"经过如下修辞设计:

设计1:界定文体分类

推荐话语关注作品是"短篇小说"还是"特写",强调它们是"侦察兵式的特写""好的特写""优秀短篇小说";着眼于评价作品人物(先进与落后、中年知识分子、年轻人、老红军)、主题(新与旧的斗争)、题材(农村问题、爱情题材)和艺术风格(散文式、象征性、写实性)。

设计2:话语类型=介绍性+评论性

编者推荐话语主要有介绍性话语和评论性话语。介绍性话语,一般是陈述句,介绍发表情况("本刊这一期所刊登的是……""这一期全部推出……")、陈述刊物近期动向(当前文艺界需要特写……)、交代作者情况(其作者是……)。评论性话语,主要有反问句("难道……""怎么可以……")、目的句("为了……")、评价句("我们应该……""这是一篇……小说""虽然……但……")。

设计3:直接阐述观点立场

编者在推荐话语中以评论家身份阐述"我们认为"的观点和立场,话语带有鲜明的倾向性。同时以读者身份向更多读者分享阅读体验。编者认为,该期推荐的作者作品"应该受到重视""值得欣喜"。当作者的新人身份与作品的成熟度产生冲突时,编者更坚守题材与风

---

① "编者的话",《人民文学》1984年第1期。

格多样化的办刊立场,"虽然未必能是精品"但仍然期待它们能起到倡导短篇的传播效果。

设计4：借助读者力量倡导短篇作品

《人民文学》这种"向短篇短章倾斜"的有意选择,不仅是编者的共识,而且是读者的期待。读者谢望新给编辑部写信说:"属于国家级、以刊登短篇小说为主的《人民文学》,一向以'庄重'著称"①,希望编者在组稿形式和版面编排上有更大突破。安徽读者姚传泰在"读者论坛"中也提出:"连载长篇中的章节,令人难窥全貌,与其占用这么多篇幅登它,不如遴选些短篇佳作以飨读者。"② 在一体化的文学制度中,当代文学中的读者是一种"象征性的文学力量"③。文学读者虽然无法对作者创作产生直接影响,但是读者的期待和意见会在作品发表之前或之后被作者和编者所重视甚至采纳。

(二) 短篇推荐话语内容：既"短"又"精"

短篇小说有自身的特性,是一种技术性很强的文体。形式上短小精悍,立意上机智敏锐,构思上精巧取胜。

这种艺术形式恰好适应了文学期刊版面对篇幅的要求,又迎合了编者追求精深艺术的诉求。编者认为,"短篇小说是一种最精炼的艺术形式,需要高度的艺术概括力,需要一种特殊的敏感,一种诗的凝练和隽永,一种机智巧妙的撷取生活和表述生活的方式。正是它篇幅有限、容量有限,这就要求我们能够做到以小见大、见微知著,以一当十,在创作上多下一番功夫"。④

提倡短篇小说的精粹,与《人民文学》一直强调的"艺术风格多样化"不但没有冲突,反而更突显了艺术形式的差异性与丰富性。编

---

① 谢望新:《编者所识与作者所求——读〈人民文学〉刊发广州军区作家的一组小说》,《人民文学》1985年第6期。
② 姚传泰:《长期老读者的期望》,《人民文学》1988年第7期。
③ 王本朝:《中国当代文学制度研究（1949—1976）》,新星出版社2007年版,第183页。
④ "编者的话",《人民文学》1983年第9期。

者期待的理想状态是，作者能创作出"短篇小说所需要的单纯与单纯后面的蕴含"①"短章，意在鼓动诗人以更凝练的篇幅，蕴含较大的容量；尤盼诗中含'铁'，使更多新作靠近、深入改革洪流，抒时代之激情。"②

短篇小说的"精"——构思精巧、语言精炼、艺术精练——这是一种"受限制的叙事"，它精致内敛，却又空纳万境、别有洞天。从创作角度看，短篇叙事需要创作主体的专注用心、承受煎熬，考验心智和想象力，有着"智性需求"③。林斤澜曾说："作家面前摆着汪洋大海，写到稿纸上纵有百万字，也不过取一瓢水。"④ 短篇小说作者如何从"汪洋大海"中撷取"一瓢水"，像老舍这样有过创作经验的作家都很困惑，"怎么写短篇小说，的确是个很难回答的问题"⑤，何况是《人民文学》青年作者。

对此，《人民文学》编者通常采用"不能求之过苛"态度，鼓励作者创作。如1984年第5期"编者的话"中说："这一期推出的这五篇，虽然不一定都达到获奖之作的水平，但在取材、立意与抒情方面，大多新鲜、别致和细腻。"⑥

编者一直努力在对短篇短章的极力推荐与实际选稿的适度宽松之间寻求平衡。面临短篇"稿荒"时，编者很慌，在刊物上急切呼吁"我们迫切需要这类作品"⑦；当短篇作品特大号编排出来时，编者心里很甜，在刊物上直言"颇有几分喜不自胜"⑧。

---

① "编者的话"，《人民文学》1984年第12期。
② "编者的话"，《人民文学》1985年第4期。
③ 洪治纲：《短篇小说的"显"与"隐"——2015年短篇小说创作巡礼》，《小说评论》2016年第1期。
④ 林斤澜：《短篇短见》，浙江文艺出版社1996年版，第7页。
⑤ 老舍：《越短越难》，《人民文学》1958年第6期。
⑥ "编者的话"，《人民文学》1984年第5期。
⑦ "编后记"，《人民文学》1953年第7/8合刊号。
⑧ "编者的话"，《人民文学》1984年第10期。

(三) 短篇推荐话语功能：从"战斗机"到"侦察兵"

从话语功能看，短篇作品经历了从"战斗机"到"侦察兵"的转变过程。"十七年"时期，短篇作品被认定为"短小精悍，一针见血，是一种充满战斗力、富有说服性能的文体"①。它在反映生活的现象/本质、片段/全貌、真实/现实、及时/集中等方面发挥"战斗机"作用。

新时期伊始，周扬（时任中国作家协会副主席）在1978年全国优秀短篇小说发奖大会中说：

> 刘心武同志刚才说，短篇小说是轻骑兵。是哪一种轻骑兵？我看是侦察兵、是哨兵。侦察我们的社会、革命，发生了什么变化。刘心武同志的《班主任》就对人物的心灵作了一番侦察……这种侦察兵侦察到人的内心，对人民就有帮助。……短篇小说将来恐怕也要革新，所有要探求，要作侦察兵，开路先锋。短篇小说写得短，但作用大，长篇小说概括一个时代、一段历史，有短篇小说所不能起的作用。但短篇小说也有长篇小说所不能起的作用，尤其在我们这个时代，在我们党的工作重点转移的新时期，短篇小说要起到它的侦察和探求的作用。②

作为"侦察兵"的短篇小说，在新的语境中开始发挥着先锋作用。从作家角度看，短篇小说触及生活的矛盾，具有深刻的艺术挖掘力；从读者角度看，短篇小说给人警示、发人深省；从编者角度看，短篇小说以小见大、以短见长，改革的先锋，时代的强音。编者曾用形象的话语提出，"作家职责之一，也在把那抽屉深处的奥秘掏出来展示给读者"③。这种主流意识贯穿于编者的办刊理念中。

---

① 希亮：《我们喜欢小品文》，《人民文学》1954年第9期。
② 本刊记者：《报春花开时节——记一九七八年全国优秀短篇小说评选活动》，《人民文学》1979年第4期。
③ 编者：《妙在抽屉深处》，《人民文学》1994年第11期。

第三章 《人民文学》"编者的话"的广义修辞学分析

编者发表短篇短制作品并辅以推荐性文本,是文学期刊出版机制的重要环节。中国当代文学史的架构,经由一整套文学生产机制(主流意识形态导向、作者创作风潮、编辑出版发表、读者接受反馈等)逐级运作与筛选的结果。编辑工作由一系列策划、约稿、组稿、推荐、发表、评奖和座谈会等秩序规范的流程组成。这是"鼓励文学艺术创作繁荣的重要机制之一,也是意识形态按照自己的意图,以权威的形式对文学艺术的指引和召唤"。① 编者在这些链条中承担着关键的角色,不仅充当遴选符合主流诉求稿件的"裁判",而且扮演着文学主潮和创作风向的"检察官"。这是现实需要,也是文学发展内置机制。

当反思《人民文学》编者推荐短篇小说行为时,并未忽视短篇小说也是"五四"新文化时代现代报刊自觉的文体选择,如同"当我们欣喜地采摘当代文学 70 年来的丰收果实时,不要忘记这也是现代文学的甘露浇灌出来的果实"。②

短篇小说是现代作家从西方引进的新文体,它不同于中国古代"说书人—讲故事—章回体"的小说模型。作为思想启蒙武器的新形式,被鲁迅等小说家所推崇并付诸创作实践。

鲁迅短篇小说集《呐喊》《彷徨》所收录的小说基本上是在《新青年》等报刊上发表过的。《人民文学》创刊初期,鲁迅对短篇小说特质的思考,以及在短篇方面的开拓性尝试被作为创作纲领"请进"编者话语中:

> 对于有些学习写作的人,希望他们至少认真实行鲁迅所说的,"多看看,不要看到一点就写","写完后至少看两遍,竭力将可有可无的字、句、段删去","宁可将可作小说的材料缩成 Sketch(速写),决不将 Sketch 材料拉成小说"。这样,我们就可以多有

---

① 孟繁华:《1978 年的评奖制度》,《南方文坛》1997 年第 6 期。
② 贺绍俊:《短篇小说对于当代文学的意义》,《文艺争鸣》2019 年第 8 期。

一些最为今天读者所需要的短小精悍的作品了。①

编者希望初学写作的青年深入体会鲁迅关于短小精悍作品的修炼秘籍，即"多看看""写完后至少看两遍"和去粗取精的写作技术。

在特殊氛围中，"文艺刊物是教育群众的有力的工具，文艺的编辑工作不是一种简单的技术工作，而首先是一种思想工作"②。在"写什么"和"怎么写"方面，《人民文学》除了教导青年加强思想道德修养，仍然引导青年创作者必须经过长期刻苦的学习锻炼才能走上艺术道路。

在中国当代文学史上，《人民文学》留下了一代代编者不懈寻绎的足迹，有汗水也有泪水，很欣慰也有遗憾。《人民文学》"在某些主导性政策倡导和艺术规律之间博弈，寻绎一条中国式的文学经典创造与留存之路，在各种社会政治与时代生活相洽的地带，开出一片尽量宽敞的文学场域"③。

二 "青春"与"革新"：推出新人新作的推荐话语呈现

发现并培养青年作者，发表作家的最新成果，是《人民文学》办刊宗旨之一。早在创刊45周年时，"编者的话"就形象地说："《人民文学》是老一代名作家青春永驻、迭长新枝的百花园，是创作队伍主力军龙腾虎跃、大显身手的演武场，是文坛新秀初试锋芒、崭露头角的点将台。"④

50年间，编者在"编者的话""编后记""致读者"等文本中，涉"新"话语频度高、内容多、话题广，可以说"《人民文学》是中

---

① "编后"，《人民文学》1950年第9期。
② 本刊编辑部：《文艺整风和我们的编辑工作》，《人民文学》1952年第2期。
③ 施战军：《〈人民文学〉：编者的文心和史识》，《文艺争鸣》2009年第10期。
④ 编者：《江山代有才人出》，《人民文学》1994年第12期。

国社会主义文学新军的摇篮"①。下面具体分析编者推荐新人新作的"做法"和"说法"。

(一)"新人/新作":意涵丰富的修辞符号

作为修辞话语,"新人新作"的语义不是简单地指新作者和新作品,它有着不同层面的语义指向。语义重心落在"新"字上,主编张光年曾说:"新时期社会主义文学的绝大部分优秀作品,给予人的总体的审美感受,最突出的就是一个'新'字",② 这句话同样适用于评价"十七年"《人民文学》发表的作品。

《人民文学》推荐文本多处出现"新人新作"。综合来看,"新"有4种语义指向,其修辞话语和言语类型如表3-1所示:

表3-1 《人民文学》编者话语中"新"的语义指向、修辞话语和言语类型

语义指向	修辞话语	言语类型
新$_1$:新作者	新出现的作家、新生代作家、文学新兵、新的作家、文学新人;青年作者、青年作家、青年女作家、青年诗人、年青的作者、年轻记者、年轻女作家、年轻新人、年轻学者	主体
新$_2$:新作品	近作、新作、新歌、新篇章、最新力作、最新成果;处女作、第一部作品;新锐之作、创新之作	客体
新$_3$:新题材	新人物(英雄、改革者、进取者、开拓者)、新的情感、新的精神面貌(探索精神、开拓精神);新现象、新矛盾、新事物、新问题、新课题、新经验、新任务、新成就	内容
新$_4$:新风格	新鲜别致、新潮气韵、人间奇迹、新奇锐利、传奇神采、特色鲜明、独特探求、别有妙趣、别开生面、饶有兴味、特殊兴味、颇堪品味、独特情味、回味悠长、别有情趣	形式

---

① 《上海文学》庆祝《人民文学》创刊四十周年贺词,《人民文学》1998年第12期封二。
② 张光年:《新时期社会主义文学在阔步前进——在中国作家协会第四次会员代表大会上的报告》1985年第1期。

新$_1$指向新作者,修辞表达有两种,一种是"新 X",文坛上新出现的作者;另一种是"青年/年轻/年青 X",指年纪轻的作者。一般来说,编者话语中的新人指新出现的青年作者。从年龄上来说,"现在讲青年作家,通常是指二十多岁,三十郎当,以至还包括四十上下的人。"① 由新作者构成的文艺新军是《人民文学》着力推荐的新人,如年轻作者燕凌、年轻女作家王安忆、年轻学者徐坤。

新$_2$指向新作品,修辞表达有三种:第一种指该作品刚创作出来,如理由的新作;第二种指作家处女作;第三种指该作品具有创新意味,如徐坤《先锋》为中国文学注入新的活力。编者推荐的新作,有时具有其中一种语义,有时兼具两种或三种意义。这些新作品的出现验证了文艺新成果的涌现。

新$_3$指向作品内容,即题材反映的现实生活新,指向两个方面:一方面指作品塑造了新人物或青年人物,表达新情感,呈现人物新面貌;另一方面指从作品让读者感受到了现实生活中出现的新现象、新事物、新任务,如《毛泽东故事》新篇章、理由报告文学反映时代变革,反映社会主义文学新成就。

新$_4$指新人新作新风格,在编者话语中修辞表达为"新""奇""特""妙""味""趣"。这些语词构成近义语义场,一方面指作品散发的艺术气息,如《先锋》蕴涵着"新的灵感、才情和活力";另一方面指读者阅读情感体验,如燕凌政论所具有的"说服力和感染力"。这些属于作品形式所蕴含的新奇和妙趣。

作为主体的新$_1$、客体新$_2$,以及作为内容的新$_3$、形式新$_4$,有着一体四面的逻辑关系。在编者修辞话语中它们又呈现正向反向循环。"新人新作"的所指在不同能指的漂移中生发不同意义,是意涵丰富的修辞符号。

从"新$_1$→新$_2$→新$_3$→新$_4$"看,青年作者或新作者的生活必然深

---

① 徐怀中:《给编委会的信》,"编委信箱",《人民文学》1983 年第 10 期。

植于现实中,作品必然是新颖的,笔触必然是广阔的,艺术感觉必然是独特的。

编者把文学表现生活的广度与艺术高度寄希望于青年作者:"你们从生活第一线走来,必然给文学带来新的气息,新的灵感;你们的生活越广阔无垠,文学的色彩也必然越加绚丽多彩。"① 编者认为无论从文学发展规律角度出发,还是从读者需求角度出发,"青年都是文学的主力和主题"。② 年轻人的艺术感觉"真切、独到、微妙处,若非青年自身,恐难写得出"。③ 表现青年或新人的责任落在青年作者的肩上,艺术的开拓和创新自然显现在青年作者的笔下。

(二)"现实/未来":推荐新人的修辞能量

编者推荐"新人新作"是一种修辞行为,产生于特定修辞活动中,"修辞活动是把表达者的主体经验转化为审美化的单元话语,并期待接受者的接受反应:通过表达者完成对世界的审美化言说,通过接受者完成对世界的审美化体验"。④ 作者完成物态化的标题、句子和文本;编者将载有作者物态成品的文学刊物,加以推荐呈现在读者面前;读者从作者和编者的话语中建构自己的审美结构。

《人民文学》是作者经由编者、再到读者的表达与接受共同建构的公共场域。编者期待作者创作更多更好的新作品,期盼更多更优秀的青年作者出现。这种心态投射在推荐文本的修辞叙述之中,呈现三种形式:

形式1:青年创作上头条:编者以"新"为中心词,隆重/特意/热情推荐新作者新作品,甚至将他们放在《人民文学》头条位置。作为主编的李敬泽回忆说,为积累起新的文学资源,"我们是'星探',

---

① 编者:《新年寄语》,《人民文学》1995年第1期。
② 编者:《怀念大师》,《人民文学》1999年第5期。
③ 编者:《有绿才有万紫千红》,《人民文学》1994年第4期。
④ 谭学纯、朱玲:《广义修辞学》(修订版),安徽教育出版社2008年版,第68—69页。

紧盯着其他刊物,打听各种消息,为的是把那'新人'收割在萌芽状态"。① 这一"收割"足以显示编者推举新人之"狠""准"。

形式2:设立青年创作专辑②:编者为发表青年作者的作品而喜不自胜,成为推荐新人行动的动力源泉,"青年作者不断涌现是我国文学事业繁荣的征兆,令人欣喜"。③

形式3:老中青联袂上场:50年间,《人民文学》始终坚守的原则是:"在人才辈出的创作队伍之中,应该着重推举文坛新秀;同时,也不可忽视老作家的新创造,更要重视中年作家出色的新贡献和可贵的新探索"。④ 无论对文坛新秀"着重推举"、老作家"不可忽视"还是对中年作家"更要重视",编者对新人新作给予发展战略层上的高度重视,并落实在具体采集、整理和组编等编辑实践中。这种现象在20世纪八九十年代表现尤为突出。

在"编者的话""编后记"等栏目中,编者是表达者,读者是主要接受者,作者是物态文本的表达者兼编者话语的接受者。编者推荐新人新作是一种浸染着表达者强烈修辞意图的言语行为。一个个文本反复描摹它们"写什么""怎么写",其背后进行了一系列关于"为什么"的逻辑转化。这其中的修辞认证有三个方面:

从文本内部来看,编者推荐话语实现了表达者与接受者之间从"题材"到"艺术"的不懈追求。当编者编完一期后,便与读者作者交心"设使读者、作者阅过这一期,能有这样的印象:《人民文学》所发作品还是具有特色的;能有这样的意愿:要把自己富于特色的新作交付《人民文学》,则办刊幸甚"⑤;当编者发表青年作者李功达反

---

① 李敬泽:《文学:行动与联想》,山东文艺出版社2004年版,第98页。
② 1955年第5期开始连载8期"在工业战线上"征文,展示工业一线的干部和工人的创作成果;1981年第4期开设"青年诗页",发表12位青年作者的诗作;1993年第7期堪称青年作家作品专号,发表22位青年作者的小说、报告文学、散文。
③ "编者的话",《人民文学》1960年第3期。
④ 本刊记者:《第三个丰收年——记一九八〇年全国优秀短篇小说评选活动》1981年第4期。
⑤ "编者的话",《人民文学》1984年第5期。

映知青作品时,向读者询问"在同类题材的作品中,思想上、艺术上是否有点新的突破?可请读者判断"。①

编者把青年作者的题材选择、新近作品反映的生活面与刊物所一直倡导的"题材广阔论"进行相互验证;编者把新作品所具有的独特性、新颖性与刊物所一直追求的"风格多样化"进行不断校正。不同作者特别是青年作者在"写什么"和"怎么写"上提供文学内容和形式的差异性,关联着文学创作的自由度和作家的责任感。至于新作品是否发掘了现实底蕴或开拓了艺术空间,编者则把判决权交付读者。《人民文学》是否是一个花团锦簇的百花园,是否提供了新中国新时代壮丽斑驳的画卷,一并交予读者自己品味。

从文本外部来看,编者推荐话语实现了表达者与接受者之间从"物质"到"精神"的信息交换。读者订阅《人民文学》,手里拿的是一本本期刊,心里装的是满满的精神财富。编者一方面在推荐话语中以第一读者的身份向读者分享新人新作的审稿体会,描述体验的词语举不胜举,如"饶有风趣""令人欣喜""新鲜别致""耳目一新""有点味道""耐得咀嚼""青春气息"等;另一方面将文学作品视作"以一定的物质代价"换来的"精神食粮",它们"应该提供精神的热能与精神的抗体",而且"精神的热能将会促进精神的升华",② 而充满青春朝气的新人新作正好能提供一定的精神热能。

《人民文学》推荐新人的话语行为,离不开新中国国家集体意识的规约,以及由此进行的文学制度设计,离不开计划经济和市场经济时代背景的影响。经由"文艺刊物是教育人们的工具""精神文明建设的武器"到"以优秀的作品鼓舞人 以高尚的精神塑造人""建设有中国特色的社会主义文化"等不同修辞语境的变换,始终不变的是编者推举新人的决心。大力培养文学新人的文学氛围,适应

---

① "编者的话",《人民文学》1985 年第 6 期。
② "编者的话",《人民文学》1983 年第 12 期。

新政权实施文化领导权的精神需要，清晰留存在《人民文学》发展史上。

从文本功能来看，编者推荐行为实现了表达者与接受者之间从"文学"到"历史"的修辞关联。编者从傣族歌手康朗英的新作《流沙河之歌》，看出了傣族人民在中国共产党领导下摆脱苦难、建设幸福生活的画面①；从报告文学《人生长恨水长东》所描绘的黄河工程与一批知识分子的命运中，看到了中华民族源远流长、奔腾不息的进取精神②；从青年作家周绍义小说《女人与油田》中，看出了女主人公的命运与油田建设、国家发展和历史演进紧密联结。③ 文学如何表现现实生活，如何描画历史前进的轨迹，如何激励读者投入火热的祖国建设，这些问题涉及文学如何揭示历史本质的重要课题。

中国当代文学的演进与民族重建、国家话语和政治变迁紧密相连。在推荐"新人新作"中，《人民文学》编者话语试图释放出文学叙述参与历史进程的能量，从文学现象到历史本质，从时间加速度、空间跨越和新旧交替中求证历史话语的在场。编者以青年作者的经历和经验为基础，聚焦于当下文学的民族书写、形式反映、象征隐喻或现代性寓言，进而重构某种历史。

推荐话语中的"历史"，作为一种修辞叙述，它在寻找小我/大我、情感/理性、真实/想象、细节/全景、民族/世界等诸多关系之间的平衡。很大程度上说，这种历史话语是可疑的，"它的发生充满了启蒙现代性所规范的理性叙事和科学主义色彩"，这种"被历史所压抑的非理性、元逻辑、超验式的记忆"④仍然深藏于对文学的重读中。编者话语关于"现实/未来"这种重述历史的阐释，反映了一种宏大

---

① "编者的话"，《人民文学》1959年第5期。
② "编者的话"，《人民文学》1985年第8期。
③ 编者：《讴歌普通劳动者》，《人民文学》1999年第2期。
④ 刘大先：《从时间拯救历史——文学记忆的多样性与道德超越》，《扬子江评论》2014年第3期。

命题中的集体记忆。

（三）"青春的锐气"：编者革新精神的话语呈现

在中国当代文学期刊史上，《人民文学》权威地位赋予它是"展示中国当代各个时期最高水平最新成果的文学殿堂"，它以"不断推出卓越人才和优秀作品的历史"①作为神圣的使命。

发现新人新作比直接向相对成熟作家组稿更费心费力，也许"文学期刊对潜存的文学可能性的发现，比追捧名家力作具有更加值得称道的文学史意义"②，这种难度来自读者的意见、新作者的创作水平和编者对自身生存发展的危机意识和革新精神。

读者意见集中出现在两个时期：

1953—1956年间，读者指出《人民文学》对于培养青年作家的工作"做得很不够""很少出现"新作者名字，对于有一定内容但艺术较差稿子"要具体帮助修改并发表"③；许多读者批评《人民文学》"重名人、轻视青年作家""盲目崇拜名人""只是老作家的园地"，在对待新生力量上有"老爷式的挑剔态度""努力很不够"，出现"缺点和错误"，对无名作者稿子"审查特别严，要求也特别高"，新作者的作品在版面上数量上"占着极微弱的比例""在编排次序上也特别放在不显著的地位""得不到"有指导意义的评论，"有损刊物的威信"，在青年读者中"引起了不满"④；读者指出《人民文学》负有培养新生力量的责任，但"做得很不够""仍不够切实"，发表的作品不要局限在作家圈子里，"应该从农村、工厂、部队等各种岗位上发现新的撰稿人"。⑤

1983—1986年间，编辑部召开座谈会，与会人员提到"改变刊物

---

① 崔道怡：《合订本作证——〈人民文学〉四十年》，《人民文学》1989年第10期。
② 黄发有：《活力在于发现——〈人民文学〉（1949—2009）侧影》，《文艺争鸣》2009年第10期。
③ 编辑部：《读者来信综述》，《人民文学》1953年第10期。
④ 本刊编辑部整理：《读者和作家对〈人民文学〉的意见》1955年第2期。
⑤ 本刊编辑部整理：《读者对本刊的意见》，《人民文学》1956年第2期。

单调古板的形象""提高编辑人员思想业务水平"等问题①；甘肃读者马宗雄建议设置"读者评议"专栏，与广大文学青年倾心相见②；"读者之页"发表部分读者的意见，如"《人民文学》过去太重名人""老气横秋""呆板、平正、单一、沉闷的老调"，而1985年改版后"你们能够以大量篇幅刊登无名作者的作品"，表现出"强烈更新意识和难能可贵的胆识"以及"锐意改革的开拓精神"。③这些读者意见经过筛选和重新编排发表在《人民文学》上，话语背后意味深长。

这些意见针对《人民文学》名人思想、挑剔态度、老气风格提出了极为尖锐的批评，而这些都与刊物不重视培养新生力量的观念和做法有关。为此，编者给予及时回应：在《致读者》中宣告"必须使本刊成为广泛地联系群众和扶植新生力量的刊物，坚决改变那种对待新生理论的贵族老爷式的错误态度"，编辑部"即将作出一些改进的具体措施"。④1984—1985年举办"我最喜爱的作品"推选活动，"由群众直接投票推选佳作"，提出"读者毕竟是文学作品最广泛、最实际的鉴赏人、检验人""他们喜爱与否，往往决定着文学作品的价值与命运"，⑤把读者意见的价值拔高到被极为重视的高度。

编者还加强与重设"读者·作者·编者""编委信箱""读者之页"等编读交流栏目，保持信息畅通与情感交流。"编者的话"中忍不住问："不知读者看过最近几期《人民文学》，是否感觉到了它增进了些青春的活力，我们对此向往已久，现仍为之继续努力。"⑥编者承

---

① 本刊记者：《广泛听取意见　共同办好刊物——本刊编辑部在上海召开作家座谈会》，《人民文学》1984年第2期。

② 马宗雄：《请辟一席之地》，《人民文学》1985年第1期。

③ 北京读者路东之等六人《致〈人民文学〉编辑书》、武汉大学新闻系高放等师生九人《我们的希望》、浙江金华市文联丁晓禾《一扫横秋的老气，好！》，"读者之页"，《人民文学》1985年第12期。

④ 编者：《致读者》，《人民文学》1955年第2期。

⑤ 伊边：《读者的意愿　宝贵的信息——从〈人民文学〉"我最喜爱的作品"推选活动说起》，《人民文学》1985年第3期。

⑥ "编者的话"，《人民文学》1985年第7期。

第三章 《人民文学》"编者的话"的广义修辞学分析

受来自读者意见的压力可见一斑。

为了满足读者要求,《人民文学》大力推荐青年作者或新作品。事实上,青年作者在写作经验和生活经历的某些不足自然会显露出来。① 编者话语一般使用"虽然……但(是)……""……只是(然而)……"转折句型,弱化新人作品的瑕疵,强化他们身上释放的青春信息和新鲜质素,进而引导读者关注新人新作。

编者对此感到欣慰又有些遗憾和担忧:一方面,意识到党中央把文艺工作者誉为"灵魂工程师",② 在推举青年作者方面《人民文学》责任重大。青年是升起来的太阳,"太阳每天都是新的"。有才华的青年作家是"活水""新浪""朝霞",预示着"中国当代文学壮丽的明天",③ 而中华人民共和国成立以来一代又一代文学新人,最初是由《人民文学》推出其处女作、成名作、获奖作,这是永载史册的殊荣。另一方面,意识到发表的标新立异之作远非期盼的那样尽善尽美,有的甚至称不上是真正的精品,只是从某一个方面稍微填补了某阶段暂时的空位。"十七年"时期"政治标准第一,文艺标准第二",文体杂糅和写作水平让位于书写社会主义新人新的思想感情。新时期以来,发现新人的意义远远高于新作品本身的审美价值。这样的新人新作还

---

① "编者的话"会适度透露这方面的信息,如1956年第4期发表"儿童文学特辑",绝大部分是新作者,"他们的水平虽然不算很高,但不少作者是很有这一方面的写作才能的";1984年第5期发表获奖的新人作品,"虽然不一定都达到获奖之作的水平,但在取材、立意与抒情等方面,大多新鲜、别致和细腻",这些新人"今后能否保持并发展其特色,还有待进一步创作实践的检验";1984年第11期以显著位置刊登青年作者的小说和报告文学,编者"坦诚地说",它们"艺术上都还不无粗疏之处","但作者着眼于时代生活的波澜壮阔",读来"使人心弦震颤,热血沸腾",让人"思奋发,思进取,思有所行动";1985年第9期发表青年作者的中篇小说,编者评价:"有意境,有深度,很不一般,只是文笔稍嫌凝滞,未免有损作者可能有的、更大的震撼力量";1993年第4期,年轻作者小说的题材"并不新鲜也欠深刻",技法"仍谈不上怎样出色",但"它特有的情调、韵味与色彩,在一般的小说里却是不可多得的";1997年第2期,微型散文新作者们,"创作也许还不够成熟、老到,但无疑会给'微型'这个新的文学体裁注入一股新流。"

② "编者的话",《人民文学》1983年第11期。

③ 张光年:《新时期社会主义文学在阔步前进——在中国作家协会第四次会员代表大会上的报告》1985年第1期。

来不及经受时间的考验，他们的青春妙龄、创作天分与真正成熟之间还有多长的路要走，当时看来这些都暗藏着各种可能性。

编者对此有清醒认知：1998年第4期发表贺奕《让它们在枝头再多呆一些时候》。① 文中指出：文学传媒对年轻作家的炒作和吹捧，"把一个个作家的年龄作为他们作品的开篇注脚，把他们出生的年代，作为他们意义的前提"，往往成了"以推陈出新为名，而行遮瑕护短之实"；他们中的大多数人"还远远没有达到应有的成熟"，暂时收获的荣誉"能在多大程度上不致衍化为一种对他们成长的摧残"，是否面临"被过早采摘"的危险，"已经成为21世纪中国许多具有巨大潜质的作家的通例"；作者呼吁"年轻的作家还需要更多的时间，需要静心的等待和观望"。在大力推举新人新作的同时，如何保护好让刚萌发的幼苗既沐浴阳光又拥有充足养分以健康成长，这是编者要把握的尺度，这需要勇气和胆识。

《人民文学》推举新人新作，除了为了满足读者的要求、培养新生力量之外，还来自于时代语境的变化以及对自身生存发展的担忧。如果说20世纪50年代《人民文学》把培养新人作为巩固新政权而被纳入国家意识形态的制度体系的话，那么八九十年代刊物更多地受到社会文化氛围、经济转型等因素的制约。80年代中期，面对大众读物对文学读者的分流，编者感受到生存的危机，向读者呼唤道："当前，一方面文学观念正在发展，时有耳目一新的新人新作问世，另一方面消遣读物大量刊行，文学园地颇受冲击，在此情势下，要使刊物迭现醒目篇章，殊非易事，这就更需求读者帮助。"②

20世纪80年代中期，编者把《人民文学》的成长与"人上了年纪"联系起来，"编者的话"这样说："刊物办久了有时也和人上了年纪一样，在打开了局面、走出了路子、积累了经验的同时，却也不免

---

① 贺奕：《让它们在枝头再多呆一些时候》，《人民文学》1998年第4期。
② "编者的话"，《人民文学》1985年第9期。

第三章 《人民文学》"编者的话"的广义修辞学分析

有形无形地造就了自己的固定模式——套子""人们说《人民文学》虽号称厚重,却又给人以老大、板着面孔的印象,我们听了,不甚是滋味,也不能不想一想""本刊有志于突破自己的无形框子久矣:青春的锐气,活泼的生命,正是我们的向往"。①

编者很在意读者对《人民文学》的评价,很希望能突破即成的观念取得突破性发展,而推出青年人的新作品成了刊物焕发青春气息的重要方式。当然,在大力推动新人新作的同时,编辑"也有不无遗憾而需反省的地方","我们责无旁贷而又终于没有拿出振聋发聩、黄钟大吕式的力作"。②遗憾的是,小说专号上"我们未能拿到老一辈小说家的新篇什"。③《人民文学》改革步伐不曾停止,1994年第1期"编者的话"说:"我们将在保持版面原有品味与风格的基础上再求革新,是主旋律更鲜明,使多样化更丰美",还高声呼吁"新年呼唤新貌,新貌需要革新,革新有赖于出新人"④。

50年间,《人民文学》上一个又一个原不为人知的作者成为文学新星乃至文坛名流。大力推举新人新作,这一举动表现出编者们的慧眼、胆识和魄力。编辑朱伟回忆说,《人民文学》1985年第3期发表刘索拉《你别无选择》,主编王蒙认为"这篇足以改变以往人们对《人民文学》的印象"。⑤事实证明,主编对艺术的判断和感知力是比较准确的。⑥

新时期以来,文学期刊编辑们继续这场没有终点的接力长跑,陪护

---

① "编者的话",《人民文学》1985年第3期。
② "编者的话",《人民文学》1985年第5期。
③ "编者的话",《人民文学》1989年第3期。
④ "编者的话",《人民文学》1994年第1期。
⑤ 朱伟:《我认识的莫言》,《三联生活周刊》2011年第42期。
⑥ 作家玛拉沁夫在80年代深情回忆《人民文学》1952年第1期发表他的处女小说《科尔沁草原的人们》的情景,赞叹编辑的胆识。作家刘心武直言对《人民文学》有种特殊的情感,对编辑表示由衷感谢;作家李国文回忆处女作《改选》的发表时,说:"崔道怡的鉴赏力,和他推出作者的不遗余力,加上李清泉老师、秦兆阳老师的器识,敢将一无名作者的作品,放在当年七月份改版革新号的头条位置刊出,所给予我的这份文学信心,是我当了二十二年右派而没有沉沦的一个很重要的原因。"

中国作家走出了"伤痕",走过了"反思","穿越了寻根、先锋和新写实等一个个精神驿站,走向前方开拓不可能的可能性"。① 21世纪以来,《人民文学》编辑们继续在中国当代纯文学创作的前沿辛勤耕耘。

第二节 "检讨/道歉/更正":作为修辞行为的编者道歉话语

道歉话语,指《人民文学》编者在特定文学事件或编辑事件发生后,在"编者""编者的话""留言"等栏目中以"检讨""认错""更正"等方式实施道歉的文本。这些话语片段的数量及篇幅有限,却在某种程度上体现了编者道歉语用策略,以及话语主体的精神状态,值得深入分析。

一 "检讨":关键语词、话语形式及修辞意图

《人民文学》创刊不到一年,1950年第6期(总第8期)即发表了《人民文学》自创刊以第一份编者检讨书——《改进我们的工作——本刊第一卷编辑工作检讨》。它开篇第二段宣告:

> 最近,中国共产党中央委员会颁发了《关于在报纸刊物上展开批评与自我批评的决定》,我们编辑部响应号召,曾把第一卷的六期编辑工作做了一次初步的检查,对于编辑工作进行了检讨。

"检讨"是检讨书的标题关键词,也是语篇关键词。"检讨"在《现代汉语词典》(第7版)中的释义是:

---

① 黄发有:《文学编辑与文学生态》,《花城》2007年第3期。

［动］找出缺点和错误，并做自我批评
［名］指用口头或书面形式所做的自我批评
［动］总结分析；研究

"检讨"是一种自我批评式的言语行为，它分为口头或书面形式。"检讨"无论作动词还是作名词，它的语义均指向对自身错误行为进行总结分析研究。

对语言"意指"有两种不同理解，一种是"双价的"，即X意指Y；另一种是"三价的"，即说话人通过使用X意指Y。第一种属于语义研究，第二种属于语用范畴。就语言使用层面来说，编者使用X（检讨）意指Y（意图），即编者如何通过检讨话语形式表达自身的意图，反向观之，检讨话语意指是在意图表达与接受的动态过程中才得以实现。

检讨不仅包含自我批评的语义真值，而且与"谁在什么时间、什么地点、对什么人、在什么情况下、为了达到什么目的"等修辞意图和语境密切相关。

具体来说，编者以书面形式进行自我批评，检讨了刊物发表的创作"一不能"（不能及时反映当前最重要和最迫切的问题）、"二少"（关于工业建设的作品数量很少、六期中只占极少的篇幅）、"三没有"（没有达到我们的理想、没有花很大力量组织工业题材稿子、没有比较有计划组织理论批评）、"四不够"（战斗性不够强、创作思想水平不够高，揭露新旧事物的矛盾还不够深刻，反映的生活面还不够广），并指出：

> 特别应该检讨的，我们在第一卷里，曾刊登过很不好的作品，例如《让生活变得更美好罢》（一卷五期），……又如《改造》是写一个"小土瘪地主"被改造的故事。……另外也还有些作品是没有什么意义或意义很少的。……对这样的作品，虽然作者要负责

任,但在本刊来说,编者是首先应该负责的。……产生以上缺点的原因,是我们政治思想水平不高,对业务的钻研还很不够。……我们欢迎读者群众的批评与监督,……使这个刊物编得更好,在新中国的文艺建设中国起它应有的作用。

从这些语句中,我们可深入分析编者检讨话语的话语形式和修辞意图:

1. 话语形式:人称+语气+时态

编者使用第一人称复数"我们",有时附上同位形式"我们编辑部""编辑部同人",以此确认自己的立场身份。交际对象为"他""他们",包括"领导""广大读者群众、作家、文艺工作者""初学写作者"。

在检讨话语中,编者用"我们""他们"把自己和读者的界限划分得这么清晰,不是在表达疏离的情感,而是在谈到错误或缺点时必须采用的话语策略,否则就成了推诿责任。

编者还强调检讨行为已经在"做",如"我们+谓词"形式("我们编辑部响应……""我们遵照……""我们刊登……""我们〔应该〕巩固……""我们提倡……""我们推进……""我们〔尽力〕做……""我们欢迎……")。

从语气看,使用陈述语气,并运用"没有""不X"(不够、不能、不好、不是、不用、不高、不健康、不正确)等含有〔+否定〕意义的语词,来认定自身的错误行为。"'不'和'没'之间是一种扭曲关系,'没'只有客观性,'不'既有客观性又有主观性,主观性为主"①。也就是说,就编者对自身错误的认知来说,既有客观条件制约,又有主观因素影响,并以主观性因素为主。另外,还使用"完全""头等""最X"(最重要、最迫切、最主要)等程度较高的副词,

---

① 侯瑞芬:《再析"不""没"的对立与中和》,《中国语文》2016年第3期。

增强话语力量。

从语用功能看,"时态的选择受具体语篇环境和整个语言系统限制"①,不同语篇选择具体特定的时态模式。时态是表征时间的语法化形式,时间信息是时态规则的所指。时间是抽象的,无法捉摸的,时间的意义源于主体对事件之间关系的感知。编者的检讨话语运用全知视角的回溯叙述,设定时间参照系统,按照时态序列模式,即"过去"(《人民文学》创刊于中华人民共和国成立的日子)→"过去到现在"(最近、在过去的六期中)→"现在"(目前)→"将来"(今后要改进我们的工作),完成话语意义的生成与建构。

2. 修辞意图:表达↔接受

编者实施检讨是一种受话语规则制约的行为。编者、读者和作者形成混杂角色关系,其中蕴含着编者主体深层的修辞意图。话语背后隐藏着编者"说什么/不说什么""这样说/那样说""为什么说/为什么不说"的心理动机。从表达与接受角色关系看,编者至少有以下两方面的意图:

修辞意图1:主动承担责任,树立自我形象

编者检讨话语在实施检讨言语行为时,发挥言有所述(陈述事实)和言有所为(检查检讨)的功能。编者期待通过"检查—检讨—批评"一系列切实有效的行为,自觉承担首要责任。编者陈述了创刊以来刊登的文学作品对群众起到一定的教育作用的事实,也认为某些作品"很不好""没有什么意义或意义很少",这种虽然与作者的立场与表达有关,但"在本刊来说,编者是首先应该负责的"。"负责任"是作为媒体普遍重视的自我形象。

对编者而言,撰写检讨书并公开发表,绝不是草率行为,而是言辞谨慎、精心编排,好像鱼刺卡在喉咙一样。编者行使话语主动权,

---

① 彭宣维:《时态选择的系统性及其所体现的时间意义》,《北京大学学报》(外国语言文学专刊)1999年第1期。

设定对话场景,进行文学评判和价值导向,是"在场"的检讨方。《人民文学》拥有至高的文坛地位,但是编者还得深刻检讨,"甚至是左右为难,因为它不是一个纯粹的文学刊物"①。说它不纯粹,主要因为受到公共言论环境和社会语境的强有力的制约。

修辞意图2:指出作者过错,竭力取信读者

作者和读者同为编者检讨的受众主体,但编者对他们的态度不同:如批评《让生活变得更美好罢》的作者,"原想通过小环这个人物来描写农村中反封建思想的","但作者却着力地表现了这个女人的一种要求享乐的不健康思想",并"过分强调""没有加以批判";批评《改造》的作者"用了很多篇幅来描写……并且过分地追求趣味,却没有写出……";编者认为读者是"热情的""欢迎读者群众的监督和批评"。

读者和作者虽为隐身主体,但是交际活动的参与者和支持者,甚至行使一定的话语权力。如果说作者权力相对弱化的话,那么代表最广泛的人民意愿的读者则是高明的"演说家""监督员",被赋予绝对的文学权力,其实是一种"被建构的权威"②。编者希望通过真诚的检讨,认清作者的过错,重视读者的意见,取得作者读者的信任,让刊物变得更正确健康,发挥舆论的语用功能。

编者检讨行为的修辞意图与当时的编辑制度有关。编辑工作是集体领导式,严禁自由主义思想的腐蚀,形成高度集中的意识结构。在"文艺刊物工具论"修辞情境中,编者检讨更多从编辑思想的正确与否出发。"文艺的编辑工作不是一种简单的技术工作,而首先是一种思想工作。"③编者认为,产生自身缺点的原因是"我们政治思想水平不高,对业务的钻研还很不够","要改进我们的工作,必须加强政治

---

① 王本朝:《中国当代文学制度研究(1949—1976)》,新星出版社2007年版,第121页。
② 马炜:《被建构的"权威"——全国优秀短篇小说评选中的"读者来信"考察》,《当代作家评论》2017年第2期。
③ 编辑部:《文艺整风学习和我们的编辑工作》,《人民文学》1952年第2期。

的和文艺的理论学习，经常执行严格的自我批评，不断改进业务"。"政治标准第一，业务工作第二"，被认为是编辑工作的铁律。

这种形势发展到1952年文艺界整风运动时，《人民文学》同年第2期发表《文艺整风学习和我们的编辑工作》，把编者检讨机制的效能发挥到很高的程度。这被认为是《人民文学》历史上遭遇的第一次重大"挫折"，不仅创刊以来一系列"严重错误"被"清算"，而且副主编艾青被公开点名严厉批评，还影响刊物正常出刊（1952年3月脱刊一期，次月出版3、4月合刊号）。如果说编辑工作检查本身是一种自然行为的话，那么，在特殊情境中检讨的情境语义则发生了转移，足以显现"当代文学的制度及其意识形态形成的历史逻辑和思想逻辑"[①]，也为文本的可理解性提供了必要信息和价值框架。

二 "道歉"：话语模块、修辞方式及语用功能

《人民文学》1987年第1/2合刊号发表的某篇小说引起了一场轩然大波。编者以"本刊编辑部"署名发表《严重的错误 沉痛的教训》[②]，向相关人员进行公开道歉。其事件之重大、言辞之恳切及影响之深远，在《人民文学》史上极为罕见。编辑部在这篇道歉中自认为是"《人民文学》编辑工作在这方面前所未有的一次重大失误"。

道歉是一种"因不利于受话人而表达歉意与请求原谅的言语行为，在语用上属补救性言语行为类型"[③]。道歉不是简单的言语行为，而是言语行为组合序列。这次道歉行为具有相对完备的话语模块，提取其信息框架如表3-2所示：

[①] 吴俊：《文艺整风学习运动（1951—1952）与〈人民文学〉》，《南方文坛》2006年第3期。
[②] 本刊编辑部：《严重的错误 沉痛的教训》，《人民文学》1987年第1/2合刊号。本部分下面的引文均出自这篇文章，不再一一注明。
[③] 李军：《道歉行为的话语模式与语用特点分析》，《语言教学与研究》2007年第1期。

表3-2 《严重的错误 沉痛的教训》话语模块及具体信息

话语模块	具体信息
道歉方	"我们"（整个编辑部）
道歉对象	有关部门、藏族同胞、民族兄弟、广大读者
道歉词	愧悔、痛心、认错、道歉
道歉度	（强烈）震动、（沉重）悔恨、[由衷]认错、[诚恳]道歉、（彻底）醒悟
错误性质	严重的错误、重大的失误、沉痛的教训、大错
道歉原因	发表内容荒谬、格调低下的坏作品
责任归属	工作程序疏漏、规章制度不严、编辑思想混乱
补偿措施	汲取教训、永志不忘、积极促进民族团结

通过对以上列表内容观察，再参照完整的致歉文本，可知这篇《严重的错误 沉痛的教训》运用如下的修辞方式：

1. 作为道歉方，"我们"对"他们""你们"进行清晰的界限划分。

编者自称"我们""本刊""整个编辑部""编辑部的主要负责人""一些编辑人员"。"他们"特指"一些藏族同胞"，"你们"指《人民文学》的读者。编者还把这篇文本作为对"有关部门"的回应。一个编辑部，向模糊性的受众群体（"所有因我们刊物这一严重错误而受到极大伤害的藏族同胞""为此感到义愤的民族兄弟和广大读者"）鞠躬道歉，看来是承受了巨大的社会舆论重压。

2. 编者的道歉行为是既是公开的，也是正式的，还是真诚的。

编者除了使用"道歉"这一正式严肃的道歉用语直接声明外，还通过"愧悔""痛心""认错"等显性道歉词来表达悔意和歉意。同时，通过使用"强烈""沉重""由衷""诚恳""彻底"等程度较高的词语，提升道歉强度，承认自己"严重的错误""重大的失误""沉痛的教训""大错"。通过"钢刀扎心""猛击一拳"等修辞化表达，进行自我贬损和自我惩罚，话语中蕴涵着极强的道歉情感。如下话语：

　　特别是在接待了一些藏族同胞，听取了他们的批评意见之后，我们更是深深感到愧悔痛心。……由于我们发表了这样一篇坏作品，致使藏族同胞感到好似一把钢刀扎在他们心上。……这让我们的心灵受到了强烈的震动。

编辑部的主要负责人更痛感有负于党和人民的重托与希望。目前，整个编辑部深深感受到了那种伤害了自己骨肉亲人的切肤之痛。

在此，我们怀着沉重悔恨的心情，向所有因我们刊物这一严重错误而受到极大伤害的藏族同胞，向为此感到义愤的其他民族兄弟和广大读者由衷认错，诚恳道歉。……这一教训是极为沉痛的。对我们是猛击一拳，到了彻底醒悟的时候了。

3. 编者对道歉原因、事件后果和责任归属的分析带有较强主观性和主动性。

为什么致歉？编者声称发表了"一篇内容荒谬、格调低下"的"恶劣性质"的"坏作品"。编者用"三何等"（何等严重地歪曲了西藏生活、何等恶劣地丑化了藏胞形象、这篇小说作者的灵魂何等肮脏）概括该小说的恶劣之处，用五个"动词+了"（严重违反了……严重伤害了……背离了……造成了……带来了……）论证了《人民文学》发表这篇小说的严重后果。编者虽是道歉方，但行使着权威评论家的职责，从作品真实性、作者意图到读者的阅读体验，从批判小说主题到批判作者灵魂，以激越言辞和排比句式，把事件前因后果叙述得淋漓尽致。

在这次事件的责任归属方面，编者作了深刻检讨，态度诚恳，较为主动。编者认为，《人民文学》发表这样一篇"坏作品"，客观上有三个因素：工作程序疏漏、规章制度不严、社会上资产阶级自由化思潮泛滥；更重要的是主观因素，即编辑人员"片面追求艺术探索""缺乏起码的民族政策、宗教政策观念""淡泊了文艺为人民服务、为社会主义服务应有的责任感"。对主观思想的检讨，显示编者强烈的责任感。从语用视角看，编者尊重读者对刊物的意见，详细说明自身不良言行的主客观因素,"消减对方的不满情绪,同时还可以替自己找到开脱责任的理由,补救自己的面子"①,这是一种有效的道歉辅助策略。

4. 道歉落脚点在于补救受损关系,编者从正反方面表达改正错误的决心。

道歉是一种人际关系修复工具,陈说补救措施是表达道歉的又一种修辞方式。当编者的言行触犯了某些读者利益时,编者用"将""今后"等表示将来的时间词语,启动道歉补救措施,在《严重的错误 沉痛的教训》最后一段写出这样的"保证书":

> 我们将从这次的错误中汲取深刻的教训,并永志不忘。今后,一方面努力杜绝此类失误再次出现,另一方面也要积极地反映和表现包括藏族在内的我国多民族大家庭各个成员丰富多彩、健康向上的生活风貌,自觉地为促进社会主义精神文明建设和社会主义民族大团结贡献力量。

"我们将"是向"他们""你们"的正式宣告。"我们"不单是从事件中汲取"深刻的教训",还必须做到"永志不忘",再次可见编者悔意的程度之深。接下来,编者从"一方面""另一方面"正反论说,先"反"后"正"。"努力杜绝"和"积极反映表现"形成鲜明对比,表明编者承诺改正和补救损失的决心。

从语义内容看,编者在"二为方针"(为人民服务、为社会主义服务)的指引下,明确办刊方向,反映生活正能量,表现精神文明正方向,以此产生民族团结的巨大效能。编者的补救言辞更多表现在"努力""积极"等主观情感上,更多关注"丰富多彩""健康向上"等唯一正面导向上,更多运用"精神文明""社会主义民族大团结"

---

① 李军:《道歉行为的话语模式与语用特点分析》,《语言教学与研究》2007年第1期。

等政策性口号,在某种程度上架空了语义的具体所指。文学表现的内在张力、文学主题的丰富复杂以及文学艺术的独立性,显得弥足珍贵。

从语篇建构看,《严重的错误 沉痛的教训》是由道歉引发的一系列言语行为构成。英国语言哲学家奥斯汀(Austin)于20世纪50年代提出"言语行为理论"(Speech Act Theory)。他从表达者和接受者在交际中的行为关系来分析话语功能,并把言语行为分为言内行为(locutionary act)、言外行为(illocutionary act)和言后行为(perlocutionary act)①。从这个角度观察,《人民文学》编者的道歉行为可作如下分类(表3-3):

表3-3　　《人民文学》编者道歉行为的话语形式及语用功能

	言内行为	言外行为	言后行为
话语形式	陈述　说明　评论	悔恨　认错　道歉	表态　改正　补救
语用功能	表意功能	情感功能	修复功能

由此,编者道歉行为的语用功能可分为三种:

表意功能:语言总是遵循严格的规则形式,表达形式背后的话语意义。编者道歉话语主要通过陈述事件发生的真实过程、说明道歉的具体原因和评论事件造成的严重后果。这一行为看似是编者主动发出的,实际上是被动的。从"刊物出版后"到"这些天来",从"目前"到"今后",编者是在接收到"有关部门"批评意见后,才"认识逐步加深""彻底醒悟"的。这一言内意义的背后透露出编者"被道歉"的言说情境。

情感功能:编者通过悔恨的心情、承认错误的心态和正式道歉的行为,展现出向读者坦承交流的姿态。关联理论认为,"一个语言交际活动涉及两个意图:一是信息意图(informative intention),二是交际意图(communicative intention)",即"讲话人在讲话时,不仅要表

---

① [英]奥斯汀:《如何以言行事:1955年哈佛大学威廉·詹姆斯讲座》,杨玉成等译,商务印书馆2013年版。

明他有某种传递信息的意图,他更要向对方表明他有传递这种信息意图的意图"①。这种"意图的意图",正是编者竭力表达的言外之意、言外之情、言外之理。作为对"有关部门"的回应,编者提升道歉强度,明确责任归属,释放情感信号,真诚希望这种道歉行为赢得公众的情感认同。

修复功能:心理学元分析结果表明,道歉是最常用的言语修复策略,它是一种承担责任并表达歉意的积极行为,其"信任修复效果呈中等效应量"。② 编者恰恰能较好地运用公开道歉的方式,通过"杜绝此类失误再次出现"类表态性行为,"努力""积极""自觉"改正错误,并采取补救措施。

《人民文学》1987年第10期刊登一则消息《刘心武最近恢复〈人民文学主编工作〉》,文中指明"刘心武曾因《人民文学》一、二合期发表了违反民族政策和宗教政策的小说《亮出你的舌苔或空空荡荡》而停职检查","他对此已作了诚恳的自我批评,中国作协书记处决定他近日回编辑部主持工作"。编者道歉话语的主要动机是通过自己的决心和态度,获得读者和作者的原谅,维护和谐的人际关系,达到道歉的目的。

三 "更正":话语内容、语用策略及主体精神

在《人民文学》编辑史上,除了1950年发表第一篇工作检讨和1987年发表的以"本刊编辑部"署名的道歉信之外,编者还有一种道歉行为就是更正。

第一则发表在1954年第6期"更正"栏目,最晚的一则发表于

---

① 曲卫国:《也评"关联理论"》,何自然、冉永平主编《语用与认知——关联理论研究》,外语教学与研究出版社2001年版,第26页。
② 袁博、董悦、李伟强:《道歉在信任修复中的作用:来自元分析的证据》,《心理科学进展》2017年第7期。

第三章 《人民文学》"编者的话"的广义修辞学分析

2007年第9期"留言"栏目①，共计22则。发表更正内容的栏目还有"编者的话""作者·读者·编者""编后记""信函""启事"等。在《人民文学》上发表这么多更正，体现了编者的交际意图和话语策略，以及主体的价值观。

依据文本数量多少，可把编者更正话语依次分为三类：

1. 更正错别字、语法错误、英文拼写错误和插图倒置（13则）
2. 更正作品编排次序与篇幅比例（5则）
3. 更正编读观念（4则）

编者编发更正主要为了更正错别字、语法错误、英文拼写错误和插图倒置。② 这类话语的主要形式可表述为：

本刊第 X 期第 X 页 X 行 X 栏中，"X1"应为"Y1"，"X2"应为"Y2"，或"X3"系"Y4"之误，特此更正，并向作者及读者致歉。

这类错误只要被发现并证实是错的，就会被编者自动明确及时地在《人民文学》上改正。编者也会在"读者论坛"等栏目中，照登读者来信，其中也有关于刊物错别字问题，如1988年第7期"安徽姚传泰"来信说：

---

① 由于2000年之后更正极少，这些语料虽不在本书统计范围，但为观察的系统性和全面性，所以时限稍微延长。
② 20世纪八九十年代出现的更正多达8则，分别发表于如1983年第4期、1984年第6期、1988年第2期、1993年第5期、1995年第7期、1996年第7期、1997年第3期和1998年第3期；2000年以来有4则，分别发表于2000年第11期、2001年第2期、2001年第5期和2006年第1期；20世纪50年代只有1954年第6期1则。有的刊发在专栏"更正"，以引起读者的注意；有的在"读者·作者·编者"中解释说明，是编者与读者交流的一部分。

我是贵刊的一个长期老读者。为爱护贵刊，特提出以下意见和期望：一、错别字太多，要在校对上狠下功夫。如1987年第6期18也《感怀二首》其一颈联中"卡璞"应为"卞璞"……仅该期我就查出有7处错谬，不能不令人遗憾！二、……

把读者来信原文刊登，本身意味着编者对读者意见的认同。这种情况同样发生在1993年第5期"读者·作者·编者"中《对〈人民文学〉的"揭短"》《一点希望》、1995年第7期"读者·作者·编者"中"批评和建议"等读者来信中。《人民文学》坦诚面对读者的挑错，勇于承担工作的失误，这种行为背后透露出编者对读者的真诚与友好。

在编辑工作中，编辑部有权决定作品发表的时间和刊用作品的篇幅类型。但是在特殊语境中，编者的权力是有限度的。在20世纪50年代，《人民文学》编辑在稿件的取舍、篇幅的安排和作品类型的比例配置等方面，屡次向读者道歉。如1958年第10期"编者的话"中有这样的话语：

为着多登载一些特写作品，这一期其他形式的作品就登得少了，小说登得更少。好在下期是个小说专号，这期未能登出的小说作品，都将在下期登出。我们相信，这种做法将会得到作家和读者们的谅解和支持。……因为篇幅关系，曲艺作品未能在这期登出，只刊登了赵树理同志在本刊邀集的一次曲艺座谈会上的发言。

具体来说，特写能及时反映生活，是编者极力倡导的文体，曲艺密切联系群众，也是编者推崇的类型，同时小说也是该刊作为创作刊物的基本使命必须要发表的。当鱼和熊掌不可兼得时，编者便开始道歉。在那个时代，"提倡什么""发表什么"真的不是一件单纯的编辑工作，其背后有着编辑意图与实践探索之间的深层矛盾。

还有一类更正，在《人民文学》史上显得特别另类。编者站在编发的视角，向读者解释这样编排的真实意图。如编辑在1986年第8期"编后记"中，把戏曲舞台"帽儿戏"与期刊"头条"类比，认为：有人从"头条"猜测"气候"、断定"头条"标志某种题材的神圣、把"头条"看作创作的倡导、认定"头条"是该期最好的一篇，甚至养成拿到刊物只看"头条"的习惯，这样其实并不符合编者的编排深意。编者真诚地说：

> 老实说，我们对此是不以为然的。本刊从去年起就试图打破一下"头条神圣"的格局。……说了这么多，并非自贬本刊的"头条"，我们总还是要把"开卷有益"牢挂心头的。我们只不过是希望编者、作者、读者各方面都把原来拧得太紧的"头条"弦儿，适当地松一松罢了。恳乞大家理解！

编者在"编后记"中试图打破读者对头条的惯常观念，意图有二：其一，破除读者拿到刊物后的先入之见，希望读者尽量多读刊内作品，最好能够全读；其二，读者判断作品的优劣，不要受到是否头条的局限，希望读者练就一双火眼金睛，养成自己亲自感受与判断的审美习惯。编者小心翼翼向读者披露心态，"恳乞大家理解"亦表达编者的谨慎心态。

部分读者持着"小说真实＝生活真实"观念，把《人民文学》小说中的人物姓名与现实生活真人真事画等号，造成啼笑皆非的场面，编者为此实施道歉行为。如1989年第7期"《人民文学》编辑部答读者问"称，有读者质疑：该刊所发刘震云小说《官场》中写"省委书记熊清泉"系如实描写中共湖南省委书记熊清泉以及湖南官场真事，还是由于作者和编辑部的疏忽而导致人名巧合。为此，编辑部将湖南省委办公厅意见转达作者，作者"深感歉疚与遗憾"；特派一位副主编专程去长沙向中共湖南省委领导当面说明情况并致歉了；承认此事

"系我刊编辑工作中的一个疏失";最后才"恳请读者务必不要将小说当作真人真事"。①

报告文学作为以事实为依据的文学体裁,读者对它的真实性提出了更高的要求。1983年第11期编者在"作者·读者·编者"栏目中刊登了三封"读者来信",举报该刊第8期报告文学《巴山夜话》内容明显失实问题,"编者按"承认原稿存在"明显的错误和漏洞",并向来稿来信同志表示谢意。紧接着,第12期编者在"作者·读者·编者"栏目又发表了一份《对〈播雨者〉的一点更正》,同样是针对报告文学中有些文字"与事实不符",并向有关部门和读者致歉。

编者更正是一种群体道歉,是编者群体对读者群体发出的一种社会解释行为。它可引发一系列积极的社会效应,可减少与读者的冲突,提高编者的共情水平,而且改变读者对《人民文学》的认知评价,是维护编读亲密关系的重要方式。

群体道歉是一种正式公开的象征仪式,它"强调道歉的公开性和仪式感"②。《人民文学》编者更正行为呈现官方化态势,言语行为体现着语用策略。这种现象突出体现在1988年第2期刊登的一篇《信函》中:

信　函

吕叔湘同志:

　　本刊今年第一期刊登您的来函时,在目录和正文中都将您的名字误印成"吕淑湘"了。您的来函本是提醒我们应避免错别字及事实错误的,我们却偏偏在刊登您来函时继续出现错误,内心

---

① 此类情况同样发生在2001年小说《网络猫》发表后,有读者向小说中虚构的手机号码打电话,造成山东济南贾振先生生活上不必要的麻烦,甚至不得不更换手机号码。为此,编辑部在同年第5期"留言"栏目中,"特向贾先生道歉,并感谢贾先生对我们《人民文学》的关心,督促我们以后将工作做得更细一些"。

② 艾娟:《影响群体道歉有效性的因素》,《心理科学进展》2016年第9期。

真是万分愧疚！在此，谨向您及读者，致深深的歉意！我们将尽最大努力避免错别字及事实错误的出现。再次感谢您对我们刊物的关怀与爱护。

  即致

 敬礼

刘心武 1988.1.20

  这封信函发生在公共性仪式活动中，用言语来实现编者道歉行为，其行为有效性涉及"谁来说""对谁说""如何说"等诸多要素。

  在特定语境中，群体中的特定人物选择特定场合和特定对象，实施道歉行为。刘心武，时任《人民文学》主编，在编辑群体中担任主要领导人。这一姓名符号及附加的身份信息，直接出现在致歉信函中，而不是由"编辑部"挂名进行声明。主编还用正式信函形式，有标题、称呼、正文、结束语、签名、日期，以显示郑重道歉的姿态。这种做法提升了对方的接受度，及时修补了编者与读者的关系。吕叔湘身为作者兼读者，即使承受再大的伤害，也会因主编亲自致歉和《人民文学》诚意而表示理解。

  如何道歉，涉及主编道歉的效度。这封信函正文实施了五种具体的言语行为：

  更正错误：主编在称呼"吕叔湘同志"后，开门见山地指出在《人民文学》上已发生伤害和错误行为的事实，言语简洁，一目了然；

  承担责任：主编用"误印""本是……偏偏""继续"等语句，明确自身的责任，正面回应自身的错误行为；

  表达歉意：从"万分愧疚""致深深的歉意"等话语中，可感受到主编内心的懊悔与歉意，且程度较深；

  做出承诺：主编代表编辑部向吕叔湘及读者做出承诺，即"我们将尽最大努力避免错别字及事实错误的出现"；

  表达感谢：实施"致歉＋致谢"礼貌行为，对吕叔湘反映的问题进行反馈,表达编辑部已体会到这份善意和恩惠,极力填补编者与作者、读者之前产生的情感裂痕。

按照语用学相关理论,致歉和致谢都属于礼貌用语。"礼貌,作为文化修养和语言文明的象征,不仅是一个民族文化语言价值观的体现,也是解读交际者的语用态势与礼貌认知过程的重要依据"①。《人民文学》主编在更正信函中把致歉语与致谢语连用,具有更强的交际功能,提升了表达者和接受者正面面子效应,降低了交际双方的面子威胁。

广义修辞学提出,"人是语言的动物,更是修辞的动物"②,修辞参与话语主体的精神建构。《人民文学》编者的更正行为并非仅仅为了更正本身,而是更多考虑接受者的心理状态,比如表达歉意、博得同情、挽回自尊等。编者道歉被置于公众视野中,有时是主动的,有时迫于形势压力带有被动性,其话语表述和行为效果也会受到更多围观者评价的影响。与其说这是一种纯策略性的做法,不如说这些更正话语反映了编者的精神世界。

如果从情绪视角来观察《人民文学》编者更正行为的自我意识情绪的话,那就是——愧疚。自我情绪意识与快乐、悲伤等基本情绪不同,它是"个体在具有一定自我评价的基础上,通过自我反思而产生的情绪,其产生的重要条件是自我表征、自我觉察和自我评价过程"③。愧疚作为一种自我意识情绪,在公共媒体中起到释放"信号"的作用,帮助人们更好地遵守社会规则与道德,做出符合社会期望的行为。愧疚也是一种情感冲突,它来自于编者明明知道消灭错误有助于提升读者阅读体验,现实条件却难以到达出版所规定的或内心可接受的出

---

① 杨文慧:《致谢语的跨文化语用态势与礼貌认知中的谢"意"探析》,《外语教学》2019年第5期。

② 谭学纯:《广义修辞学演讲录:人是语言的动物,更是修辞的动物》,上海三联书店2012年版。

③ 刘笛、王海忠:《基于人性本真性的拟人化广告的负面情绪与态度——愧疚感的中介作用》,《心理学报》2017年第1期。

错率。

"校对疏忽""责任感缺失""办刊精神贯彻不够"是导致编者产生愧疚感的主要诱因。工作粗疏造成的愧疚,通过细致把关还可以克服,而工作方针落实不到位造成的愧疚,则是更深层次的政策或制度因素,这是很难在短时间内依靠编辑个体或小群体重新落实而得以克服的。编者这样表达内心的焦虑:

> 每当一期新印好的刊物送到编辑室来的时候,编者们总是以一则以喜一则以惧的心情把它拿在手里,翻来覆去地摩挲着,审视着,闻着新鲜的油墨气味,因为又完成了一件工作而感到欣喜,却又担心它是否经得住读者的评判,甚至马上就发现了它的印刷上或内容上的缺点……这种情形,凡是作过编辑工作的人大概是都知道的。[1]

这种由"一喜一惧"引发的愧疚,还体现在1958年第12期"编者的话"中,编者回顾本年编辑工作成绩后,便开始自我检讨说"成绩还很不够",具体表现为"六不够"(我们对所提倡的没能贯彻下去或贯彻得不够、特写在刊物上出现得总还不够经常而及时、民歌选得不够广也不够精、群众创作特辑刊登得不够及时、一年来所载短篇小说为数还是不够多)。

有研究发现:"承诺型解释道歉对信任修复的效果最好。"[2] 从语用真诚条件来看,编者的更正行为的真诚度较高,它通过"愧疚""惭愧""歉意""不安""汗颜"等词语流露出来,还通过"敬祈鉴谅""恳乞大家理解""恳请广大读者理解与教正""谨向读者和作者

---

[1] "编者的话",《人民文学》1957年第1期。
[2] 孙炳海等人:《哪种道歉更易被原谅:不同道歉类型对信任修复的影响》,《心理科学》2022年第2期。

致歉""欢迎读者监督检查"等语句表述。1983 年第 4 期"作者·读者·编者"中,"将汪曾祺同志的来信全文发出",以代更正,以致歉意。也许在报刊上实施更正行为,被认为是一件丢面子的事情,只有在舆论的施压下才被迫进行更正。然而,在《人民文学》更正话语中读者感受到了编者的真诚与责任感。

在中国文化中,"有德者必有言"(《论语·宪问第十四》),"君子耻有其词而无其德,耻有其德而无其行"(《礼记·表记》)。顾曰国提出"德、言、行礼貌准则指在行为动机上,尽量减少他人付出的代价,尽量增大对他人的益处(可谓大德);在言辞上,尽量夸大别人给自己的好处,尽量说小自己付出的代价(可谓君子)"[①]。这体现了中国的语用认知、思维模式及语言文化策略。从这个角度看,《人民文学》编者的更正行为的背后深藏着主体深沉的愧疚感、责任感和道德感。

总体来看,《人民文学》编辑的道歉话语,由语用主体关于"道歉"的一系列行为构成。话语人称、语气时态和语用功能,修辞化地合成编辑行为的动力系统。由此延伸出的相关问题,它的探讨价值和实践意义,也许超过"编者的话"本身的观察和解释。

从表达和接受角度看,编者的言内行为、言外之意和言后行为背后存在着明确的修辞意图和言语对象,话语自带的表意功能、情感功能和修复功能,透露出话语主体"被道歉"的处境以及真诚、愧疚和中国特色的思维文化策略。

2007 年以来《人民文学》极少或几乎不发表更正,其背后的原因或是随着出版机制的健全、黑马程序的升级,以及编辑人员技术素质的提高,刊物编辑印刷中的错误率急剧下降;或是编辑对刊物出版后的出错采用其他方式规避。由此引发的编辑制度和出版体制问题,也许超过了《人民文学》研究本身的言语行为。

---

① 顾曰国:《礼貌、语用与文化》,《外语教学与研究》1992 年第 4 期。

本章小结

"编者的话"把表达者的主体经验转化为审美化的单元话语,并期待接受者的审美化体验。《人民文学》编者话语发送物态话语材料,文本意义产生于"自我"与"他者"主体间对话。"编者的话"中的推荐行为,指向不遗余力地推崇短章小说、设置"集束""特辑"来推动短制作品艺术精进,发挥短篇短章"侦察兵"的先锋效应;还指向持续地推出新人新作,"新人新作"的所指在"新作者""新作品""新题材""新风格"等不同能指的漂移中生发丰富的意涵,编者试图释放出文学叙述参与历史进程的修辞能量,显示出锐意改革的革新精神。

"编者的话"中的道歉行为指向编者以书面形式向读者和作者进行检讨、道歉和更正。运用广义修辞学理论观察这些行为的修辞策略,研究发现:检讨行为包含自我批评的语义真值,并在人称使用、否定语词和"过去—现在—将来"时间模式中完成语用意义的建构;道歉行为的信息框架主要包括道歉方的公开主动性和道歉辅助策略的使用,并发挥了表意、情感与修复等语用功能;更正行为是一种象征性仪式,它有特定的话语模式,致歉语与致谢语连用的策略降低了交际双方的面子威胁。道歉行为背后隐藏着编者的愧疚感,以及中国文化语境中主体行为背后的语用认知与思维模式。《人民文学》编者道歉话语的语用修辞分析,提供了跨学科视野中观察文学期刊话语的新思路。

第四章 《人民文学》"读者来信"的广义修辞学分析

  《人民文学》是有成绩的,发表过不少好作品,也发现和培养过一些优秀的作家,不少编辑人员为此付出了心血。但是近年来也确实存在一些问题,主要在文学方向、创作思想上。作者队伍也存在一个小圈子,一部分同志的作品总是被排挤……我希望《人民文学》能真正的成为人民的文学。刊物要纯洁,编辑队伍要纯洁。我相信《人民文学》在作协党组领导下,在一些正直正派的同志主持下,今后不再辜负广大作家、作者和读者的期望。

——高深《〈人民文学〉应是人民的文学》

  "十七年"文学读者的接受与理解受当时文艺政策和政治环境的制约,而文学传媒的操作机制也使《人民文学》对读者来信进行有针对性的选择,因此我们把读者来信作为历史资料来解读的同时,也必须充分注意读者与刊物背后的操纵力量。

——王秀涛《读者背后与来信之后——对〈人民文学〉(1949—1966)"读者来信"的考察》

《人民文学》创刊初期，受到广大读者的追捧。编者"每天看到从祖国各地寄来的大批读者意见"，《人民文学》"有着成千上万的读者"。① 编辑部发放《读者意见调查表》，短短几个月"已有二千七百多位读者寄来了书面意见，其中包括工人、农民、部队战士、学生、教师、机关干部和文化艺术工作者各方面的读者"。②

读者意见是编辑部所要面对的首要问题。为了与读者保持良性互动，50年间《人民文学》先后开设多个栏目："读者中来""读者评论""作者·读者·编者""读者·作者·编者""读者论坛""读者之页""编委信箱""来函照登""读者之声"。这些均为发表读者来信的园地，统称"读者来信"。

这些来信形式多样，有来函照登、有言论摘编，有短文小作，有长篇宏论。数量上，共计150余个语篇。它们发出读者响亮的声音，构建读者、作者和编者合谋的话语场，参与了中国当代文学生产传播、权力博弈和生态环境的建构。

在中国当代文学制度研究论著中，"十七年"文学期刊"读者来信"被高亮显示，王秀涛、樊保玲、斯炎伟关注"读者来信"中强大的读者力量。③ 关于新时期以来的"读者来信"，刘巍、马炜和徐文泰先后关注同样的话题——1978—1988年间"全国优秀短篇小说奖"中的"读者来信"。④

这些成果把来信内容当作具体鲜活的文献资料，对来信保持审美

---

① 编辑部：《读者来信综述》，《人民文学》1953年第10期。
② 本刊编辑部整理：《读者对本刊的意见》，《人民文学》1956年第2期。
③ 请参见以下论文：王秀涛《读者背后与来信之后——对〈人民文学〉（1949—1966）"读者来信"的考察》（《扬子江评论》2009年第3期）、樊保玲《"强大"的读者和"犹疑"的编者——以1949—1966〈人民文学〉"读者来信"和"编者的话"为中心》（《扬子江评论》2011年第2期）、斯炎伟《"有意味的形式"——"十七年"文艺报刊中的"读者来信"》（《中国现代文学研究丛刊》2011年第4期）。
④ 这三篇论文分别是：刘巍《"读者来信"与新时期文学秩序——"全国优秀短篇小说奖"的"读者来信"之辩难》（《文艺争鸣》2015年第3期）、马炜《被建构的"权威"——全国优秀短篇小说评选中的"读者来信"考察》（《当代作家评论》2017年第2期）、徐文泰《全国优秀短篇小说获奖评选与新时期文学生态的重建》（《哈尔滨工业大学学报》2019年第3期）。

距离，研究聚焦于舆论环境、文学秩序、意识形态、话语权力、传播媒介和评价机制等"外"部力量（归根结底是体制制约）。他们更多关注"五W"即"who（信是谁写的）""what（信上写了什么）""when where（信是在什么时空情景中发表出来的）""why（信为什么这样写）"等，而较少论述"how（信是怎样写的/信的内容是以何种方式呈现出来的）"等话语内部语言建构。《人民文学》"读者来信"话语修辞方式也很重要，正如美国文化社会学家戴安娜·克兰所说的："传送意义的方式与被传送的意义同样重要。"①

从广义修辞学视角来看，"读者来信"的运作机制可看作编者与读者共同参与的话语行为系统。"读者来信"是一个似真的修辞世界，是编者的修辞化行为。同时，作为主体的读者和编者以修辞方式"在场"，而话语对修辞主体的精神世界产生重大影响。"人对外部世界的感知、人的价值观的建立、评价系统的产生，很大程度上是通过语言获取思想资源的，而语言提供的，是修辞化的世界。"②

"读者来信"本质上是一种修辞接受。"修辞接受以颠覆表达意义的方式，完成修辞话语的意义重建"。③ 以下问题值得深入探究：

> 读者身份认证和权威意识形态有何关系？一般读者的评价策略在话语模式和表述方式上有何修辞特征？"读者来信"话语背后又如何主导话语权再分配？"读者来信"的真实与失真在语篇中如何显现？作为"读者来信"的幕后编者使用了哪些修辞策略又呈现出主体怎样的精神面貌？

这些问题关系到"读者来信"的话语建构、文本建构与主体建

---

① ［美］戴安娜·克兰:《文化生产：媒体与都市艺术》，赵国新译，译林出版社2001年版，第80页。
② 谭学纯、朱玲:《广义修辞学》（修订版），安徽教育出版社2001年版，第159页。
③ 谭学纯、唐跃、朱玲:《接受修辞学》（增订本），安徽大学出版社2000年版，第35页。

构,同时也关联着它在修辞技巧、修辞哲学与修辞诗学方面的表征,这是本章论述的框架。

第一节 读者身份认证、符号修辞与话语权力

《人民文学》的"读者"是身份符号,也是群体符号,以话语方式"将自己的人格、文化记忆、符码和联想"[①] 融入集体意识之中,推动中国当代文学生产传播。《人民文学》的地位价值不仅表现在发表了多少作家多少上乘的作品("谁在写"),而且表现在多少人在阅读("谁在读")。"读者"的身份问题显得特别重要,而这一身份背后蕴藏着怎样的话语权力,值得深入分析。

一 "自我认证→编者认证":读者身份的修辞认证

为了验证读者身份符号的真值,编者在"读者来信"话语中进行了读者"自我认证"和"编者认证":

(一)"我是一个初学写作者/青年/农民/战士""我是《人民文学》的读者"

在《人民文学》"读者来信"中,读者会在正文中表述"我是……",向编辑部透露自己的年龄、职业、职务和经历等信息。如:

> 我们是农民,是合作社社员。我们非常喜爱书籍,尤其是喜欢报纸和杂志。《人民文学》成了我们生活中不可缺少的东西。(山东省德县第七区果李庄农民 李文广 李中正《读者来信五封》)
> 我是贵州省贵阳铁路分局一个机务段工厂车间的机车钳工,今

[①] [俄]尤里·M.洛特曼:《文本运动过程——从作者到读者,从作者到文本》,彭佳译,《符号与传媒·第3辑》,曹顺庆、赵毅衡主编,四川大学出版社2011年版,第209页。

年二十六岁,是《柳州铁路工人报》的通讯员。虽然我的文化程度不高,只初中毕业,但我却十分喜爱业余的文学创作。(贵州贵阳铁路分局工人 高树彦《"大写社会主义新英雄"征文通讯》)

我是当过九年兵的战士,我可以保证:《西线轶事》写出了活生生的艺术形象。我为它欢呼!(西安王晓歧《读者欢迎〈西线轶事〉》)

我是《人民文学》的老订户,从小爱读《人民文学》上的作品……我是个业余作者,又是一个中型企业的负责人。(福建省闽东面粉厂 卢腾《厂长看〈大长〉》)

"我是《人民文学》的读者",这是"读者来信"对自身的公共性定位。具体来说,从年龄上看,有老读者、青年读者、中学生;从写作身份上看,有专业作者、业余作者、初学写作者;从阶级出身来说,有工人、农民、战士等;从职业上来说,有老师、学生、警察、干部、职工、投递员、编辑、记者等。

"我是……"是一种对自身身份的自我认知,突出特点在于强调"我"的类特征,即强调"我"的群体性而非个体性。诸如"我是刘培亮"这种区别性姓名话语在来信中极少出现。"我"这个身份符号产生了独特的情感振幅,"仿佛有谁拨动了我们很久以来未曾被人拨动的心弦,仿佛那种我们从未怀疑其存在的力量得到了释放",这种力量是运载或超度了更强烈的东西,"我们不再是个人,而是整个族类"。① 这种自我身份认证更多体现为具有族群特征的集体无意识,更多的是"我们"身份规约下的言说内容与情绪表达。

"我是……"的主体话语表征,形成了读者身份的动力系统。自我意识作为精神的"自画像"本质上是一种社会建构。自我意识存在

---

① [瑞士]荣格:《论心理分析学与诗歌的关系》,冯川、苏克译,《荣格文集》,改革出版社1997年版,第226页。

于"我"中,也存在于"我们"中,它表现为行动的一贯性及在行动基础上意识的统一性。人类的这种"自我"以占据支配地位的方式,可称之为"主体"。① 主体凭借主观本性"同化并控制世界,好像是在于将世界的实在加以陶铸锻炼",并"加以理想化,使符合自己的目的",② 建构起"我"和世界的关系。

(二)"X 是一个工人/农民/士兵""X 是《人民文学》的读者"

编者对《人民文学》读者身份的认证,主要指编者在"读者来信"标题下署名或落款处标明读者的身份和姓名;或在"读者来信"正文的附加话语如"编者按""编后记"中标明作者的身份和姓名;或在读者来信来稿综述中,列举读者的所属省份、单位、姓名等。这种认证方式与读者自我认证构成互文性,为读者身份添加双重保险系数,确保读者身份的合法性和在场的话语权。

1. "读者来信"标题及署名方式

标题:要求儿童文学作品
署名:少先队员　陈越俊(1954 年第 1 期)

标题:工人同志对小说体裁的意见
署名:上海大中铁工厂　杜文川(1954 年第 12 期)

标题:要以不朽的诗篇来讴歌我们的时代——读何其芳诗《回答》
署名:北京女三中教员　盛荃生(1955 年第 4 期)

标题:作品和评论能不能给工人看
署名:北京国棉二厂工人　王日初(1958 年第 4 期)

---

① [德]海德格尔:《尼采》下卷,孙周兴译,商务印书馆 2003 年版,第 773 页。
② [德]黑格尔:《小逻辑》,贺麟译,商务印书馆 1980 年版,第 122 页。

标题：夜读《群众创作特辑》

署名：成渝铁路永川车站公安派出所警士　毛文仲（1958年第9期）

标题：物质如光那样显豁　精神如月那样姣洁

署名：吉林省舒兰县广播站　包景林（1983年第5期）

标题：一位人大代表的建议

署名：山西省长治市晋东南师专　宋谋玚（1990年第7/8合刊号）

标题：读《纯净的诗》与建议

署名：江苏江阴新桥纬编纺织厂　陶宏（1993年第5期）

这些读者来信的标题是经过《人民文学》编辑加工过的，所以在标题中直接显示《工人同志对小说体裁的意见》《一位人大代表的建议》。从署名话语看，读者的工作单位、所属省份、职业、姓名等身份信息被高亮显示。读者的署名关涉署名权，即确认作者身份权、著作人身权权能之一，"法律通过署名来维护作者的地位、资格，是将署名作为一项权利而不是义务来规定的"。①

这些署名虽然显示了客观真实，但"客观的权力关系，倾向于在象征性的权力关系中再造自身"，②读者符号的象征性语义在不同的语境中有着不同显现。

"十七年"《人民文学》"读者来信"的署名中，一部分只显示姓

---

① 吕淑琴、陈一痕编著：《知识产权法辞典》，上海辞书出版社2018年版，第37页。
② [法] 皮埃尔·布尔迪厄：《社会空间与象征权力》，《后现代性与地理学的政治》，包亚明主编，上海教育出版社2001年版，第306页。

名,但更多地突出读者的工农兵身份符号以及背后的阶级属性,尤其工人来信特别多。新时期以来,读者署名中除了姓名、工农兵身份之外,还呈现了关于读者较为详细的工作单位、所属省份来源,偶尔出现读者的职位职务。

从读者角度看,署名权保护的是读者的权利;从编者角度看,署名权不仅显示了读者的资格、身份、地位和话语权,而且确保了"读者来信"的真实性、可靠性和广泛性,谨防读者产生"被署名"的印象。《人民文学》编者对读者广泛性充满了期待,1997年《再致读者》中描述收到"读者调查表"的情状和心情,"回复的信件像雪片一样飞来""从74岁的老者到16岁的学生,全国84个省市自治区的读者对刊物投以挚爱和关注",这些意见和祝愿"让编辑部同仁心里发热,同时也感到了理解、期望所带来的责任"。①

2."编者按"对读者身份和姓名的表述

1958年第10期发表"读者来信"《反对可耻的抄袭行为》。这些来信多达百余件,信中对《人民文学》上出现的抄袭事件进行了强烈谴责,还对刊物编辑的失职表现提出批评,在刊发读者意见之前,编者在"编者按"中这样介绍两位青年作者:

> 裴文辉、畅淑花都是二十岁刚刚出头的青年人,初中和高小毕业后,目前在农村从事劳动。但就在这样的青年人身上,竟也沾染了极端丑恶的资产阶级名利思想,以致犯下了抄袭别人小说的可耻错误。②

编者向读者说明了两位青年人的年龄、教育经历和生活现状后,从青年人的抄袭行为上升到他们身上沾染的"可耻的""极端丑恶的

---

① 编者:《再致读者》,《人民文学》1997年第12期。
② 《反对可耻的抄袭行为》,"读者论坛",《人民文学》1958年第10期。

资产阶级名利思想",揭示了青年创作者的"读者"身份与"阶级"思想的深层次矛盾。

编者对读者的抄袭行为绝不姑息,主要考虑到这种行为所体现的思想道德问题。抄袭,又称剽窃,古已有之。历史上郭象《庄子注》剽窃事件较为出名,这种窃书行径被永远钉在历史耻辱柱上,"据为己有"就如同贪污腐败一样都是"鼠窃狗偷的无耻勾当"。① 关于当今论文抄袭剽窃现象,张雨生认为:从个体角度看,可看作"思想蜕变,道德败坏、行为堕落",② 这种判定更多针对行为本身堕落和道德思想层面。董健在《抄袭:精神的疲软与麻木》中说,抄袭事件是"认识中国当今文化的虚假、平庸和学人精神状态的一个'窗口'"。③

3. "读者来信"综述标明读者的身份和姓名

1991年11月11—13日,《人民文学》《小说月报》联合山东省作协、临沂地委在临沂召开了《沂蒙九章》座谈会。1992年第2期"读者之声"发表了部分发言,发言内容前,均注明发言者姓名身份:

车吉心（山东省委宣传部副部长）

程树榛（《人民文学》主编）

王渭田（临沂地委书记）

任孚先（山东省作协副主席）

邱勋（山东省作协副主席）

李翔栋（临沂地委副书记）

孔繁今（山东大学中文系教授）

袁忠岳（山东大学中文系副教授）

---

① 王春瑜:《抄袭考》,《明清史杂考》,商务印书馆2016年版,第93—95页。
② 张雨生:《学术腐败,你认识它吗》,《学习月刊》2006年第7期。
③ 董健:《抄袭:精神的疲软与麻木》,徐南铁主编《观故与观今》,暨南大学出版社2017年版,第181页。

陈宝云（山东省作协副主席）①

如果说"十七年"读者多指向工农兵身份的人或教员学生、20世纪80年代的读者多指向参与社会主义建设各条战线的从业者，那么20世纪90年代的读者部分地指向了专业作家、评论家和官员。

在这份《沂蒙精神的赞歌》的发言名单中，姓名有区别性标志，而身份则是话语权的象征，这些身份符号——省级宣传部副部长、地委书记副书记、省作协主席副主席、高校中文系教授副教授、《人民文学》主编——与其说是"读者"的代表，不如说是代表"读者"拥有文学批评的权利。

在《人民文学》"读者来信"中对读者身份的认证中，无论是自我认证还是编者认证，方式不同而所指相似，指向富含象征意义的"读者"符号。从符号的聚合轴来看，编者有意选择在年龄、职业、职位、出身等方面具有代表性的身份来代表"读者"发言；从组合轴来看，编者对读者"身份信息＋来信内容"进行合理化配置，并采用多篇"读者来信"并置方式，产生组合式修辞方式。从某种意义上说，"读者"符号已超越了它作为语词的基本义和进入语篇的文本义，成为一种被制度化的阅读活动的所指，构建起修辞化的"读者来信"话语场。

二 "不自在"读者：身份符号的修辞表述

"读者"概念内涵是丰富复杂的，它在不同文本语境中表达各种不同语义和功能。"读者"可指代一个正在阅读的真实的人，也可指代作者在写作时假想的读者形象，还可以指代在各种风格文本中发挥结构性功能——以"读者"身份出现的符号。无论"读者"指哪一类

---

① 《沂蒙精神的赞歌》，"读者之声"，《人民文学》1992年第2期。

人,都无法绕开这样的话题:为什么同一文本在不同时代、或相同时代不同读者会产生不同解读,这是因为:

> 每个读者总是同时是某一个阶级的成员,某一社会阶层的成员,某种利益、需要、教育水平和意识形态集团的成员。一个"自在"的读者是不存在的。①

既然一个"自在"读者是不存在的,那么需要探讨的是读者为什么是"不自在"的,这个概念在特定的历史语境中享有怎样的话语资源,它在信息的发送和接受环节发挥着怎样的话语功能和有着怎样的权力地位。

据精确统计,毛泽东经典著作《在延安文艺座谈会上的讲话》中"同志"出现43次,"人民"出现94次,"群众"101次。在中国当代文学史上,"读者"与"同志""人民""群众"等概念之间具有亲缘关系。作为当家作主的"人民",也使读者身份及意识形态功能在《人民文学》"读者来信"中获得了新的合法性论证与权威性叙述。

(一) 同志:从"志同道合"到"党内互称"

同志,指志同道合的人。在中国古代,它与君、兄等词一样,是朋友之间的称呼。春秋左丘明《国语·晋语四》对之解释为"同德则同心,同心则同志"。《后汉书·刘陶传》:"所与交友,必也同志。"

20世纪初,"同志"成为政党内部成员之间的称呼。孙中山在《国事遗嘱》中说道"现在革命尚未成功,凡我同志……"中国共产党"一大"党纲中规定:"凡承认本党党纲和政策,并愿成为忠实的党员者,经党员一人介绍,不分性别,不分国籍,均可接收为党员,成为我们的同志",这里的共同志向就是"实现共产主义"。"同志"

---

① [德]瑙曼等:《作者——收件人——读者》,范大灿编《作品、文学史与读者》,文化艺术出版社1997年版,第124页。

在苏联也广泛使用。

新中国成立后,毛泽东在1959年指示党内互称"同志",1965年中央通知要求党内一律称"同志"。1978年党的十一届三中全会公报"重申了毛泽东同志的一贯主张,党内一律互称同志,不要叫官衔。"2016年十八届六中全会通过的《关于新形势下党内政治生活的若干准则》明确指出:党内一律互称"同志"。

从"同志"语义演变中发现,这个词不是单纯意义上的称呼,而是经过党组织从非正式到正式、从提出到重申的提炼过程。在特定话语背景和价值体系中,"同志"内涵和外延明确指向政党政治概念,成为正式的称呼用语。

在党内互称"同志",是"坚持党的群众路线的重要体现",① 发扬党的优良传统的一种方式。这个词语的表述和使用"集中地体现了我们党对党内平等作风的倡导、对马克思主义的价值尊崇以及对共产主义奋斗目标的永恒追求"。②

《人民文学》编者在"读者来信"中指代"读者"时,也经常以"同志"来称呼。编辑部在《人民文学》1953年第7/8合刊号附发《读者意见调查表》后,收到了很多读者的来信:

> 一位同志写道:"我是刊物的长期读者,我对它有理由要负责任,有一点意见就要提出来";另一位读者说:"作为刊物的忠实读者,我很重视这次意见调查,我愿意今后和你们警察联系,我并不想写稿,就是要对每期刊物提出我的意见";西北某地煤矿的一位同志写了填写这张调查表,特意向另外的矿工、教员、干部等五位同志征求了意见。③

---

① 郑又贤:《互称"同志"是坚持党的群众路线的重要体现——重申和落实党内称谓规范的现实意义》,《毛泽东邓小平理论研究》2014年第9期。
② 马明冲:《中共话语体系中"同志"概念的历史流变》,《党的文献》2018年第2期。
③ 编辑部:《读者来信综述》,《人民文学》1953年第10期。

编者在列举读者意见时，有时用"一位同志"，有时用"一位读者"，有意或无意地忽视了"同志"和"读者"的区别。

读者在给编辑部来信中，自称工人同志，并把"工人"与"群众"紧密联系在一起。王晓岚在《请满足工人同志们的要求吧》中抱怨《人民文学》1954年上半年发表的工业题材作品很少，特别是"质量真正高的，即真正引起了我们工人通知普遍注意的作品，我是很难举出来的"，呼吁作家们多创作给工人同志看的作品，"我觉得这不仅是我们工人的要求，也一定是广大群众的要求"。①

20世纪80—90年代，编者或读者也会在书面语中偶尔使用"同志"，表达一种正式称谓。1988年第1期刊登《吕叔湘同志来函》，吕叔湘称呼主编为"心武同志"，刘心武称吕叔湘为"吕叔湘同志"。②1996年第4期《厂长看〈大厂〉》"编者"说："我们陆续收到一批读者来信，现将福建省闽东面粉厂副厂长卢腾同志致本刊信发表如下，并向他和广大关怀、支持我们的读者致以谢意。"③

从社会语言文化角度看，"同志"反映了社交称谓的时代特征，体现了语言所负载的文化信息。全国普遍使用这一称谓，"使全社会的主题文化成为高度意识形态化的社会主义文化"。④《"同志"称谓的源流及其演变原因》中梳理了"同志"体现了人际交往中平等、亲和的内涵，改革开放之后这个称谓适用范围变小，在20世纪80年代末90年代初成为同性恋的代名词，"作为一种通性称谓形式，'同志'的语义降格也可通过社会语言学性别歧视研究得到解释"。⑤

(二) 人民："以人民为本位"与"教育人民"

童庆炳认为，读者意识是毛泽东美学思想的重要问题。《在延安

---

① 王晓岚:《请满足工人同志们的要求吧》，"读者中来"，《人民文学》1954年第9期。
② 两封信请参见:《吕叔湘同志来函》，"来函照登"1988年第1期;《刘心武致吕叔湘》，"信函"1988年第2期。
③ 编者:《厂长看〈大厂〉》，"读者·作者·编者"，《人民文学》1996年第4期。
④ 方传余:《"同志"一词的社会语言学研究》，《语言教学与研究》2007年第1期。
⑤ 唐颖、曲晶:《"同志"称谓的源流及其演变原因》，《社会科学战线》2008年第3期。

文艺座谈会上的讲话》"作为一篇体系化的文艺学和美学论著"，核心是"文艺为工农兵服务的方向，即以人民为本位的美学思想"；它"建立在工农兵及其广大的接受者、读者身上，唯有这个读者群，才是文学艺术和美的最高法庭、最高裁判"。①

新中国成立，不仅是建立一个新政权，同时也要求建构新社会和新文化。蔡翔认为，这个新主流社会是"以工农大众为主体并联合其他阶层的'人民'社会，离开主流社会的建构，所谓文化领导权，基本就是一句空话"，50年代的文化是"国家政治和知识界合作的一种结果"，它不仅是现代的，也是最为隐蔽的传统记忆，从80年代开始的文化是"国家政治和精英文化博弈的结果"。②

《人民文学》创刊所承载的历史使命是一种新政权新文化的承担，为"人民"文学而存在。"十七年"时期《人民文学》构建的是国家政权与人民文艺相结合的艺术思想与形式，反映的是新中国的成长。如1954年第7期发表段平等人《优美的歌——〈阿诗玛〉读后感三则》这样评价彝族长篇叙事诗《阿诗玛》：

> 这是一部珍贵的少数民族的文学遗产，是一部美丽而富有民族色彩的诗篇。它有人民的真情实感，它是撒尼族人民用血汗培育起来的一朵永不凋谢的花。
>
> 坚强、勇敢、美丽、可爱的姑娘，她永远活在人民的心里，她的"回声"就是人民的希望与理想，人民永远听着这种美丽的声音。
>
> 在他身上正体现着人民的理想，因为劳动人民在和反动势力的斗争中，不但需要无比的勇敢，而且需要无穷的智慧。而这种

---

① 童庆炳：《毛泽东的美学思想新论》，《河北学刊》2003年第6期。
② 蔡翔、罗岗、毛尖：《重返"人民文艺"：研究路径与问题意识——新中国文艺七十周年暨张炼红、朱羽新书研讨会》，《南方文坛》2020年第4期。

品质正是劳动人民所特有的。①

新时期以来《人民文学》通过"读者"呼唤的是具有现实性、时代性和艺术性的"黄钟大吕"式的主旋律作品，坚持"二为"方向和"双百方针"，反映社会主义文学的蓬勃发展，反映人民日益丰富的精神文明。

1990年第7/8合刊发表高深《〈人民文学〉应是人民的文学》，读者高深介绍了自己"三年来，与生活、与人民、与时代贴得更紧了，思想收获大于创作收获，为创作积累了健康的种子"后，呼吁——"我希望《人民文学》能真正的成为人民的文学，刊物要纯洁，编辑队伍要纯洁"，作品在"文学方向、创作思想上"要符合人民的要求。②

在《人民文学》"读者来信"中，"读者之声"代表"人民之声"。"读者"呼唤符合人民要求的文学，这里的"人民"是一种笼统、模糊的表达，"人民只是被选中的一个叙事策略"，在那些争取独立评判文学价值的文章中，"大多是打人民牌"，因为这张"牌"注定会赢，"人民在文艺界摆脱政治的横加干涉、争取文学自主权的斗争中功不可没"，③ 在规范文学活动中尽显威力。

"人民"因阶级先进性被文学作为一种话语权力的符号来使用，"拥有价值输出和意义配置的巨大象征权力"。④ "读者"一旦与"人民"产生关联，很大程度上借用了"人民"的权威资源。理论上"读者"是官方赋权的，各种文艺争鸣的平息与文艺步伐的调整，都需要代表"人民"说话的"读者"来进行行之有效的"调停"与"和

---

① 段平等人：《优美的歌——〈阿诗玛〉读后感三则》，"读者中来"，《人民文学》1954年第7期。
② 高深：《〈人民文学〉应是人民的文学》，"读者之声"，《人民文学》1990年第7/8合刊号。
③ 初清华：《新时期文学场域研究》，人民出版社2010年版，第223—224页。
④ 马炜：《被建构的"权威"——全国优秀短篇小说评选中的"读者来信"考察》，《当代作家评论》2017年第2期。

谐"。现实中的"读者来信"成为一种"想象性的文学力量"。①

（三）群众："群众创作"与"群众路线"

在"读者来信"中，"读者"意见是贯彻群众路线的表现形式，是唯物史观的具体实践，是社会主义当家作主的主体力量。《在延安文艺座谈会上的讲话》明确提出文艺要为工农兵服务、为广大人民群众服务。张均认为："《讲话》第一次从革命现实需要出发，赋予'群众'以意识形态权威性，并系统提出一套实践方法作为保证，于是，'读者'与'群众'彻底合一，并分享了后者的意识形态权威，获得超强的价值优先权力。"② 同时，"读者"凭借"群众"无与伦比的强势力量获得了超越现实秩序的历史意义与道德优越。

在《人民文学》"读者来信"中，"读者群众"常常连用，特别在"十七年"时期，"读者"所谈及的文艺问题涉及当时文学普及与提高的重要议题。如沈巨中《文学批评应面向读者群众》中说：

> 无可否认的，目前许多地区的文艺普及运动还在开始，还没有争取到广大的读者群众；许多读者，包括许多商店职员、家庭妇女、老板等等，对目前新的人民文艺还没有认识……我们同时要求文学批评的文章，注意到广大读者群众对文学的认识和文学的欣赏水平，负责任地把沦于堕落的文学圈子里的读者群众挽救过来，向新的革命的文学方向推进。③

当时的文艺普及运动是关系到文艺是否走群众路线的政治问题，如何利用文学批评的力量争取更多的读者群众接受革命文学的熏陶和教育，如何使用通俗浅显生动的语言分析文学作品的斗争主题，如何

---

① 王本朝：《人民需要与中国当代文学对读者的想象》，《西南大学学报》（人文社会科学版）2007年第1期。
② 张均：《中国当代文学制度研究（1949—1976）》，北京大学出版社2011年版，第100页。
③ 沈巨中：《文学批评应面向读者群众》，"读者中来"，《人民文学》1951年第2期。

考虑"读者群众对文学的认识和文学的欣赏水平",这是摆在创作者、批评者和编者面前的重大问题。对《人民文学》来说,直接关系到"是否负责任"的作风问题。

为了贯彻《人民文学》编辑工作的群众路线,1958年第8期特意出版了一期"群众创作特辑",其中所收的作品,有的是从各地报刊选载的,有的是从工厂、农村中直接组稿来的。"编者的话"这样介绍编辑意图和该刊的工作计划:

> 我们编辑这个"群众创作特辑",就是企图用这种方式对群众文艺创作活动的进一步开展起到一些推动的作用。……这些作品所表现的蓬勃的生命力,读者读过之后自会有所体会。我们需要加以说明的是:推动群众性文艺创作活动的发展,刊载和推荐工农业余作者的优秀作品,是本刊一个经常性的任务。本刊今后每期都将以相当的篇幅来刊载群众创作。①

果然,1958年第9期立即刊登了两位读者的来信:毛文仲(成渝铁路永川车站公安派出所警士)《夜读〈群众创作特辑〉》和敏达(西安电信工程公司)《希望文学刊物向工农大开门:〈群众创作特辑〉读后》。毛文仲在信末说:"大家争先恐后的到邮局去订阅《人民文学》,从而扭转了我站区几百个职工只有几个人订阅《人民文学》的现象。"敏达在信中提出了希望:"希望编辑部请老作家多写些工人农民容易懂、容易记、容易流传的诗和小说",这样才能"真正实现'全党办文艺、全民办文艺'的口号,推动群众创作运动蓬勃开展"。②

在《人民文学》"读者来信"中,"读者"与"同志""人民"

---

① "编者的话",《人民文学》1958年第8期。
② 请参见毛文中《夜读〈群众创作特辑〉》、敏达《希望文学刊物向工农大开门:〈群众创作特辑〉读后》,"读者论坛",《人民文学》1958年第9期。

"群众"等马克思主义核心理论概念的所指和能指相交相融,以文学方式建构起人民文学话语系统。虽然这些语词之间有着内涵和外延的差别①,但是它们与共产主义、剩余价值等其他话语一起,构成了马克思主义理论的基石。

从哲学角度看,这些概念"既是个体,又不是个体;既具有实在性又具有非实在性,既具一般性和抽象性,又具特殊性和具象性",是"终极形而上的概念"。② 与西方卢梭提出天赋人权论不同,与阿尔都塞对政治性"群众概念"③ 的理论定位不同,它们是中国特色社会主义理论与实践的认识基础。

从解放区群众文艺对农民文化主体性的调动④,到社会主义建设时期"以人为本"的群众路线在文艺界的提倡与实践,中国文艺界不断涌现出"群众艺术家""人民艺术家"等杰出人才。在他们身上基本实现了"文艺创作者/生产劳动者/文学接受者"身份的统一,构造了一种劳动生活、文艺生产与政治引领相联动的一体化景观。这是中华民族共同认同的价值理念、行为模式和文化传统,并且在新的历史时期以新的语义内涵与表意形式呈现出来。

21世纪以来,《人民文学》始终秉持"建构人民的文学"的初心情怀,牢记"希望有更多好作品出世"的光荣使命,编排发表为"人民"的文学,真诚回应"读者"的需求,紧密团结"群众",为社会主义精神文明建设提供强有力的智力支撑。正如主编施战军2019年9月庆祝《人民文学》创刊70周年时说的那样:"目前《人民文学》仍以

---

① 孙宜芳:《群众与人民概念的逻辑界限——基于马克思恩格斯人的解放学说的考察》,《思想教育研究》2017年第9期。
② 吴学琴:《关于"人民群众"话语实在性与非实在性的双重解读》,《马克思主义理论学科研究》2018年第6期。
③ 霍炬:《"距离"与艺术实践:阿尔都塞文艺批评中"群众"概念的展开》,《文艺理论研究》2020年第3期。
④ 路扬:《劳者如何"歌其事"——论解放区群众文艺的生产机制》,《文学评论》2020年第3期。

它精湛的、高水平的思想艺术品质和在文坛中的重要地位,团结、联系着全国众多的知名作家和中青年文学写作者,同时以它丰富的内容和优美的文字吸引着许多文学爱好者和读者,成为了广大人民群众不可或缺的精神食粮。始终跟随共和国前进的步伐,与人民和时代同行。"①

三 "权威型/谦卑型":读者地位与话语权力

读者是什么?南帆在《歧义的读者》中开篇提出了这个问题——"裁判者?消费者?无知的庸众?启蒙的对象?美学意义上的历史平均数?总之,'读者'并非一个毫无歧义的概念"。②"读者"也并非是一个虚设的席位。

读者地位一方面来自于叙事话语中"我"对应的"你"的"在场",它"具有一种理念的存在形式",它"存在于作者的意识或潜意识"③之中,另一方面来自于文学场中"读者"作为潜在力量的存在,总之,它是外因与内因的合谋。

在中国当代文学中,"读者"地位及权力的发挥又有了社会制度性和文学传播等方面的组织保障,如前文所讲,它分享了"同志""人民""群众"等概念的某些政治资源。从读者参与《人民文学》文学生产传播的姿态来看,这些读者群体可分为权威型读者和谦卑型读者。

权威型:指读者在文学活动者发挥着指导、监督、校正等交际功能,正如海登·怀特所提出的"有特权的读者","指确立决定文本技术和阅读权威标准的读者"。④

---

① 施战军:《〈人民文学〉:始终保持文坛领先地位》,《中国新闻出版广电报》2019 年 9 月 3 日第 008 版"刊林纵横专版"。
② 南帆:《南帆文集 6:转折的依据》,福建教育出版社 2017 年版,第 328 页。
③ [德]瑙曼等:《作者——收件人——读者》,范大灿编《作品、文学史与读者》,文化艺术出版社 1997 年版,第 125 页。
④ 翟恒兴:《故事诗学 海登·怀特历史叙事的文艺学思想研究》,上海交通大学出版社 2017 年版,第 138 页。

谦卑型：指读者话语表现出虚心谦卑的姿态，在舆论场中营造一种平等、交流和共同协作的言论环境。英国女作家弗吉尼亚·伍尔夫在评论海明威小说时，曾形象描述谦卑型读者与傲骄型评论家的区别，"评论家只是吹响了粗制滥造的喇叭，宣布自己的观点，声音响亮又刺耳，而我们作为谦卑的读者则驯服地低下了脑袋"。① 这种读者比谦卑型读者更谦卑。

（一）"评论家"与"监督员"："十七年"时期读者权威话语修辞

"十七年"时期，读者参与文学活动和文学运动的激情很高涨。《人民文学》1953年第7/8合刊号发布《读者意见调查表》，编者在第10期《读者来信综述》中报道："调查表发出之后，从祖国的各个地方，不论是城市还是乡村，都有大批读者写来意见，甚至是国外"，值得注意的是，"很多读者的意见远远超过了调查表所能容纳的范围"，编者们感到"热情的读者们像关心自己事业一样，对于我们的工作提出了异常广泛、无比丰富、无比宝贵的意见，这对于改进我们的工作上将起着重大作用"②。读者关心文学事业的情形有利于文学期刊的工作开展，有利于改进刊物的编辑思路，这种理念成为这一时期关于读者的主流思想。

读者对文坛和现实生活的过度敏感和关注，造就了群情激昂的社会情绪，产生了强烈介入欲望，他们被认为是"慧眼的观察者"和"积极的入世者"。③ 这些都自然而然地在"读者来信"权威话语中。

1. 读者是裁定文学作品优劣的权威评论家

这类读者毫不客气地提出在《人民文学》上发表的作品的"好"处与不足，并运用斩钉截铁的语气（如"完全赞同"）和不容置疑

---

① ［英］弗吉尼亚·伍尔夫：《一篇评论的故事》，杨仁敬编选《海明威研究文集》，译林出版社2014年版，第192页。
② 编辑部：《读者来信综述》，《人民文学》1953年第10期。
③ ［德］H. R. 姚斯、［美］R. C. 霍拉勃：《接受美学与接受理论》，周宁、金元浦译，辽宁人民出版社1987年版，第6页。

(如"不得不")的话语,向作品的作者和编辑部提出严正要求,并认为这些要求是"完全有可能办到的",表现出一种权威专家的"说话"态度。如张杰在《关于语言》中提出意见:

> 我是《人民文学》的经常读者。我认为《人民文学》所发表的作品,有些是很好的,但也有些作品明显地存在着上述的缺点。例如……①

再如,读者雷隆批判小说《除夕》,忍不住想跟该小说作者谈几句话:

> 读了肖平同志的《除夕》,觉得有点不正常。我是一个农民(农业社的干部),生在农村,长在农村,既受过旧社会的痛苦,也尝到新社会香甜,我想就我本身的体会,对他的作品提出几点疑问。②

这里,读者对文学作品的评判标准用词是"有点不正常",依据是从"我是一个农民"的亲身体会出发判定该小说"脱离实际""颠倒黑白",并指责作者"为什么看不见生活的光明面呢"。这里的"我"具有很大的威权,以出身的纯洁性与经历的真实性赢得裁定小说优劣的现实资本和道德优越。

2. 读者是确立和校正创作风向的权威监督员

这类读者大胆地向《人民文学》编辑部写信(如"恕我大胆的说"③),表达自己对当前创作"满意不满意""接受不接受""需要不

---

① 张杰:《关于语言》,"读者中来",《人民文学》1953 年第 7/8 合刊号。
② 雷隆:《和〈除夕〉的作者谈几句话》,《人民文学》1958 年第 5 期。
③ 方乡:《对于批评工作的几点意见》,《人民文学》1953 年第 9 期。

第四章 《人民文学》"读者来信"的广义修辞学分析

需要"的需求,有时还流露出"完全不满意""很不满意""很难接受""无比憎恶""最好……不然……""我想重复一遍……""何等需要""迫切盼望"等强烈情感。以此来校正文艺创作的风向,监督《人民文学》编辑工作。

狄林在《应该重视儿童文学》中表达自己对当时儿童文学创作"很不满意":

> 我认为:目前我国的儿童文学创作情况,是很不能令人满意的。……新的儿童文学作品,远远地不能满足孩子们的要求。……很多描写儿童文学生活的作品,完全不合乎儿童的心理状态,把儿童写得不像儿童,而像一些小老人。……某些从事儿童文学工作的人,对教育下一代这一重大责任的认识还不足,还没有充分了解把培育儿童成为优秀的全新的人,成为祖国建设最伟大的后备力量,这一工作的伟大政治意义。①

作为"读者"身份的狄林表达了儿童文学创作的甚为不满的情绪,判定了当时创作中"完全不合乎儿童的心理状态"的困境,并总结说"儿童文学的问题是很多的",还把儿童文学创作不足的问题归因于创作者的政治意识不足,最后这位读者希望批评家也要担负起这个重大责任。

总体来说,这位"读者"对儿童文学创作进行了全面深入的观察,提出了高屋建瓴的意见,从创作到批评,从发现问题、分析问题到寻求解决方案,都充分地呈现出来了。这似乎已经超越了一个普通"读者"的认知水准,像文艺界的领导给下属讲话所具备的理论高度和见识深度。这些看似普通的读者来信,已足以让作家评论家"按照

---

① 狄林:《应该重视儿童文学》,《人民文学》1953年第7/8合刊号。

读者的要求和愿望来进行自己的工作"。①

更为重要的是,无论从读者说话的口吻,还是讲话的内容,都与当时文艺界主流意识倾向相契合,甚至堪称主流创作风向的先声。从另外一个角度说,《人民文学》编发这样的"读者来信",正是为了倡导某种创作倾向:

> 我们十分感谢本刊读者经常对于本刊的爱护和监督。如同本期所发表的张杰同志和狄林同志的两封信,我们觉得他们的意见都是重要和中肯的,对于刊物和整个文学工作都是很有帮助的。……我们准备在刊物上尽可能刊登这样的来信,以期充分反映读者的意见,发挥读者对于刊物监督的作用,从而不断地改进刊物的编辑工作。②

《人民文学》为了表达已经接受这位"读者"监督的诚意,当期就发表了儿童文学作家张天翼的剧本《大灰狼》、1953 年第 11 期发表张天翼《我要为孩子们讲一句话》,在文艺界一时掀起儿童文学创作的热潮。1955 年《人民日报》发表社论《大量创作、出版、发行少年儿童读物》③,指出当时儿童读物奇缺的严重情况,热切号召作家、编辑、出版工作者为儿童文学贡献力量。

读者除了承担文学评论家、监督员之外,还具有强烈的责任感,兼任《人民文学》的"教导员"。读者徐康写给编辑部的信中这样说:

> 编辑同志:我是《人民文学》的一个忠实读者,我可以从自己的收获证实,《人民文学》作为全国文协的机关刊物是执行了

---

① 雷加:《四十年间》,《新文学史料》1990 年第 2 期。
② "编后记",《人民文学》1953 年第 7/8 合刊号。
③ 《大量创作、出版、发行少年儿童读物》(社论),《人民日报》1955 年 9 月 16 日。

第四章 《人民文学》"读者来信"的广义修辞学分析

它的任务，符合为工农兵服务方向的。①

这种对《人民文学》"成绩单"的裁定，并非一般的读者所能达到的高度，而是一份理论化和精准性的"证实"与"鉴定"。《人民文学》1956年第1期"读者·作者·编者"发表《读者来信五封》，从话语中可看出"读者"是如何教导编辑工作的：

第一封：正因为我热爱《人民文学》，所以我完全有责任提出我对《人民文学》的意见。……反映工厂生活的作品长期稀少的原因，除了作家在这方面的努力不够外，同时我认为：编辑部和作家们对培养工人写作者的工作做得很不够。（上海新安电机厂　顾褒登）

第二封：《人民文学》上这样的好文章（指《春大姐》——引者注）还是太少了，……《人民文学》上还很少有反映合作化运动的优秀作品。所以我们很不满意。（山东省德县第七区果李庄农民　李文广　李中正）

第三封：在我们的报刊上，在我们出版的书籍上，反映青年学生生活的作品是绝无仅有的。我翻阅了一下几年来的《人民文学》，在这个全国性的文学刊物上，却很难找到一篇写青年学生的作品。（浙江嵊县初级师范　李燕昌）

第四封：我每次翻开《人民文学》的时候，总有这样的感觉：很少能够看到讽刺作品。……在这里，我以读者的身份，向作家们提出请求：希望给我们写一些讽刺作品！（华南医学院　黄华）

第五封：我对《人民文学》有以下几点意见：一、内容和形式的多样性不够。二、刊物内容的次序安排，我以为就是编辑对作品的一个客观评价，应该按每篇作品的水平排列，千万不可按

---

① 徐康：《读者意见》，"读者中来"，《人民文学》1950年第8期。

作者的声名排比。……增加"编后记"……三、刊物对于作品的评论，作家的评介，是比较薄弱的，应该大力加强。……四、已发表的作品，还有结构不严、文字啰嗦的现象，我建议编辑部今后应多作删改。（尹震平）

从这五封"读者来信"中可见，"读者"是具有较高阅读鉴赏能力的人。读者们抱着对《人民文学》"完全有责任"的态度，分别指出刊物在反映工业题材、农业合作化题材和青年学生生活题材等方面"做得很不够""很不满意"，对"最富有战斗性的最锐利的武器"的讽刺作品提出了要求。第五封信，读者对编辑工作的内容和形式、创作和评论、栏目和语言进行了全方位的"轰炸"。读者当然可以对《人民文学》提出批评，但是读者批评的语气是较为强硬的，态度比较坚决，话语的表层和深层都透露出权威的姿态。

（二）"温和亲近的文学鉴定人"：新时期读者谦卑话语修辞

进入新时期，《人民文学》"读者来信"中读者的姿态较之"十七年"时期有了较大变化，虽然也会有权威型读者出场，但大部分情况下读者对作品、作者和编者表现出较为谦卑姿态。在来信中，有的读者会首先介绍一下自己的身份，有的读者对作者和编者也有专门称呼，有的读者会特意提及来信缘由，有的读者在评论作品或提出意见时表现出明显的话语逻辑和风格。下面从以上主要方面对两个历史时期权威话语和谦卑话语进行对比分析。

1. 介绍话语：从"我是工农兵"到"我只是普通的读者"

区别于"十七年"时期"读者来信"中出现较多的"我是工农兵"的权威话语，新时期读者明确表示"我是一个普通的工人""我不是权威人士""我只是一个普通的读者"等谦卑话语。

《人民文学》复刊后刊登了"安徽合肥市邮政局投递员　李大猛"的《救救被"四人帮"坑害了的孩子》。这位读者在来信中反复声明自己是个普通的工人：

我是合肥市邮政局的一个投递员，是一个普普通通的邮政工人。……小说《班主任》的作者刘心武同志这篇文章花了不少心血，写得好。连我这个文艺的门外汉，一个普普通通的送了十几年信的人的心，也给刘心武同志的笔挑动起来了。我从这篇小说中获益不浅，请编辑同志，无论如何在百忙中转告，我这样一个普通工人，普通家长对作者的敬意。作为一个普通的工人，我一定在华主席抓纲治国的战略决策下搞好本职工作，一定把报刊迅速准确地送到读者手里。最后让我们在不同的工作岗位上，为早日实现四个现代化贡献出自己全部力量。①

这些"普通"话语参与了读者和编者言语交际活动。"言语交际的畅通，需要表达者和接受者对于同一话语材料语义信息的共同理解"，对修辞活动来说，"更重要的是言语交际是否获得了最佳效果"。② 从编者角度看，《人民文学》刊登这封"读者来信"，表明对这位读者的意见是认同的。从读者角度看，对刘心武《班主任》表达了"作为普通读者和家长"的真实心声，不仅传达了自己对小说语义的理解，而且传达出对作者的敬意和感谢，以及受到小说教育后"为早日实现四个现代化贡献出自己全部力量"的决心。

2. 称呼话语：从"请作家和编辑"到"敬爱的作家编辑同志"

区别于"十七年"时期"读者来信"中出现较多的"作家们，编辑，《人民文学》，请你们……（满足我们的要求）"的权威话语，新时期读者对作家、编辑和《人民文学》的称呼趋向委婉、亲近，表现出平心静气和平等交流的心态。

《人民文学》1980 年第 11 期"读者之页"发表"中国人民银行江

---

① 李大猛：《救救被"四人帮"坑害了的孩子》，《欢迎〈班主任〉这样的好作品》（读者来稿、来信选登），《人民文学》1978 年第 2 期。
② 谭学纯、朱玲：《广义修辞学》（修订版），安徽教育出版社 2008 年版，第 273 页。

苏临泽所　郭永龙"的来信，这位读者用稍微缓和的语气、抒情性的笔调，向编辑提出了对《人民文学》反映银行职工生活作品的希望：

> 订阅贵刊至今，未读到反映银行战线职工生活的作品。恳切希望敬爱的作家同志们能开掘银行职工生活的涓涓细流，使它汇入文艺的长河。

读者们即使对作家提出批评，也会使用"敬爱的""尊敬的"等敬称；即使对《人民文学》提出不同意见，也会使用"贵刊""编辑同志"等词语，这些都流露出读者对待作家和编辑的温和态度和相对平等的地位。

3. 评论/意见话语：从"完全有责任提出意见"到"谈一点粗浅的看法"

区别于"十七年"时期"读者来信"中出现较多的"完全有责任提出意见""我是不满意的""我们是有意见的""我以为作家/编辑部应该"的权威话语，新时期读者来信中较少"大胆地说"，更多的是"弱弱地"表达自己粗浅的、不成熟的看法，以求教于作者和编者，还认为自己"欣赏水平太低""拉拉杂杂""饶舌数言"。如1985年第1期刊登"甘肃会宁县农业区划办公室　马宗雄"《请辟一席之地》，开篇说："编辑同志：我是贵刊的一位热心而忠诚的读者，值此辞旧迎新之际，为了使贵刊更趋完美，我想饶舌数言。"①

再如，1985年第5期刊登读者吴国钟《要实事求是》：

> 编辑同志：
>
> 读了八四年第十期《编者的话》，觉得其中大部分评介能切中肯，但也有一些可能是属于溢美之词，不揣冒昧，提出来，以

---

① 马宗雄：《请辟一席之地》，"读者之页"，《人民文学》1985年第1期。

求教正。……也许是欣赏水平太低,我仔细阅读《白色鸟》,总体会不到该文"凝练如诗"等妙处,倒是觉得语言方面存在问题不少。

………

我希望《编者的话》要实事求是。

即祝

编安!

江苏如皋江安中学
吴国钟
八四、十二、十六①

由此可见,这一时期"读者来信"中读者提意见时的心态是谦虚谨慎的。即使对《人民文学》提出强烈的批评和呼吁,也尽量使用谦辞,不露锋芒,表现出"为《人民文学》好"的美好初衷,表达了朋友间坦诚相待、相互提携的情谊。当然个别来信不可避免也有"十七年"权威读者的影子。

无论是读者评论作品还是提出建议意见,"十七年"和新时期读者话语的认知逻辑有所不同。

"十七年"读者对作者和编者的态度是强硬的,出现如"我要求你一定要……""我建议你必须……""我们呼吁/希望你们可以做到"这样"我要求你"类的话语模式。从话语内容上,大多数"读者来信"是对文学作品采用否定、批评甚至批判的方式,对《人民文学》编者表达抱怨、指责甚至进行批评教育,大胆地抒发自己的"不满意",整个交流氛围是紧张不安的。

新时期以来,读者对作品和编者也有批评意见,也存在着微弱的权威型读者的"声音",但批评话语采用"遗憾的是""可惜的是"等

---

① 吴国钟:《要实事求是》,"读者之页",《人民文学》1985年第5期。

温和委婉、谦虚谨慎的方式,更多的是对作品大加赞美、对作家编者表示感谢,甚至希望面见读者和编者,表现出对文学的极大热情。读者在来信中不再一味地指责,而是希望通过"我怎么做"才能让《人民文学》办得越来越好、才能为祖国发展贡献力量的角度,抒发新时代人民当家作主的豪情,整体上营造一种编读之间和谐温暖的对话氛围,为社会传播更多的正能量。

《人民文学》"读者来信"中权威话语与谦卑话语比较见表4-1:

表4-1 《人民文学》"读者来信"中权威与谦卑话语比较

	权威话语("十七年")	谦卑话语(1978—1999)
1. 介绍话语	我是一个农民……我想提几点疑问…… 我俩都是工人,在百忙之中写了这篇揭发信,希望您…… 我是一个最喜爱文艺作品的青年,可惜的是……	我是一个普通的工人、业余爱好者…… 我不是权威人士,这封信也不是评论文章…… 我只是一个普通的读者……
2. 称呼话语	作家们,编辑部,请你们……(满足我们的要求)	敬爱的作家同志,恳切希望…… 贵刊……编辑同志……
3. 评论话语 意见话语	我完全有责任提出我的意见…… 关于作者的描写,我是不满意的…… 我们是有意见的…… 我以为作家/编辑部应该……	我想谈一点粗浅的看法…… 写下这一点未思成熟的感想…… 我想饶舌数言…… 不揣冒昧,以求教正…… 提出意见供你们参考……
4. 话语逻辑	【"我要求你"模式】 我要求你一定要…… 我建议你必须…… 我们呼吁/希望你们做到……	【"我要做,为了你"模式】 我真诚希望/恳切盼望…… 我一定(应该)要做……来为你贡献力量

如果要对新时期《人民文学》"读者来信"中的"读者"赋予一种身份定位的话,可称作"鉴定人"。这个身份符号不同于"十七年"时期的绝对权威地位,而是作为与作者编者构成平等交流地位的读者群体。正如编者所说,开设"读者之声"目的在于:

第四章 《人民文学》"读者来信"的广义修辞学分析

广大读者是文学的鉴定人;我们理应于尊重作家创作个性的同时,注意倾听广大读者群众的呼声。特设此专栏,热切盼望本刊读者多多来信,提出批评、建议,协同我们,监督我们,共同把《人民文学》办好。并寄望此栏之设,不仅有益我刊编辑工作,而且有益作家创作。①

读者可以给编辑部来信提建议,可以给作者创作提建议,可以监督文艺界的工作,最终目的是参与新时代文艺期刊的发展建设事业中来。

作为"鉴定人"的读者,在《人民文学》从20世纪70年代末、80年代至90年代的办刊过程中也经历着权威逐渐减弱的趋向。在1976年第1期《致读者》中,编辑部对读者的期待延续了"十七年"的传统,"希望广大读者、作者支持我们,批评我们,同我们一起来办好这个刊物,使它成为无产阶级对资产阶级专政的工具"。② 此时的"读者"仍具有很大权威。

从80年代中后期开始,随着思想解放潮流的发展,读者对文学的决定性功能逐渐减弱,"文学创作上新的艺术探索不断出现,'人民'和'专家'的审美趣味渐渐分离",③ 读者个体阅读趣味开始走向多元化,文学读者群也开始分化。1980年编辑部在总结1979年全国优秀短篇小说评选活动时说:"和上次一样,今年的评选仍然采取群众推荐与专家评议相结合的方法",④ 并坚定地认为只有在人民群众的"鉴定和鼓励"下,文艺创作才能更健康地发展。1984年第12期邀请读者参与投票评选"我最喜爱的作品",⑤ 编者坚信"读者是文学作品最

---

① 编者按:"读者之声",《人民文学》1990年第7/8合刊号。
② 《致读者》,《人民文学》1976年第1期。
③ 马炜:《被建构的"权威"——全国优秀短篇小说评选中的"读者来信"考察》,《当代作家评论》2017年第2期。
④ 本刊记者:《欣欣向荣又一春——记一九七九年全国优秀短篇小说评选活动》1980年第4期。
⑤ 人民文学杂志社:《"我最喜爱的作品"推选说明》,《人民文学》1984年第12期。

广泛、最实际的鉴赏人、检验人",读者们"喜爱与否,往往决定着文学作品的价值与命运",由群众直接投票推选佳作具有"相当主要的作用与意义"。①

1991年,"《人民文学》优秀小说奖"评奖采取"读者推荐与专家评议相结合的方法"。② 1994年举办《人民文学》创刊45周年各项评奖活动,采用"由全国著名作家、诗人、评论家、编辑家组成的评奖委员会"③通过无记名投票评定。此时的"读者"声音变得微弱了,专业的作家评论家组成了评奖的中坚力量。

《人民文学》作为文学期刊,无论读者趣味和身份经历怎样变化,它始终坚持"为人民"服务的文学,重视作为文学阅读者和接受者的"读者"意见,竭尽全力鼓励读者参与文学活动,吸引更多读者订阅,扩大市场影响力。在1998年全国文学期刊主编研讨会上,《人民文学》副主编肖复兴说:"在文学边缘化、人心沙漠化的今天,只要有我们尽职尽责的主编、编辑和作家们存在,文学就不会消亡,我们会通过各种途径和办法,把梦想通过我们的笔和刊物,传递给读者,传递给下个世纪的下一代"④,体现出在市场经济氛围中如何走出困境的勇气。

第二节 "读后感"与"建议书":读者来信的文本建构

《人民文学》1983年第8期"编后"中说:"开辟'作者·读者·编者'专栏之后,收到大批读者来信,或谈读后感,或对刊物工作提

---

① 伊边:《读者的意愿 宝贵的信息——从〈人民文学〉"我最喜爱的作品"推选活动说起》,《人民文学》1985年第3期。
② 《本刊举办"〈人民文学〉优秀小说奖"评奖启事》,《人民文学》1991年第3期。
③ 《为纪念〈人民文学〉创刊45周年 本刊与各赞助单位联合举办的各项评奖圆满完成》,《人民文学》1994年第11期。
④ 郭晓力:《文学期刊的生存与出路——'98全国文学期刊主编研讨会侧记》,《人民文学》1998年第10期。

出意见和建议,我们深为感动,专此致谢。"① 这里提到"读者来信"类栏目的主要内容,即"读后感""对刊物工作提出意见和建议"。

1985年第1期"读者之页"发表马宗雄《请辟一席之地》,传达出读者也有这样的期待:"我建议贵刊设置'读者评议'专栏,用一定篇幅登载读者对贵刊的建议、批评及对作品的评析或读后感。"读者的期待也是两个方面:展示读者的建议和批评、发表读者对作品的评析和读后感。

纵观1949—1999年间《人民文学》"读者来信",按内容分也是这两类:

读后感:表达对该刊已发表文章的感想、想法、体会、启示或评价,即读后所思所感所识。"读"是"感"的前提,"感"是"读"后收获。

建议书:对该刊的编辑作风、文学题材、文体类型、文学批评、栏目设置等方面表达支持或反对,提出意见或建议、批评或希望,并发出某种创作倾向和编辑导向的呼吁。②

下面从读后感和建议书的用词、句式、逻辑等文本修辞建构展开分析。

一 读后感:评价标准、焦点话题与话语模式

在这类"读者来信"中,有的标题话语带有话语标记,如"从X谈起""读/评/谈/看/关于X""X读后/有感/杂谈/札记/读后感/读书通讯",其中"X"指代具体作品名、作者名或作品中的人物名。有些标题中还加上"夜读""喜看""浅谈""也谈""我看""我读"

---

① "编后",《人民文学》1983年第8期。
② 当然,这两种来信内容上有融合,少量读后感中也有对《人民文学》编辑部提建议的内容,个别建议书中也有对文学作品发表读后感言的话语。为方便下文的论述,这里只做宏观上的分类,特此说明。

"我爱",直接表述读者主体心理状态。①

从文本层面观察,读后感类"读者来信"主要表现出以下修辞面貌:
1. 评判文学的标准——"好/不好/坏""成功/不成功/失败"

总体来看,"十七年"期间"读者来信"对《人民文学》发表过的作品进行评价更多的冠以"不好""不成功"的罪名,而新时期"读者来信"更多赋予作品"好""很好""极好""成功"的定位。

"十七年"期间"读者来信"对作品的评价系统,与整个文学批评氛围相辅相成。如果给某部作品贴上"不好""不成功"的标签,读者使用的评价语词离不开不真实、不典型、不正确、不准确、不生动、不形象、不具体和不实事求是等话语。"真实"是作为社会主义现实主义的核心概念在批评实践中得以反复阐释的。值得注意的细节是,当时评价作品不真实,不用"虚构"而是用"歪曲"。

《人民文学》1958年第4、5、6期集中发表了关于评价肖平的小说《除夕》的"读者之页",共计7封来信。其中,张世德等三人署名的《严重歪曲现实的〈除夕〉》,认为它所反映的农业合作化以后极端贫困的农村生活"是歪曲、是诬蔑"。高游《谈〈除夕〉》说,"我认为它并不是一篇好小说,没有达到作者预期的要求和目的",主要是作者在塑造人物时"歪曲了典型环境,并没有做到典型人物和典型环境的统一","作者对不少人物的刻划,也严重的歪曲了农民的精神面貌"。

南帆认为,"十七年"现实主义评价系统中的"真"及其派生代码"现实""生活""历史""社会""世界"等语义出场的时候,中国古代文学批评中的"神韵""风骨""气象""境界"等一套美学术语就偃旗息鼓,不得不退出文学话语场。与此同时,批评主体的

---

① 代表性的读后感的标题有:张天民《多写些好的短篇小说——从〈科尔沁草原的人们〉谈起》(1952年第3期)、文外生《读诗人卞之琳的五首近作》(1954年第7期)、段平等人《优美的歌——〈阿诗玛〉读后感三则》(1954年第7期)、刘曰《也谈周立波作品中的土语》(1958年第6期)、李光一《读〈安树和他的诗友们〉有感》(1983年第5期)、段崇轩《喜看短篇小说显优势》(1984年第6期)、左森《范汉儒和陶莹莹——读书通讯》(1985年第1期)、张深奥《读〈买菜札记〉》(1993年第1期)和卢腾《厂长看〈大厂〉》(1996年第4期)等。

"真"与"诚"(诸如文气、性情、风格、个性)等独立的艺术感觉与精神价值也变成了极其稀缺的修辞概念和理论资源。①

新时期以来"读者来信"对作品的评价虽然也有"失败的作品",但更多着眼于它们是"好作品""成功的作品"。这一时期"读者来信"的评价语词也是"真实",同样指向作品的题材、主题、人物、情节、艺术等层面的真实性问题,同样与"现实""生活"等词语紧密关联。

《人民文学》复刊后第一次刊登读者来稿来信——1978年第2期《欢迎〈班主任〉这样的好作品》。这组来稿还配有"编者"话语,基本奠定了《人民文学》复刊至今"读者来信"读后感的评价风格和话语基调。

"福建霞浦县从农公社洋沙溪大队知识青年　韦韬"的《一篇别开生面的好作品》,首句即亮出读者的立场:"一篇作品的真价值在哪里呢?我想一篇作品的价值就在于深刻地剖析生活、总结生活,有独特的生活感受和见地,使读者产生联想、共鸣、得到教育、展示和美的享受。《班主任》给予我的正是这种'真价值'的收获呵。"

"上海市甘霖中学　夏志圭"的《张老师的勇气、决心、毅力和阶级爱憎值得学习》开篇首句这样说:"小说《班主任》相当真实地反映了当前学校内外的现实生活,形象而生动地揭露与控诉了'四人帮'在教育战线残害'中华民族未来'的令人发指的罪行",所以说"这是一篇题材新颖、性格鲜明、文笔流畅、有一定广度和深度的好作品"。

与"十七年"读者评判作品标准较大的不同点是,新时期以来"读者来信"除了"真实"标准之外,还兼顾了作品所反映出来的艺术特质、审美属性、精神价值、时代脉搏、历史高度与民族传统。夏锦乾在《喜读〈旋转的世界〉》中兴奋地说这篇小说我们展示了一幅

---

① 南帆:《文本生产与意识形态》,暨南大学出版社2002年版,第70—77页。

五彩缤纷的旋转的时代画卷,"小说成功地创造了强烈的动感、旋转感和飞跃感,而这正是我们时代的本质精神",作者"站在历史的高度正确地揭示了在'物'的冲击下人与人的关系,给人以远眺和俯视的愉悦",还呼吁"希望在《人民文学》上经常读到这样的好作品"。①

2. 读后感焦点话题——"读了这部作品对我们有什么教育意义"

读者评判一部作品"好不好"、"能不能"被接受、"有没有"价值、"要不要"在《人民文学》上发表时,几乎所有目光都聚焦于这部作品的教育意义:有没有教育意义、有什么教育意义、有多大的教育意义。作品优劣及其对读者的教育意义程度高低大小成正比关系:这是一部好作品,因为它对读者有较大教育意义;这是一部坏作品,因为它对读者没有教育意义或意义很小;反之,也成立。

"十七年"读后感所强调的"教育意义"着眼于作品中的正面英雄人物、工农兵题材、颂歌主题和革命乐观主义风格,熏染着"我",震撼着"我",教育着"我"。1954年第6期读者晋湘、子信说:"我觉得作品里的生活气息是相当浓厚的,每个主人公都像喷发着夺目的珠宝豪光,使读者肃然起敬,至少我是这样被感动和被教育着的",总之"小说始终是以革命乐观主义的笔法来描写整个战斗,不断地给读者以精神上的欣慰与鼓舞"。②

与此相反,那些"坏作品""有毒素的作品""有重大缺陷的作品",往往在思想内容上晦涩难懂,在战斗力量上软弱无力,在教育意义上让"我们"失望。1954年第6期"读者中来"发表"文外生"的信《读诗人卞之琳的五首近作》。这篇读后感的基调是"卞之琳先生的诗给一般读者的印象是难懂的",虽然卞之琳针对读者的批评曾做过自我检讨,但发表在《人民文学》上的新作"并没有从本质上克

---

① 夏锦乾:《喜读〈旋转的世界〉》,"读者·作者·编者",《人民文学》1984年第1期。
② 晋湘、子信:《一篇鼓舞我们战斗意志的小说——〈长城线上〉读后感二则》,"读者中来",《人民文学》1954年第6期。

服表现在《天安门四重奏》中的严重缺点",诗人"没有很好满足读者'首先看得懂'的要求",给读者一种"模模糊糊""朦朦胧胧""非常不清晰的感觉","无法引起读者内心的共鸣",很难感受到其中的教育意义。①

新时期以来,"读者来信"中的读后感同样强调作品的"教育意义",而着眼于作品中塑造了哪些共产党员英雄人物、反映社会主义建设哪方面的宏大主题和题材,以及文学如何参与共产主义精神文明建设。读者来信讨论李存葆、王光明的报告文学《沂蒙九章》在读者中的巨大反响。他们给予这篇报告文学极高的文学地位"时代的黄钟大吕""现实主义力作""力透纸背的佳作""最上乘的作品",突出了作品所反映出的沂蒙精神具有重大的社会影响意义,具有深远的历史意义和现实教育意义。②"读者来信"中对重大题材主流话题的热情反馈,很大程度上影响着《人民文学》对主旋律作品的极力倡导。

3. 读后感话语模式:评判性接受→情感性接受

依据读者话语的感情浓度来划分,读后感的阅读接受可分为:评判性接受和情感性接受。所谓评判性接受,指的是读者在"读者来信"中更多展示自己阅读后对作品的判断和评价。所谓情感性接受,指的是读者在"读者来信"中更多呈现阅读之后的情绪、感受和心情等。从总体上看,"十七年"《人民文学》刊登的读后感更倾向于评判性接受,新时期的读后感更倾向于情感性接受。

从话语模式看,"十七年"时期读者对作品的评判呈现出两种方式:"摘抄+感想"和"优点+缺点"。读者"火箭"谈丁玲小说时,先亮出观点"首先我觉得……",再引用小说原文分析"这些描写展现了……",继续引用原文继续分析"作者的真挚的感情到处都可以

---

① 文外生:《读诗人卞之琳的五首近作》,"读者中来",《人民文学》1954年第6期。
② 《沂蒙精神的赞歌》《震撼心灵的乐章》《〈沂蒙九章〉的巨大反响》这三组"读者来信"分别发表在《人民文学》1992年第2、3、4期"读者之声"栏目中。

感染着我们……下面作者简练地但也是细致地描写了……",接着"我们读这一段……","最后,我还想来谈谈……"。①

这种"我感到"式的阅读接受,实际上更倾向于感性接受,是一种印象式评论。这种方式与当时文学普及政策、读者的工农兵身份和读者阅读水平参差不齐等因素有关。"优点+缺点"式的二元思维模式,也与当时文学评论的语境有关。从话语内容上看,有时读者所谈论作品的优点和缺点之间又是矛盾的关系。

新时期的读后感倾向于情感性接受。"读者来信"中摘引原文的现象很少,"优点+缺点"的模式也偶尔出现,但更多的读者在文本中抒发阅读后的感官刺激与心灵反应,普遍出现这样的情感词语:

耳目一新　如临其境　荡气回肠　深受感动　心潮起伏　产生敬意
情到极处　热泪滚滚　茅塞顿开　鼓舞人心　使人深思　让人警醒

1980年第7期刊登《读者欢迎〈西线轶事〉》,摘录16篇读者来信,其中"战士徐辉"说:"我非常激动,因为我是一个解放军战士,同事有着和刘毛妹一样的生活经历";"宜宾地委熊发高"说:"我是含着眼泪把《西线轶事》读完的,这泪交织着哀伤和喜悦";"山东省崂山县毕桂美"说:"我感谢作者,也埋怨他,因为他让我流了那么多眼泪";"新河中学沈常月、展屏"说:"读完《西线轶事》,既感到是美的享受,又是人生观的教育课";"上海刘克俭"说:"《西线轶事》使人心潮起伏,难以平静";"空军战士胡洪波"说:"这是一篇极好的小说,虽然描写了很平凡的事,但它们却是如此的深刻,令我陶醉"。②

---

① 火箭:《读〈粮秣主任〉》,《人民文学》1954年第5期。
② 《读者欢迎〈西线轶事〉》,"读者之页",《人民文学》1980年第7期。

二 建议书：用词语气、话语逻辑与表述方式

在这类"读者来信"中，大部分标题话语带有这样的话语标记，如"（我们）对 X 的意见/看法/建议""我们需要/欢迎/拥护/喜欢/反对/希望/要求/呼吁/期望 X""（我们）应（该）X""谈谈 X 问题""请满足我们的要求吧""让 X 吧""要 X"。这里的"X"指《人民文学》、某具体文章、发生在《人民文学》上的某种现象，或指读者期待看到更多更好的某类文学创作、或指《人民文学》应该倡导的编辑理念。

从这些建议书的标题①中，可见读者关心《人民文学》发表的文章，支持或反对、提倡或拒绝、要或不要、应该不应该，态度非常明确。读者也能从自己的角度出发，通过"写信"方式表达自己的要求和希望。

在文本层面，建议书类"读者来信"主要有以下修辞特点：

1. 建议书的表达立场——"欢迎/反对""应该/不应该""要/不要"

《人民文学》拥有广泛的读者群，"广大读者"来信提出对编辑部的"一点意见"或"几点意见"都是态度鲜明的观点。在语句层面主要表现在坚决的不容置疑的语气（如"必须"）和强硬的用词（如"完全""不得不"）表达上。龙国炳在《我们欢迎特写》中对《人民文学》上的"编后记"里的意见表示"我完全赞同"，还"我不得不产生这样一种要求"，要求作家们经常写特写，并且认为"这是完全有可能办到的"。②

2. 建议书的逻辑路径——作品→作家→编者

读者阅读《人民文学》也不是一个单纯单向的体验过程，而是在

---

① 代表性的"建议书"标题有：沈巨中《文学批评应面向读者群众》（1951 年第 2 期）、绿由《我对〈关于神话题材的处理〉一文的意见》（1953 年第 9 期）、龙国炳《我们欢迎特写》（1953 年第 10 期）、段平等人《反对抄袭》（1954 年第 2 期）、王晓岚《请满足工人同志们的要求吧》（1954 年第 9 期）、王国梁《我们青年的呼吁》（1955 年第 5 期）、孙逊《我们需要和欢迎这样的诗——读马铁丁同志的〈投入火热的斗争〉》（1956 年第 1 期）等。

② 龙国炳：《我们欢迎特写》，"读者中来"，《人民文学》1953 年第 10 期。

阅读后产生了对作品的思想艺术、对作家的创作观念甚至对编者工作态度等方面爱憎分明的情感取向。把作品中人物思想意识等同于作家本人思想意识，把作品中人物的品质优劣等同于作家本人的品质优劣，把作家作品的成功与失败归功于《人民文学》编者的胆识与错觉，也就是把"作品""作家""编者"的社会声誉、创作水准与工作能力紧紧绑定一起，这是"读者来信"的建议书中常见的逻辑路径。

在"十七年"《人民文学》发表的作品中，出现过抄袭事件。读者"王子"《揭露〈青年电焊工〉作者的抄袭行为》，对沙向阳的抄袭行为给予强烈的批评，认为作者受了"懒蛋、寄生虫、剥削者"资产阶级的遗毒，是"不劳而获、坐享其成"的恶劣行为，最后总结说：

> 抄袭作品的现象已经有许多先例可考了，对于这种资产阶级的思想作风，为什么不进行有系统的尖锐批判呢？难道这也值得我们惋惜吗？……至于《青年电焊工》的出现，除了作者的过错，《人民文学》编者不能不负责任，严格来说，这是编者同志缺乏责任心的具体表现。编辑"在工业战线上"的同志竟然不看工业战线上的优秀通讯，是极其荒唐的，而《人民文学》的编辑同志，竟然没有仔细阅读人民文学出版社出版的《经济建设通讯报告选》，也是令人难以想象的。我希望以此引以为戒，杜绝公然抄袭的作品在我们的文学刊物上再现。①

这份"读者来信"的话语逻辑可呈现为：

这种论证逻辑反映了读者对抄袭现象的反对态度，同时分析了行为的性质和解决方案。从批评现象到批判作者，从批判作者到批评编者"不负责任"，这种强硬的语气"令人难以想象"。如图 4-1 所示：

---

① 王子：《揭露〈青年电焊工〉作者的抄袭行为》，"读者·作者·编者"，《人民文学》1956 年第 1 期。

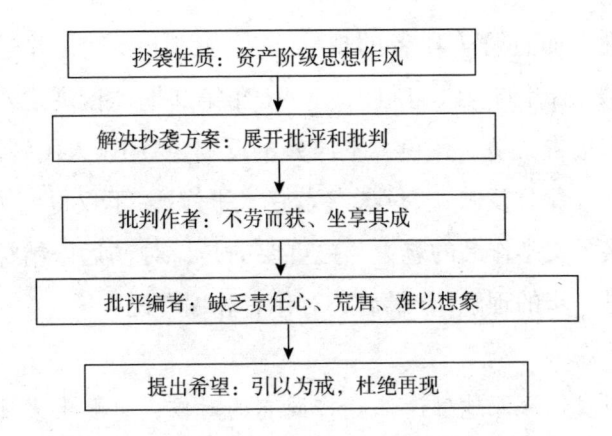

第四章 《人民文学》"读者来信"的广义修辞学分析

```
抄袭性质：资产阶级思想作风
            ↓
解决抄袭方案：展开批评和批判
            ↓
批判作者：不劳而获、坐享其成
            ↓
批评编者：缺乏责任心、荒唐、难以想象
            ↓
提出希望：引以为戒，杜绝再现
```

图4-1　《揭露〈青年电焊工〉作者的抄袭行为》的推论逻辑

新时期以来，《人民文学》发表过几次反映意见较为强烈的"读者来信"。如罗中立、董玉成、华子三位读者猛烈批判发表在1983年第8期上的报告文学《巴山夜话——雪山深谷访罗中立》，大声呼吁《报告文学应该真实》。具有讽刺意味的是，被采访的对象"罗中立"亲笔来信批判这篇文章，"这是一篇带有编造和不少失实的文章"，接着批判作者，如此的编造"表现了作者极不严肃的创作态度和作风"。读者痛心地说：

> 《人民文学》是很有影响的全国性文学刊物，出现了这样一篇令画家不愉快和苦恼，令读者莫名其妙的报告文学，不能不说是十分痛心和遗憾的事。希望贵刊好好帮助作者，更希望贵刊今后不再出现这样的作品。①

与此相反的情形是，读者热烈欢迎某部作品，不仅歌颂作品的思

---

① 罗中立、董玉成、华子：《报告文学应该真实》，"作者·读者·编者"，《人民文学》1983年第11期。

想性艺术性,而且赞美作者的现实态度与艺术高度,并进一步颂扬《人民文学》编者的慧眼与胆识。1991年第9期"读者之声"发表读者对江宛柳报告文学《蓝色太平洋》的反响,"中国人民解放军89960部队宣传处"集体反映:"读了《蓝色太平洋》,不仅得到了一次艺术享受,领略了文学作品的魅力,更重要的是,对'远望精神'的丰富内涵又更进一步的理解",最后还对作者和编者说:

> 当我们深深地感谢江宛柳同志的时候,也要由衷地感谢《人民文学》。因为,没有你们的慧眼,《蓝色太平洋》不可能获得这样良好的社会效果。①

总体来说,在《人民文学》意见建议类"读者来信"中,"十七年"期间读者的否定性批判性意见多于肯定性意见,新时期以来读者的正面赞美性意见多于负面否定性意见。无论哪种意见和建议,基本遵循"三步走"战略,即否定或批评某个对象,提出自己强烈的意见,进而否定或肯定作者的阶级立场、创作思想、生活作风和道德品质等,最后对《人民文学》编者的政治素养、工作态度、工作能力和应发挥的教育功能进行鉴定。

从这个角度说,《人民文学》编者承受着期待优质来稿、接受读者评判和自身编辑工作等各方面的压力,特别是有时读者意见越过了文学界限,甚至转移到批判人格和刊物品格的角度。

3. "读者来信"话语生成途径——"意见+建议"

从公共舆论角度说,这种现象是读者表达对作品作家、文学现象和编辑部工作的各种不满情绪的集中发泄。其特征是热衷于"读者"视角,让公共事件的话语逻辑符合读者的需求和期待。读者提意见和建议是通过话语建构一种对抗性的意识形态,通过公共传播强化话语

---

① 《〈蓝色太平洋〉的反响》,"读者之声",《人民文学》1991年第9期。

舆论导向。这种现象提供了编者、作者和读者话语交往的空间，也是中国当代文学期刊制度下的产物。

《人民文学》1980 年第 11 期集中讨论题材问题——《希望题材广泛些》。"意见"，主要针对《人民文学》发表某方面的题材"少""不多""太少了""几乎是没有"现象；建议，主要是希望作家多创作这方面的作品、《人民文学》今后多发表这方面的创作。读者来信内容均采用统一的"意见+建议"的思路。①

从"意见"话语看，读者从各自行业、职业、身份（农民、医生、银行职员、中学生、教师）出发，对《人民文学》发表的创作题材的广泛性持否定性态度。从"建议"话语看，读者从自身的阅读需求出发，针对所提意见对《人民文学》提出"希望""应当""呼吁"，或附加"恳切（希望）"，表达期待程度高。其中两位读者还使用了反问句，"农民是四化的主力军之一，不写（演）他们是何道理呢""反映这方面（教师题材）的作品少，何能谈上百花盛开"，强调了这些意见的重要性，其实在批评《人民文学》在这些方面做得不够好。

"读者来信"中的意见和建议，形成了读者、作者和编者之间互动的场所，有助于三个主体之间的信息和情感沟通。同时，这些意见和建议表达的是一种期待和希望，这也是编者所期望的那样："亲爱的读者，让期待伴随着我们 1998 年的相遇，我们也殷切期待着 1998 年的建议与批评。"② 在这一点上，编者和读者之间是有共识的。郭小川曾回忆说："我们的读者，当看到一个刊物办到没有起色的时候，不应当只是不花钱买它就算拉倒，我们要经常向它说些尖锐的话，提出严正的要求，如果一个刊物犯了错误，读者就应当是热忱的起诉人。"③ 从这点又可看出，读者的建议书也是一种对文学期刊实施监督

---

① 《希望题材广泛些》，"读者之页"，《人民文学》1980 年第 11 期。
② 编者：《再致读者》，《人民文学》1997 年第 12 期。
③ 郭小川：《郭小川全集·第 5 集》，广西师范大学出版社 2000 年版，第 451 页。

行为的主要方式。

第三节 作为修辞的"读者来信":叙事策略与主体精神

《人民文学》"读者来信"显示出可觉察的组织性,这体现为编者编发行为的修辞策略。现实生活中编辑部接收到读者来信是一件自然而平常的事情。但经过编者编排的"读者来信"栏目及其"来信"内容的产生,是一个叙事过程。真实的事件是单独和离散的,而叙事是连续和聚合的。

从现实中的来信,到经过编排的来信,这种对事实的排列顺序即构成了对事实的颠覆,那么来信的"真相"就转换为一种叙事话语。所谓"真相"作为一种叙事,按照美国叙事学家西摩·查特曼所说的,它是"按照已排列好的序列表现出来的"。① 编者积极地参与并实施了这个转换过程,并进行了修辞化加工,这种行为在公共空间里是一种温和的修辞策略。

编者对"读者来信"的修辞编码,可从宏观审视,也可从微观考察;可从表达和接受双方互动中展开,也可从言语交际的语用效果中反思;可从修辞技巧上解析,也可从修辞诗学上阐释,最终实现从文本层面反射出编者主体精神层面的目标,这是《人民文学》"读者来信"研究较少关注却很重要的视角,也是广义修辞学"两个主体""三个层面"的认知视野与理论格局。

从广义修辞学角度观察《人民文学》编者编发"读者来信"言语行为,"不仅需要研究修辞话语的生动形式,也不仅需要研究语篇的修辞设计和叙述结构,更需要研究修辞在社会文化和主体精神世界建构过程中的能量"。②

---

① [美]西摩·查特曼:《故事与话语》,徐强译,中国人民大学出版社2013年版,第6页。
② 谭学纯:《问题驱动的广义修辞论》,人民出版社2016年版,第133—134页。

为此，值得深思的问题是：为了促进良好编读互动，《人民文学》编者编排"读者来信"修辞意图有哪些？编者在"读者来信"的"编者按"中运用了哪些语用策略？这些来信在揭示真相与颠覆事实方面有怎样的话语表征？这些读者来信何以成为特定文学体制中的想象性文学力量？编者的精神状态又如何？诸如此类的研究相对稀疏，阐释的诱惑更强烈。下文将对这些问题进行尝试性回答。

一 "弥合差距→重建认同"：情感倾向与礼貌原则

编读关系是《人民文学》编辑思想的核心。编者希望通过"读者来信"栏目拉近与读者、作者的关系，为了共同办好《人民文学》，这个不难理解。那么在这些栏目内容之前或之后，有时会附上"编者""编者按""编后记"，形式进一步明确话语表达的特定意图。诸如评论、请求、感谢、道歉等直接或间接表达的言语行为的施为意图，以及为实施特定言语行为而使用的语用策略，编者表达信息时对读者的感情回应和礼貌策略等，这些都值得做具体的分析。

下面分两个时期来观察"读者来信"栏目的编者话语意图及策略：

（一）"弥合差距"："十七年"时期编者回应读者意见的情感倾向

这个时期编者经常在"编者按"或"编者的话"中对读者来信进行补充说明，包括作者出身（如工人同志、青年学生）、来信针对的具体问题（如该刊发表过某篇文章的大致内容）、来信本身的风格（如朴素简单），以及对读者意见进行积极正面的回应，代表性话语如：

> 这是一个工人同志给我们寄来的稿子。他这些建议是值得注

意的,虽说讲得比较朴素,比较简单。(摸海:《几点建议》"读者中来""编者按")

张杰同志所提出的问题我们认为十分重要。他的批评是正确的,我们希望作家、批评家和刊物编辑共同来重视这一问题。(张杰《关于语言》"读者中来""编者按")

我们认为这份来信的意见基本上是对的。(绿由《我对〈关于神话题材的处理〉一文的意见》"读者中来""编者按")

段平同志和流火同志对我们的批评是完全正确的,从发表李刃夫的抄袭"作品"这件事上确实暴露了我们工作上的疏忽、草率作风,我们准备根据来信意见切实加以改正,并感谢他们两位对本刊的关心和帮助!(段平、流火《反对抄袭》"读者中来""编者按")

这两封来信虽然还不能代表所有读者的看法,但从总的精神上说,我们认为这两篇来信所提出的意见都是好的,值得倾听的。("编者的话")

在这些话语中,编者对读者的回应话语尤其值得注意。面对几乎所有的读者来信,编辑部以"我们"自称,并一致认为这些意见"值得注意""十分重要""基本是对的""完全正确""都是好的""值得倾听""有代表性""非常值得引起重视"。编者衡量读者意见的标准是遵循好不好、对不对、重要不重要、是否有代表性和是否值得编辑部重视,这是一种较为简单的逻辑推论。

编者的情感回应是复杂的,既有"不能反映所有读者的看法"的顾虑,对读者的判断力和鉴赏力持以保留态度,又有"我们工作上的疏忽、草率""我们愿意吸取教训"的自省觉察意识,以及坦诚该刊发表过的某些文章的观点是错误的,更能深刻体察某些问题是当时文艺界的重大任务和重要方向,是"读者"提醒"我们"要加以重视。通过以上情感策略,缓和与读者之间思想观念上的矛盾对立,以"弥合差距"。① 这正是这一时期编者的主要修辞意图。

(二)"重建认同":新时期编者满足读者需求的礼貌策略

进入新时期,随着社会阶层的变动、文化资源的分化和经济体制的变革,《人民文学》读者群体也面临着分化重组、整合流动,并由此呈现出"社会碎片化与社会自组织的发育"②的趋势。

在此历史语境中,《人民文学》编者在读者来信的"编者按"中表达着对读者负责、为读者服务、满足读者需求,从而重建读者认同的修辞意图。

编发《欢迎〈班主任〉这样的好作品》的读者来稿来信,编者说:这些意见"供读者参考"③;发表冯朗峰《让短篇小说短下来》的读者来信,编者认为在刊物上推行对作品字数的限制是有困难的,并强调:"读者的这一呼吁还是值得重视的"④;刊登徐普旺对《神圣忧思录》的意见,"供各方面参考"⑤。

编发读者对报告文学《沂蒙九章》的反响,编者说这些意见"以飨读者"⑥;针对读者提出修改栏目名称的建议,编者回复:"接受陶宏同志建议,今后将'读者之声'栏改为'读者·作者·编者'栏",这样就把文学"创作、流通、享用三个方面都联系起来了"⑦。

在少量的读者来信"编者按"中,编者表达的是"澄清事实"的意图。如1983年发表刘钊的《巴山夜话》,受到了读者实名来信,指出这篇报告文学有明显失实问题,并向作者和编辑提出批评。编者先

---

① [英]丹尼斯·麦奎尔:《受众分析》,刘燕南、李颖、杨振荣译,中国人民大学出版社2006年版,第134—137页。
② 李培林、李强、孙立平等:《中国社会分层》,社会科学文献出版社2004年版,第11—13、60—64页。
③ 编者:《欢迎〈班主任〉这样的好作品》(读者来稿、来信选登),《人民文学》1978年第2期。
④ 编者:《让短篇小说短下来》,"读者之页",《人民文学》1981年第3期。
⑤ 编者按:《一篇〈忧思录〉多少读者泪》,"读者论坛",《人民文学》1988年第7期。
⑥ 编者:《沂蒙精神的赞歌》,"读者之声",《人民文学》1992年第2期。
⑦ 编者:《读〈纯净的诗〉与建议》,"读者·作者·编者",《人民文学》1993年第5期。

解释了来信缘由，再说明了这篇报告文学在审稿方面的漏洞，承认编辑工作的疏忽，最后表明意图和致以谢意："现将来信摘要编发，以澄清事实，并向来稿、来信同志表示衷心的谢意。"①

还有的读者来信"编者按"中，编者表达的是"以代更正"的意图。如针对1993年第2期《人民文学》上出现较多错别字的问题，编者如实刊登来信地址和姓名，以来信内容来代替更正：

> 感谢庄丽青、孙永涛（我们还收到吉林抚松教师进修学校刘永武、浙江慈溪周巷中学吴柏洪等读者同样内容的来信）对我们的关怀帮助。本刊近期（特别是今年2月号的重点作品）校对粗疏，出现了较多错别字，我们深感愧疚，谨向读者和作者致歉。
>
> 庄丽青同志的建议甚好，无奈清样出来到付印，期限很短，来不及特邀"爱挑剔"的朋友们"揭短"，敬祈鉴谅。这就更需要读者来信"找茬子"了。今后，我们将尽力提高业务素质，加强责任感；同时，还希望不断得到读者来信批评指正。②

在这封致歉话语里，编者本着为读者负责、为刊物负责的精神"谨向读者和作者致歉"。从"深感愧疚"中看出编者为自己失责产生的自责和歉意的情绪。

从语用角度看，致歉是一种交际活动，也是一种礼貌行为。礼貌的本质是恰当地运用话语策略，如使用显性施为句（如"我错了，请原谅"）、对发生事件的原因做解释（"清样出来到付印，期限很短"）、表示承担责任（"校对粗疏"）、表示愿意弥补过失（"尽力提高业务素质"）、表达对未来的期待（"希望不断得到读者来信批评指

---

① 编者按：《报告文学应该真实》，"作者·读者·编者"，《人民文学》1983年第11期。
② 编者：《对〈人民文学〉的"揭短"》《一点希望》，"读者·作者·编者"，《人民文学》1993年第5期。

正")等。这体现为《人民文学》编者的礼貌策略。

为了取得最佳交际效果,道歉者遵循合作原则和得体原则。《人民文学》编者的致歉行为实际上是一种修复工作,即"当说话人认为自己的行为跌落到特定群体的道德指标之下,有可能给自己的形象带来损伤时,产生的一种为修复形象损伤的行为"。[1] 这种言语行为有助于构建编读之间的和谐关系。

以上分析可知,"供读者参考"显示了编者主动接受读者意见的姿态,而澄清事实和以待更正的言语行为则显得较为被动——不得不发表道歉声明。但是,在尊重报告文学的真实性、确保刊物语言准确无误和加强文学编辑工作水平等层面上,编者立场是坚定的,而且是与读者意见保持高度一致的。这是编者话语的修辞策略,也是编者迎合读者需求与重建认同的过程。

中国当代传媒在"塑造意识形态、社会动员、推动消费和认同构建"[2] 等方面影响我们的日常生活。这是因为"大众传媒在对过去的再现、记载、转换以及重构诸功能,使它成为现代社会重塑集体记忆与构筑国族认同的主要途径"。[3]

新时期《人民文学》在思想文化领域中肩负着引领文学潮流的历史责任,在凝聚编者、作者和读者等社会成员的共同信仰、价值和行动取向方面起着重要的媒介作用,使公共媒介成为和谐社会的"稳定器"和"安全阀"。通过"读者来信""读者·作者·编者""编者按"等话语方式,以"人民"的名义,用"文学"的方式,营造一种"对人的尊严、价值和命运的维护、追求和关切"[4] 的人文精神,依托公共记忆、日常生活与审美艺术来探索重构社会认同的可能性路径。

---

[1] 蒋景阳、胡蓉:《"道歉"的语用研究及对 Meier "修复工作"的完善》,《浙江大学学报》(人文社会科学版) 2005 年第 6 期。
[2] 周宪:《传媒文化:做什么与怎么做》,《学术月刊》2010 年第 3 期。
[3] 刘燕:《国族认同的力量:论大众传媒对集体记忆的重构》,《华东师范大学学报》(哲学社会科学版) 2009 年第 6 期。
[4] 叶朗:《人文精神的坚守与呼唤》,《人民日报》(海外版) 2001 年 1 月 1 日第 7 版。

从《人民文学》"读者来信"配发的"编者按"文本层面看,这种编辑策略的最终目的是增强读者认同,扩大刊物影响,建构主流意识形态。"编者按"的话语功能在于,"不论是事实建构,还是神话建构,都是为谋求一种对事实的最终诠释权,并使之合法化,以取得一定的'言后之果'",这种建构策略的实质是"为追求对意识形态的建构,换言之,事实建构和神话建构是意识形态建构的微观方法和中观方法"。① 作为权威期刊《人民文学》的编者话语,以其独特的性质和地位,参与主流意识形态的逐步形成和发展演变过程。

二 "真相"叙事:署名方式、摘录摘登、来信综述

从期刊编辑角度看,对读者来信来稿进行必要修改、拆分和组合是正常的编务。但对读者来说,删除或保留了哪些内容、在多大程度上进行了重组,这些涉及发表出来的"读者来信"真实性问题。如果为真,将增加读者信赖度;如果掺假,会影响刊物声誉。

《人民文学》"读者来信"真实性问题,也是不同研究者不同阶段关注的共同话题,如前文提及的王本朝、斯炎伟、王秀涛、张均、樊保玲、刘巍、马炜和徐文泰等人的研究。大家的共识是:在中国当代文学体制框架内,理论上的读者被赋予很高的话语权,实际上的读者却无力左右文学的风向,"读者来信"提供的是想象性的舆论环境,而多元而真实的读者声音被淡化被遮蔽。然而,回归到《人民文学》编者编排"读者来信"的现场,又可以勘察出哪些历史细节呢?

细节,是局部,也是整体不可缺少的局部;细节,蕴藏着真相,也包含了真相在内的修辞设计;细节,见证了原始材料的丰富性和复杂性。洪子诚在中国当代文学史研究中就特别强调有质感的细节和有现场感的史料,"50年代以来,'史'和'论'的关系,就一直争论

---

① 曾庆香:《新闻叙事学》,中国广播电视出版社2005年版,第191页。

第四章 《人民文学》"读者来信"的广义修辞学分析

不休","我是更强调史实、细节的重要性的人"。① 从修辞角度看,某些历史细节也是一种符号,发挥着特定修辞功能。

《人民文学》在1949—1999年间发表过150多封读者来信,这些来信都是真实的。具体表现在:

真实的读者身份:来信实行"实名制",99%都注有具体的读者姓名,80%都标明读者姓名身份,或单位名称,或职称职务。从普通工人、合作社社员、中小学生到乡镇干部、工会主席、人大代表、党委书记、大学教授,大部分的读者来源是可靠的,称谓是清晰的,充分体现了《人民文学》读者身份的合法性。

真实的情感流露:无论是20世纪50年代读者对某些作品的猛烈抨击,还是80、90年代读者对刊物的激情点赞,读者在来信中不无真诚地说"说实在话,结果使我们很失望"②"凭心而论,《人民文学》办得是有成绩的"。③ 每当读者信件"雪片一样飞来",还有"中肯的意见、对作品的评析、美好的祝愿",④ 这些让编者内心充满感动,更觉肩上责任重大。从读者来信的史料价值来看,"信中的字字句句都是那代人思想状况的记录,也是一份珍贵的历史档案"。⑤

真实的文本呈现:《人民文学》设有"来函照登"栏目,表达"照登"的真实立场。编者也在"编者的话""编者按""卷首"等不同场合不止一次地表达竭力欢迎读者意见、接受读者监督、全力为读者服务、和读者作者一起共同办好《人民文学》的强烈意愿。这两类栏目持续存在着,维系着编读的交流关系。

虽说如此,但这些读者来信归根结底是编者以再现和表现的方式、

---

① 洪子诚:《鼓励争鸣,重在思考》,郭九苓、漆永祥、赵国栋主编《北大中文名师教育谈》,广西师范大学出版社2015年版,第150页。
② 文外生:《读诗人卞之琳的五首近作》,"读者中来",《人民文学》1954年第6期。
③ 李捷整理:《钢铁工人心中的〈人民文学〉》,"读者之声",《人民文学》1991年第7/8合刊号。
④ 编者:《再致读者》,《人民文学》1997年第12期。
⑤ 刘巍:《"读者来信"与新时期文学秩序——"全国优秀短篇小说奖"的"读者来信"之辩难》,《文艺争鸣》2015年第3期。

以概念组合和模型重塑的结构、以修辞化的话语的面貌呈现在我们面前。读者来信的真实性来源于我们对它的真实感的体悟,来自于对《人民文学》的信任。

话语的真实与现实真实之间,有一段修辞化设计加工过程。编者编排"读者来信",考虑的是来信内容的正确或错误,以及所产生的社会效应;读者接受"读者来信",则是对来信形式与内容的双重感知,以此建立对刊物的情感认同。

通过对《人民文学》在 50 年间发表过所有"读者来信"现场侦察,可发现编者在对读者的署名方式、来信摘录和意见综述等细节处,有意或无意地暴露出失实之处。具体表现在:

(一)署名方式:多人共同署名、假名、空符号

读者向编辑部写信表达个人的观点和意见,编辑编发来信并署名是正常的现象。有的"读者来信"两人署名,如段平、流火《反对抄袭》,来信中的表述为"我们读了……我们认为……"。① 有的则是三人署名,如周志宏、邓运隆、沈岳:《读〈新的家〉》,该文中有这样的表述"很兴奋地读完了……我们认为……使我们感到……我们看到了……"。② 再如 1958 年第 5 期"读者论坛"张世德、孙玉溱、路林春《严重歪曲现实的〈除夕〉》中写道:"我们不能不怀疑……我们再来看看……我们要问作者……我们认为……我们又想到……"。③

署名人数最多的是 1985 年第 12 期《致〈人民文学〉编辑书》,六位北京读者共同署名,部分来信内容及署名方式如下:

> 今年以来,象许多读者一样,我们吃惊地注意到了你们杂志的变化,我们为这变化而激动着……作为北京文学青年,如果我们能

---

① 段平、流火:《反对抄袭》,"读者中来",《人民文学》1954 年第 2 期。
② 周志宏、邓运隆、沈岳:《读〈新的家〉》,"读者中来",《人民文学》1954 年第 2 期。
③ 张世德、孙玉溱、路林春:《严重歪曲现实的〈除夕〉》,"读者论坛",《人民文学》1958 年第 5 期。

够,我们将尽最大力量支持你们。我们相信,全国各地的广大读者也将如是。……你们的改革也远远不够,当是不过刚刚开局而已。的确,你们至今还没有拿出黄钟大吕般令人叹为观止的杰作,而这本是你们责无旁贷的。我们怀着极大的热情和信心期待着。

北京读者 路东之 张海年
任 斌 姜德耀
江亚日 黄 土①

编者在发表"读者来信"时,两人、三人甚至六人署名,本是正常的现象,但从话语接受角度来说,又让人对多人署名的真实性产生质疑:这两人或三人是一个单位的吗,他们为什么合写一封信。

更为重要的问题是,来信所谈论的内容是"我们"的所见所感所思所想,连"兴奋激动的心情"和"愤怒地质问"都是"我们"所共同的。当"我们"表达着高度一致的态度、情感和期待时,来信内容的真实性被稀释了。所以,编者编排"我们"统一发声,更多地表达"我们一致认为""我们北京文学青年一致支持你们",甚至是"全国各地的广大读者都在一致支持你们"的集体式呼喊。

在"十七年"读者的来信中,出现"摸海"②"火箭"③"子信"④"文外生"⑤"希亮"⑥"毗水"⑦"人韦"⑧等署名,疑似假名或笔名。

---

① 北京读者路东之等六人:《致〈人民文学〉编辑书》,《人民文学》1985年第12期。
② 摸海:《几点建议》,"读者中来",《人民文学》1950年第4期。
③ 火箭:《读〈粮秣主任〉》,"读者中来",《人民文学》1954年第5期。
④ 晋湘、子信:《一篇鼓舞我们战斗意志的小说——〈长城线上〉读后感二则》,"读者中来",《人民文学》1954年第6期。
⑤ 文外生:《读诗人卞之琳的五首近作》,"读者中来",《人民文学》1954年第6期。
⑥ 希亮:《我们喜欢小品文》,"读者中来",《人民文学》1954年第9期。
⑦ 毗水、朱志泉:《希望作家不要滥用方言土语》,"读者·作者·编者",《人民文学》1956年第5期。
⑧ 人韦:《朴素明朗的形象——读〈踩电铃〉》,"读者论坛",《人民文学》1958年第10期。

"十七年"人们用笔名发表文章,也比较常见。寇鹏程考察这种现象背后隐藏着深层心理机制,主要有"表态笔名""读者笔名""棍子笔名""非主流笔名""身份笔名"等,其中既有"被动笔名",也有"主动笔名",是特殊语境、意识形态与个人选择等多种因素组成的一个"发表机制"。比如"读者笔名","这些读者的名字其实是我们这场运动的组织者找来写文章的人的笔名",是"被笔名"的,以表明这场活动具有深厚的群众基础。这些"读者"在信中显示出高素质的理论见地与政治觉悟,且对形势进行急速的响应。读者的"笔名"也成了证明批判合法性的常用符号,而且读者人多也成了一种"真理的占有方式"。①

　　《人民文学》中有一个颇有意思的细节是,1987年第1/2合刊上发表"卢韦林"的批评《编辑与作家的"稿际关系"》,文末特此注明"卢伟林　系笔名"。②这里出现了错别字,暂且不论。关于笔名的说明,足见编者的真诚。

　　还有一种显示"读者来信"真实度较低的情况是,署名中出现"某""一"等空符号,如"某地制革厂　王晓岚"③"天津　解放军某部　孙书兹"④。再如1980年第7期《读者欢迎〈西线轶事〉》,部分署名是"战士　徐辉""一个战士""空军战士　胡洪波""西安　王晓波""北京一工人",这些署名虽然显示了真实姓名,但"战士""西安""工人"只是身份符号、地域符号。"北京一工人"的"来信"只有12个字"小说极好,希望快快搬上银幕"⑤。1990年第10期"读者之声"中两封来信仅标明"离休干部　徐玉英""教

---

①　寇鹏程:《"十七年"时期的笔名发表与当代文学批评生态》,《文艺理论研究》2017年第3期。
②　卢韦林:《编辑与作家的"稿际关系"》,《人民文学》1987年第1/2合刊号。
③　王晓岚:《请满足工人同志们的要求吧》,"读者中来",《人民文学》1954年第9期。
④　孙书兹:《又红又专的人》,《为社会主义的现代化而努力——读〈哥德巴赫猜想〉的来稿、来信选登》,《人民文学》1978年第4期。
⑤　徐辉等人:《读者欢迎〈西线轶事〉》,"读者之页",《人民文学》1980年第7期。

师　上官玉"。①

这些署名方式似乎给读者传递一种信息：发表这些读者信件的目的只是为了表明他们是某个职业某个圈子的读者意见"代表"。1980年第 10 期发表读者"刘征"写给《人民文学》编辑的信，称呼为："XX 同志"。②也许是为了避嫌，但这种 XX 符号指代十分模糊。空符号使用不当会产生"晦涩难懂""言之无物"③的交际后果，而《人民文学》"读者来信"署名中的这些空符号带有主观色彩，具有隐晦性和多义性，在一定程度上降低来信可信度。

（二）刊登方式：摘录、摘要、摘登

编者在《人民文学》上编排"读者来信"，是有选择性的，只发表那些重要的、有代表性的、观点正确的、对读者有益的、值得引起重视的信件。"十七年"期间多是全文发表，少量是摘录。新时期以来，由于来信多、篇幅有限，基本上都是摘录、摘要、摘登。对此，编者特意向读者致歉：

> 开辟"作者·读者·编者"专栏之后，收到大批读者来信，或谈读后感，或对刊物工作提出意见和建议。我们深为感动，专此致谢。惟因篇幅限制，本刊只能选取少量摘要发表。特作说明，敬希鉴谅。④

这是一种独特的中国式道歉，出于礼貌原则，编者因为"摘要发表"可能会冒犯读者而进行的提前预防性道歉。虽然受到客观"篇幅限制"，但是这种提前道歉是为了修复表达者和接受者和谐关系。

---

① 徐玉英等人：《为真正的人民的文学欢呼》，"读者之声"，《人民文学》1990 年第 10 期。
② 刘征：《给编者的一封信》，"作者·读者·编者"，《人民文学》1983 年第 10 期。
③ 杨锦芬：《论空符号的哲学基石及其存在性意义》，《求索》2012 年第 8 期。
④ "编后"：《人民文学》1983 年第 8 期。

从编者角度说，如果不按照这样"观点摘录"套路编刊物，读者意见就无法更全面地呈现，更多的来信就会淹没在信息洪流中，这也影响了刊物的受众面。显然，这种对待"读者来信"的修辞策略是编辑的权宜之计。

文本是由词句段落章节等符号构成的，也是"一种全息性的相关主体生命精神与实践活动信息的言语存在"。① 对完整的信件进行摘录、删节、挤压、混叠或合并，新文本与源文本体量相同，但个体属性已被削弱，将赋给整个文本群。

新文本是重释文本，即对文本字面意义的重新理解、解释与重构。新文本建构的价值在多大程度上反映语境变迁，是否发挥 1 + 1 + 1 > 3 的意义潜势，这关乎表达技巧，也关乎接受策略，正如张一兵所说的："所谓'文本'，并非仅指特定论著中文字的总和，同时，文本的建构也背负了一个极其复杂的历史语境"。②

进入发表程序的"读者来信"已经渗透了意识形态的诉求，添加了编者的修辞意图，更是已经接受了编者的先行阅读，再按照一定的逻辑顺序，必须遵循一定的编辑规范，必须优中选优。

从读者角度看，客观中立的编者话语在文学期刊上是很少出现的。编者对来信精心编排、突出强调立场坚定的"读者"意见、来路不明的引述、直接介入的是非判断，主观意志的"拿来主义"，以及煽情性话语的使用，步调一致的话语内容、过度夸张省略虚构，这些都构成了刊物上"读者来信"话语的建构模型。

（三）综述方式：语言的模糊性、意见的统一性

读者来信综述是《人民文学》编者集中发表读者意见的文体形式。编者会针对特定阶段某些问题的读者反馈进行综合评述，如：

---

① 俞学雷：《文本对话·三主机制·多元策略——阅读教学的主体间性探微》，《浙江师范大学学报》（社会科学版）2001 年第 6 期。

② 张一兵：《回到马克思的最初原理语境》，《中国社会科学》2001 年第 3 期。

第四章 《人民文学》"读者来信"的广义修辞学分析

《读者来信综述》①《读者和作家对〈人民文学〉的意见》②《读者对本刊的意见》③《工农兵读者谈征文作品》④《一九七九年优秀短篇小说评选近况》⑤《时代·生活·读者·文学——本刊读者调查综述》⑥ 等。

第一篇读者来信综述发表在《人民文学》1953 年第 10 期，主要反映读者们对该刊发放《读者意见调查表》的反馈情况。

抽取掉来信内容，只保留叙述来信话语，可观察编者是如何综述读者来信的：

> 读者们非常重视本刊这次公开征询意见，很多人所写的意见，都远远超过了调查表所能容纳的内容。……一位同志写道……另一读者说……西北某地煤矿的一位同志填写了这张调查表……由于来信相当多，所提出的意见内容特别丰富，所涉及的方面也特别广泛，这里仅就其中的几项主要的较普遍的意见，简单综述如下。
>
> 很多读者都指出了……对于《人民文学》上的作品来说，读者们认为……石果的两篇小说，许多读者认为……有人认为……也有人说……很多青年读者也很喜欢……他们认为……读者们认为……有人认为它……有人说……一位部队的读者说……一位作家认为……很多同志读这篇小说之后很受感动，认为……
>
> 尽管读者们都肯定地指出了近年来的创作确有一些新的收获，但同时也都同声指出了文学产品的质量和数量仍然是相当低和少……许多读者都提出《人民文学》上所发表的好作品远太少。很多读者不满意……，读者们指出……此外，读者们也指出了……

---

① 编辑部：《读者来信综述》，《人民文学》1953 年第 10 期。
② 本刊编辑部整理：《读者和作家对〈人民文学〉的意见》，《人民文学》1955 年第 2 期。
③ 本刊编辑部整理：《读者对本刊的意见》，《人民文学》1956 年第 2 期。
④ 《工农兵读者谈征文作品》，《人民文学》1965 年第 8 期。
⑤ 本刊记者：《一九七九年优秀短篇小说评选近况》，《人民文学》1979 年第 12 期。
⑥ 王勇军：《时代·生活·读者·文学——本刊读者调查综述》，《人民文学》1998 年第 10 期。

对于具体作品的具体评论意见还很多，本刊所发表的很多作品都得到了读者的意见，因限于篇幅，这里只能就读者所最关心的几个作品将他们最主要的意见简单介绍一下。

这里截取的只是这篇《读者来信综述》三分之一内容，从话语形式和内容上观察，就可以看出它具有以下四点修辞特征：

1. 修辞意图：这些叙述话语显示读者来信的广泛性、丰富性和普遍性，基于读者们对这次调查思想上重视、行动上有执行力，他们把意见都寄到编辑部。

2. 读者称谓：编者有意突出读者出身（煤矿工人、部队官兵、专业作家），而不显示姓名。

为了表述来信之"多"和意见之"丰富"，编者使用"很多人""很多（青年）读者""许多读者""很多同志"等概括性语言来引出来信内容。"很多""许多"等词在语言学上成为"模糊限制成分"，到底有多少，占多高的比例概率，这里的指向是模糊的。编者在《读者来信综述》中使用模糊用词（不是不可以用①），而是影响了读者对来信真实性的感知，也反映编者编辑的主观性较大。

从人与计算机处理语言的差异来看，计算机理解和执行的是精确性的自然语言，人脑更善于处理模糊概念，"人的思想中模糊性的弥漫说明人进行推理所依据的逻辑大部分不是传统的二值逻辑，甚至也不是多值逻辑，而是带有模糊真实性（fuzzy truth）、模糊联结（fuzzy connectives）和模糊推理规则的逻辑"。② 从这个意义上说，编者在综

---

① 语言具有模糊性，但并不意味着模糊与真实是绝对对立的。在艺术创作中，模糊是人类诗意地把握世界的特殊方式，模糊状态也是真实的存在。相关研究请参见王超《在表象与真实之间挣扎——卡夫卡小说模糊性特征的根源》（《外语学刊》2015 年第 6 期）、吴晶琦《谈模糊与真实的显现——许亨〈异生〉系列雕塑作品观后》（《艺术工作》2018 年第 5 期）和赵天宇《模糊中的"真实"——谈孟庆凯〈林中路〉之探索》（《美术观察》2019 年第 4 期）等。

② ［美］札德：《"对语言限制词的模糊集论的解释"》，伍铁平《模糊语言学·前言》，上海外语教育出版社 1999 年版。

述话语中处理"情感"多于"逻辑",也许并不特意呈现来信的真实性,更在意凸显读者来信的热情程度。

3. 话语逻辑:编者先扬后抑,先表达读者对该刊的"喜欢"和"感动",再通过"尽管……但同时……"转折句型表述读者"不满意"的地方。这种以读者意见作为改进文学刊物工作的方式与传统的编辑出版机制有密切关系。

4. 语用策略:无论是读者对该刊的肯定意见,还是提出的尖锐批评,编者话语中暗含着在绝大多数观点上呈现"多数压倒少数"的舆论优势,虽然"有人说……也有人说……"但他们提出的意见都是基本一致的。这从"都肯定地指出了……""都同声指出了""一致认为"等言语之中流露出来。

文学期刊在社会上公开出版发行,是以生产与传播的形式构建社会框架,是一种特殊的话语实践。读者对期刊提出不同的意见是很正常的,而《人民文学》编者在读者来信综述中,有意整合来信内容,突出读者意见的统一性,过滤掉不必要的"噪音""杂音"。这在某种程度上也是对"读者来信"真实性的稀释。

《人民文学》1998年第10期发表《时代·生活·读者·文学——本刊读者调查综述》时,编者在开篇声称:"为了便于对各种反馈信息进行综合性的比较分析,此次调查采用了百分比统计方法。"[①] 这次读者意见调查的内容不仅显示了《人民文学》读者性别、年龄、文化程度、职业、月收入等基本情况,还涉及阅读文学期刊的初衷、对文学期刊趋势的预测,更有针对性地调查了读者对该刊1—6期的作家、作品、栏目的评价。编者用统计的方法,相对客观地呈现了读者的需求,为刊物的工作提供了相对可靠的依据。从真实角度看,这篇综述让读者探知《人民文学》当时的境况,增进了编读的真诚交流。

---

① 王勇军:《时代·生活·读者·文学——本刊读者调查综述》,《人民文学》1998年第10期。

三 在文学理想与生存现实之间：话语主体的精神世界

文学期刊的编辑工作是一种创造性的智力投入，需要编者具备一定的专业素养和人文精神。编读之间较为和谐的关系是什么？编辑出版界有各种表述，早在20世纪20年代邹韬奋主编《生活》周刊时就主张把读者当作好朋友，而且还是一种超越商业关系、彼此间可以沟通和信任的好朋友。他每天用半天时间来看读者的来信，"就好像天天和许多好友谈话，静心倾听许多读者好友的衷情"。① 这是一种理想化的编读关系，在实际操作层面有很大难度。

难度来自于——读者是一个含混的概念，它所指的人群是庞大、异质和分散的。他们可能在年龄、出身、智力、教育背景和生活经历等方面存在着巨大差异。从本质上说，"传统大众传媒的传播是单行的，大多数的读者没有义务、不方便或不习惯与编者进行沟通和交流，编者所收到的只是很少的一部分读者的反馈，编者客观上无法一一穷尽和真正了解全部读者的想法"。② 现实生活中，编者接收的读者来信已是"很少的一部分"，能发表出来的意见更是少之又少。聆听读者各方面的意见，充分满足读者的需求，实际上是一件可望而不可即的事情。

"十七年"期间，《人民文学》编者处理与读者关系的难度在于主流意识形态与刊物自身个性之间的矛盾，即文学紧跟政治所产生的尴尬局面。

当"百花时代"文坛刮起短暂的自由之风时，《人民文学》迅速以文学的方式来呼应国家命题，如1957年第7期发表李国文《改选》、宗璞《红豆》和丰村《美丽》等一批大胆干预生活、突破禁区的小说。然而，形势急转直下，连近水楼台的《人民文学》编辑部都措手不及，编者又不得不在刊物上刊登"读者来信"，回应"读者"批评，

---

① 邹韬奋：《韬奋〈读者信箱〉》，关东生编，中国城市出版社1998年版，第244页。
② 黄强：《论〈读者〉的读者观》，《中国出版》2014年第18期。

检讨自身错误，其尴尬无奈之情溢于言表：

> 有许多读者对本刊七月号刊载的《改选》和《美丽》提出意见，现从来稿和来信中选出这几篇发表，其他就不一一作复了。我们还准备组织对这两篇小说的评论，其中特别是《改选》在思想内容上的毛病是更其突出的，我们在七月号上把它放在首要地位也是错误的。①

作为初露文学才华的李国文，被"读者"劈头盖脸戴上"大毒草"的高帽："人物形象不真实""作者对于所描写的工厂生活缺乏了解""作者对老郝这个人物的处理，不仅歪曲了老工人的形象，对于我们的社会现象也是不正确的折射"。②之后的境遇不难料想，被划为"右派"，被派去劳动改造。

回忆过往，李国文用抒情笔调写道："《改选》不足万字，却为它付出二十二年的代价。差不多每一个字，我要以一天的苦难来赎罪。这种惩罚实在是太沉重了。"幸运的是，《人民文学》1980年第3期发表李国文《月食》，宣告这位作家正式复出，"当我拿到那期刊物的时候，尽管这多年的磨难，心境已变得十分冷峻，但还是象那个冬日的黄昏，在被积雪掩埋住的站房里一样，泪水涌了上来。是啊！人的一生，有几个二十二年呢？"③在特殊的年代，"读者"意见决定了一部

---

① 《对〈改选〉和〈美丽〉的意见》"编者按"，《人民文学》1957年第9期。
② 严青：《关于人物和生活的真实性》，《对〈改选〉和〈美丽〉的意见》"读者中来"，《人民文学》1957年第9期。
③ 李国文：《失去的蒙太奇》，《人民文学》1984年第9期。另外，李国文在20世纪80年代多篇文章中回忆1957年这段无法忍耐的伤痛，依然感念他的文学摆渡人（《人民文学》编辑崔道怡），依然感谢《人民文学》开启他的文学道路。如：在《生活·信心·力量》中说："漫长的岁月，长得叫人不能忍耐，但是要从文学之路这个角度看，挫折和困顿，也未尝不是一种磨练。"（本社编辑部编：《作家经验谈》，农村读物出版社1983年版，第73—75页）在《编辑与我》中："朝为座上客，暮为阶下囚……我决无半点嗟怨道怡的意思。俗话说得好，脚上的泡是自己走出来的。"（《小说评论》1985年第3期）在《如此这般》中说："无论怎样豁达，怎样想得开，顾念到人的生命如此有限，是陪不起这种残酷的政治游戏的。"（何镇邦、李广鼐编：《名家侧影》，山东文艺出版社1998年版，第125—134页）

文学的成就,决定了作家的命运沉浮。

作为"国刊"的《人民文学》,向全国文学读者宣告"我们错了"。

作为《改选》的第一个读者、责任编辑崔道怡,当时刚从北京大学中文系毕业,可以想象一个年轻编辑对工作多么热情高涨。他回忆那段往事时说:

> 1957年5月间,我从自然来稿里发现了无名作者李国文的一组短篇小说,其中题为《改选》那篇,文笔精美,触及时弊,令我眼前一亮,怦然心动。……
>
> 读这篇小说,如置身会场,跟工人一样,"脑海波澜起伏",受到了一股感人警世的情与理的冲击和启迪。这不正是当前"整风"所需要的作品意旨,这不就是千淘万滤所期盼的出色篇章么!……
>
> 《改选》只有六千多字,李国文被强制劳动改造长达22年。一个文学创作富有雄厚实力潜力的青年,只因一篇小说而获罪,不得不在折磨之中熬过青春和壮年。①

《事情正在起变化》,谁能预料会有这样的巨变!在那个时代,"读者"意见发挥着怎样的威力,又是如何左右文坛的风云,令人不寒而栗。编辑崔道怡所描述的"眼前一亮""怦然心动",与之后李国文和自己的遭遇,形成了鲜明的对比。

40多年过去了,崔道怡再次评价《改选》是李国文的"处女作、成名作同时又是致祸作、传世作"时,感念的还是"初学写作者对自己的劳作这般认真自重,且勤恳自信",最忆的"还是作品那思想的新锐与艺术的精美"②,对李国文的创作才能大加赞赏,誉之为"一棵常青树"。③

---

① 宋应离编撰:《名刊 名编 名人》,大象出版社2011年版,第162—170页。
② 何镇邦、李广鼐编:《名家侧影》,山东文艺出版社1998年版,第135—164页。
③ 崔道怡:《他是一棵常青树——我发现的第一位作家李国文》,《小说课堂》,作家出版社2012年版,第180—199页。

至于那段谁都无法预料的艰难岁月,谁也不愿意再提,唯有寄希望于阳光明媚的文学春天。

20世纪80年代以来,《人民文学》编者处理与读者关系的难度在于抵制资产阶级自由化思潮和封建主义思想的侵蚀,引导读者树立社会主义信念价值观。

在此期间,编辑部所面临异常被动的局面是1987年第1/2合刊发表了马建的小说《亮出你的舌苔或空空荡荡》(简称《舌苔》)。这篇小说题材主题涉及藏族人民的生活以及民族宗教政策,被认为是在读者中造成了极其恶劣的影响。

1987年2月20日国家民族事务委员会、中国作家协会在北京民族文化宫召开座谈会。《人民文学》副总编周明代表编辑部向藏族同胞公开道歉,会后宣布主编刘心武停职检查,《人民文学》编辑部作出严肃深刻的公开检讨等决定①。2月21日,《人民日报》发表评论员文章《接受严重教训,端正文艺方向》。文中引用邓小平在中国文学艺术工作者第四次代表大会上的祝辞"自觉的在人民的生活中吸取题材、主题、情节、语言、诗情和画意,用人民创造历史的奋发精神来哺育自己,这就是我们社会主义文艺事业兴旺发达的根本道路",遗憾的是,"《人民文学》发表的这样的作品,离开这条'根本道路'实在是太远了"。②

1987年第3期《人民文学》就立即发表该刊编辑部的"检讨书"——《严重的错误 沉痛的教训》③,再配三篇言辞激烈的"群众意见"——《让坏事变好事》《不能让危害民族团结的"文学"飞腾》《我的几点看法》④。

---

① 俞卓立、张益珲:《目击二十年中国事件记》,经济日报出版社1998年版,第203—204页。
② 《人民日报》评论员:《接受严重教训,端正文艺方向》,《人民日报》1987年2月21日。
③ 本刊编辑部:《严重的错误 沉痛的教训》,《人民文学》1987年第3期。
④ 这三篇"读者意见"分别是中央民族学院院长任世琦(蒙古族)的《让坏事变好事》、藏族土登旺布和佟锦华的《不能让危害民族团结的"文学"飞腾》、丹珠昂奔的《我的几点看法》,见《人民文学》1987年第3期。

作为"国刊"的《人民文学》，向全国文学读者宣告："我们发表了坏作品……怀着沉重悔恨的心情，向……广大读者由衷认错，诚恳道歉！"

在此事件中，可感受到中国社会主义舆论阵地为维护社会稳定、促进民族团结所做出的不懈努力。但是，另一视角的观察，也许会得出不同的结论。如香港作家刘绍铭（笔名：袁无名）在《惊识马建》中谈了自己阅读马建小说的体会，提到读者如果理解了马建的油画家身份，以及他对光线色彩的现代派感觉，就能理解他为什么把小说写成"一种视觉感受和思维过程"，最后还感叹道："刘心武和《人民文学》的编辑部甘冒大不韪，刊用了马建的《舌苔》，让我们看到了文人惺惺相惜善良的一面，令人感奋。"①

"舌苔事件"是《人民文学》历史上前所未有的重大案件，"这次挫折极大地损伤了其锐气，使刊物退回到保守安全的壳内，好长时间内连零星的试探也销声匿迹"，同时这种在夹缝中生存的状况也为"那些远离权力与文化中心的边缘期刊带来了发展契机"。② 从此《人民文学》对作品筛选和刊发方面变得极为谨慎，对主旋律的倡导则更加卖力起劲。

对主编刘心武来说，这也是他人生中"最倒霉的时候""最困难的时候"。1988年10月，刘心武写了《十年琐忆》，直面"舌苔事件"，叙写了当时的心情，并对作家自由创作、个人身份认同和新时期10年文坛境况发表自己的立场和看法：

> 政治家同任何一位读者一样，当然有权批评作家和作品，但政治机器对作家和作品的直接干涉是有害的。……

---

① 袁无名：《惊识马建》，《心中的长城》，时报文化出版企业有限公司1988年版，第89—96页。

② 黄发有：《媒体制造》，山东文艺出版社2005年版，第18页。

第四章 《人民文学》"读者来信"的广义修辞学分析 ❖❖❖

1987年年初,我到《人民文学》杂志社工作半年之际,发生了"舌苔事件"。全中国的电视观众都在2月份的一个晚上的中央电视台《新闻联播》里听到播音员播出一条"刚刚收到的消息"我被停职检查。这条消息随即由中国国际广播电台以38种语言向全世界广播,并成为第二天报纸的头版要闻,《光明日报》不仅将这消息作为头版头条,而且在标题下的摘要里提及我时不用"同志"二字。我停职整整200天后,复职并获准到美国进行了50天的讲学访问。……

卢新华(当时在美国——引者注)告诉我,他也听到了这样的说法:为期10年的中国"新时期文学"以"舌苔事件"的爆发及其后果宣告结束,而这10年可以说是"以刘心武始,以刘心武终"……我告诉他我已从个人的际遇中超脱出来,但我心里为一些别人的事难过。……10年在人类文明发展的浩瀚长河中不过是弹指一瞬,但10年对有血有肉有心灵的个体来说却是相当长的一段时间。……对过去的10年我尽管有牢骚,并保留对某些重大事态的个人看法,但我得衷心地说,总体而言这是一个不错的10年,关键在于改革和开放使我们的生活变得富于创造性并丰富多彩。

从"舌苔事件"以后,文坛上除某些报告文学外似乎已从总体上失却了轰动效应,对于这种新的文学境况人们展开了讨论,至今仍在进一步探究中。……回顾这10年的文学跋涉,有一点我是问心无愧的——我在基本的取向上始终如一,我有变化,但那变化是调整是前进,而绝不是投机式的转向或犬儒式的妥协。

我清醒地意识到我是一个中国大陆的知识分子,……我切肤地意识到我是一个黄种人,一个东方人,一个中国人,因此我是一个种族,一种文化,一种固有传统的产物,不管我怎么反抗那造成了我的传统,到头来我还是属于这个传统……不管我如何强调自我的价值,在那样一种情况下我的个人价值总是同我的国家我的同胞我的民族的价值血肉相连的。①

鉴于"舌苔事件"对中国新时期文学创作与读者接受造成的重大影响，刘心武作为《人民文学》主编承担了此次事件的直接责任，这些话语折射了《人民文学》编辑工作所面临的现实困境，所以笔者对这篇文章进行了较多引用。

在这 1 万多字的自述中，刘心武回忆了自己停职检查的消息登上了全中国全世界媒体的头版头条，耿耿于怀的是《光明日报》"不用'同志'"的官方态度。虽然刘心武对朋友淡淡地说"我已从个人的际遇中超脱出来"，对自己新时期的创作也"问心无愧"，但那种莫名的"难过""牢骚""保留对某些重大事态的个人看法"还是有的，或说是"不服气与不甘心"。② 特别值得称道的是，刘心武亲历了这段个人生活重大波折后，坚定地表达了对"中国大陆的知识分子"的身份认同，对中华民族的文学传统也保持着清醒认识。

20 世纪 90 年代以来，《人民文学》编者处理与读者关系的难度在于：一方面探求作品方面如何坚持"二为方向""双百方针"、如何呈现"主旋律与多样化"的艺术追求；另一方面着手应对市场经济带来的读者订阅等经营方面的挑战。

1990 年 3 月 8 日，刘白羽、程树榛接替刘心武担任《人民文学》"双主编"。③ 新主编上任，《人民文学》面貌焕然一新。文坛老将刘白羽一出马，就气宇轩昂地宣告："让我们响应九十年代的召唤，齐心协力创造九十年代的未来吧！让文坛上涌现出更多新的闯将、猛士和嘉林茂卉！"④

---

① 刘心武：《十年琐忆》，张继华主编《文化界名人自述》，群众出版社 1993 年版，第 358—373 页。
② 方远量：《从刘心武复职与出访谈起》，《华人月刊》（香港）1987 年第 11 期。
③ 这两位主编是有分工的，刘白羽负责"把关掌舵"，程树榛全面负责编辑部具体工作。关于主编任命前后的情况，见程树榛《出任〈人民文学〉主编》。
④ 本刊编辑部：《九十年代的召唤》，《人民文学》1990 年第 7/8 合刊号。

第四章 《人民文学》"读者来信"的广义修辞学分析

1990年7月28日,《人民文学》编辑部在中国作家协会党组领导下,召开座谈会,为了"将本刊努力办成一个'无愧于人民'的刊物,及早倾听到读者的反映,以利总结经验和不足,继续前进"。会后"本刊记者"在"读者之声"栏目发表了《主旋律下的群星灿烂》会议纪要。①"主旋律下的群星灿烂"由此成为《人民文学》发表作品的根本方向,是实践"人民文学"极为重要的标志。

1993年10月《人民文学》创刊44周年,在以《我们的纪念》为题的"编者的话"中说,"本期出版之时,恰逢毛泽东同志诞辰100周年","刊物面临诸多困难,首先是经济上的压力,已是我们难以承担;严肃文学遭遇的冷淡,更使我们难得发展"。②可见编辑部所遭受的压力。

为此,编辑部也进行了反思,寻求着应对措施,一方面感谢读者的支持,"在严肃文学遭遇冷淡之时,仍有众多读者乐于订阅《人民文学》,肯于来信提出批评和建议,这就是对本刊莫大的支持了"③;另一方面积极与企业合作,值1994年创刊45周年之际,就有攀枝花钢铁公司、昌达环球有限公司、零陵卷烟厂等至少6家赞助单位联合举办各类评奖④,以促进文学繁荣。

1949年创刊,1976年复刊,1999年改版。50年间,《人民文学》编者通过"读者来信"和"编者的话"等栏目设置表达办刊理念和思想实践,最大限度地促使编者与读者关系和谐。"读者"也曾发出过"不和谐音",也产生过编读之间异常紧张的局面,但编者施以智慧真诚的话语将之融化掉。

从历史全局来看,《人民文学》编读关系是和谐平衡的,这主要

---

① 本刊记者:《主旋律下的群星灿烂〈人民文学〉——1990年7—8期合刊号座谈纪要》,"读者之声",《人民文学》1990年第9期。
② 编者:《我们的纪念》,《人民文学》1993年第12期。
③ 编者:《寄语春风》,《人民文学》1994年第3期。
④ 《为纪念〈人民文学〉创刊45周年 本刊与各赞助单位联合举办的各项评奖圆满完成》,《人民文学》1994年第11期。

得益于编者对待读者的姿态：主动、友好、寻找共同的观点和信仰、引领与倡导社会主旋律，正如英国传播学家丹尼斯·麦奎尔在《受众分析》中所说的：

> 无论在何处，当某一媒体拥有自己的庄严使命或目标，不管是政治的、文化的还是宗教的使命或目标，……这样的媒体同样会以一位意识形态或思想观念的领导者或倡导者的姿态，来界定与受众之间的关系。或者，他们只是设法表达他们所服务的群体或公众的声音。受众们将拥有与他们所选择的媒介源相符合的看法，在此情况下，由于分享共同的观点和信仰，传播者和受众之间的关系多半会更加和谐平等。①

从这个意义上说，编者编发那些符合自身使命和目标的"读者来信"就显得理所当然了。特定的期刊为特定的读者服务，特定的读者选择特定的期刊。

2000年之后，《人民文学》把"编者的话"栏目改为"留言"并置于卷首，这样做，"不仅仅是为了拉近和读者的距离，它体现刊物对读者的尊重，刊物是为读者办的，因而读者的意见是编者所要面临的首要问题"。② 在新的文学生态环境中，编辑部依然面临着文学商业化和创作市场化、理想与现实的双重考验。

2015年，《人民文学》编辑赵依写了一篇文章《〈人民文学〉：文学维度与生长焦虑》，分析了当下中国社会转型带给文学的冲击，特别是文学观念、存在形态、文学生产传播接受等方式的巨变为文学裂变提供了可能性空间。在此语境中："《人民文学》作为旗帜性文学刊

---

① ［英］丹尼斯·麦奎尔：《受众分析》，刘燕南、李颖、杨振荣译，中国人民大学出版社2006年版，第142页。
② 韩作荣：《答龙源期刊网记者问》，《人民文学》2005年第10期。

物在2015年步履沉重,……无比谨慎,尽管这为读者带来了些许辨识上的茫然与混沌,但此番成熟稳重所持的徘徊犹豫到底是这个时代需要的一点'慢'特质,而对时代的敏锐自觉以及对现实的向上超越共同形塑了《人民文学》在2015年的文学维度。"①

2019年10月,《人民文学》隆重庆祝创刊70周年。当期封面以大喜鲜红色整版印刷,画面中间的"1949.10—2019.10""人民文学""70"浑然一体,简约而庄重。编者在《卷首》自豪地宣布:"作为新中国成立当月的第一本国家级文学期刊,70年来,《人民文学》的指纹、年轮、河流和路程,与国家、民族、时代一直同生同向,与中华儿女的伟大梦想始终相印相通。"②

走过70年沧桑历史,《人民文学》编者依然发出这样的呼唤:

> 《人民文学》是属于读者的,《人民文学》是属于作者的,《人民文学》是属于历史的,《人民文学》是属于时代的,《人民文学》是属于家国的,《人民文学》是属于世界的……
>
> 《人民文学》是属于人民的。人民,是刊物的命名,也是命题,更是命脉,人民是我们的基因血脉和主体属性。
>
> 《人民文学》是属于文学的,文学的长相和心象,既在字词句章、谋篇布局之内,也在真爱文学的刊物编者的健全、健康、健美的无私追求之中,好作品带着神态、神采、神韵,也深含情景、情志、情怀。③

作为中国当代文学创作话语的神圣殿堂,作为传播当代汉语文化的精神疆域,作为在世界舞台上"讲好中国故事"的主流媒体,《人

---

① 赵依:《〈人民文学〉:文学维度与生长焦虑》,《文艺报》2016年1月27日第7版。
② 编者:《卷首》,《人民文学》2019年第10期。
③ 编者:《卷首》,《人民文学》2019年第12期。

民文学》将继续创造更精彩的"人民文学","万事皆备""反身而诚,乐莫大焉"。①

期待《人民文学》永葆人民血脉、永驻文学风采!

本章小结

"读者来信"是中国当代文坛"温度计",参与文学生产传播和生态环境的建构。《人民文学》读者的来信提供了似真的修辞化世界,读者的文学阅读是一种修辞接受的过程。在话语权分配方面,"读者"是一种身份符号,也是权力的象征。通过"自我认证"和"编者认证",以及共享"同志""人民""群众"等符号的语义资源,"读者"被赋予评论家、监督员和监督人等身份代表,并携带意识形态功能在"读者来信"中获得了新的合法性论证与权威性叙述。

在文本层面,读者的来信以读后感和建议书的文体出场,作品成败、教育意义和接受方式呈现了读者印象式的感性评价特质,而爱憎分明的立场、坚决强硬的用词、从"批评作品→批评作者→批评编者"的推演逻辑,强化了正确的舆论导向,读者也成了"热忱的起诉人"。在主体精神层面,编者对"读者来信"的修辞编码本质上是一种叙事策略。在弥合编读差距、重建民族认同和关系修复等修辞意图的驱使下,编者构建了真实的读者来信话语场。然而共同署名、笔名假名、摘录摘登和意见惊人一致等细节,又稀释了"读者来信"的真实浓度。由此探测50年间《人民文学》编者在政治与文学、理想与现实、物质与精神之间遭遇尴尬、两难、世事难料之后依然不懈追寻的坚毅品格。

---

① 编者:《卷首》,《人民文学》2022年第8期。

第五章 《人民文学》图像话语的广义修辞学分析

那本《人民文学》是一九五七年第七期,特大号,封面是一个小绿四方形和一个大绿四方形相接的设计。翻开以后,第一篇作品是李国文的短篇小说《改选》,然后有宗璞的《红豆》,丰村的《美丽》……我甚至记得还有程造之的一篇叫《杨亚男》;我看得忘记了时间,忘记了周遭的湖水,并且忘记了我自己。我那只小船,一定在湖心打了无数个转儿,恰似我颗被文学激荡得充满渴望的和创造欲的心……

——刘心武《秋收时节念春播》

"十七年"时期《人民文学》的封面分期与同时期政治文化的分期并不完全吻合,它有滞后和意识形态含混不清的情况。这里既有封面设计本身具有阶段性质(设计周期)的原因,也与美术本身与意识形态距离稍远有关,同时,编辑们深层的政治文化心理也是一个值得探讨的问题。

——郭战涛《"十七年"时期〈人民文学〉的封面》

作为中国作家协会机关刊物的《人民文学》,在1949年至1966年这一时期对刊载美术作品情有独钟……《人民文学》杂志对美术作品的重视,是其继承、发扬书画同源传统艺术思想的体现,注重民族题材图像作品的刊载,是《人民文学》逐步完成对民族文学建构的形式之一。

——袁向东《论〈人民文学〉杂志(1949—1966 年)的图像表达》

作为一种修辞话语,文学期刊图像提供了关于视觉现实的符号系统,参与了文本形象与社会话语的生产和建构。法国文学理论家罗兰·巴特开创"图像的修辞"理论,认为图像是一种"意义的场所"[1],引发了关于图像的修辞编码研究,对象包含期刊、影视、广告等视觉文本。副文本被纳入文学批评的对象,以在场的方式为文本间的语义流动提供一种思路,扩张了艺术阐释空间,正如法国热拉尔·热奈特在《隐迹稿本》中评价"它们为文本提供了一种(变化的)氛围,有时甚至提供了一种官方或半官方的评论"[2]。

《人民文学》创刊号封面是由郭沫若题写的刊名"人民文学""创刊号"和李烨创作的套色木刻《抢修发电机》组成(见图 5-1)。1953 年下半年起,《人民文学》从内到外"给读者、读者以新鲜观感,表明编者改进刊物的决心"[3]。"十七年"《人民文学》每期封面、插图、画页、封三或封底发表 5—10 幅油画、国画、壁画、年画、漫画、彩墨画、连环画、摄影、素描、速写和石刻等各式各样的艺术作品。《人民文学》每期重点作品必须配有精美的插图,"在刊物的周围团结了一批极具实力和潜力的作家队伍,同时还有一支过硬的画家力量,这两支不同专业的队伍有力地支撑《人民文学》刊物"[4]。

《人民文学》复刊号封面由毛泽东手迹"人民文学"和"一九七六年第 1 期"组成(见图 5-2)。1976—1978 年除了 1976 年第 7 期、

---

[1] [法]罗兰·巴特:《显义与晦义 批评文集之三》,怀宇译,百花文艺出版社 2005 年版,第 21—40 页。
[2] [法]热拉尔·热奈特:《热奈特论文集》,史忠义译,百花文艺出版社 2000 年版,第 71 页。
[3] 涂光远:《五十年文坛亲历记》,辽宁教育出版社 2005 年版,第 673 页。
[4] 李江鸿:《旧话重提——期盼报纸美术的复苏》,《新闻采编》1997 年第 4 期。

1977年第9期封面为毛泽东像之外，均呈现出与复刊号相似的风格。1979—1999年间封面一年换一种设计，每年12期除极个别期外构图统一。图像多属装饰性风格，如风景画（花卉、山水、岩石、树木）、实物画（一支笔、一摞书）、几何图形组合或摄影图像。这期间《人民文学》封面图像整体表现为庄重典雅。虽然编者把《人民文学》喻为"人"，封面誉为"衣裳"，努力提升它的颜值，但直到2000年封面封二封底插页等才有了"大变脸"。①

图5–1　《人民文学》1949年创刊号封面

学术界关于《人民文学》图像研究的成果比较稀少，代表性成果有吴俊、郭战涛的《国家文学的想象和实践：以〈人民文学〉为中心的考

---

① 1985年，《人民文学》尝试对封面与版式设计进行革新，但收效不大。1985年第3期"编者的话"中说："《人民文学》虽号称厚重，却又给人以老大、板着面孔的印象"。1986年第10期"编后记"中表达了"我们的……"想法："我们也意识到有许多值得改进的地方，比如某些题头装饰与尾花失之古板，某些插图质量不高或安排不够得宜"，"我们要尽量使封面大方爽眼"，"我们不仅渴望读者们对我们的思想和心灵加以指引，也渴求读者们帮助我们美化'面孔'和'衣裳'"。

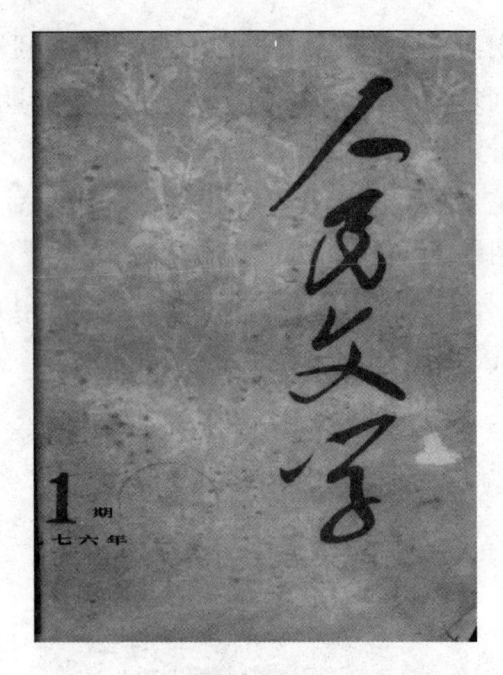

图 5-2 《人民文学》1976 年复刊号封面

察》和袁向东的《文学杂志的美术编辑思想——以〈人民文学〉为例》①。前者把《人民文学》封面划分为不同类别,认为封面图像设计与同时期政治文化之间存在滞后和含混不清的情况;后者认为《人民文学》的美术作品继承并发扬中国书画同源的传统,是逐步完成民族文学建构的一种形式。另外,武大明《新中国成立十七年期刊封面中的木刻版画探析——以 1949 年—1966 年部分期刊为例》论及《人民文学》封面木刻版画的设计风格。② 已有研究清晰勾勒出"十七年"《人民文学》图像流变,提供了从民族文学理论研究《人民文学》图像的新角度,聚焦了木刻版画封面的艺术价值,为本书的论述提供了有益的启示。

比较而言,"十七年"《人民文学》的图像更像一个召唤结构,蕴

---

① 袁向东:《文学杂志的美术编辑思想——以〈人民文学〉为例》,《编辑之友》2009 年第 10 期。
② 武大明:《新中国成立十七年期刊封面中的木刻版画探析——以 1949 年—1966 年部分期刊为例》,《编辑之友》2018 年第 4 期。

第五章 《人民文学》图像话语的广义修辞学分析

藏着意义潜势,特别是人物图像以视觉传播的方式为读者营造起一个全新的话语修辞场。鉴于此,本章主要围绕这一时期《人民文学》人物图像修辞展开讨论。

修辞的诞生或许就是修辞主体不满于既定认知框架和既定话语秩序的另类表达。《人民文学》人物图像研究,借鉴广义修辞学理论,从"修辞技巧(图像呈现了什么)→修辞诗学(图像为什么这样呈现)→修辞哲学(图像主体的精神)"探讨以下重要话题——

怎样观察和解释《人民文学》图像呈现的语义所指,以及体现的图像修辞?怎样在"表达↔接受"的互动环节中,观察和解释图像为什么这样呈现而不选择那样呈现?怎样观察和解释图像主体(创作者、编者、读者)的精神世界?怎样从修辞学、图像学、社会学、文艺美学等多学科理论资源分析图像制作和图像读解的权力性质和政治合法性的塑造?

为此,本章将从女性修辞、空间叙述和主体精神三个维度解析"十七年"《人民文学》人物图像如何参与表述并建构人民当家作主话语体系的话语体系。

第一节 "女X"与"X女":女性图像的修辞表征

在人类文明进程中,社会性别是由社会、历史、文化和意识形态所建构起来的,两性关系是一场漫长的争夺大战,"一部人类历史就是一部男性书写的历史,女性的书写在人类的历史中长期缺席"。[1] 尽管中西文化有诸多差异,但是就两性文化而言,都沿袭了男尊女卑的传统。要想真正打破影像领域的性别霸权,图像就必须倡导一种女性

---

[1] 王建成:《观看之道——桑塔格的女性主义图像观》,《山东社会科学》2010年第2期。

主义的"观看伦理学"。① 更深层的问题是,"形象是某种或可获得或可利用的特殊权力的场所;简言之,形象是偶像或物恋"。② 图像成为民族他者、社会他者和性别他者的形象。

女性在"十七年"《人民文学》人物图像中尤其引人注目。图像中的女性景观既发展了审美艺术的修辞模式,又证明了现实生活中性别秩序的正当合法性。新中国成立在很大程度上实现了制度性男女平等,长期以来被压抑的女性从此获得了前所未有的解放。新时代的女性无论年龄、职业、生长环境、教育程度有多大悬殊,都改变了之前在小家庭"养在闺中人未识""围着锅台炉灶团团转"的思想。她们走向开放式的公共族群场域中,拥有与男性相匹配的英雄气概,广泛参与工农业生产,为新国家的"四化建设"尽绵薄之力。

一 "女工/女社员/女兵":女性图像的艺术表达

按照职业把《人民文学》人物图像中的女性形象大致分三类:

第一类是新中国成立后涌现出来的工业战线上的新女性,如《在新建的油塔上》《女技术员》《北京劳动人民文化宫》《党的好女儿——赵桂兰》《女护士》等图像中的女劳模、女技术员、女电工、女焊工、女司机、女勘察队员、女护士,如图5-3、图5-4所示:

《在新建的油塔上》画面构图紧凑,信息含量丰富。最近处是一位女性,她一只手扶红色的栏杆,远眺热气蒸腾的油矿工地,眼神坚定,头戴白色工作帽,上下身穿深蓝/黑色工作服。与之相映衬的是比她更高处的几位男性,或和她一样远眺,或正投入繁忙的劳作中。这幅图中的女性,与站立的男性相比,虽不是第一主角,但在工业战线

---

① [美]苏珊·桑塔格:《论摄影》,黄灿然译,上海译文出版社1983年版,第3页。
② [美]米歇尔:《图像学:形象,文本,意识形态》,陈永国译,北京大学出版社2012年版,第5—6页。

第五章 《人民文学》图像话语的广义修辞学分析 ❖❖❖

图 5-3 哈琼文《在新建的油塔上》1965 年第 5 期

图 5-4 裘沙《女技术员》1966 年第 3 期

上女性的高大形象在这幅图像里得以呈现。这些"无声的社论"色彩鲜明,构思意味深长,是一种"有意味的形式"。

《女技术员》是一幅素描。它在构图艺术和形象表达方面,反映了当时倡导的革命现实主义与革命浪漫主义相结合的创作风格,体现了突出主要人物/中心人物/英雄人物的创作宗旨。作者对"头戴盔甲、肩扛着工作器械、手持钢架、微笑着向我们走来的女技术员形象"进行细致描画,这种艺术构思源于对生活的直观观察和对素描技巧的使用。

第二类是被解放了的农村女性,如《领到土地证》《新寄到的画报》《女社员》《丰收的喜悦》《红果满园》《唱支山歌给党听》等图像中的女社员、女队长,如图5-5、图5-6所示:

图5-5 蒋兆和《领到土地证》1951年第7期

第五章 《人民文学》图像话语的广义修辞学分析 ❖❖❖

图5-6 张漾兮《新寄到的画报》1955年第5期

《领到土地证》是一幅油画。图像中的女社员是典型的农民装束，虽是侧对着画面，但她仔细盯着《土地证》的神情清晰可见，身旁红衣小女孩期盼的眼神感人至深。新中国成立后的土地改革提出妇女参与耕种土地，实行"人人有名字，人人有产权"，妇女在土地证上有了自己的名字。这是中国女性解放史上的大事。

《新寄到的画报》是一幅木刻。"十七年"《人民文学》发表了不少木刻版画作品，主要因为：第一，木刻是由鲁迅倡导，"当革命时，版画之用最广，虽极匆忙，顷刻能办"[1]，也是延安美术创作的传统；第二，木刻"作为一种武器而存在"[2]，有着强烈的时代气息，发挥教

---

[1] 鲁迅：《鲁迅全集》第7卷，人民文学出版社1981年版，第361页。
[2] ［美］爱泼斯坦：《作为武器的艺术——中国木刻》，《大众报》1949年4月25日。

育人民的伟大效能；第三，我国木刻的艺术特点"不仅仅表现在作品的线条、色调、层次上，刀法的运用同样体现人文的情感关怀，是画、刻、印三者的完美结合"。① 这幅画描绘的是四位女社员围看《苏联》画报的场景，画面中画报上的红色与小朋友的红领巾成为一种符号，映衬着四位女争相观看的精神面貌。

第三类是中华人民共和国成立前后保家卫国的女兵，如《活跃在阵地上的歌手》《地道战》《刘胡兰》《游击队员》《南海女民兵》等图像中的战地女文工团员、女民兵、女英雄、女委员、女侦察员、女游击队员，如图 5-7、图 5-8 所示：

图 5-7 罗工柳《活跃在阵地上的歌手》1953 年第 5 期

---

① 万子亮：《木刻版画的形态与属性》，《艺术百家》2018 年第 4 期。

第五章 《人民文学》图像话语的广义修辞学分析 ❖❖❖

图 5-8　罗工柳《地道战》1965 年第 9 期

《活跃在阵地上的歌手》是一幅朝鲜前线速写。这幅插页描绘的是中国人民志愿军女文工团员在坑道中为战士们引吭高歌的场面。女性背后的"毛主席像",男战士全神贯注聆听表演的场景,共同表达了那个时代的氛围。

《地道战》是一幅油画。这幅封面描绘的是一群男女民兵在地道里,共同监测地道外敌情的场景。画面最中央是一位女性,斜着身子往外张望,穿红色上衣的也是一位女性,"她们"和"他们"一样成为地道战的主力军。

从以上女性图像中的女性形象外形看,这些"女 X"形象长相朴实,身体强壮,着装以简约方便为要,色彩以朴素深色为主。仅选取服饰特征按职业进行区分,如表 5-1 所示:

· 279 ·

表 5-1　　《人民文学》人物图像中"女 X"的服饰特征

	女工人	女社员	女兵
发饰	短发；束发；梳两条辫子；戴工作帽	短发；梳两条辫子；戴包头巾	短发；梳两条辫子；戴军帽
衣着	上衣下裤；列宁装；工作服；几无裙装	上衣下裤；农民装；围裙装	上衣下裤；军装；便装；无裙装
色调	黑/蓝/灰	红/蓝/绿/灰/白	黑/灰/军绿色

工业领域的女性主要剪短发，或把长发束起，或梳两条辫子，头戴工作帽（安全帽）；身着列宁装或工作服，上衣下裤，几无裙装，色调一般有黑蓝灰色。所谓"列宁装"，指一种西式大开领、双排扣、斜纹布上衣，两侧衣兜各有一个斜插的口袋，有时腰间系一条同色布腰带。穿列宁装也是思想道德进步的外在表现。

在农村，女性则较多戴包头巾；穿着也是上衣下裤，因为裙装不利于田间劳作，有时腰间扎一条围裙或布带；色调方面，劳作时衣服以灰白色为基调，庆祝节日或收获时节则以花式缤纷、大红大蓝大绿为主，这些色彩也成为人民生活幸福的象征。农村女性装束总体上崇尚简朴，心灵美比外在美更容易获得社会认同。心灵之美主要表现在从事农业生产、增产增收这些简单而崇高的劳动中。

《人民文学》人物图像中的女兵"不爱红装爱武装，一根皮带一杆枪，七情六欲全不顾，天天面朝红太阳"[①]。如图 5-7 所示，朝鲜前线上的女兵头戴军帽，梳两条长辫，身穿军装，正在激情表演，其他五位战士或拉着手风琴，或手扶钢枪，听得入迷。整幅图像表达了一种革命浪漫主义的情怀。

人衣关系是女性社会角色的表征，既有物质的，也有精神的。这些女性人物形象除了"长辫子""红衣"等女性标志外，再难寻觅服

---

① 韩敏：《"十七年"女性政治身体书写的美学批判》，《西南民族大学学报》（人文社会科学版）2012 年第 11 期。

饰下的女性之美。它不像 20 世纪初《妇女杂志》的女性烫发、高领长袖衫、高跟鞋、脚尖点地、赤露大脚，女性服饰"无论从样式、衣料，还是细部设计，大致经历另一个渐现'女性美'的过程"。[1] 再如 1926 年至 1937 年上海《良友》画报每期都有专栏介绍流行时装式样，这些女性服饰"图像形式与意识形态之间的互动显得颇有趣味，严肃的启蒙理想和生动的图像形式之间形成有意味的张力关系"。[2] 它也不像西方女性服饰背后的价值观，"崇尚女性美的时代文化背后，是对女性身体的否定与情欲定位，以身体取悦男性往往是女性社会身份实现的途径"。[3]

二 "女 X"→"X 女"：女性图像的修辞位移

在图像表层，这些"女 X"的工农装、干部服及蕴涵的秉性气质总体表现出向男性化、革命者靠拢的趋向。服饰渐渐失去了区分性别的功能，女性身体的曲线特征被有意遮掩，许多具有女性特点的衣饰在公共媒体中几乎绝迹。

在图像深层，这些"女 X"美术设计悄悄实现向"超女""圣女""胜女""神女""倩女"等"X 女"的修辞位移：所谓超女，刚毅超群之女；所谓圣女，道德圣洁之女；所谓胜女，稳打胜仗之女；所谓神女，鬼斧神工之女；所谓倩女，朴素年青之女。比如女民兵角色至少演变为三重身份符号：身体意义上的倩女、军事意义上的胜女、政治意义上的超女。

这种修辞转换使女性能够在社会中与男性成员一样，享有部分

---

[1] 刘伟娜：《〈妇女杂志〉（1915—1931）图像中民国女性风貌研究》，《出版发行研究》2018 年第 10 期。
[2] 吕志博、郑莉：《"启蒙"与"革命"——〈良友〉画报女性服饰文化分析》，《美术观察》2017 年第 2 期。
[3] 宋炀：《软蜡上的封印——近世纪西方女性服饰与身体关系的言说》，《艺术设计研究》2016 年第 3 期。

资格、能力与权力。从国家认同的角度看,女性参与各种运动,成为运动发展演进的重要助力,使她们从"不知有国"的家庭妇女华丽转身为"当家作主"的主人。"十七年"时期《人民文学》女性图像完成了从"女X"到"X女"的角色与修辞转换后,不仅消除了旧社会女性肉体被奴役的困境,而且完成了国家对女性的性情、道德、智慧等方面的精神重塑与认同。这一转换过程中有如下的修辞处理:

(一)"女X"→"X女":隐含着从"雌雄有别"到"同体双性"的转换

在很多女性"在场"的图像中,创作者有意遮蔽了女性特征,若只遮挡人物发饰,很难辨别雌雄。图像形塑女性雄化的身体,女性去性别化的特征强化了图像背后的权力。在革命的修辞话语中,女性的雄化倾向具有高度的合法性,甚至是一种"同体双性"的意义载体。一方面,女性是家庭的主妇,是孩子的母亲。图5-5《新寄到的画报》中系着红领巾的小孩一手拽着母亲的衣角,贴在母亲身边,而母亲侧头眼神注视着红亮亮的《苏联》画报,眼神中充满求知的渴望。另一方面,在大部分图像中的女性都是摆脱了家庭身份,活跃在工业、农业、社会主义改造的各条战线,意识形态强化了女性的社会身份。

中国传统绘画中女性形象追求柔弱颔首弓身的姿态,即使在刻画女扮男装的花木兰形象也会泄露女性的笔法线条。而《人民文学》人物图像中的女性造型具有新女性年轻漂亮、昂首挺胸、端庄挺拔、健壮英武的共同特征,展示出新中国女性形象不仅撑起了"半边天",还意味着女性有着与男性同样的生产和战斗能力。而女性对此新生活都充满着渴望,脸上洋溢着笑容。在当时的意识形态认知框架中,建立在男女服装和外表统一标准基础上的雌雄同体和男女同一,似乎成了社会主义理想。在《人民文学》人物图像中,女性在地位、职务、身高等方面都要弱于男性,而且男性往往是女性进步的引路者和领导者。图 5-3《在新建的油塔上》，男性在画面中站得更高、看得更远，身体更雄壮，可能技术水平也更高。

（二）"女 X"→"X 女"：隐含着从"现实真实"到"艺术真实"的转换

正视性别差异和促进性别平等是推动人类全面发展的哲学议题。无论在哪个时代，女性天性柔弱，具有女性特有的体貌特征、体力现实和心理特质。而当时流传这样的男女平等歌——"男人打铁，女人炼钢；男人种稻，女人插秧；男人当兵，女人扛枪；男人怎样，女人怎样"[①]。女性以超出自己生理极限的代价去争取与男性的绝对平等，这是性别异化的时代表现。

人物图像中的这种性别模式较好地适应了女性解放运动影响革命进程的意识形态刚需。中国早期发动的妇女运动也是以"妇女解放"为核心诉求，它在理论层面和实践层面解决了无产阶级革命的合法性问题，不仅展示了社会制度的优越性，而且客观上壮大了生产劳动和军事战斗中的力量。

（三）"女 X"→"X 女"：隐含着从"自我认同"到"社会认同"的转换

人物图像中的女性身着工农装，不戴饰品，不使用化妆品，客观上受到当时物质条件的制约，主观上是一种主动选择。印度经济学家阿玛蒂亚·森在《身份与暴力：命运的幻象》中指出："在相互竞争的不同身份之间，个人必须就它们各自的重要性做出选择——不管是自觉地还是隐含地。"[②]

对于新中国女性而言，这种选择是对自我认同和社会认同的顺应。回归历史语境，可以发现，"在中国，性别问题从来不是单一的存在，而是与社会制度、意识形态、文化传统包括风俗习惯等复杂交织的

[①] 马春花：《"女人开火车"："十七年"文艺中的妇女、机器与现代性》，《文艺争鸣》2014 年第 6 期。

[②] ［印度］阿玛蒂亚·森：《身份与暴力：命运的幻象》，李风华等译，中国人民大学出版社 2009 年版，第 17 页。

'集合体'"。① 实际上，中国女性扎根于具体的现实的文化土壤中，"那无数没有话语权、无望获得发展机会的是底层的各类各族女性"②。这些话语强化了女性自我认同和社会认同的差异，表现出和西方女性不同的认同体系。

从哲学角度看，女性对"我是谁"与"我将成为谁"等自我身份价值的认同，也是自我价值在社会框架和秩序中的求证与确认。在两性关系中，女性往往"被看"，男性往往发出"看"行为，并充当着衡量女性的标尺。深层的问题是，"当男性作为标尺从生产效能和战斗技能转移到身体和精神层面后，女性身体的性别特征就会被消解掉，从而成为与男性一样的革命者，承担着捍卫国家的职责"③。男性/社会评判中的"女X"是"战友/同志"，这种"社会性别意义的建构与认同源于自然性征差异，却完成于国家政体再生产"④。

"十七年"时期《人民文学》图像中的女性基本都是年轻女性。在她们从"女X"到"X女"的角色修辞转换中，有两类"同框"值得注意：

"姐妹"同框：《人民文学》1965年第3期封面刊登了吴玉梅创作的国画《女社员》（图5-9）。画面的中心位置是10位快步走在田间的农村女社员，她们眼望前方，侧头嬉笑。整个画面洋溢着幸福和欢乐的集体氛围。这幅作品后来入选1980年第五届全国美术作品展览，表达着那个时代的情绪。

"师生/母子"同框：《人民文学》1965年第10期封面刊登了胡成林创作的水粉画《耕读育新人》（图5-10）。画面正中央是上粉红衣

---

① 郭冰茹：《当代中国女性主义批评的路径反思与理论建设：基于女性主义批评与女性写作互动关系的考察》，《文艺争鸣》2020年第8期。
② 王政：《跨界：跨文化女权实践》，天津人民出版社2004年版，第87页。
③ 王海洲：《新中国女性的国家认同构建（1949—1984）——基于女民兵宣传画的图像政治学分析》，《学海》2016年第3期。
④ 李银河主编：《妇女：最漫长的革命当代西方女权主义理论精选》，生活·读书·新知三联书店1997年版，第168页。

下浅蓝裤、洋溢着青春气息的女性，扛着锄头，她的身边围绕着十多个十多岁的孩子，孩子们挎着筐、拿着铲、扛着锹，一群人迈步走在充满希望的田间小路上。孩子们各个笑意浓浓，红领巾随风飘扬，如图5-9、5-10所示：

图 5-9　吴玉梅《女社员》1965 年第 3 期

这两类图像不约而同显示了女性"走"的姿态——农村女性从封闭的传统家庭中走到集体生活中，在农田劳作的共同目标下再造了一个非血缘结构的亲密关系。画面中欢快愉悦的表情显示了女性对这种新的社会关系的认同。这种姐妹关系、师生关系或母子关系，很大程度上削弱了传统家庭中的夫权等级，增强了女性在群体中的荣誉感和自豪感。

更有意味的是，女性从"小家"走向了"大家"，把个人与集体融于一体，将孩子带入希望的田野上，把家庭与国家凝固在一起，国

图 5-10　胡成林《耕读育新人》1965 年第 10 期

家与女性的关系表述为一种具有特殊情结的母女关系。图像的意识形态色彩完成了女性形象在身体、心理、政治和文化取向上对新国家的归属与认同。

需要说明的是,"十七年"《人民文学》人物图像中除女性人物形象比较养眼、几乎占据"小半壁江山"外,还有与之互为镜像的男性人物,如活跃在工业战线上的修理工(《修火车头》,速写,李桦作,1950年第5期封面)、辛勤劳作在农田里的社员(《修堤护良田》,木刻,高松作,1950年第4期封面)、保家卫国的战士(《伟大的战士——王杰》,宣传画,哈琼文作,1965年第12期插页);除了成人之外,还有少年儿童(《歌唱社会主义》,雕塑,杭观华作,1960年第2期封二);除了年轻一代,还有年老一代(《公社老管家》,木刻,正威作,1964年第9期封面);除了中国作品外,外国艺术以苏联画家作品为主,如《行军烹饪车》(油画,苏联契家洛夫,1954年第1期)。总之,图像中的"男/女/老/少(新)"一系列形象符号,不仅是社会主义建设的参与者与见证者,而且成为新中国兴旺发达的图像表述。

第二节 "X地":图像的空间分类与语义系统

德国美学家莱辛在《拉奥孔》中认为,画和诗在摹仿对象和摹仿方式上有区别,绘画等造型艺术只能选择富于包孕性的"顷刻"①。这一"顷刻"同时包孕了地理性空间符号。时空是一种物质性存在;它们也在图像或语言世界中被分割被连缀,以此改写新的时空关系,构造出新的语义共同体。

"十七年"《人民文学》人物图像的这一"顷刻"体现在创作者对人物劳动场所的摹仿上。场所是叙事空间,是讲述故事、显现精神的空间,正如朱玲等人在分析中国古代话本小说的空间修辞时说:

> 空间本来只是一个连续系统,并无天然的、不变的疆界,只是各民族在探寻最合适自身的生存方式时,按照特有的结构来划分和译解空间,并建立起自己对于所划分空间的特殊认知方式,这种认知凝固成各民族对生存空间的表述;而不同文体作品在表述世界时,又通过特有的修辞设计,去为空间定性,寻求人物行动和空间之间的关系,形成一些作品人物行动及命运与空间环境的独特对应。②

空间性要素在《人民文学》拟真图像中如何被编码,如何以空间

---

① [德]莱辛:《拉奥孔》,朱光潜译,人民文学出版社1979年版,第83页。
② 朱玲、林佩璇:《城市和山水:话本小说的空间修辞幻象》,《福建师范大学学报》(哲学社会科学版)2008年第6期。

的"同时性"照亮叙述时间的"顺序性",如何通过空间修辞设计寻求人物行动的丰富意义,创作者对人物物质性空间如何划分与表述,这些问题值得深入分析。

一 "工地/田地/阵地":人物图像的空间分类

按人物活动场所不同,可以把《人民文学》人物图像大致划分三类:

第一类是"工地",如《战斗在十三陵水库工地》《移山填谷》《将要完成的润河集拦河闸》《学习苏联金属高度切割法》《官厅水库的建设工程》《长江大桥的钻探工程》《在新建的油塔上》《黄河大桥基础工程》《探宝山素描四幅》《新安江水电站》《以岛为家》《石油工人》,如图5-11、图5-12所示:

图5-11 艾中信《战斗在十三陵水库工地》1958年第7期

《战斗在十三陵水库工地》的作者是艾中信。该图是《人民文学》1958年第7期刊登"北京十三陵水库工地"三幅画页中的第二幅。新

图5-12　李硕卿《移山填谷》1960年第2期

中国成立初期，随着开国创业的发展，工地建设者形象在美术作品中不断涌现。这幅图描绘了一群头戴斗笠、身穿背心的劳动者在北京十三陵水库工地上火热劳作的场面：恶劣的天气、远处的机器、满目的灰尘、待开发的荒岭。艰难的工地环境更突出了建设者们坚忍不拔的劳动力量和战天斗地的革命斗志。

《移山填谷》是李硕卿以鹰厦铁路建设为题材创作的一幅国画。画面采用明暗虚实、空间透视留白、增强物象光感等技法，用笔刚健有力，反映了热火朝天的建设场面。画面中人头聚集，红旗迎风招展，体现了社会主义建设的雄伟面貌。文艺评论家王朝闻在1958年8月30日《人民日报》上称赞这幅画是"中国画的新生"。①

---

① 潘日明：《八闽画坛"移山填谷"之人——李硕卿的中国画艺术》，《福建艺术》2007年第3期。

第二类是"田地":如《参观联合收割机》《新队长》《在陕北的山谷里》《渔村》《〈六十年的变迁〉插图四幅》《草原的猎人》《秋收的时候》《〈山乡巨变〉插图》《红果满园》《垦区新貌》《女社员》等,如图 5-13、5-14 所示:

图 5-13　沃渣《参观联合收割机》1955 年第 9 期

《参观联合收割机》是一幅套色木刻。这幅封面的主体部分是金色麦田里的两台联合收割机,一台红色车头上插着红旗,收割机后是一群农民观看收割机工作。这幅美术作品用写实的手法,描绘了农村新机械带来的丰收新气象。

《新队长》也是一幅套色木刻。这幅封面运用传统的笔墨手法和中西结合的造型艺术,刻画了新一代农村青年干部忠厚质朴的形象,

第五章 《人民文学》图像话语的广义修辞学分析 ❖❖❖

图 5-14 姚有多《新队长》1965 年第 2 期

他面带微笑，眺望远方。画面中其他三位老农民和一位女会计的幸福表情，表达着对公社新队长工作的支持和满意。画面以暖色描摹，以金黄的庄稼地为背景，画风朴实亲切。

第三类是"阵地"：如《组成全民仇恨的火网》《祖国领空不容侵犯》《攻克天险道城岘的中国人民志愿军》《地道战》《强渡大渡河》《延安颂》《为了六十一个阶级弟兄》《人民战争必胜》《英雄的人民》，如图 5-15、5-16 所示：

《组成全民仇恨的火网》是一幅宣传画。画面的中心是一位手持武器的战士，他的旁边有女战士、老兵，还有几位小伙子。人物精神饱满，目光坚定，怒视前方的敌人，表现出英勇作战的气概。这幅画

· 291 ·

图 5-15　董辰生《组成全民仇恨的火网》1965 年第 6 期

图 5-16　吴敏《祖国领空不容侵犯》1966 年第 2 期

描绘了全民众志成城抵抗侵略的场景。"十七年"图像中这种怒目的表情仅出现在这类战斗场景中,其他图像中的人物多为喜悦的情绪。

《祖国领空不容侵犯》是一幅速写。画面呈现了两位战士,表情凝重,意志坚定,其中一位盯着一架飞机。领空是一种政治空间,画面凸显的是新中国人民对领土完整和捍卫主权的坚强决心,同时展现了保家卫国的英雄战士的爱国精神。

二　"公共空间"与"空间时间化":时空叙述的语义系统

在"十七年"《人民文学》人物图像中,无论是展示水库、油塔、桥梁的建设工地,还是描绘农村乡间劳作的田地、呈现对敌斗争的战场阵地,都具有较强的空间感与深层的叙事机制。"叙述者显然是一个机制,用以影响读者对人物和事件的反应和理解,而这些人物和事件恰恰是叙事的要点。"[1]

这些图像多采用全知视角,画面中的人物、事件、行为悉数在目,作者试图做到客观全面地再现历史真实场景。画面构图完整,透视巧妙,揽万物于眼底,状物精微如雕刻,整体场面宏大井然,预示着事件的过程与结局。

图像并非单纯的"画",它有"外在旨趣的意志"[2],它是具有更高意义的文化视觉传播系统。图像人物与语言都有符号规约性,图像作为符号系统与场景和故事存在某种解释,使之诉诸心灵,产生某种观念。法国思想家雷吉斯·德布雷认为图像背后是"权力的诱惑","图像比文字更容易领悟、更煽情、更容易记住;它冲破了语言的障碍,因载体的非物质化而摆脱了限制,凭借天线和空间传播而激发活

---

[1]　[美]詹姆斯·费伦:《作为修辞的叙事:技巧、读者、伦理、意识形态》,陈永国译,北京大学出版社2002年版,第21—22页。

[2]　[英]迈克尔·巴克森德尔:《意图的模式》,曹意强等译,中国美术学院出版社1997年版,第49页。

力,可以不分昼夜地充斥全球,使人们欢呼、让人握拳"。①

无论是在十三陵水库的工地,还是在参观收割机的田地,还是在消灭反动分子的前线,人物从未"离场"。虽然《人民文学》中也有图像显示休息时的农妇和军官,但他们依然处于准备"入场"或"现场"空间。图像叙事的背后隐藏着一种权力,需要对图像深层视域的"图像视觉"和"社会视觉"的双重解读②。那么如何解读人物图像的"X地"空间设计呢?

(一)个人→集体:日常生活空间被挤压,公共劳动空间膨胀

《人民文学》人物图像中的家庭生活场景几乎消隐,其中存在着图像如何处理"个人/集体""劳动/休憩""私人/公共"关系的主要议题。读者在图像中能看到的大多是集体生产劳动的场景(当然也出现少数单人人物图像,但他们的人物身份显而易见),关注构图画面的宏大宽阔,如图5-12《移山填谷》展示的是一群建筑工人正在工地上进行铁路建设的场景;图5-13《参观联合收割机》展示的是一群农民正在田地里观看收割机工作的场景;图5-15《组成全民仇恨的火网》展示的是一群集结了男女老少革命战士正在准备攻击敌军的场景。

日常生活空间包含着私人情感等私密性的生存空间。这些场所被忽略,它昭示的个人思想也就被纳入高度集中的集体主义观念之中。在"十七年",文艺创作中的"日常生活"以及它的一些替代性或关联性称谓,"始终处在一种被怀疑和被批判的地位"③,抑制个人对物质的欲望,张扬个人对集体精神的认同。

人物图像空间从日常生活空间转移到公共劳动场所,这背后隐藏特

---

① [法]雷吉斯·德布雷:《图像的生死》,黄迅余、黄建华译,华中师范大学出版社2012年版,第82页。
② 陈剑:《图像的表征与"内里"——古元延安时期婚姻题材木刻版画作品的视觉文化解读》,《文艺研究》2017年第2期。
③ 冷霜:《日常生活》,洪子诚、孟繁华主编《当代文学关键词》,广西师范大学出版社2002年版,第231页。

定的修辞意图与叙事能量。米歇尔·福柯从知识谱系和权力控制来分析"乌托邦"空间的意识形态问题,"我们时代的焦虑与空间有着根本的联系,比之与时间的关系更甚。时间对我们而言,可能只是许多个元素散布在空间中的不同分配运作之一"①。集体化组织方式(如工程队、人民公社),不仅凭着想象通往共产主义桥梁而颇具政治性,而且也为中国共产党最大限度调动劳动力参与现代化国家建设提供组织保障。② 从日常生活空间转移到公共劳动空间,是人物从"小我"向"大我"蜕变的过程,这是一种"以革命的名义向个人隐私大举进攻"③。

(二) 普通人→神:人物箭垛式处理,劳动空间模式化

《人民文学》人物图像具有高度浓缩特征,具体表现在正面人物、典型人物和先进人物上,画风总体呈现出雄浑壮阔的崇高的美学风格。在西方美学中,艺术的崇高是艺术家面对自然社会的客体而产生的独特强烈的审美感受。

人物在急剧变革的时代中被迅速传奇化、英雄化,这种洁化和神化过程可称之为"箭垛式"处理。在英雄人物的描绘中,一切人的功劳、努力、智慧都可以归于一个人,"他的功劳盖过一切人,他的名誉盛过一切人,他权威压倒一切人",他从"人"变成了一个神圣不可侵犯的"神"。④ 胡适在《读楚辞》中谈到他怀疑《楚辞》的作者都为屈原,并提出"屈原是一种复合物,是一种'如诸葛亮借箭时用的草人'的'箭垛式'的人物,与黄帝周公同类,与希腊的荷马同类"。⑤ 民间文学中的"箭垛"特指某一个人身上插着刺猬似的箭,不

---

① [法]米歇尔·福柯:《不同空间的正文和上下文》,《后现代与地理学的政治》,包亚明主编,上海教育出版社2001年版,第20页。
② 邹跃进:《作为美术史研究对象的"毛泽东时代美术"及其中心观念》,《文艺研究》2005年第9期。
③ 董文桃:《日常生活叙事空间的消失——论十七年国家意识形态叙事的一种策略及效果》,《当代文坛》2011年第1期。
④ 田蓉辉:《论新中国十七年美术人物形象塑造》,《美术观察》2017年第7期。
⑤ 胡适:《读楚辞:屈原是谁》,《胡适文存》二集卷一,上海亚东图书馆1924年版,第141—144页。

但不伤皮肉反而俘获大名。此处借用这个名词，指文艺创作中每一类人物形象具有"箭垛"特征，如工人都具有头戴安全帽、手持工具、身穿工作服、富有大公无私的劳动精神，农民战士同样具有统一化类型化的倾向。

从叙事功能来看，"箭垛式"人物具有极强的凝聚力和包容性，"虽然箭垛式人物的箭垛周围有多面性的箭，但其核心人物形象只有一个，这是与'可能的人物形象'和'真实的人物形象'相互竞争的结果"。无论是工地上的"这一个"，还是田地和阵地上的"那一个"，不同的图像、不同的图像创作者催生了一大批"可能的人物"，这些人物在艺术的"真实性"与"想象性"之间不断筛选过滤，隐藏着图像的情感释放与对现实社会的表征。①

人物箭垛效应与"工地""田地""阵地"图像空间类型化互为镜像。为了更好地解释人物图像空间类型的修辞结构，先引入法国结构主义人类学创始人列维·斯特劳斯从事神话研究的范式。他从神话的实质出发，结合索绪尔所提出的"能指/所指""言语/语言"等二元思路，把神话"作为管弦乐总谱来处理"：

> 通过系统地运用这种结构分析，我们就有可能把一个神话故事的所有已知讲法组成一个系列，形成一种置换群，处在这一置换群两极的讲法形成颠倒的对称关系。
>
> 我们的这个方法不仅能够在混乱中建立起某种秩序，还能使我们领悟到神话思想深处的某些基本逻辑程序。②

如果说列维·斯特劳斯观察到了神话研究中的"已知讲法""置

---

① 王伟杰：《多面性"箭垛式人物"的形成原因及其启示》，《民俗研究》2013年第5期。
② ［法］列维·斯特劳斯：《结构人类学：巫术·宗教·艺术·神话》，陆晓禾、黄锡光等译，文化艺术出版社1989年版，第42—69页。

第五章 《人民文学》图像话语的广义修辞学分析 ❖❖❖

换群""逻辑程序"的话，那么"十七年"《人民文学》人物图像中的空间叙述揭示的就是一种程序或等式：

　　工地＝恶劣的气候＋尘土飞扬的环境＋先进的设备＋钢铁意志的工人
　　田地＝明媚的春天或丰收的金秋＋黎明或黄昏＋勤劳的农民
　　阵地＝乌云密布＋硝烟弥漫＋对敌斗争＋不怕牺牲的战士

这些等式可看作是人物图像空间修辞的"板岩结构"（列维·斯特劳斯语）。每一种空间都有"场""景""人"三种结构元素构成，可用 X、Y、Z 这三个值来表示：

　　人物在 X 中活动，场景不断变换，是可置换的框架。
　　Y 提供人物活动氛围，紧张与轻松形成二元对立，是特定画法与技法。
　　Z 是图像的核心，无论是谁（工人、农民、战士），在画面中与 X、Y 形成正向映衬或反向映衬，且均表现出正向的人格品质（均为意志坚强、勤劳善良、英勇顽强的积极评价词汇）。

在图像中，人物在物质空间与精神空间有限度有纪律地穿行着，每一个社会主义建设者正出现在"撸起袖子加油干"的"此时"与"此处"。

（三）"这一顷刻"→将来：人物图像的空间语义与时间语义

图像叙事的本质是把以空间形式存在的图像再度时间化，"要让图像这样一种已经化为空间的时间切片达到叙事目的，我们必须使它反映或暗示出事件的运动，必须把它重新纳入到时间的进程之中"[①]

[①] 龙迪勇：《空间叙事学》，生活·读书·新知三联书店 2015 年版，第 419 页。

"这一顷刻"既包含过去,也暗示未来。"十七年"《人民文学》人物图像中的空间并不单是地理意义,它更关注从时间纬度去理解空间的意义。地理空间体现的是对国家"土"的想象,而空间时间化凝聚的是对国家"血"的认同,即在图像的创作、编辑与传播过程中,如何发挥使陌生人称为"兄弟姐妹",这实际上是一种民族共同体的构建过程。

图像中的"工地""田地""阵地"基本都跳出了词典中的释义,被重新编进新的空间语义。特别有意味的话题是,这些空间语义顷刻间(或同时)被赋予历史发展进程中的时间语义。运用语言学中的义素分析可区别"工地""田地""阵地"词典语义(+表示具有该特征)。三种语义系统见表5–2:

表5–2 《人民文学》人物图像中"工地""田地""阵地"语义系统

	词典语义	空间语义	时间语义
工地	[+工人][+施工][+生产][+工作][+场所]	恶劣的气候+尘土飞扬的环境+先进的设备+钢铁意志的工人	旧貌换新颜
田地	[+耕地][+庄稼][+土地]	田地=明媚的春天或丰收的金秋+黎明或黄昏+勤劳的农民	荒野变良田
阵地	[+战斗][+兵力][+兵器][+位置]	阵地=乌云密布+硝烟弥漫+对敌斗争+不怕牺牲的战士	转危为安

工地,指施工、生产的工作场所。人物图像中的工地往往是宏伟的建设工程、紧张劳动的场面与恶劣的环境,浩浩荡荡的人群有组织、有领导地向工地进军,从中揭示劳动人民改造自然征服自然的伟大力量。工地上的大吊车、高压线杆、先进的设备,远景中的高炉、乌烟,更被赋予更深层的意涵。

图5–11《战斗在十三陵水库工地》,为了更好地诠释这幅图的深

层时间意义，图下方还配了一首韩乐群创作的诗："雷雨阵阵风满天，英雄们干劲更加欢，六月十五修好坝，要和洪水抢时间"。这些图像空间剔除了私人杂质，指向集体主义战天斗地的激情。在各个工程现场，工人以渺小之躯"让高山低头，让河水让路"，创下丰功伟绩，期待将来"旧貌换新颜"。新中国之"新"不仅指空间之"新"，还是经营空间的主人们之于时间理解之"新"①。

中华民族农耕文明的根基是乡土性，而田地指"土地这位最接近人性的神"。② 田地直接关联着中国农村富裕生活和人民的丰衣足食。"田的艺术为我们提供了新的生存机会与繁荣的希望"，"田的形式、田野上的过程，告诉我们美的尺度韵律；田所反映的人地关系，告诉我们如何重建人与土地的精神联系，获得文化身份与认同"。③ 人物图像中的田地往往是展现农民在春色满园或太阳初升时播种，在金秋时节或黄昏收获，遵守着农作物的时节规律。无论是春播还是秋收，农民对荒野的开发利用，已不属于单纯的物质空间，有着自身生命循环系统，如利奥波德所说"荒野是人类从中锤炼出那种被称为文明成品的原材料"④。既然是"原材料"，那么农民们在"荒野变良田"的劳作中就收获了生命流动价值。

图5-14《新队长》中社员们站在或蹲在金灿灿的田边地头，将来收获的不只是庄稼，还有乡土社会中"农户—家族—宗族"关系，还有集体功绩、劳动光荣及政治权利。

"阵地"是军兵保家卫国的场所。人物图像中的阵地往往是乌云密布、硝烟弥漫的场所，烘托出高度紧张的作战氛围。战士昂起的头颅、坚定的眼神、坚毅的神情，处处彰显了战无不胜攻无不克的革命精神。战士们怒目的表情为图像内容提供了高度可辨识性，还鲜明指

---

① 路文彬：《论"十七年"中国乡村文学中的空间政治问题》，《文学评论》2011年第6期。
② 费孝通：《乡土中国 生育制度》，北京大学出版社1998年版，第7页。
③ 俞孔坚：《回到土地》，生活·读书·新知三联书店2014年版，第229页。
④ [美]奥尔多·利奥波德：《沙乡年鉴》，侯文蕙译，吉林人民出版社1997年版，第178页。

出"谁是我们的敌人/谁是我们的朋友"。从空间叙述链条上来说,"拿着武器厮杀"的顷刻只是叙事中情节展演的场所,之前有敌我斗争逻辑起点,之后有斗争胜败行为结局。

图5-16《祖国领空不容侵犯》,无论形势如何严峻,战士们坚守祖国领空的精神一直"在场",战士们必能保家卫国,必能保卫人民的和平和安全。阵地由此衍生出维护政治秩序的宏大议题。这些图像描绘了人物、武器、氛围等象征形象,它们借助特定的"语义结构"表现了民众对国家和民族的认同方式。

《人民文学》人物图像中除了"田地""工地""阵地"之外,还有"车间""渔村""果园""海港"等空间叙述,它们亦具有上述的修辞特点。文艺理论家巴赫金在《歌德作品中的时间与空间》中认为歌德具有从空间中看出时间的非凡能力,"一个地方,一处景色,如果没有人及其创造活动的地位,如果不能栖身生息、不能建楼盖房,因而也不能成为人类历史的舞台,那么就与歌德格格不入,为他所不齿"。① 时间标示了主体认知的感觉系统,空间则是主体感觉的外在表象。时空是一种观看图像、解读文本和认识世界的修辞方式。

第三节 "民族共同体":人物图像的主体精神建构

图像是理解和把握现代世界的基本思维方式。德国哲学家卡西尔用符号来确认人的价值,提出符号让人类走出"柏拉图洞穴",并发现哲学、宗教、科学所构成的"理念世界"的出入口,"人是符号的动物"。②

广义修辞学在系列专著中进一步论证这样的观点:人是语言的动

---

① [俄]巴赫金:《歌德作品中的时间与空间》,白春仁、晓河译《小说理论》,河北教育出版社1998年版,第247页。
② [德]卡西尔:《人论》,甘阳译,上海译文出版社1982年版,第34页。

第五章 《人民文学》图像话语的广义修辞学分析

物,更是修辞的动物,修辞话语参与人的精神建构:

> 当修辞诗学从技巧层面的话语方式向文本的存在方式延伸时,修辞哲学则从技巧层面的话语方式向人的存在方式提升。……修辞话语中,有着属于某一语言系统的人们在历史中的活动、在现实中的驻足、在历史与现实之间的往返穿梭,他们的修辞话语,就是他们自认的文化角色、他们的外在行为和内在心态,他们话语,往往内化为相应的价值信条、道德规范和行为模式,参与着话语主体的精神建构。①

"语言是思想的直接现实",曾是一句经典的语录;但反向的表述"语言建构我们的现实",话语建构我们的精神,人们尚未深刻认知。

《人民文学》人物图像"画了什么""怎么画出来的",也许是美术创作的题材和技术层面,而"为什么选择这样的题材""为什么用这样的画法",本质上是修辞话语如何介入现实、如何参与主体精神建构的问题,这些探讨属于广义修辞学意义上的修辞哲学范畴。

这里的"图像的主体"包括《人民文学》图像创作主体、编者主体和读者主体。作为身份符号的"人物",指向人物图像创作者的阶级出身和描摹内容;指向《人民文学》编辑的无产阶级革命思想和对图像表现内容风格的容忍限度;指向《人民文学》读者的人物身份、阅读趣味、接受的广泛性与受教育的有效性。

新中国的诞生与成长是"十七年"文艺最基本的身份特征②。结束了战争、离散、饥荒、疾病等生存状态,人们开始思考我是谁、身在何处、去向何方等身份认同问题。人物,凝聚了中国传统的族群关系和新型伙伴关系,而这些关系本身可理解为现实的、有机的生命体

---

① 谭学纯:《问题驱动的广义修辞论》,人民出版社 2016 年版,第 100—104 页。
② 贺仲明:《新民族国家与"十七年文学"的身份认同》,《南京社会科学》2009 年第 4 期。

的结合,被视为集体意志和力量的表现。人们处在共同的亲密关系之中,它起源于血缘共同体,完善于地缘共同体,升华于精神共同体。这也就是本尼迪克特·安德森所说的"想象的共同体":

> 我主张对民族作如下的界定:它是一种想象的政治共同体——并且,它是被想象为本质上有限的(limited),同时也享有主权的共同体。
>
> 它是想象的,因为即使是最小的民族的成员,也不可能认识他们大多数的同胞,和他们相遇,或者甚至听说过他们,然而,他们相互联结的意象却活在每一位成员的心中。
>
> 民族被想象为一个共同体,……民族总是被设想为一种深刻的、平等的同志爱。最终,正是这种友爱关系在过去两个世纪中,驱使数以百万计的人们甘愿为民族——这个有限的想象——去屠杀或从容赴死。①

"想象的共同体"是理解世界的一种方式,是与历史文化变迁相关、根植于人类深层意识的心理建构。《人民文学》人物图像中,哪些"相互联结的意象"成为民族精神的纽带,哪些社会成员享有"深刻的、平等的同志爱",美术创作者呈现怎样的"物象—意象—语象—幻象",这些与现代中华民族共同体的想象与认同之间有着修辞关联。

新中国成立后,在艺术创作领域,浓墨重彩地表现普通劳动人民、为普通百姓而创作成为美术观念的核心。在社会主义现实主义创作方法指引下,创建了民族的、科学的和大众的美术体系。具体来说,美术如何表现个人与集体、传统与现代、理想与现实、艺术普及与提高的诸多关系,成为党、政府美术家和期刊编辑们共同面临的迫切问题。

---

① [美]本尼迪克特·安德森:《想象的共同体——民族主义的起源与散布》,吴叡人译,上海人民出版社 2005 年版,第 6—7 页。

《人民文学》人物图像折射出主体对中华民族共同体的想象与认同，集体表达着对国富民强的自觉追求与自愿接受。人物图像主体精神建构系统如表5－3所示：

表5－3　　　　《人民文学》人物图像主体精神建构系统

三主体	主要问题	建构方式	建构目标
作者	传统/现代	吸旧➡纳新	
编者	理想/现实	写意➡写实	国富民强
读者	普及/提高	精英➡大众	

一　传统/现代：从"吸旧"转向"纳新"

在新的文艺秩序中，图像创作者（专业艺术家＋农民画家，"农民是天生的民族艺术创造者"①）殚精竭虑地从中国民间传统中寻找合法资源。一方面吸纳传统艺术中年画、木刻、素描和剪纸的艺术形式；另一方面借鉴传统艺术的审美观念，如绘画符号（灯笼、菊花、花生）、神话原型（丰产女神、大地母亲）、民众心理（大团圆）和民间审美情趣（欢乐喜庆）；再一方面承袭中国传统美术创作的用笔用线、绘画工具、笔墨语言和精神内涵。这是一种"集体无意识"②，以人物为主体的读者因特定情景触发而被"唤醒"。

这一情景正是新中国的建设环境——社会需要战天斗地的建设精神，普通大众渴望一个瓜果飘香、物产丰饶和富国强民的新中国。这种阅读需求和审美习惯又满足了新的历史语境中政治宣传的需要，即激发人民对英雄的崇拜、对阶级敌人的仇恨，以及作为新中国的主人的民族自豪。当读者的情绪一旦被调动，他们对图像中的人、景、物

---

① 华君武：《华君武集》，河北教育出版社2003年版，第24页。
② ［瑞士］卡尔·荣格：《心理学与文学》，冯川、苏克译，生活·读书·新知三联书店1987年版，第52页。

会产生熟悉感和认同感。

《人民文学》人物图像沿着新中国文艺"新的主题、新的人物、新的语言、新的形式"① 审美方向，创作出一系列新人物（《新队长》《耕读育新人》）、新农村（《农村新气象》）、新工厂（《新安江水电站》《架新线》《在新建的油塔上》《拆旧轨铺新路》）、新气象（《牧场新泉》《家乡新貌》《矿山新貌》《垦区新貌》）和新生活（《丰收的喜悦》），如图 5-17、图 5-18 所示：

图 5-17　尹国樑《农村新气象》1951 年第 4 期

社会主义工业之"新"蕴含着全新的家国观念：山河、悬崖、疆域等自然之物，以及喷薄的蒸汽、先进的机器、复杂器物，在"一群人"的"战天斗地"中创造出现代文明。社会主义农业之"新"同样暗藏着这样的民族意识：水稻、小麦、玉米等农作物，以及收割机、发电机等先进武器，在"我们"的"改天换地"中催生现代文化。图 5-18《中国人民的豪言壮语》图像中耸立的油田高塔，攒动的人群、

---

① 周扬：《新的人民的文艺》，《人民文学》1949 年第 1 期。

与"自力更生　奋发图强　艰苦奋斗　勤俭建国"共同表现新中国大庆人的精神面貌与豪言壮语。

图 5-18　邵宇《中国人民的豪言壮语》1966 年第 1 期

从环境美学角度看，这些景观上刻有居住者的印记，当我们创作或欣赏它们的同时，景观也在影响着我们的性情态度、信仰观念和行为模式，"作为一个整体，环境是相互联系相互依赖的人群和地区在其相互交往过程中形成的共同体"①，天地人相合实际上也在构建人与环境共生的生命共同体。

---

① ［美］阿诺德·伯林特：《生活在景观中——走向一种环境美学》，陈盼译，湖南科学技术出版社 2006 年版，第 11 页。

二 理想/现实:从"写意"趋向"写实"

西方艺术真实论经历了从朴素辩证的真实论,到客观精确的经典真实论,再到主观心理的当代真实论的话,而我国传统艺术真实观念则经历了"从写实到写意、从摹拟到幻象、从现实到非现实、从实象到抽象的漫长过程"。① 但从五四运动开始,中华民族面临"反帝反封建"紧迫任务,加上俄苏文艺理论的影响,中国艺术真实观被纳入现实主义写实再现的轨道。从美术学科来说,科学求真、美术科学化的理念被落实为艺术技巧的写实化。

"十七年"《人民文学》人物图像的写实性,一方面讲究造型、解剖、透视等科学知识的运用,另一方面由"写实"转换到"社会主义现实主义",这种过程是"由纯技术的写实层面上升到哲学的现实层面",创作原则"并不要求对对象世界完全客观的观察,而是要认识事物的本质"。② 从传播角度看,图像写实性技法与《人民文学》所刊发文学题材与主题相契合;从接受角度看,图像写实形式适应群众的欣赏水平。在艺术创作与批评领域,评论家习惯用这幅美术作品"反映了……再现了……揭露了……配合了……突出了……(主题和题材)"固定话语模式,主要为了满足艺术评价体系中的"真实性"要求。

这种写实艺术是富有中国特色的,它与西方写实不同,"西方艺术主要是从物质上,即通过物质手段来表现现实,而我们主要是从精神上来反映现实"。③《人民文学》人物图像对人物(如《工农联盟》《铸钢工》《党的好女儿——赵桂兰》《英雄的人民》《英雄大寨铁姑

---

① 朱立元、王文英:《中西艺术真实观念之比较》,《学术月刊》1987年第1期。
② 李朝霞:《新中国的美术观及其十七年的实践》,《文艺理论与批评》2011年第3期。
③ 丁加生:《寥若晨星　灿若晨星——孙浩然先生艺术道路与创作思想浅析》,湖北省舞台美术学会《舞台美》编辑部编辑,戴真主编《中国当代舞台美术家研究》,解放军通讯指挥学院印刷厂印刷1994年版,第31页。

娘》《伟大的战士——王杰》《钢铁战士麦贤德》)、实物(如《红军烈士纪念亭》《阮曰概大战直升飞机》《沸腾的石钢》)和场景(如《煤城的早晨》《丰收时节》《矿山之夜》《红果满园》)的描画主要反映"人"的精神。在这些图像里,如《唱支歌儿给党听》《攀登》《祖国万岁》《永不生锈》《在战斗中成长》《立志做一个毫不利己专门利人的人》《祖国领空不容侵犯》《人民战争必胜》,直接以"主题"命名图像,主体精神得以凸显。

艺术家一方面深入生活写生,寻找理想的现实依据,从表层"现象"中发现深层历史"本质",因为"如果不能从这个主人公的全部活动中,从这个方面或那个方面表现出工人阶级这个先进的社会力量的本质,那么就不能说这位作家已经完满地反映了生活的真实"[①]。另一方面,要把民族复兴的理想图景用写实笔法表现出来,自觉承担起表达中华民族社会理想的任务,反映渴望国家独立与民族富强的集体愿望,让人民群众在真实的图像中获得精神的满足。

三 普及/提高:从"精英"走向"大众"

《人民文学》倡导并实践着文艺的普及思想。普及什么?人民群众在《人民文学》上"看到什么""没看到什么"均不是自然行为,更是一种民族精神的生产与传播行为[②]。艺术作品一发表,除了给精英知识分子看,还要适合广大工农群众的审美趣味与欣赏水平(通俗易懂),这就是当时提出的"文艺大众化"。大众美术的显著特点是:"国家推动,大众参与,是有组织、有目标的具有社会政治功能的美术运动"[③]。中国传统美术走出了象牙塔,走向十字街头。

---

① 张光年:《艺术典型与社会本质》,《文艺报》1956年第8期。
② 周宪:《看的方式与视觉意识形态》,《福建论坛》2001年第3期。
③ 李朝霞:《新中国的美术观及其十七年的实践》,《文艺理论与批评》2011年第3期。

资料显示：新中国成立初期，我国的文盲率达80%，农村高达95%，经过扫盲运动，"截止到1957年上半年，全国已有2000多万人脱盲，并有100多万人达到高小和初中毕业文化程度"①。文盲成为新中国发展道路上的拦路虎。多样化封面和插图符合群众的审美和接受能力，实现了文艺传播读者的范围最大化。图像作为直观的视觉影像，自然成为文艺刊物的形式选择。

"十七年"新美术创作主力从延安美术范式发展而来，再借鉴苏联东欧的域外经验，逐步形成了有中国特色的美术创作风潮。人物图像从精英走向大众，表现在美术创作的各个层面：绘画品种上选择木刻、宣传画、年画、剪纸和连环画等符合大众审美的形式；主题先行成为"十七年"美术的重要表现倾向；创作原则崇尚社会主义现实主义，反映真实生活；在创作意图上，发挥宣传政策、教育人民、唤起民众对民族共同体的想象与认同的艺术功能。

大众化美术创作主要由专业画家和业余创作者共同构成。工农群众参与美术创作成为一种特有现象，主要源于"社会主义文艺事业不是个人的事业，而是集体的事业，需要满足人民群众三个方面——受教育、欣赏和创作的需要"②。同时，人民群众进行美术批评也是"十七年"文艺颇有意味的形式。《人民文学》"读者来信综述"中，读者对刊物的编排、美术、印刷方面充满期待，"要求刊物版面还要活泼、大方和美观，要求刊物增加优秀美术作品的数量，要求在好作品中增加精美的插图，要求出版时间不要多变更，等等"③。这"四个要求"来自读者，也是编者努力迎合读者的办刊方向。就传播原理而言，《人民文学》在读者文化水平相对较低的情况下，挑选符合某种政治生产规范的图像，助推了文艺观念的传播和教育功能的实现。

---

① 何涛：《档案见证建国初期的扫盲运动》，《北京档案》2014年第8期。
② 周扬：《对文艺工作的希望和对作家的要求》，《周扬文集》第3卷，人民文学出版社1990年版，第83页。
③ 编辑部：《读者来信综述》，《人民文学》1953年第10期。

人民群众的期待被看作一种主流意识形态关于人民艺术的读者想象。在这些图像作品里"人民将看到自己的英雄面貌，听到自己的坚实而巨大的向新世界进军的足音；从这些作品里，人民将获得从事自己的壮丽事业的加倍的信心和力量"①，在很大程度上实现了"普遍的启蒙"，即"革命大众的自我教育、自我转化、自我超越和自我实现"。② 在特定的政治文化语境中，《人民文学》作为国家级权威地位的文学期刊，与地方刊物不同③，它在处理"普及"和"提高"关系上拥有更大的自由与权限，它凭借人物图像将政治规约、编辑意图和读者期待融为一体，既拓展美术创作与接受传播的空间，又提高群众创作与欣赏水平，解决了文艺普及与提高的重要问题，具有一定的艺术价值与精神价值。

综上所述，从广义修辞学角度分析《人民文学》"十七年"人物图像话语，基本遵循了"图像的画法→图像的技法→修辞主体活法"的逻辑思路：

从画法和技法看，人物图像单纯、朴素、欢快、激昂，描摹了一个充满激情和期待的年代。艺术家们用独特的色调符号记录了一段夹杂着个人欢乐和苦痛的岁月，筑起了民族振兴的梦想。无论是歌唱祖国的女兵，还是战天斗地的建筑工人、在田地上挥洒青春的新队长，他们"向快乐出发""以劳动为荣""为和平而战"的状态反映了在社会生活中的自豪感和满意度。

从修辞主体活法看，人物图像作为文学期刊图像叙述的重要表意

---

① 叶高：《这不是我们期待的回答》，《人民文学》1955年第4期。
② 张旭东：《"革命机器"与"普遍的启蒙"——在〈延安文艺座谈会上的讲话〉的历史语境及政治哲学内涵再思考》，《中国现代文学研究丛刊》2018年第4期。
③ 关于同时期其他文学刊物对"普及"与"提高"的争辩与实践，请参见张均《"普及"与"提高"之辩——论五十年代精英文学与通俗文学的势力之争》（《文学评论》2008年第5期）、肖进《一九五〇年代第一次文艺调整和通俗格局的建构》（《当代作家评论》2012年第3期）、周敏《地方文艺刊物的"说唱化"调整及其困境（1951—1953）——兼与张均教授商榷》（《文学评论》2014年第6期）、巫洪亮《〈群众诗画〉与20世纪50年代通俗文艺报刊的沉浮》（《文艺研究》2019年第3期）等相关研究。

符码,与文学文本构成互文性,本身又具有修辞性、历史性、精神性和传播性,能够抵达特定时期特定人群的"理性灵魂的视界"①。20世纪的中国图像出现了与域外和本土传统不同的形态格局,这离不开中国近现代民族救亡图存的历史背景。

今天看来,不少艺术家在为"中华崛起而创作"的艺术中,成就了自己的成就与艺术的人生,"用艺术的方式表现人民的疾苦、反映人民的心声,关注人民的民运,高扬民族集体的奋争精神、自强意识,成为了中国现代美术最重要的精神特质"。② 这种表达超越小我重塑大我的家国情怀,用激情的艺术语言表达美好的审美理想,成为中国百年美术深厚鲜亮的艺术底色。也有人论及:新中国初期的美术创作是为革命服务的"工具化/伪崇高/负文化/假艺术",美术界蔓延的是单薄、浅陋、荒芜的思想,致使某些画家的良心人格画格悄然失落,人文精神荡然无存等,这些是极端偏颇的论调。

本章小结

《人民文学》人物图像通过女性书写、空间叙述和主体想象三个维度建构起人民当家作主的话语体系。女性图像中的工农装及秉性气质总体表现出向革命者靠拢的趋向,完成从"雌雄有别"到"同体双性"、从"现实真实"到"艺术真实"、从"自我认同"到"社会认同"的修辞转换。人物图像通过从"个人"到"集体"的修辞编码,完成人物"在场"空间再度时间化的叙事转型。图像创作主体自觉选择从"吸旧"到"纳新"、从"写意"到"写实"、从"精英"到"大众"等建构路径,以唤醒人民群众国富民强的集体愿望。

---

① [美]米歇尔:《图像学:形象文本意识形态》,陈永国译,北京大学出版社2012年版,第46页。
② 黄宗贤:《百年中国美术大众化思潮的流变与影响》,《美术》2019年第3期。

《人民文学》图像是新中国带有实验性的艺术探索。其中，同质与异化、传统与现代、建构与重构、进步与局限、经验与教训等共生共存，这些毕竟是中华民族在特定语境中选择自身文化范式的一种方式。每一种艺术都是一枚反映民族生存世界与人民精神世界的徽章。20世纪的中国图像出现了与域外和本土传统不同的形态格局，离不开中国近现代民族救亡图存的历史背景。只有深切了解近现代中国的苦难，才能真正理解新中国艺术图像的精神气质。

结　语

　　本书以《人民文学》（1949—1999）为考察对象，运用广义修辞学理论，探寻其创作话语、评论话语、"编者的话""读者来信"和图像话语的修辞建构。书中主要观点、可能的创新点及待探讨的问题，也围绕"三个层面"（修辞技巧、修辞诗学、修辞哲学）和"三个主体"（编者、读者、作者）及其背后隐蔽的逻辑展开论述。

一　主要观点：《人民文学》广义修辞学研究的探索性思考

■《人民文学》创作话语的广义修辞学分析

　　《人民文学》提供了讨论公共话题"纪念鲁迅"的场域。评论文本赋予鲁迅以"文学史家/革命志士"等身份符号，话语共性主要源于共同的修辞语境、先验框架、论证逻辑和理论参照系。散文中的"我"自觉调整公共认知与个体认知的含量，在时空条件和传播效能等方面显示出"我心中的鲁迅"的修辞形象。电影文学剧本《鲁迅传》在传记叙述的关键词和语篇建构方面具有修辞意味。作为修辞的儿童文学叙事，《人民文学》关于"好孩子""蜕变的顽童""受伤的孩子"的故事在身份符号和表层结构中蕴含着"突转"或"发现"的修辞动能。"蜕变事件"完成了从顽童（X1）到好孩子（X2）的转换,中间物为教导者(Z)。"受伤事件"故事序列背后浸透着儿童"情感缺失"和"苦难主题"的深层语义。

■《人民文学》评论话语的广义修辞学分析

"短论"和"创作谈"是《人民文学》评论的两张"名片"。"百花时代"的短论是特定修辞语境中文学挣脱政治、追求美学和个性的典型文本。由词典语义转变为文艺术语的"香花"和"毒草"频繁穿行于短论文本。文本层面上批评家先在 A 与 B 转折语义中"识毒草",再用反问句"找病根",最后用呼告"开药方"。短论话语呈现了主体形象思维和批判思维。从"生活"到"创作",这两个语用频率较高的关键词开启了创作谈修辞叙述的动力系统。作家的创作经历、经验和体验发挥着特定的亲历、认知和美学功能。作家"谈法"和"写法"呈现为文本时间连贯性、因果逻辑性、直观抒情性和趣味说理性。"巧言"折射了作家的"内诚",反映了作家的真诚德行、真实情感和中国式"卡里斯马"的忠诚。

■《人民文学》"编者的话"的广义修辞学分析

《人民文学》编者话语发送物态话语材料,文本意义产生于"自我"与"他者"主体间对话。作为修辞行为的推荐话语,指向不遗余力地推崇短章小说、设置"集束""特辑"来推动短制作品艺术精进,还指向持续地推出新人新作。编者试图释放出文学叙述参与历史进程的修辞能量,显示出锐意改革的革新精神。作为修辞行为的道歉话语,指向编者的检讨、道歉和更正。编者检讨话语运用全知视角的回溯叙述,设定时间参照系,为"编者的话"文本可理解性提供了必要信息和价值框架。编者道歉话语具有完备的话语模块框架,并运用自我贬损、后果承担和补救受损等语用策略,发挥了表意功能、情感功能和修复功能。编者更正话语运用致歉语和致谢语提升正面面子效应,反射出主体的愧疚感和道德感。

■《人民文学》"读者来信"的广义修辞学分析

"读者来信"是中国当代文坛"温度计",参与文学生产传播和生态环境的建构。《人民文学》"读者来信"是一种修辞接受,也提供了修辞化的话语世界。"读者"身份符号通过"自我认证"和"编者认证"共享"同志""人民""群众"等符号的语义资源。读者的来信主要以读后感和建议书的文体出场。"读者"被赋予评论家等身份在"读者来信"中获得了新的合法性论证与权威性叙述。编者对"读者来信"的修辞编码本质上是一种叙事策略。在弥合编读差距、重建国族认同和关系修复等意图驱使下,编者构建了真实的话语场。然而共同署名、笔名假名、摘录摘登等细节,稀释了"读者来信"的真实度。50年间《人民文学》编者勤恳工作,保持着不懈追寻的坚毅品格。

■《人民文学》图像话语的广义修辞学分析

《人民文学》图像是新中国带有实验性的艺术探索。人物图像通过女性书写、空间叙述和主体想象三个维度建构起人民当家作主的话语体系。女性图像中的工农装及秉性气质总体表现出向革命者靠拢的趋向,完成从"雌雄有别"到"同体双性"、从"现实真实"到"艺术真实"、从"自我认同"到"社会认同"的修辞转换。人物图像通过从"个人"到"集体"的修辞编码,完成人物"在场"空间再度时间化的叙事转型。图像创作主体自觉选择从"吸旧"到"纳新"、从"写意"到"写实"、从"精英"到"大众"等建构路径,以唤醒人民群众国富民强的集体愿望。只有深切了解近现代中国的苦难,才能真正理解新中国艺术图像的精神气质。

二 可能的创新点:研究视角、理论运用、研究思路

■研究视角"新"

区别于现有成果对《人民文学》宏大叙事、农民形象、乡土文学和先锋小说等研究,本书聚焦于50年间《人民文学》发表的儿童文学创作和纪念鲁迅文本的身份符号、文本修辞与主体建构。

结 语

区别于现有成果对《人民文学》短论和创作谈栏目设计、论坛内容、对文学生产机制的影响研究，本书聚焦于这两种评论在语词、语句和语篇层面的修辞建构，分析文本世界与人的精神世界的语言形态。

区别于现有成果对《人民文学》编辑制度、编辑理念、编辑行为、编辑视野和编辑策略等的探讨，本书观察"编者的话"中的推荐和道歉两种作为修辞的言语行为的话语符号与语用策略。

区别于现有成果对《人民文学》"读者来信"受到舆论环境、文学秩序、意识形态、话语权力、传播媒介和评价机制等视角的关注，本书更多呈现"读者来信"的话语的文体建构、权力分配和编者叙事策略。

区别于现有成果对《人民文学》图像题材的分类和民族图像价值的研究，本书关注"十七年"人物图像的女性人物、时空方面的修辞建构和主体精神建构。

■理论运用"新"

广义修辞学，以理论著作《广义修辞学》为标志，以《文学和语言：广义修辞学的学术空间》《广义修辞学演讲录》《问题驱动的广义修辞论》为系列论著建构起的思想体系。广义修辞学之"广"，更多强调通过不同学科经验的挪移和互渗，通过不同学科经验方式自我表述系统的整合，拓展研究空间，促进学术调整、思维拓展和研究深化。

本书运用当代文学研究很少人使用的广义修辞学理论，立足"修辞功能三层面"（修辞技巧→修辞诗学→修辞哲学）和"修辞活动三主体"（编者、作者、读者），深入分析《人民文学》"话语建构→文本建构→人的精神建构"，兼顾史料内容与历史语境，吸纳文艺学、语言学、叙事学、符号学、心理学和语用学等多学科理论资源，探索跨学科视野中的《人民文学》话语研究。

■研究思路"新"

中国当代文学期刊研究主要从"文学"（主题、人物、情节、创作方法、文学传统、国家叙事等）和"传播学"（文学机构、文学生产、文学消费、文学市场、文学传播、文学体制、文学组稿、文学会议等）维度搭建学术框架，提供了文本背后的史实和主体的智慧。

本书则紧扣"话语"，以文学语言的层级机制为观察点，将"语词→语句→语篇"作为论述的内在脉络，立足文学与修辞学的交叉地带，探索中国当代文学期刊研究新思路。

三　待提升的空间：来自对象丰富性与主体局限性的反思

■研究对象话语资源的丰富性

本书选取1949—1999年《人民文学》作为考察对象，涵盖了创作、评论、编者、读者与图像各个关键区域。

《人民文学》作为中国纯文学期刊的主要阵地，提供了丰富的话语资源，值得更深广的观察与思考。这份"国刊"本身很厚重，还有一些重要话题可进一步探讨：如《人民文学》的"发刊词""复刊词""专辑专号"、工业题材/农村题材的小说创作、20世纪80年代的报告文学和散文诗创作、主编专题研究，以及作为副文本的书刊广告、文学征文/评奖启事话语等。关于2000年以来的《人民文学》研究仍有继续研究的空间，如纯文学的爱情书写、"非虚构写作""科幻文学"的价值、"留言"栏目特色、"人民文学"微信公众号的传播话语等。

■研究主体的学术精进空间

笔者努力穷尽性收集《人民文学》相关史料，阅读了《人民文学》50年间484期原始资料，但对其周边的文学报刊如"十七年"时期的《文艺报》《诗刊》、新时期的《解放军文艺》《十月》《收获》，缺乏必要参照，影响阐释广度。笔者以广义修辞学为理论框架，试图进行跨学科探索，虽然迈出了这一步，但是力度有限，还需要加强文艺学、心理学、传播学和社会学等多学科理论的融会贯通。

笔者努力"站在巨人的肩膀上"、以"我"的方式阅读、"我"的方式构思、以"我"的方式写作，追求"中通外直、不蔓不枝"的话语风貌，论证方面力求"言之有理、言之有据、言之有序"，但是本书最终的"言值+颜值+研值"与预期还有一定差距，有待于今后学术读写经验、智慧和格局的提升。

附录一 《人民文学》研究成果目录（1986—2023）

（各类按作者姓氏音序排列）

一 著作

（一）专著（5 部）

李红强：《〈人民文学〉十七年》，当代中国出版社 2009 年版。

欧娟：《〈人民文学〉杂志与中国当代文学》，中南大学出版社 2019 年版。

吴俊、郭战涛：《国家文学的想象和实践：以〈人民文学〉为中心的考察》，上海古籍出版社 2007 年版。

袁向东：《民族文学的建构：以〈人民文学〉（1949—1966）为例》，暨南大学出版社 2011 年版。

郑纳新：《新时期〈人民文学〉与"人民文学"》，东方出版中心 2011 年版。

（二）专章、专节、专文（13 部）

洪子诚：《1956：百花时代》，山东教育出版社 1998 年版。

胡友峰：《媒介生态与当代文学》，武汉大学出版社 2016 年版。

蒋九贞：《我看〈人民文学〉及其他》，羊城晚报出版社 2015 年版。

靳大成主编：《生机：新时期著名人文期刊素描》，中国文联出版社 2003 年版。

李斌编著：《郭敬明韩寒等 80 后创作问题批判》，湖南大学出版社 2015 年版。

宋应离编撰：《名刊　名编　名人》，大象出版社 2011 年版。

童忠全：《新中国期刊：1949—1955》，上海远东出版社 2016 年版。

涂光群：《五十年文坛亲历记（1949—1999）》（上、下），辽宁教育出版社 2005 年版。

王本朝：《中国当代文学制度研究（1949—1976）》，新星出版社 2007 年版。

王秀涛：《中国当代文学生产与传播制度研究》，文化艺术出版社 2013 年版。

温奉桥、张波涛编：《一部小说与一个时代：〈组织部来了个年轻人〉》，中国海洋大学出版社 2016 年版。

徐德明：《乡下人进城：城市化浪潮中的城乡迁移主题小说研究》，河北教育出版社 2016 年版。

张书群：《莫言创作的经典化问题研究》，山东大学出版社 2014 年版。

二　论文

（一）期刊论文（132 篇）

蔡静平：《贯彻文艺工作座谈会精神　整合军事文学创作力量——〈人民文学〉2014 年第 8 期"军事文学专号"作品研讨会综述》，《解放军艺术学院学报》2015 年第 1 期。

陈思、季亚娅：《涉渡与回返——评〈人民文学〉"新海外华人专号"》，《文艺争鸣》2010 年第 3 期。

陈新榜：《看〈人民文学〉》，《中文自学指导》2008 年第 2 期。

陈新榜：《看〈人民文学〉》，《中文自学指导》2008年第5期。

陈新榜：《看〈人民文学〉》，《中文自学指导》2008年第6期。

陈新榜：《看〈人民文学〉》，《中文自学指导》2009年第2期。

成艳军：《试论中国当代非虚构文学的创作特色——以〈人民文学〉和网络新媒体平台非虚构文学作品为主要考察对象》，《中州大学学报》2022年第2期。

丁波：《〈人民文学〉的江湖》，《出版广角》2010年第3期。

丁永全：《1964年的〈人民文学〉》，《扬子江评论》2016年第1期。

冬峰：《看〈人民文学〉》，《中文自学指导》2004年第5期。

董瑞兰：《近20年〈人民文学〉研究的前沿问题与修辞开发》，《闽江学院学报》2019年第3期。

董瑞兰：《〈人民文学〉纪念鲁迅文本的修辞建构》，《百家评论》2020年第2期。

董瑞兰、毛浩然：《〈人民文学〉（1949—1966）人物图像的广义修辞学分析》，《湖南科技大学学报》（社会科学版）2021年第1期。

董瑞兰：《〈人民文学〉儿童文学叙事话语的修辞分析》，《百家评论》2022年第4期。

董瑞兰：《公共话题转换为文学话语》，《绍兴文理学院学报》2022年第7期。

杜秀珍：《〈人民文学〉：1976》，《乌鲁木齐职业大学学报》2004年第3期。

樊保玲：《"强大"的读者和"犹疑"的编者——以1949—1966〈人民文学〉"读者来信"和"编者的话"为中心》，《扬子江评论》2011年第2期。

冯陶：《〈人民文学〉：中国当代文学的窗口——1965年与2005年〈人民文学〉刊发小说斑窥》，《太原师范学院学报》（社会科学版）2010年第4期。

冯锡刚：《"不宜要我写"——〈人民文学〉刊头的改换》，《同舟共进》2013 年第 4 期。

傅红：《商品化情势下的"价值游离"话语——1990—1999 年〈人民文学〉小说非主流话语形式分析》，《当代文坛》2009 年第 3 期。

耿新：《从 1956 到 1986——从〈人民文学〉看中国当代小说叙述视点之变迁及其揭示的普遍意义》，《科技信息》2011 年第 3 期。

郭战涛：《"十七年"时期〈人民文学〉的封面》，《南方文坛》2004 年第 3 期。

过桥等人：《当代最新作品点评——看〈收获〉〈花城〉〈十月〉〈当代〉〈大家〉〈钟山〉〈人民文学〉〈上海文学〉〈山花〉》，《中文自学指导》2004 年第 3 期。

何明星：《〈人民文学〉在世界的传播与影响》，《传媒》2013 年第 4 期。

胡和平：《世纪边缘的情与爱——〈《人民文学·2001 年的爱情》专辑〉印象》，《上海电机技术高等专科学校学报》2002 年第 1 期。

胡艳琳、杜秀珍：《〈人民文学〉：1976》，《新疆石油教育学院学报》2004 年第 3 期。

胡友峰：《〈人民文学〉与"人民的文学"》，《小说评论》2018 年第 5 期。

黄发有：《活力在于发现——〈人民文学〉（1949—2009）侧影》，《文艺争鸣》2009 年第 10 期。

黄发有：《文学风尚与时代文体——〈人民文学〉（1949—1966）头条的统计分析》，《文学评论》2012 年第 6 期。

黄璐、毕文君：《"伤痕小说"的经典化与新时期文学叙述的起点——以〈人民文学〉1978 年全国优秀短篇小说评奖为例》，《宜宾学院学报》2014 年第 3 期。

黄启宪：《与时代政治同步的文学——〈人民文学〉1976 年复刊研究》，《沈阳工程学院学报》（社会科学版）2012 年第 2 期。

贾金利：《绕不开的双重角色——谈刘心武与〈人民文学〉》，《新闻爱好者》2010年第14期。

贾艳艳：《〈人民文学〉：人民有爱，文学无疆》，《编辑学刊》2012年第3期。

李红强：《〈人民文学〉（1949年—1966年）的头题小说》，《文艺争鸣》2009年第10期。

李钧：《失衡的转向——"破"与"立"与1958年〈人民文学〉的叙事策略》，《齐鲁学刊》2001年第2期。

李琳：《茅盾主编〈人民文学〉的编辑思想》，《编辑之友》1997年第5期。

李萌羽、范开红：《1985：王蒙与〈人民文学〉》，《当代作家评论》2019年第3期。

李明德：《"17年时期"〈人民文学〉的审美探索》，《陕西师范大学学报》（哲学社会科学版）2010年第1期。

李新：《作品、编辑、意识形态——从"十七年"的〈人民文学〉说起》，《出版发行研究》2012年第10期。

李萱：《新时期〈人民文学〉评奖/征稿启事研究》，《青岛大学师范学院学报》2007年第4期。

梁豪：《在生命最高处——李瑛与〈人民文学〉七十年》，《南方文坛》2019年第5期。

林大中：《交谈与倾听的艺术——关于〈人民文学〉的散文专号》，《读书》1989年第7/8合刊号。

刘芳：《从〈人民文学〉看"先锋小说"的政治性》，《淮海工学院学报》（人文社会科学版）2012年第8期。

刘锡诚：《文艺界真理标准大讨论——忆〈人民文学〉〈诗刊〉和〈文艺报〉编委会联席会议》，《南方文坛》1999年第1期。

刘小问：《论近十年〈人民文学〉口述类非虚构作品的形式意义》，《新纪实》2021年第6期。

刘勇：《看〈人民文学〉》，《中文自学指导》2006年第2期。

刘钊：《变量博弈·生长向度——2013年〈人民文学〉综述》，《当代文坛》2014年第6期。

陆玉胜、王家勇：《多元编辑理念烛照下的〈人民文学〉——解读新时期十年题头作品》，《沈阳工程学院学报》（社会科学版）2006年第1期。

罗文平：《21世纪中国"非虚构"文学主题研究——以〈人民文学〉为例》，《河北科技师范学院学报》（社会科学版）2020年第4期。

罗宗宇、言孟也：《少数民族文学的译介及启示——〈人民文学〉英文版〈路灯〉（2011—2018）》，《南方文坛》2020年第4期。

吕海琛：《对传统和现代的双重背离——十七年〈人民文学〉小说中的爱情描写》，《长春工业大学学报》（社会科学版）2006年第3期。

吕海琛：《英雄形象塑造与十七年〈人民文学〉的爱情叙事》，《齐鲁学刊》2007年第1期。

马新广、韩嘉敏：《"非虚构"写作的叙事视角——以〈人民文学〉"非虚构"专栏作品为例》，《写作》2020年第2期。

欧娟、罗成琰：《编辑视野下另类话语的生存空间——"双百方针"前〈人民文学〉另类话语的文本意义》，《湘潭大学学报》（哲学社会科学版）2009年第2期。

欧娟：《1990年代以来〈人民文学〉杂志的编辑理念分析》，《广西教育学院学报》2017年第5期。

欧娟：《边缘文本的话语力量——"双百方针"前〈人民文学〉中的另类话语初探》，《求索》2008年第7期。

欧娟：《偏离与趋同：双重视域的价值选择——1949—1955年〈人民文学〉实例分析》，《湖南大学学报》（社会科学版）2009年第2期。

欧娟：《主流意识形态阵地——1949—1955年〈人民文学〉的主流叙事》，《海南师范大学学报》（社会科学版）2007年第3期。

彭秀坤：《〈人民文学〉编辑理念与先锋小说的生成——以王蒙任主编（1983.08—1986.12）为考察中心》，《阜阳师范学院学报》（社会科学版）2018年第1期。

齐小刚：《国家文学：当代文学的一种定位——评〈国家文学的想象和实践〉——以〈人民文学〉为中心的考察》，《新疆大学学报》（哲学人文社会科学版）2008年第3期。

乔亮：《从〈人民文学〉头题小说看新时期文学十年的矛盾性》，《钦州师范高等专科学校学报》2006年第2期。

邱婧、梁驰：《中国当代少数民族文学发表机制转型研究——以〈人民文学〉（1949—1966）与〈民族文学〉（1982—1999）为例》，《阿来研究》2019年第2期。

邱志武：《1950年文艺批评状况探析——从1950年的〈文艺报〉和〈人民文学〉说起》，《齐齐哈尔大学学报》（哲学社会科学版）2011年第1期。

任伟：《译路漫漫路灯长明——对〈人民文学〉英文版的思考》，《海外英语》2013年第18期。

施战军：《〈人民文学〉：编者的文心和史识》，《文艺争鸣》2009年第10期。

涂光群：《郭沫若与〈人民文学〉》，《炎黄春秋》2001年第11期。

王干、费振钟：《一九八五：〈人民文学〉》，《读书》1986年第4期。

王雷雷：《非虚构写作的社会学意义——以〈人民文学〉为样本》，《小说评论》2015年第6期。

王锁：《〈人民文学〉理论批评略论（1977—1979）》，《当代文坛》2023年第1期。

王祥兵：《中国当代文学的英译与传播——〈人民文学〉英文版 Pathlight 编辑总监艾瑞克笔访录》，《东方翻译》2014年第2期。

王秀涛：《读者背后与来信之后——对〈人民文学〉（1949—1966）"读者来信"的考察》，《扬子江评论》2009年第3期。

王秀涛：《复刊后的〈人民文学〉与文坛复兴》，《百年潮》2009年第11期。

王颖：《看〈人民文学〉》，《中文自学指导》2005 年第 3 期。

王兆胜：《好散文的境界——以 2018 年〈人民文学〉为中心》，《中国当代文学研究》2019 年第 1 期。

魏冬峰、刘勇：《看〈人民文学〉》，《文艺理论与批评》2005 年第 6 期。

魏冬峰、刘勇：《看〈人民文学〉》，《中文自学指导》2005 年第 6 期。

魏冬峰、刘勇：《看〈人民文学〉》，《中文自学指导》2006 年第 1 期。

魏冬峰：《看〈人民文学〉》，《中文自学指导》2004 年第 4 期。

魏冬峰：《看〈人民文学〉》，《中文自学指导》2004 年第 6 期。

魏冬峰：《看〈人民文学〉》，《中文自学指导》2005 年第 5 期。

魏冬峰：《看〈人民文学〉》，《中文自学指导》2008 年第 3 期。

魏冬峰：《看〈人民文学〉》，《中文自学指导》2008 年第 4 期。

闻森：《笔墨含情　催人深思——读消息〈《人民文学》寻找知音〉》，《新闻爱好者》1992 年第 2 期。

吴俊：《〈人民文学〉的创刊和复刊》，《南方文坛》2004 年第 6 期。

吴俊：《〈人民文学〉的政治性格和"文学政治"策略》，《文艺争鸣》2009 年第 10 期。

吴俊：《〈人民文学〉与"国家文学"——关于中国当代文学的制度设计》，《扬子江评论》2007 年第 1 期。

吴俊：《关于〈人民文学〉的复刊》，《当代作家评论》2004 年第 2 期。

吴俊：《建国初〈人民文学〉的整风》，《中文自学指导》2006 年第 4 期。

吴俊：《施燕平〈《人民文学》复刊和编辑日记〉劄记（一）——解放军文艺社学习毛主席关于〈创业〉批示的情况纪要（1975 年）》，《扬子江评论》2016 年第 1 期。

吴俊：《施燕平〈《人民文学》复刊和编辑日记〉劄记（二）——文化部的两次会议：创作评论座谈会（1975 年）、创作会议（1976

年）》，《扬子江评论》2016年第2期。

吴俊：《施燕平〈《人民文学》复刊和编辑日记〉劄记（三）——批邓、反击右倾翻案风潮流中的文学动向（1975年冬—1976年冬）》，《当代作家评论》2016年第3期。

吴俊：《文艺整风学习运动（1951—1952）与〈人民文学〉》，《南方文坛》2006年第3期。

吴俊：《组稿：文学书写的无形之手——以〈人民文学〉（1949—1966）为中心的考察》，《华东师范大学学报》（哲学社会科学版）2006年第3期。

吴俊：《中国当代"国家文学"概说——以〈人民文学〉为中心的考察》，《文艺争鸣》2007年第2期。

解芳：《看〈人民文学〉》，《中文自学指导》2007年第3期。

解芳：《看〈人民文学〉》，《中文自学指导》2007年第6期。

肖娴：《从莫言获奖谈英文文学期刊的困境与出路——以〈中国文学〉和〈人民文学〉英文版为例》，《出版发行研究》2012年第11期。

徐阿兵：《十字路口的徘徊——近期〈人民文学〉的调整和去向问题》，《扬子江评论》2008年第2期。

徐勇、李涛：《争夺"人民"及其符号的意识形态价值——关于〈人民文学〉杂志（1976—1977）的"复刊"和"创刊"之争》，《社会科学家》2010年第8期。

阎纲：《从〈人民文学〉的争夺到〈文艺报〉的复刊》，《文艺争鸣》2009年第10期。

燕平：《〈人民文学〉工作侧记——追忆陆星儿》，《扬子江评论》2011年第4期。

杨波：《〈人民文学〉2017年卷首语编辑特色研究》，《广西职业技术学院学报》2019年第1期。

杨春兰：《〈人民文学〉：以文学的方式记录中国》，《传媒》2009年第10期。

杨会：《〈人民文学〉与底层叙事潮流》，《当代文坛》2017年第4期。

杨会：《市场化时代的〈人民文学〉与"青春"叙事》，《百家评论》2019年第3期。

杨会：《〈人民文学〉与"现实主义冲击波"小说》，《临沂大学学报》2023年第1期。

杨开显：《文学评论语言需要严谨——就〈人民文学·编者寄语〉的质疑》，《重庆三峡学院学报》2004年第6期。

殷实：《军旅文学如何应对开放的现代世界？——〈人民文学〉2014年第8期"军事文学专号"评析》，《解放军艺术学院学报》2015年第1期。

郁勤：《新的文学园地：〈人民文学〉与新中国文学制度构想》，《学术探索》2007年第1期。

袁向东：《论〈人民文学〉杂志（1949—1966年）的图像表达》，《辽宁师范大学学报》（社会科学版）2007年第6期。

袁向东：《文学杂志的美术编辑思想——以〈人民文学〉为例》，《编辑之友》2009年第10期。

袁向东：《"让我们共同想象吧！"——〈人民文学〉（1949—1966）中国多民族文学版图建设论》，《江西社会科学》2010年第7期。

袁向东：《论〈人民文学〉建构民族文学的基本特征》，《民族文学研究》2010年第3期。

张伯存：《王蒙主编〈人民文学〉始末》，《当代作家评论》2022年第1期。

张德明：《并未终了的年度报表——评〈人民文学〉1994年几部中篇》，《当代作家评论》1995年第3期。

张璐：《〈人民文学〉英语版对当代女性作家及其作品译介探究——以〈春风夜〉译介为例》，《长春工程学院学报》（社会科学版）2017年第3期。

张璐：《当代短篇小说中的中国特色文化新词英译策略——以〈人

民文学〉英文版 Pathlight 为例》,《外国语文研究》2019 年第 3 期。

张文东:《"非虚构"写作:新的文学可能性?——从〈人民文学〉的"非虚构"说起》,《文艺争鸣》2011 年第 3 期。

张志忠:《醉里挑灯看剑　梦回吹角连营——〈人民文学〉2014 年第 8 期"军事文学专号"简评》,《解放军艺术学院学报》2015 年第 1 期。

张自春:《1972 年〈人民文学〉的复刊尝试与〈理想之歌〉的生成》,《中国现代文学研究丛刊》2017 年第 11 期。

赵涵、邵部:《〈人民文学〉(1976—1979)与新时期文学的建构——以文学会议为线索》,《中国当代文学研究》2022 年第 5 期。

赵晖、陈新榜:《看〈人民文学〉》,《中文自学指导》2009 年第 1 期。

赵晖、解芳:《〈人民文学〉》,《中文自学指导》2007 年第 4 期。

赵晖、解芳:《看〈人民文学〉》,《中文自学指导》2007 年第 5 期。

赵晖:《看〈人民文学〉》,《中文自学指导》2006 年第 5 期。

赵晖:《看〈人民文学〉》,《中文自学指导》2006 年第 6 期。

赵晖:《看〈人民文学〉》,《中文自学指导》2007 年第 1 期。

赵自云:《80 年代末权威文学期刊对先锋小说生成的培植之功——以〈上海文学〉〈人民文学〉和〈收获〉为例》,《阜阳师范学院学报》(社会科学版)2008 年第 3 期。

郑纳新:《"人民文学"的建构与〈人民文学〉》,《东方丛刊》2009 年第 4 期。

郑纳新:《伤痕—反思文学与当代历史书写——以〈人民文学〉为中心的考察》,《渤海大学学报》(哲学社会科学版)2010 年第 5 期。

周航:《〈人民文学〉、莫言、文学传播及其他》,《小说评论》2013 年第 2 期。

周航:《〈人民文学〉和打工文学的传播及其变异》,《小说评论》2013 年第 5 期。

（二）硕博论文（51篇）

曹心：《新时期文学期刊〈人民文学〉研究》，硕士学位论文，苏州大学，2011年。

常品：《传播学视野下的〈人民文学〉（1978年—1998年）》，硕士学位论文，南京师范大学，2008年。

陈戴敏：《〈人民文学〉"非虚构"专栏作品研究（2010—2019）》，硕士学位论文，浙江师范大学，2021年。

郭淑琴：《中国文学中的苏联形象（1949—1961）——以〈人民文学〉为例》，硕士学位论文，西南大学，2006年。

韩嘉敏：《"非虚构"写作的创作与叙事研究——以〈人民文学〉（2010—2019）"非虚构"专栏为例》，硕士学位论文，山西师范大学，2020年。

何蕊：《新世纪小说中的诗人形象研究——以〈人民文学〉〈收获〉〈十月〉〈当代〉为中心》，硕士学位论文，长春理工大学，2020年。

何雯：《"十七年"乡村题材小说的审美性探究——以〈人民文学〉（1949—1966）为例》，硕士学位论文，暨南大学，2018年。

华炜州：《过渡时期的〈人民文学〉（1976—1979）与"新时期文学"》，硕士学位论文，浙江师范大学，2018年。

黄启宪《1976—1979年〈人民文学〉研究》，硕士学位论文，沈阳师范大学，2013年。

黄婷婷：《新世纪中国非虚构文学研究——以〈人民文学〉和〈收获〉为例》，硕士学位论文，江西师范大学，2017年。

康绪红：《"非虚构"写作中的女性叙事研究——以〈人民文学〉专栏作品为例》，硕士学位论文，山东师范大学，2018年。

李军：《1958年的〈人民文学〉——中国主流文学象征年代个案研究》，硕士学位论文，曲阜师范大学，2000年。

廖静：《非虚构小说的叙事伦理研究——以〈人民文学〉非虚构专栏为例》，硕士学位论文，阜阳师范大学，2020年。

刘栋：《"非虚构"写作研究（2010—2019）——以〈人民文学〉、"真实故事计划"为中心》，硕士学位论文，河南大学，2021年。

李悦：《1950年代小说知识阶层公与私的伦理——对〈人民文学〉作品的考察》，硕士学位论文，扬州大学，2017年。

刘柏彤：《〈人民文学〉与新世纪"非虚构"写作现象研究》，硕士学位论文，东北师范大学，2014年。

刘艳萍：《非虚构写作的叙述策略研究——以〈人民文学〉〈收获〉"非虚构"栏目作品为例》，硕士学位论文，郑州大学，2021年。

龙利群：《"人民"的文学——从1954年〈人民文学〉看50年代共和国的文学重建》，硕士学位论文，暨南大学，2006年。

卢甬月：《新世纪以来"非虚构"文学的叙事研究——以〈人民文学〉"非虚构"栏目为主要个案》，硕士学位论文，安徽大学，2015年。

罗巧燕：《新时期（1976—1989年）〈人民文学〉头题作品分析研究》，硕士学位论文，东北师范大学，2014年。

吕海琛：《十七年时期〈人民文学〉：小说中爱情描写探微》，硕士学位论文，吉林大学，2004年。

吕杨：《"百花时代"〈人民文学〉小说研究》，硕士学位论文，深圳大学，2019年。

吕智超：《转折与延伸——1985年〈人民文学〉研究》，硕士学位论文，山东大学，2016年。

欧娟：《主流叙事与另类话语——1949—1955年的〈人民文学〉初探》，硕士学位论文，河南大学，2004年。

欧娟：《〈人民文学〉杂志与中国当代文学》，博士学位论文，湖南师范大学，2009年。

彭海英：《乍暖还寒 早春时节——从1978年〈人民文学〉看文学复苏之艰难》，硕士学位论文，暨南大学，2006年。

齐鸿雁：《鉴照文坛的一面镜子——1949年至1957年〈人民文学〉透析》，硕士学位论文，天津师范大学，2003年。

任凤梅：《新世纪中国"非虚构"文学现象研究——以〈人民文学〉"非虚构"专栏为例》，硕士学位论文，新疆师范大学，2017年。

孙佳莹：《〈人民文学〉"非虚构"作品研究》，硕士学位论文，哈尔滨师范大学，2017年。

孙运波：《1964：〈人民文学〉的阶级与阶级斗争叙事》，硕士学位论文，吉林大学，2006年。

田裕娇：《新世纪"非虚构"文学中的中国图景——以〈人民文学〉"非虚构"专栏为例》，硕士学位论文，山东理工大学，2018年。

王坤：《〈人民文学〉"非虚构"专栏作品叙事学研究》，硕士学位论文，南京师范大学，2017年。

王路：《1949年—1966年〈人民文学〉小说转载研究》，硕士学位论文，河南大学，2015年。

王夏渊：《新世纪以来〈人民文学〉中的乡土小说研究（2000—2013）》，硕士学位论文，海南师范大学，2016年。

吴昊：《〈人民文学〉"非虚构"栏目流变研究》，硕士学位论文，东北师范大学，2020年。

吴凯炎：《〈人民文学〉在新时期文学生态建构中的角色解读》，硕士学位论文，浙江大学，2019年。

先敏：《中国当代非虚构文学场景建构研究——以〈人民文学〉非虚构专栏作品为例》，硕士学位论文，广西师范学院，2018年。

徐慕旗：《新世纪中国文学中的非虚构写作——以〈人民文学〉"非虚构"专栏作品为例》，硕士学位论文，东北师范大学，2014年。

杨磊：《〈人民文学〉与百花时代》，硕士学位论文，北京大学，2012年。

杨世全：《论新世纪非虚构写作的"民间性"特征》，硕士学位论文，云南师范大学，2021年。

郁勤：《从"人的文学"到"人民文学"——以〈人民文学〉（1950—1958）为考察中心》，硕士学位论文，西南师范大学，2005年。

郁欣：《新世纪女性"非虚构"创作特点研究——以〈人民文学〉2010年—2019年非虚构专栏作品为例》，硕士学位论文，山西师范大学，2020年。

袁雪：《新世纪"非虚构文学"创作研究——以〈人民文学〉系列作品为例》，硕士学位论文，山东师范大学，2019年。

曾霞：《"十七年"时期〈人民文学〉青年形象的建构》，硕士学位论文，南昌大学，2022年。

张荣：《〈人民文学〉英文版研究》，硕士学位论文，新疆大学，2018年。

张珣：《长篇问题小说悬念叙事——以2013—2014年〈人民文学〉为对象》，硕士学位论文，喀什大学，2017年。

赵冬妮：《1949—1966〈人民文学〉与"人民文学"——十七年时期〈人民文学〉对"人民文学"的传播与扩展》，硕士学位论文，浙江师范大学，2011年。

赵秀芹：《三农小说：现实主义的复归——以2005年〈人民文学〉为例》，硕士学位论文，吉林大学，2006年。

赵月：《非虚构文学中的人类学向度研究——以〈人民文学〉"非虚构奖"获奖作品为例》，硕士学位论文，贵州大学，2019年。

郑纳新：《新时期（1976—1989）的〈人民文学〉与"人民文学"》，硕士学位论文，复旦大学，2009年。

朱明阳：《真爱·错爱·精神·交易——2010—2012年〈人民文学〉长篇小说情爱书写论》，硕士学位论文，喀什大学，2016年。

（三）报纸论文（19篇）

郭珊：《〈人民文学〉杂志主编：别尽信学者 要有自己的选择》，《南方日报》2013年4月30日。

韩浩月：《〈人民文学〉英文版不能成为"烂掉的苹果"》，《中国青年报》2011年12月13日。

黄发有：《新中国文学的领潮者和发现者》，《文艺报》2019年10

月 23 日。

《脚踏人民大地　抒写时代华章——热烈祝贺〈人民文学〉创刊 70 周年》，《文艺报》2019 年 10 月 23 日。

李文：《〈人民文学〉史已成学术热点》，《人民日报》（海外版）2003 年 11 月 25 日。

梁豪：《宗璞与〈人民文学〉的两个三十年》，《中华读书报》2017 年 11 月 29 日。

施战军：《〈人民文学〉：始终保持文坛领先地位》，《中国新闻出版广电报》2019 年 9 月 3 日第 8 版。

舒晋瑜：《历史回顾与学理反思：〈《人民文学》十七年〉》，《中华读书报》2009 年 11 月 25 日。

舒晋瑜：《〈人民文学〉主编炮轰青年文学创作三大弊端》，《中华读书报》2013 年 7 月 24 日。

王军：《1949 年创刊的〈人民文学〉》，《文艺报》2019 年 10 月 23 日。

吴俊：《〈人民文学〉的创刊》，《中华读书报》2004 年 11 月 3 日。

吴重生：《〈人民文学〉：抬头看路　俯首办刊》，《中国新闻出版广电报》2016 年 2 月 2 日。

咸江南：《〈人民文学〉史：研究当代文学晴雨表》，《中华读书报》2003 年 11 月 26 日。

许旸：《王蒙与〈人民文学〉：一甲子的文学缘分》，《文汇报》2016 年 11 月 3 日。

许旸：《〈人民文学〉为"凡人英雄"立传》，《文汇报》2018 年 8 月 3 日。

许旸：《近十年七次登上〈人民文学〉头条，重大主题创作如何"出圈"》，《文汇报》2022 年 3 月 6 日。

袁向东：《〈人民文学〉杂志和木刻》，《中华读书报》2007 年 4 月 11 日。

张鹏禹：《日本"〈人民文学〉读书会"与中国文学结缘 45 年》，

《人民日报》（海外版）2022年2月18日第7版。

赵依:《〈人民文学〉：文学维度与生长焦虑》,《文艺报》2016年1月27日。

赵依:《2018年〈人民文学〉：新标尺的生成与经典之维》,《文艺报》2018年12月26日。

附录二　广义修辞学视域中的文学研究主要成果目录（2001—2023）

（各类别按作者姓氏音序排列）

一　著作（26部）

董瑞兰：《〈文艺学习〉的广义修辞学研究》，南京大学出版社2018年版。

冯全功：《广义修辞学视域下红楼梦英译研究》，上海外语教育出版社2016年版。

冯全功：《文学翻译中的修辞认知研究》，浙江大学出版社2021年版。

高群：《修辞论稿》，黄山书社2012年版。

高志明：《通感研究》，西南交通大学出版社2013年版。

连晓霞：《政治意识形态规约下的文学话语：〈金光大道〉话语分析》，河南人民出版社2009年版。

罗渊：《中国修辞学研究转型论纲》，中国社会科学出版社2008年版。

潘红：《哈葛德小说在晚晴：话语意义与西方认知》，复旦大学出版社2019年版。

谭善明：《审美与意识形态的变奏：20世纪西方修辞观念研究》，中国社会科学出版社2013年版。

谭善明：《审美视野中的转义修辞研究》，中国社会科学出版社2019年版。

谭学纯、朱玲：《广义修辞学》，安徽教育出版社2001年初版，2008年修订版。

谭学纯：《修辞：审美与文化》，福建人民出版社2002年版。

谭学纯、朱玲、肖莉：《修辞认知和语用环境》，海峡文艺出版社2006年版。

谭学纯：《文学和语言：广义修辞学的学术空间》，上海三联书店2008年版。

谭学纯：《广义修辞学演讲录：人是语言的动物，更是修辞的动物》，上海三联书店2012年版。

谭学纯：《问题驱动的广义修辞论》，人民出版社2016年版。

谭学纯：《广义修辞学研究：理论视野和学术面貌》，万卷楼图书股份有限公司2018年版。

谭学纯、林大津主编：《修辞学大视野》，海峡文艺出版社2007年版。

王鑫彬：《身份符号的文本建构功能——广义修辞学视野下的〈我爱黑眼珠〉解读》，《我们的当代文学》，陈卫主编，海峡文艺出版社2017年版。

肖翠云：《中国语言学批评的发生与演进》，人民出版社2016年版。

肖莉：《小说叙述语言变异研究》，中国社会科学出版社2011年版。

郑竹群：《视域嬗替的语言镜像》，社会科学文献出版社2012年版。

郑竹群：《巴赫金话语理论：以广义修辞学为阐释视角》，社会科学文献出版社2022年版。

钟晓文：《符号·结构·文本：罗兰·巴尔特文论思想解读》，厦门大学出版社2012年版。

附录二　广义修辞学视域中的文学研究主要成果目录(2001—2023)

钟晓文：《西方认知中的"中国形象"：〈教务杂志〉关键词之广义修辞学阐释》，复旦大学出版社 2022 年版。

朱玲：《文学文体建构论》，海峡文艺出版社 2002 年版。

朱玲：《文学符号的审美文化阐释》，安徽大学出版社 2002 年版。

朱玲：《中国古代小说修辞诗学论稿》，人民出版社 2016 年版。

朱玲：《意象·原型·母题的修辞诗学考察》，万卷楼图书股份有限公司 2017 年版。

二　论文

(一) 期刊论文（77 篇）

董瑞兰、朱玲：《广义修辞学视野中〈文艺学习〉（1954—1957）话语的政治性分析》，《语言文字应用》2014 年第 2 期。

冯全功、张慧玉：《广义修辞学视角下的〈红楼梦〉英译研究》，《红楼梦学刊》2011 年第 6 期。

冯全功：《〈红楼梦〉书名中的修辞原型及其英译》，《红楼梦学刊》2012 年第 4 期。

冯全功：《中国当代小说中的概念隐喻及其英译评析——以莫言、毕飞宇小说为例》，《外语与外语教学》2017 年第 3 期。

冯全功：《中国古典诗词中的语篇隐喻及其英译研究》，《中国文化研究》2020 年第 1 期。

冯全功、张慧玉：《文学译者的修辞认知转换动因研究》，《外语教学》2020 年第 2 期。

冯全功：《修辞认知的移植与拓展：从修辞学到翻译学》，《外文研究》2021 年第 2 期。

高群：《〈福柯的生死爱欲〉修辞学批评：再叙事与再阐释》，《福建师范大学学报》（哲学社会科学版）2011 年第 4 期。

高群：《余华〈兄弟〉：性符号、隐私话语权的集中与放大》，《福建师范大学学报》(哲学社会科学版)2012年第2期。

高群:《民间故事结构性夸张构式的广义修辞学分析》,《江淮论坛》2012年第4期。

高群:《跨学科视野下的修辞研究——以2013年度CSSCI来源期刊为考察对象》,《福建师范大学学报》(哲学社会科学版)2015年第1期。

高群:《21世纪以来中国"文学语用学"及关联性研究》,《福建师范大学学报》(哲学社会科学版)2016年第2期。

高群:《广义修辞学副文本考察》,《湖南科技大学学报》(社会科学版)2017年第1期。

高群:《论林纾的文学修辞思想》,《福州大学学报》(哲学社会科学版)2021年第4期。

高群:《二十年广义修辞学研究可视化分析》,《阜阳师范大学学报》(社会科学版)2022年第3期。

连晓霞:《〈金光大道〉:意识形态化的小说语言》,《福建师范大学学报》(哲学社会科学版)2006年第6期。

连晓霞:《民间话语观照下的意识形态言说——〈金光大道〉话语分析之二》,《小说评论》2009年第2期。

连晓霞:《"争议浩然":文学批评的语言学"缺席"》,《福建师范大学学报》(哲学社会科学版)2009年第4期。

连晓霞:《修辞幻象产生的话语途径——以〈金光大道〉为例》,《当代修辞学》2009年第4期。

连晓霞:《被遮蔽的"自我":主流话语规约下的人物话语——〈金光大道〉话语分析之三》,《小说评论》2009年第5期。

林佩璇:《〈圣经·创世记〉:权威话语的建构》,《福建师范大学学报》(哲学社会科学版)2009年第3期。

林佩璇、谭学纯:《〈圣经〉典故研究:价值与缺失》,《语言文字应用》2010年第1期。

林佩璇：《对圣经中"献祭"的广义修辞学解析》，《圣经文学研究》2016 年第 1 期。

林佩璇：《多维互文性融合：鲍勃·迪伦歌词创作的文学魅力》，《当代外国文学》2018 年第 2 期。

潘红：《认知图式与文本的修辞建构——以〈撒克逊劫后英雄略〉中三则比喻的修辞设计为例》，《中国文学研究》2010 年第 3 期。

潘红：《林译〈迦茵小传〉道德话语的修辞建构》，《福建师范大学学报》（哲学社会科学版）2011 年第 2 期。

潘红、谭学纯：《林译〈迦茵小传〉：意识形态规约下的修辞重构》，《语言文字应用》2011 年第 3 期。

潘红：《哈葛德小说在中国：历史吊诡和话语意义》，《中国比较文学》2012 年第 3 期。

潘红：《林译〈迦茵小传〉人物称谓和身份建构的广义修辞学解读》，《福建师范大学学报》（哲学社会科学版）2014 年第 5 期。

潘红：《哈葛德〈三千年艳尸记〉中的非洲风景与帝国意识》，《外国文学评论》2017 年第 1 期。

潘红：《以"译"代"言"：林纾译介西洋小说动因新探》，《福州大学学报》（哲学社会科学版）2020 年第 1 期。

谭善明：《论转义修辞在话语活动中的审美认知作用》，《福建师范大学学报》（哲学社会科学版）2007 年第 3 期。

谭善明：《保罗·德曼：重建逻辑、语法和修辞的关系》，《福建师范大学学报》（哲学社会科学版）2014 年第 1 期。

谭善明：《图像与灵魂运动——论柏拉图对话中的"图像"》，《文学评论》2018 年第 2 期。

谭善明：《〈文艺研究〉〈文艺理论研究〉的广义修辞学考察》，《湖南科技大学学报》（社会科学版）2019 年第 2 期。

谭善明：《修辞学视野中柏拉图与尼采话语策略比较研究》，《外国文学》2020 年第 4 期。

谭学纯：《重读〈红高粱〉：战争修辞话语的另类书写》，《青海师范大学学报》（哲学社会科学版）2002年第4期。

谭学纯：《文革文学修辞策略》，《福建师范大学学报》（哲学社会科学版）2003年第2期。

谭学纯：《小说语言的阐释空间——兼谈我的小说语言观》，《江汉大学学报》（人文科学版）2004年第2期。

谭学纯：《修辞场、语象系统、修辞认知和文学阅读——以〈故都的秋〉为分析个案》，《福建论坛》（人文社会科学版）2006年第2期。

谭学纯：《再思考：语言转向背景下的中国文学语言研究》，《文艺研究》2006年第6期。

谭学纯：《想象爱情：文学修辞的意识形态介入——修辞策略和20世纪中国文学类型史之一》，《福建师范大学学报》（哲学社会科学版）2006年第6期。

谭学纯：《巴金〈小狗包弟〉：关键词修辞义素分析和文本解读——兼谈文学修辞研究方法》，《华东师范大学学报》（哲学社会科学版）2007年第5期。

谭学纯：《身份符号：修辞元素及其文本建构功能——李准〈李双双小传〉叙述结构和修辞策略》，《文艺研究》2008年第5期。

谭学纯：《"存在编码"：米兰·昆德拉文学语言观阐释》，《中国比较文学》2009年第1期。

谭学纯：《中国文学修辞研究：学术观察、思考与开发》，《文艺研究》2009年第12期。

谭学纯：《"废墟"的语义和〈废墟〉语篇叙述及相关问题再探讨》，《当代修辞学》2011年第1期。

谭学纯：《一个微型语篇的形式、功能和文体认证》，《华东师范大学学报》（哲学社会科学版）2011年第6期。

谭学纯：《巴赫金小说修辞观：理论阐释和问题意识——以〈长篇小说的话语〉为分析对象》，《中国比较文学》2012年第2期。

谭学纯：《小说修辞学批评："祈使—否定"推动的文本叙述——以微型小说〈提升报告〉为考察对象》，《文艺研究》2013年第5期。

谭学纯：《新世纪文学理论与批评：广义修辞学转向及其能量与屏障》，《文艺研究》2015年第5期。

谭学纯：《期刊文献话语背后——以〈《文艺学习》的广义修辞学研究〉为观察对象》，《湖南科技大学学报》（社会科学版）2019年第2期。

谭学纯：《义位/自设义位：释义话语风格特征之广义修辞阐释》，《当代修辞学》2021年第1期。

谭学纯：《异域想象的修辞空间——序钟晓文〈西方认知中的"中国形象"：《教务杂志》关键词之广义修辞学阐释〉》，《东方丛刊》2021年第1期。

谭学纯：《后陈望道时代的辞格研究视野及话语生产——兼谈〈广义修辞学视角下的夸张研究〉》，《山西大学学报》（哲学社会科学版）2021年第2期。

谭学纯：《苏联小说〈第四十一〉的叙述修辞》，《山东师范大学学报》（社会科学版）2021年第5期。

谭学纯：《从仰视他者到平视对话——序郑竹群新著〈《巴赫金全集》话语理论广义修辞学研究〉》，《学术评论》2022年第1期。

王晓燕：《"偷窥"事件：余华〈兄弟〉的广义修辞学分析》，《闽南师范大学学报》（哲学社会科学版）2017年第2期。

王晓燕：《〈战斗的青春〉五个版本的角色位移与修辞重构》，《湖南科技大学学报》（社会科学版）2020年第1期。

吴丹萍：《广义修辞学视野〈下山乡巨变〉多版副文本的重构》，《武夷学院学报》2019年第5期。

肖翠云：《文学修辞批评两种模式及学科思考》，《福建师范大学学报》（哲学社会科学版）2013年第3期。

肖翠云：《关键词及其意识形态：文革文学批评话语的广义修辞

学分析》,《阜阳师范学院学报》(社会科学版)2013年第4期。

肖翠云:《〈哑炮〉:性与人性的广义修辞学阐释》,《湖南科技大学学报》(社会科学版)2017年第1期。

肖莉:《回忆和氛围:汪曾祺小说文体的诗意建构》,《福建师范大学学报》(哲学社会科学版)2006年第2期。

肖莉:《语言学转向背景下的小说语言变异研究综论》,《福建师范大学学报》(哲学社会科学版)2007年第1期。

肖莉:《元小说"碎片化"写作:颠覆传统叙述的整体性》,《福建师范大学学报》(哲学社会科学版)2008年第3期。

肖莉、谭学纯:《语言学转向背景下的小说叙述语言变异研究》,《语言文字应用》2008年第3期。

叶君武:《广义修辞学视角下的中国当代先锋小说叙事主题及英译处理——以作品〈红高粱〉为例》,《吉林广播电视大学学报》2019年第9期。

郑敏惠:《自然·人·文:古代文学修辞符号"气"的多维语义链》,《福建师范大学学报》(哲学社会科学版)2015年第3期。

郑敏惠:《公共概念"气":语义链"转喻+隐喻"双重修辞与中国古代哲学思维——以自然、人、文之"气"为例》,《湖南科技大学学报》(社会科学版)2021年第1期。

郑晓岚:《"文学性"之广义修辞学阐释》,《长春师范大学学报》2016年第7期。

郑晓岚:《林译〈斐洲烟水愁城录〉尚"力"文明话语的修辞建构》,《福州大学学报》(哲学社会科学版)2017年第4期。

郑晓岚:《林译〈钟乳髑髅〉中少年英气话语的修辞建构》,《北京航空航天大学学报》(社会科学版)2018年第5期。

郑晓岚:《林译小说〈钟乳髑髅〉修辞诗学解读》,《福州大学学报》(哲学社会科学版)2019年第3期。

郑晓岚:《清末民初"少年"的修辞语义和文化影响——兼谈林

译〈鲁滨孙漂流记〉中的少年形象》,《东南学术》2021年第2期。

郑竹群:《巴赫金话语理论研究趋势分析》,《东南学术》2017年第6期。

郑竹群:《基于牛津系列期刊巴赫金怪诞身体修辞研究》,《湖南科技大学学报》(社会科学版)2019年第2期。

钟蕊:《修辞认同:〈人民日报〉(1979—2018)元旦社论话语分析》,《福建师范大学学报》(哲学社会科学版)2019年第1期。

钟晓文:《〈教务杂志〉研究:文类选择与修辞建构》,《福州大学学报》(哲学社会科学版)2014年第1期。

钟晓文:《"儒教"的跨文化认知与传播:语义变异与幻象建构——〈教务杂志〉(The Chinese Recorder)关键词之广义修辞学阐释》,《福建师范大学学报》(哲学社会科学版)2014年第3期。

钟晓文:《广义修辞学视域下的近代西方跨文化传播——以〈教务杂志〉(1867—1941)为例》,《东南学术》2016年第6期。

朱玲:《古代讽谏的语用策略和修辞认知》,《华东师范大学学报》(哲学社会科学版)2005年第6期。

朱玲、肖莉:《"天人合一":古代自然观和文体建构中自然因素的参与》,《郑州大学学报》2007年第1期。

朱玲、肖莉:《话本小说:市民道德修辞的话语类型及其语义》,《福建师范大学学报》(哲学社会科学版)2007年第3期。

朱玲、林佩璇:《城市和山水:话本小说的空间修辞幻象》,《福建师范大学学报》(哲学社会科学版)2008年第6期。

朱玲、肖莉:《求索与回归:〈离骚〉和〈神曲〉的修辞设计》,《外语与外语教学》2009年第3期。

朱玲:《叙述长度和语义——中国古代短篇小说的一个修辞诗学问题》,《文艺研究》2010年第9期。

朱玲、李洛枫:《中国古代短篇小说:人物、时间、空间修辞设计的异质性——以情爱叙事为分析案例》,《福建师范大学学报》(哲学社会科学版）2010 年第 6 期。

朱玲：《"三言二拍"：喜剧性修辞设置、特点及成因》，《湖南科技大学学报》（社会科学版）2012 年第 6 期。

朱玲、李洛枫：《广义修辞学：研究的语言单位、方法和领域》，《福建师范大学学报》（哲学社会科学版）2013 年第 3 期。

朱玲：《修辞研究：巴赫金批评了什么——兼谈广义修辞学观》，《当代修辞学》2014 年第 2 期。

朱玲：《广义修辞学表达—接受主体及主体间关系——兼论"三言二拍"两个主体间的修辞互动》，《当代修辞学》2016 年第 1 期。

朱玲：《布斯〈小说修辞学〉：阐释与对话》，《福建师范大学学报》（哲学社会科学版）2018 年第 4 期。

（二）硕博论文（60 篇）

蔡育红：《九十年代中国女性小说的话语研究》，硕士学位论文，福建师范大学，2002 年。

陈夏颖：《迟子建小说〈花瓣饭〉反复修辞论》，硕士学位论文，福建师范大学，2011 年。

陈小娟：《广义修辞学视角的〈红烛〉分析及教学设计》，硕士学位论文，福建师范大学，2021 年。

董瑞兰：《广义修辞学视野中的〈文艺学习〉（1954—1957）话语的政治性分析》，博士学位论文，福建师范大学，2013 年。

董晓幸：《"青狐"人物符号与〈青狐〉语篇》，硕士学位论文，福建师范大学，2012 年。

方思仪：《广义修辞学视角下的〈红日〉版本变动分析》，硕士学位论文，福建师范大学，2016 年。

冯锦锦：《〈蝴蝶〉的修辞阐释》，硕士学位论文，福建师范大学，2010 年。

冯全功：《广义修辞学视域下的〈红楼梦〉英译研究》，博士学位论文，南开大学，2012 年。

高群:《文革诗歌修辞论》,硕士学位论文,福建师范大学,2006年。

何惠婷:《〈拯救乳房〉语境关联与背离的修辞学思考》,硕士学位论文,福建师范大学,2016年。

何君:《禅宗语言的修辞研究》,硕士学位论文,福建师范大学,2008年。

何少芳:《〈野火春风斗古城〉不同版本人物形象的修辞重构研究》,硕士学位论文,福建师范大学,2017年。

何燕:《易中天〈品三国〉的修辞分析》,硕士学位论文,福建师范大学,2009年。

胡智飞:《张爱玲小说〈红玫瑰与白玫瑰〉修辞分析》,硕士学位论文,福建师范大学,2011年。

黄铃:《史铁生〈病隙碎笔〉的修辞艺术》,硕士学位论文,河南师范大学,2013年。

姜艺:《〈创业史〉(一)不同版本"英雄"角色的修辞重构分析》,硕士学位论文,福建师范大学,2017年。

柯珍瑜:《严歌苓小说〈雌性的草地〉的文本符号修辞解读》,硕士学位论文,闽南师范大学,2014年。

兰楠:《白先勇〈台北人〉修辞幻象研究》,硕士学位论文,福建师范大学,2016年。

李晓玲:《〈穆斯林的葬礼〉篇名、章名、人物名和相关语篇叙事的修辞分析》,硕士学位论文,福建师范大学,2011年。

李昕:《苏童小说〈妻妾成群〉中符号的修辞阐释》,硕士学位论文,福建师范大学,2011年。

连晓霞:《〈金光大道〉:政治意识形态规约下的文学话语》,博士学位论文,福建师范大学,2007年。

吕兆芳:《广义修辞学视域下〈受活〉和〈四书〉英译研究》,博士学位论文,武汉大学,2019年。

聂晓珊:《〈红旗谱〉不同版本政治话语的修辞重构研究》,硕士学位论文，福建师范大学，2017年。

林华红：《〈马桥词典〉的修辞世界》，硕士学位论文，福建师范大学，2009年。

林佩璇：《〈圣经〉典故研究：价值与缺失》，博士学位论文，福建师范大学，2009年。

林旺芳：《理论与实践：亚里士多德的〈修辞学〉》，硕士学位论文，福建师范大学，2007年。

刘景景：《〈白鹿原〉电影和原著的修辞学对比》，硕士学位论文，河南师范大学，2014年。

刘灵昕：《广义修辞学视角下的〈家〉版本变动分析》，硕士学位论文，福建师范大学，2016年。

刘淼：《广义修辞学视角下的〈青春之歌〉版本变动分析》，硕士学位论文，福建师范大学，2014年。

刘旭琴：《古代文字狱之修辞学考察》，硕士学位论文，福建师范大学，2010年。

刘艳：《鲁迅小说〈药〉的修辞研究》，硕士学位论文，福建师范大学，2011年。

伦慧娟：《多重身份的话语建构——简媜散文的修辞艺术》，硕士学位论文，河南师范大学，2009年。

马桂芳：《詹姆斯·费伦修辞性叙事理论研究》，硕士学位论文，福建师范大学，2009年。

潘红：《林译〈迦茵小传〉：意识形态规约下的修辞重构》，博士学位论文，福建师范大学，2011年。

谭善明：《从话语修辞到认知修辞——论方方小说的修辞世界》，硕士学位论文，福建师范大学，2003年。

汪燚：《〈了不起的盖茨比〉译文修辞分析》，硕士学位论文，福建师范大学，2009年。

王晓燕：《"偷窥"事件：余华〈兄弟〉的修辞策略》，硕士学位论文，福建师范大学，2010年。

王晓燕：《红色经典〈战斗的青春〉五个版本修辞重构研究》，博士学位论文，福建师范大学，2020年。

王怡：《〈茫茫的草原〉（上部）不同版本的修辞重构研究》，硕士学位论文，福建师范大学，2017年。

吴丹萍：《广义修辞学视角下〈山乡巨变〉正、副文本版本重构研究》，硕士学位论文，福建师范大学，2019年。

吴东晖：《〈笑傲江湖〉小说文本修辞幻象探析》，硕士学位论文，福建师范大学，2007年。

向璇：《当代马克·吐温的艺术——〈乔恩·斯图尔特每日秀〉之修辞分析》，硕士学位论文，福建师范大学，2016年。

肖莉：《语言学转向背景下的小说叙述语言变异研究》，博士学位论文，福建师范大学，2008年。

熊莹：《余秋雨散文〈牌坊〉的修辞阐释》，硕士学位论文，福建师范大学，2011年。

许飞燕：《王安忆〈小鲍庄〉："仁义"和语篇叙事分析》，硕士学位论文，福建师范大学，2011年。

许燕瑜：《〈壹周立波秀〉的广义修辞学分析》，硕士学位论文，福建师范大学，2014年。

闫雅莉：《刘慈欣〈三体〉修辞元素和文本解读》，硕士学位论文，福建师范大学，2017年。

颜月喜：《〈黄雀记〉的概念隐喻研究》，硕士学位论文，福建师范大学，2018年。

杨芬芳：《〈我的帝王生涯〉："焦点语句"的语篇修辞功能》，硕士学位论文，福建师范大学，2012年。

杨莉莉：《〈平凡的世界〉"哭"的修辞阐释》，硕士学位论文，阜阳师范学院，2017年。

余新仁：《论小说话语"间离化"修辞》，硕士学位论文，福建师范大学，2007年。

张六忠：《〈朱雀〉的广义修辞学阐释》，硕士学位论文，福建师范大学，2019年。

郑晓岚：《林译冒险小说与清末民初"少年"的修辞语义及其文化影响》，博士学位论文，福建师范大学，2021年。

郑竹群：《〈巴赫金全集〉（七卷本）修辞理论研究》，博士学位论文，福建师范大学，2021年。

钟蕊：《革命话语和"样板戏"中的"英雄"修辞幻象》，硕士学位论文，福建师范大学，2007年。

钟蕊：《〈人民日报〉（1949—2019）元旦社论话语的广义修辞学分析》，博士学位论文，福建师范大学，2019年。

周昌顺：《恋乳情结：莫言〈丰乳肥臀〉的广义修辞学分析》，硕士学位论文，福建师范大学，2014年。

周淼：《铁凝小说的话语方式》，硕士学位论文，福建师范大学，2004年。

邹斌：《从〈文化苦旅〉看文化游记的修辞视野》，硕士学位论文，福建师范大学，2011年。

左云成：《脂砚斋评点〈石头记〉修辞阐释》，硕士学位论文，福建师范大学，2008年。

（三）报纸论文（6篇）

谭善明：《20世纪西方文论中的修辞学转向》，《中国社会科学报》2016年6月7日。

谭学纯：《学术期刊：学术话语的集散地》，《光明日报》2005年2月24日。

谭学纯：《"弃子逐臣"：一个结构性隐喻》，《光明日报》2005年8月22日。

谭学纯：《历史与修辞相遇》（评《历史·比喻·想象》《诗性预构与理性阐释》），《光明日报》2005年9月29日。

谭学纯:《语言学研究与公共阅读》,《中国社会科学报》2010年7月1日。

谭学纯:《文学修辞研究:文学与语言学互为观照》,《中国社会科学报》2012年8月6日。

主要参考书目

一 译著

[奥] 阿德勒：《理解人性》，陈太胜、陈文颖译，国际文化出版公司2000年版。

[英] 奥斯汀：《如何以言行事：1955年哈佛大学威廉·詹姆斯讲座》，杨玉成等译，商务印书馆2013年版。

[俄] 巴赫金：《小说理论》，白春仁、晓河译，河北教育出版社1998年版。

[美] 本尼迪克特·安德森：《想象的共同体——民族主义的起源与散布》，吴叡人译，上海人民出版社2005年版。

[英] 波珀：《科学发现的逻辑》，查汝强、邱仁宗译，科学出版社1986年版。

[英] 波普尔：《客观的知识：一个进化论的研究》，舒炜光等译，中国美术学院出版社2003年版。

[英] 丹尼斯·麦奎尔：《受众分析》，刘燕南、李颖、杨振荣译，中国人民大学出版社2006年版。

[法] 格雷马斯：《结构语义学》，蒋梓骅译，百花文艺出版社2001年版。

[德] H. R. 姚斯、[美] R. C. 霍拉勃：《接受美学与接受理论》，周

宁、金元浦译,辽宁人民出版社1987年版。

[德]海德格尔:《尼采》下卷,孙周兴译,商务印书馆2003年版。

[美]海登·怀特:《元史学:十九世纪欧洲的历史想象》,陈新译,译林出版社2009年版。

[德]汉斯·格奥尔格·伽达默尔:《真理与方法 诠释学Ⅰ》(修订译本),洪汉鼎译,商务印书馆2010年版。

[德]黑格尔:《小逻辑》,贺麟译,商务印书馆1980年版。

[美]华莱士·马丁:《当代叙事学》,伍晓明译,北京大学出版社2005年版。

[瑞士]卡尔·荣格:《心理学与文学》,冯川、苏克译,生活·读书·新知三联书店1987年版。

[德]卡西尔:《人论》,甘阳译,上海译文出版社1982年版。

[德]康德:《实践理性批判》,韩水法译,商务印书馆1999年版。

[德]莱辛:《拉奥孔》,朱光潜译,人民文学出版社1979年版。

[法]列维·斯特劳斯:《结构人类学:巫术·宗教·艺术·神话》,陆晓禾、黄锡光等译,文化艺术出版社1989年版。

[法]罗兰·巴特:《显义与晦义》,怀宇译,百花文艺出版社2005年版。

[法]罗兰·巴特:《叙事作品结构分析导论》,《叙述学研究》,张寅德编选,中国社会科学出版社1989年版。

[美]米歇尔:《图像学:形象,文本,意识形态》,陈永国译,北京大学出版社2012年版。

[美]米歇尔:《图像学:形象文本意识形态》,陈永国译,北京大学出版社2012年版。

[法]米歇尔·福柯:《后现代与地理学的政治》,包亚明主编,上海教育出版社2001年版。

[法]皮埃尔·布尔迪厄:《后现代性与地理学的政治》,包亚明主编,上海教育出版社2001年版。

[法]热拉尔·热奈特:《热奈特论文集》,史忠义译,百花文艺出版

社2000年版。
［法］热拉尔·热奈特：《叙事话语　新叙事话语》，王文融译，中国社会科学出版社1990年版。
［瑞士］荣格：《荣格文集》，冯川、苏克译，改革出版社1997年版。
［法］萨特：《萨特哲学论文集》，施康强等译，安徽文艺出版社1998年版。
［美］苏珊·桑塔格：《论摄影》，黄灿然译，上海译文出版社1983年版。
［美］西摩·查特曼：《故事与话语》，徐强译，中国人民大学出版社2013年版。
［法］雅克·德里达：《声音与现象：胡塞尔现象学中的符号问题导论》，杜小真译，商务印书馆1999年版。
［英］亚当·斯密：《道德情操论》，蒋自强等译，商务印书馆1997年版。
［古希腊］亚里斯多德：《诗学》，罗念生译，人民文学出版社1962年版。
［英］伊格尔顿：《马克思主义与文学批评》，文宝译，人民文学出版社1980年版。
［英］伊格尔顿：《现象学、阐释学、接受理论——当代西方文艺理论》，王逢振译，江苏教育出版社2006年版。
［美］詹姆斯·费伦：《作为修辞的叙事》，陈永国译，北京大学出版社2002年版。

二　中文著作

巴金：《随想录》，人民文学出版社2000年版。
毕光明：《纯文学视境中的新时期文学》，中国社会科学出版社2013年版。
曹顺庆、赵毅衡主编：《符号与传媒》，四川大学出版社2011年版。
陈平原、山口守：《大众传媒与现代文学》，新世界出版社2003年版。
陈望道：《修辞学发凡》，上海教育出版社1997年版。

陈新仁：《语用身份论：如何用身份话语做事》，北京师范大学出版社 2018 年版。

程光炜：《文学想像与文学国家：中国当代文学研究（1949—1976）》，河南大学出版社 2005 年版。

崔道怡：《小说课堂》，作家出版社 2012 年版。

董炳月：《鲁迅形影》，生活·读书·新知三联书店 2015 年版。

董文桃：《20 世纪中国文学日常生活叙事思潮流变初论 1940—1990》，吉林大学出版社 2017 年版。

董之林：《旧梦新知"十七年"小说论稿》，广西师范大学出版社 2004 年版。

费孝通：《乡土中国　生育制度》，北京大学出版社 1998 年版。

龚奎林：《"故事"的多重讲述与文艺化大众："十七年"长篇战争小说的文本发生学现象》，社会科学文献出版社 2013 年版。

古大勇：《"解构"语境下的传承与对话：鲁迅与 1990 年代后中国文学和文化思潮》，中国社会科学出版社 2011 年版。

郭洪雷：《中国小说修辞模式的嬗变：从宋元话本到五四小说》，上海三联书店 2008 年版。

郭九苓、漆永祥、赵国栋主编：《北大中文名师教育谈》，广西师范大学出版社 2015 年版。

何镇邦、李广鼐编：《名家侧影》，山东文艺出版社 1998 年版。

何自然、冉永平主编：《语用与认知——关联理论研究》，外语教学与研究出版社 2001 年版。

洪治纲：《无边的迁徙》，山东文艺出版社 2004 年版。

洪子诚：《1956：百花时代》，山东教育出版社 1998 年版。

洪子诚：《问题与方法：中国当代文学史研究讲稿》，生活·读书·新知三联书店 2002 年版。

洪子诚、孟繁华主编：《当代文学关键词》，广西师范大学出版社 2002 年版。

胡适：《胡适文存》，上海亚东图书馆1924年版。

胡松涛：《毛泽东影响中的88个关键词》，中国青年出版社2016年版。

胡亚敏：《叙事学》，华中师范大学出版社2004年版。

胡友峰：《媒介生态与当代文学》，武汉大学出版社2016年版。

黄发有：《跨媒体风尚》，海峡文艺出版社2016年版。

黄发有：《媒体制造》，山东文艺出版社2005年版。

黄擎：《文艺批评话语研究：20世纪40—70年代》，中国社会科学出版社2011年版。

蒋风主编：《中国儿童文学大系·理论1》，希望出版社1988年版。

李建军：《小说修辞研究》，中国人民大学出版社2003年版。

李洁非：《文学史微观察》，生活·读书·新知三联书店2014年版。

李有光：《中国诗学多元解释思想研究》，人民文学出版社2014年版。

李遇春：《中国文学传统的复兴》，商务印书馆2016年版。

刘福春：《中国新诗编年史》，人民文学出版社2013年版。

刘卫东：《若现若隐的关键词：观察现当代文学的若干视角》，新星出版社2016年版。

刘增人：《中国现代文学期刊史论》，新华出版社2005年版。

鲁迅：《鲁迅全集》，人民文学出版社1981年版。

吕叔湘：《中国文法要略》，商务印书馆1982年版。

马俊山：《走出现代文学的"神话"》，中国社会科学出版社2002年版。

蒙培元：《中国哲学主体思维》，东方出版社1993年版。

南帆：《南帆文集》，福建教育出版社2017年版。

南帆：《文学的维度》，中国人民大学出版社2009年版。

牛运清主编：《中国当代文学精神》，山东教育出版社2003年版。

钱冠连：《语言：人类最后的家园　人类基本生存状态的哲学与语用学研究》，商务印书馆2005年版。

钱理群：《1948：天地玄黄》，山东教育出版社1998年版。

钱理群：《返观与重构——文学史的研究与写作》，上海教育出版社2000

年版。

钱理群：《我的精神自传》，广西师范大学出版社2007年版。

饶先来：《阐释与重构——当代中国文学批评的功能研究》，云南大学出版社2007年版。

斯炎伟：《全国第一次文代会与新中国文学体制的建构》，人民文学出版社2008年版。

宋应离编撰：《名刊　名编　名人》，大象出版社2011年版。

宋应离主编：《中国期刊发展史》，河南大学出版社2000年版。

孙绍振：《文学的坚守与理论的突围》，人民出版社2015年版。

孙先科：《说话人及其话语》，上海文艺出版社2009年版。

谭桂林：《转型与整合：现代中国小说精神现象史》，陕西人民教育出版社2003年版。

汤锐：《现代儿童文学本体论》，明天出版社2009年版。

童庆炳：《童庆炳文集　文体与文体的创造》，北京师范大学出版社2016年版。

童庆炳：《文学：精神之鼎与诗意家园》，复旦大学出版社2016年版。

涂光群：《五十年文坛亲历记（1949—1999）》，辽宁教育出版社2005年版。

王本朝：《中国当代文学制度研究（1949—1976）》，新星出版社2007年版。

王彬彬：《新文学作家的修辞艺术》，上海人民出版社2017年版。

王秀涛：《中国当代文学生产与传播制度研究》，文化艺术出版社2013年版。

王岩森：《"香花"与"毒草"：1955—1957年中国杂文档案》，中国社会科学出版社2014年版。

王一川：《中国现代卡里斯马典型——20世纪小说人物的修辞论阐释》，云南人民出版社1994年版。

王兆胜：《逍遥的境界》，北京语言文化大学出版社2001年版。

韦君宜：《思痛录》，北京十月文艺出版社1998年版。

魏宝涛：《〈文艺报〉与"十七年文学批评"研究》，辽海出版社2010年版。

巫洪亮：《文学重构与路向选择：中国当代诗歌现象研究1949—1966》，中国社会科学出版社2017年版。

吴子林：《童庆炳评传》，黄山书社2016年版。

伍铁平：《模糊语言学》，上海外语教育出版社1999年版。

武新军：《意识形态结构与中国当代文学：〈文艺报〉（1949—1989）研究》，中国社会科学出版社2010年版。

谢冕：《论二十世纪中国文学》，中国人民大学出版社2009年版。

谢泳：《逝去的年代：中国自由知识分子的命运》，福建教育出版社2013年版。

杨春时：《作为第一哲学的美学》，人民出版社2015年版。

杨义：《中国叙事学》，人民出版社1997年版。

杨正润：《现代传记学》，南京大学出版社2009年版。

姚春树、袁勇麟：《20世纪中国杂文史》，福建教育出版社2011年版。

叶朗：《中国小说美学》，北京大学出版社1982年版。

叶维廉：《中国诗学》（增订版），人民文学出版社2006年版。

余岱宗：《被规训的激情》，上海三联书店2004年版。

袁勇麟：《当代汉语散文流变论》，上海三联书店2002年版。

曾彦修：《中国新文学大系（1949—1966）·杂文集》，中国文联出版公司1991年版。

张均：《中国当代文学制度研究（1949—1976）》，北京大学出版社2011年版。

张梦阳：《中国鲁迅学通史（宏观反思卷）》，广东教育出版社2001年版。

张桃洲：《现代汉语的诗性空间》，北京大学出版社2005年版。

张桃洲：《语言与存在：探寻新诗之根》，社会科学文献出版社2013年版。

赵宪章：《文体与图像》，人民文学出版社2014年版。

赵勇：《抵抗遗忘》，安徽文艺出版社2012年版。

赵园：《赵园作品系列：想象与叙述》，北京师范大学出版社2015年版。

郑家建：《藏在纸背的眺望》，海峡文艺出版社2013年版。

周宪：《从文学规训到文化批判》，译林出版社2014年版。

周宪：《当代中国的视觉文化研究》，译林出版社2017年版。

周扬：《周扬文集》，人民文学出版社1990年版。

朱德发：《主体思维与文学史观》，山东教育出版社1997年版。

朱晓进：《政治文化与中国二十世纪三十年代文学》，人民出版社2006年版。

宗白华：《美学散步》，上海人民出版社2002年版。

后　记

　　风景外，回望意外的遇见。风景中，藏着时空的秘密。

　　十多年前，在发黄的旧期刊中寻觅《文艺学习》时，《人民文学》如影相随。

　　把《人民文学》作为"对象"，却发生在2015年春节。和翠云姐同去谭爸朱妈家拜年时，闲聊中，谭爸的一句发问扳动了我以《人民文学》为话题申报国家社科的念头。之后立即动手设计申报书方案，当年喜获国家社科基金立项。

　　《人民文学》如高山般耸立，如大海般辽阔，观览的人群如潮水般涌动，其中高人谋士也在"指点江山"。如此，"我是谁""我为什么要站在这里""我要做什么""我能做什么""我的做法你能接受吗"？一连串的自我拷问，留下长长的阴影。荣格说："幻想光明是没有用的，唯一出路是认识阴影。"

　　在广义修辞学的自留地，我又重新向太阳出发。从《接受修辞学》到《广义修辞学》，训练"另一个视角"看待同一对象的眼光和底气。在《文学和语言：广义修辞学的学术空间》发现了可临摹的"文学＋语言＋N"小径花园。《广义修辞学演讲录》副标题"人是语言的动物，更是修辞的动物"，早已通过海马体的审查，反省自己的话语表达背后的精神世界（品格、情绪、气质、智商、情商、语商）。在

《广义修辞学研究：理论视野和学术面貌》中神会法门，心领攻略，求学进阶。

冰山之上，你看见或听见了什么；冰山之下，你经历了什么。人生的每一次学习，都是新能量的加注。在毛浩然教授创建的"科研团队高级QQ群"线上平台，力邀各路教授博士华山论剑，组战观战参战之间，习练学术"道""术"。小文《〈人民文学〉（1949—1966）人物图像的广义修辞学分析》，构思2年，初稿后大改14稿，小改近20稿，投稿3年，险些"难产"，亦是习练必经之路。台湾大学黄光国教授学贯中西，汇通古今，《社会科学的理路》《内圣与外王：儒家思想的完成与开展》中的科学哲学和儒家思想史视野开阔，论述精当。有幸聆听黄先生的现场亲授，有幸得到先生的签名本和留影，如获至宝，感佩不已。

在《〈文艺学习〉的广义修辞学研究》"序言"中，谭师肯定了我在操作"减少重复性、凸显区别性的游戏"，也指出了在文化资本博弈背景中话语表述方面的欠缺。在本书"序言"中，谭师再次引领我在中国文学史思想史乃至世界文学格局的宏观视野中做精深挖掘，虽知难度不小，但我唯一要做的是——继续做。

本书是在国家社科基金项目结项成果的基础上几经翻修而来。感谢匿名评审的专家们，指出该项目在论文选题、结构布局、理论阐释和材料征引方面的"有效性"，以及作为期刊研究新尝试的"勇气可嘉"，同时建议更全面地呈现《人民文学》在建构当代文学发展方面的话语面貌。

感谢《百家评论》《湖南科技大学学报》《绍兴文理学院学报》，占用宝贵的版面发表本书部分先期成果，用学术之光激发了我论文写作的信心。在艰辛的学术路上，这些期刊和编辑的付出，我铭记在心。

感谢在学术朋友圈里我默默关注和默默关注我的师友们。生命的意义在于人与人的相互照亮，有同频共振的相见恨晚，也有灵魂碰撞的彼此滋养。情谊之河的流淌，本质上是能量的流动。愿您过得自由、喜悦和有意义！

感谢闽江学院为我提供优良的人文环境，校领导、院领导、系领导给予我充足的科研发展机会。近年来给学生们开设《论文写作指导》课，授课时我用脑也努力走心，践行教育的唤醒理念，拉伸学生们的视野和格局。

感谢中国社会科学出版社，感谢陈肖静编辑的辛勤工作。

叔本华说："批评是一只罕见的鸟。"做研究需要一份热忱，关键在于内心拥有纯粹的兴奋，拥有刻意练习的强烈愿望，伴随而来的全神贯注，直达心流状态。社会就像一团熊熊燃烧的烈火，如何与其保持适当距离来取暖？在新媒体时代，做学术更需要一份"宁静致远"的心灵净土。写作，不是为了写作。写作，也不仅仅只是"有感而发"，为了表达的欲望，还因为一份发现规律解决问题的使命、一份独善其身且兼济天下的担当。以此自勉。

是为后记。

董瑞兰

2023 年 6 月 30 日